福建省社会科学研究基地
福建师范大学
中华文学传承发展研究中心

台湾当代散文空间诗学研究

——以台北为中心

林 强◎著

人民出版社

国家社会科学基金青年项目"民国时期学术评价体制研究"(批准号16CZW049)资助

福建省社会科学基金青年项目"台港澳暨海外华文文学在大陆的传播与接受研究(1979—2010)"(批准号2012C089)资助

福建师范大学文学院"现代散文与诗的关系及其文体理论研究"创新团队资助

福建师范大学文学院"文本与批评"创新团队资助

总　序

2004年10月,福建师范大学文学院获批建设福建省高校人文社会科学研究基地——人文福建发展研究中心,并于2011年评为省高校优秀社科研究基地。在此基础上,学校于2014年4月成立了中华文学传承发展研究中心,聘任郑家建教授为研究中心主任,以更好地发挥文学院在中华文学传承发展方面的科研优势,为我国社会文化发展以及闽台文化合作交流提供智力支持和决策参考。该研究中心于2014年6月经过专家评审,成功晋升为福建省首批社会科学研究基地。

福建省社科研究基地是人文社会科学研究的高层次学术平台,担负着组织科研创新团队、产出重大研究成果、创新科研管理体制机制、提供社会咨询服务、培养优秀科研骨干、促进学科建设发展的重任。省社科基地实行"机构开放、人员流动、内外联合、竞争创新、产学研一体化"的运行机制,经过几年的建设,力争成为国家或省级高层次智库或教育部人文社科重点研究基地。

中华文学传承发展研究中心依托福建师范大学国家重点学科(中国现当代文学)、福建省特色重点学科(中国语言文学)和3个福建省重点学科(中国现当代文学、中国古代文学、汉语言文字学),以及中国语言文学一级学科博士学位点和博士后流动站、戏剧与影视学一级学科博士学位点和博士后流动站、艺术学理论一级学科博士学位点和博士后流动站,以学科发展与社会重大问题为导向,结合文学院的既有学术传统,确定中心的重大学术课题,围绕国家提高文化软实力与福建省社会文化发展的重大需求,在全球化语境中传承与创新中华文化。

中国语言文学是中华优秀传统文化的重要载体,具有深远的历史意义和现实意义。它不但成了联结全球华人共同家园的精神血脉,而且对中华文化在世界的流播也产生了积极的影响。中国语言文学在传承中华文明及促进闽台文化的合作交流方面具有其他学科无可替代的作用。福建师范大学中华文学传承发展研究中心的学术宗旨,是以历史和现实为基点,对涵盖古今的中国文学,尤其是闽台语言、文学及海外华文文学的渊源流变进行全方位的梳理,为当前建设繁荣和谐的社会文明提供可资借鉴的历史经验,加深两岸人民共同构建精神家园的情感联络,为促进闽台文化交流与中外文化交流作贡献。

研究中心聘任国内著名专家担任顾问和学术指导,对中心工作提供了强有力的指导。福建师范大学副校长汪文顶教授担任研究中心首席专家,副校长郑家建教授担任中心主任,研究中心的日常事务工作由常务副主任葛桂录教授负责。本中心的特色研究方向有四个:闽台语言文献与文学交流研究方向,负责人为林志强教授、郑家建教授;文体学研究方向,负责人为李小荣教授;中华文学域外传播研究方向,负责人为葛桂录教授;当代文学教育及语文教育研究方向,负责人为赖瑞云研究员。

研究中心将以国家社会文化发展的重大需求为导向,以研究项目为纽带,以研究方向组成的创新团队为载体,以出精品成果为目标,努力强化特色与优势。联系整合省内乃至国内相关高校、科研机构的学术资源,建立健全协同创新机制,造就一支高水平、结构合理和可持续发展的科研创新团队,打造一个在全球化语境中传承与创新中华文化的重点研究基地,成为全国有影响力的专门人才库和人才培养培训基地。

为促进研究中心建设目标的实施,我们在人民出版社的大力支持下,集中出版"福建省社会科学研究基地福建师范大学中华文学传承发展研究中心学术集刊"。该集刊主要收录研究中心同仁高质量的个人学术著作。列入研究中心学术集刊首批出版的十本著作,绝大多数是国家社科基金项目,如《晋唐佛教文学史》(李小荣著)、《中国英国文学研究史论》(葛桂录著)、《冈仓天心研究:东西方文化冲突下的亚洲言说》(蔡春华著)以及教育部人文社科研究项目,如《建阳刊刻小说研究》(涂秀虹著)、《明代中古诗歌批评文献及诗学研究》(陈斌著)、《台湾诗钟社团及相关组织考略(1865—2014)》(黄乃江著)、《〈说文解字六书疏证〉研究》(李春晓著)、《阿瑟·韦利汉学研究策略考辨》(冀爱莲著)的结项成果。这些成果在课题结项评审专家审定意见的基础上,再次打磨修订,因此保证了较高水准的学术质量。研究中心成员承担的福建省社科研究基地重大项目的结项成果,也拟列入这套学术集刊出版。另外,本研究中心与文学院合作还搭建了两个学术平台《细读》、《圆桌》,研究成果亦由人民出版社刊行,为国内外学者诠释中华文学经典、探讨重大理论问题、思考中华文化的传承发展方向提供重要的学术阵地。

中华文学传承发展研究中心
2016 年 8 月

目 录
CONTENTS

绪 论 / 1
第一节 空间诗学:理论导引 / 3
第二节 台湾当代散文空间诗学问题 / 22

第一章 道路诗学 / 33
第一节 想象巷弄的三种方式 / 37
第二节 台北老街的三副面孔 / 52
第三节 中山北路的时空考古 / 62

第二章 高楼诗学 / 77
第一节 由巷弄到高楼的空间转型 / 80
第二节 高楼的语义结构:两极化与单向度、荒原与神性 / 88
第三节 "台北101":都市消费的空间象征 / 97

第三章 场所诗学 / 101
第一节 家的空间形式及其语义结构 / 104
第二节 中山堂的空间形式及其周边日常生活 / 120
第三节 台北咖啡馆地图与文艺共同体想象 / 133

第四章 区域诗学 / 147
第一节 西门町:殖民统治、威权体制与流行文化空间 / 150
第二节 东区都市空间形式及其感觉结构 / 162
第三节 市井消费空间:台北商圈的空间漫游 / 180

第五章　边界诗学 / 185

第一节　淡水河和基隆河:从生活空间到城市边界 / 187

第二节　铁路:边界意象与工业乡愁式感觉结构 / 214

第三节　捷运系统:消费社会的都市奇观和心理时空 / 225

第六章　台湾当代散文创作思潮与空间诗学 / 235

第一节　台湾当代散文家都市空间理论评介 / 237

第二节　台湾当代散文中的超现实时空形式及其意义结构研究 / 250

第三节　台湾后现代散文差异空间美学研究 / 261

结语 / 267

参考文献 / 269

后记 / 284

ent=# 绪 论

第一节 空间诗学：理论导引

一、宏观与微观：从文学地理学到空间诗学

当前，文学地理学已成为文学研究的热点，文学地理学的学术方法也成为古今文学研究的重要方法。国内的相关研究有着较强的学科意识和理论方法的原创性。

在文学地理学研究领域，从《重绘中国文学地图》（2002）到《文学地理学会通》（2013），杨义的研究在国内一直起到开风气和奠基性作用。他从文化战略角度讨论了文学地理学的文化资源与学术方法在建构多民族中华文化（文学）所具有的学术价值。在《文学地理学的本质、内涵与方法》一文中，杨义说："文学地理学的研究敞开了四个巨大的领域：一是区域文化类型，二是文化层面剖析，三是族群分布，四是文化空间的转移和流动。"[①] 其设计的文学地理学会通研究有三条思路，分别是：整体性、互动性和交融性。杨义的文学地理学研究，立足于描绘中华民族共同体文化地图这一战略高度，力图建构中国文化—文学地理学学科蓝图和方法论路径。

在《文学地图与文学地理学、民族学问题》一文中，杨义再次重点将"地图"这个概念引入文学史思考。所谓文学地图"当然是文学这个独特的

---

① 杨义：《文学地理学会通》，中国社会科学出版社2013年版，第15页。

精神文化领域的专题地图,它有独特的地质水文气候和文化生态,它要揭示文学本身的生命特质、审美形态、文化身份,以及文体交替、经典形成、盛衰因由这类复杂生动的精神形成史过程"①;如以文学地图的空间维度结合历史叙述的时间维度和精神体验的维度,将构成一种多维文学史结构。这里,杨义更强调对生命—文学—文化生成过程的分析,力图呈现作家个体、文学审美形态与地域文化三者之间动态的、鲜活的生成过程。他还进一步提出"文化推原法",即将文学放在文学生存的原本状态进行考察。近年来,杨义的大量著述都以这种推原法对先秦诸子展开多维、动态的研究。通过文学与地图的互动研究,"以文学生命特质的体验去激活和解放大量可开发、待开发的文学文化资源,又以丰富的文学文化资源充分地展示和重塑文学生命的整体过程",这是杨义的基本思路。由此形成的文化战略则是:"作为现代大国,中国应有一幅完整、深厚而精美的文学地图"②,以此可与世界文学—文化展开平等对话。

相对于杨义的文化战略眼光和布局,曾大兴的文学地理学研究则更具体阐释了文学文本与文化地理之间的深层关系。在《文学地理学研究》一书中,曾大兴界定了作为一个学科的文学地理学的研究对象和任务。他认为,文学地理学研究对象包括:"文学要素的地理分布、组合与变迁,文学要素及其整体形态的地域特性与地域差异,文学与地理环境之间的相互关系。"③文学地理学的任务,"就是考察不同的自然地理环境和人文地理环境,对文学家的气质、心理、知识结构、文化底蕴、价值观念、审美倾向、艺术感知、文学选择等构成的影响,以及通过文学家这个中介,对文学作品的体裁、形式、语言、主题、题材、人物、原型、意象、景观等构成的影响;还要考察文学家(以及由文学家所组成的文学家族、文学流派、文学社团、文学中心等)所完成的文学积累(文学作品、文学胜迹等),所形成的文学传统,所营造的文学风气,等等,对当地的人文环境所构成的影响。文学与地理环境的关系是一个互动关

---

① 杨义:《文学地理学会通》,中国社会科学出版社2013年版,第57页。
② 同上书,第57—58页。
③ 曾大兴:《文学地理学研究》,商务印书馆2012年版,第1—2页。

系"①。

由上观之,以杨义、曾大兴为代表的文学地理学研究者,多具有宏观的文化视野和学科意识。他们注重文学诸要素与地域文化关系的考察,还原文学与地理文化互构的心灵和历史过程,重构处于地域文化中的多元文学史图景,并力求建设中华多民族文化—文学体系。

值得思考的是,文学地理学,除包括上述宏观的文化—文学研究的向度之外,还应包括微观的地理空间—文学关系的分析向度。前者规划中华文化圈中区域文化—文学的多元形态和诗学景观;后者则通过细致的作品阅读、地方实证和个体感知,确立文学地理学的基本诗学规则。比如,我们在考察作家、文学与地域文化关系时,首先碰到的一个基本理论问题是:作家如何感知地方、表达地方? 只有厘清了这个问题,我们在研究文学地理学中的区域文化类型、族群分布、文化空间的转移与流动等宏大问题时,才有更坚实的理论基石。我想,杨义的"文化推原法"就包含了这方面的思考。在分析屈原《天问》中的时空错乱这一问题时,他就还原了屈原创作时的精神紊乱与楚庙壁画中诡异绚丽的时空形态之关系。因此,我们在研究文学地理学时,必须同时注意到空间诗学的元理论问题。这部分就涉及哲学和地理学等相关学科。可以说,空间诗学对作家感知和表现空间所遵循的基本法则等问题的研究,为文学地理学提供一套基本的概念和可操作的分析方法,同时也赋予文学地理学以文学史和诗学的双重维度。

二、地理空间与文学书写的关系

这里,我们将进一步对地理空间和文学书写的基本关系展开思考。英国的文化地理学者迈克·克朗在《文化地理学》中专章讨论了文学创作和地理的基本关系。他说:"文学地理学应该被认为是文学与地理的融合,而不是一面单独折射或反映外部世界的镜头或镜子。同样,文学作品不只是简单地对客观地理进行深情的描写,也提供了认识世界的不同方法,广泛展示了

---

① 曾大兴:《文学地理学研究》,商务印书馆2012年版,第2页。

各类地理景观:情趣景观,阅历景观,知识景观。……文学是社会的产物,事实上,反过来看,它又是一个具有重要意义的社会发展过程。它是一种社会媒体,各民族、各历史时期的意识形态形成了这些作品,反之也被它们所影响。"① 因此,文学作品不是简单地描述某些地理空间,而是参与"创造了这些地方"②,参与到各民族各地区文化共同体的创造进程中,形塑地方的感知和表达,建构地方独特的文化心理。文学的地方书写和民族共同体的形成存在多重互构的关系。而文学文本结构、创作手法、作家体验的转变,也跟地理空间的整体裂变存在根本关系。

从乡村到城市无疑是现代社会空间演变的主要趋势。作家对这一空间转型的书写,包含诸多复杂的现代性体验。英国文化理论家雷蒙德·威廉斯便在《乡村与城市》一书中系统研究了英国文学中乡村与城市这一主题。威廉斯指出,人们通常对乡土和城市存在着二元对立的思维模式:"对于乡村,人们形成了这样的观念,认为那是一种自然的生活方式:宁静、纯洁、纯真的美德。对于城市,人们认为那是代表成就的中心:智力、交流、知识。强烈的负面联想也产生了:说起城市,则认为那是吵闹、俗气而又充满野心家的地方;说起乡村,就认为那是落后、愚昧且处处受到局限的地方。"③ 而威廉斯的研究突破了这种模式。他认为,英国文学中的乡村和城市书写存在多重的异质性空间和感觉结构。

伴随着封建制度的崩溃和农业资本主义的兴起,英国文学中早期的田园诗(16—18世纪)将乡村理想化为静谧、纯朴、慈善和富足之境,而漠视乡村中存在着贫穷、劳作与剥削的阶级状况。诗人们站在没落贵族的价值立场上批评农业资本主义兴起带来的赤裸裸的金钱关系,他们将城市视为邪恶。而随着资本主义的进一步发展,作为共同体的乡村社会日益分崩离析,乡村诗歌(18世纪)呈现出处于新旧秩序冲突中的乡村文化与含混性的感觉结构:既有"对失去的朴素世风的叹惋";也有对不公平现实的抗议,对圈地运

---

① [英]迈克·克朗:《文化地理学》,杨淑华等译,南京大学出版社2003年版,第52页。
② 同上书,第40页。
③ [英]雷蒙·威廉斯:《乡村与城市》,韩子满、刘戈、徐珊珊译,商务印书馆2013年版,第1页。

动中农民土地的被剥夺和对劳工苦难生活的表现。①18到19世纪英国文学中的城市也有一种典型的含混性:一方面城市是文明的标记,是进步和启蒙的象征,是自由和秩序的中心,是"光明之城";另一方面城市又是黑暗、贫穷、罪恶和肮脏的,是病态的"肿瘤"和"黑暗之城"。直到19世纪中后期,大都市和工业文明陷入了危机,作为孤独而绝望的死亡之城,城市成为"人类生活状况的象征"②。而乡村成为城市和资本的附属空间,文学中的乡村呈现出空前的混合性:有被高度资本化、变成消费场所的乡村,有按照资产阶级惯例记录离奇的乡村;也有真实描写农村劳作和生活的乡村;还有作为殖民地富于"异国情调"的乡村……除了乡村和城市这两个文化空间之外,威廉斯还考察了作为"边界"(border)的空间,它处于乡村和城市的交界地带。这种"边界"空间既是乡村向城市过渡的地理空间,也是传统生活方式向现代生活方式过渡的文化空间。因此,"边界"空间具有"乡村"与"城市"的双重经验和视角,在变迁过程中包含更复杂的异质文化冲突。③

威廉斯从"乡村"、"城市"、"边界"这三个地理—文化空间考察英国现代文学地图,颠覆了"乡村"与"城市"二元对立的分析模式;通过对英国社会经济文化和空间转型的整体考察,把握到文学作品中深层次的感觉结构,从而凸显出充满矛盾性、复杂性和异质性的英国社会空间文化形态和整体脉络。

威廉斯对英国现代文学和社会文化空间的研究堪称典范。其宏大的视野、多元的思路与细腻的文本解读,为文学地理学研究提供了可资借鉴的操作方法。有趣的是,美国学者理查德·利罕则在《文学中的城市:知识与文化的历史》一书中对文学与城市文化这一议题作出更系统的考察。

利罕认为,城市是一个变化中的而非静态的领域。随着物质的城市不断演进,文学——尤其是小说——对它的再现方式,也在不断地演进。④他将现

---

① [英]雷蒙·威廉斯:《乡村与城市》,韩子满、刘戈、徐珊珊译,商务印书馆2013年版,第101—110页。
② 同上书,第321页。
③ 刘进:《文学与"文化革命":雷蒙德·威廉斯的文学批评研究》,巴蜀书社2007年版,第289页。
④ [美]理查德·利罕:《文学中的城市:知识与文化的历史》,上海人民出版社2009年版,第380页。

代城市划分为三个持续的发展阶段:商业城市、工业城市和"世界级"城市("world stage" city),并认为城市的兴起与各种文学运动关系密切,"尤其是与小说和继之而起的叙事模式——喜剧现实主义、浪漫现实主义、自然主义、现代主义和后现代主义——的发展有着千丝万缕的联系"①。喜剧现实主义和浪漫现实主义提供了对商业城市的洞见;自然主义和现代主义提供了对工业城市的洞见,后现代主义则提供了对后工业城市的洞见。②启蒙运动把城市描绘成"加在自然身上强有力的规范",即商业城市所遵循的理性的力量、自然权利和由金钱主导的商业秩序;而浪漫主义则探究"那个规范所压抑了的东西",亦即城市中被摧残的人性、邪恶的原始本能、废墟与死亡。自然主义者分享了浪漫主义的怀疑,他们把城市描绘成一个能量系统和一种异化的机制,它创造了一个脱离于自然的病态的中心,因而加速推动了衰退的进程,包括个人、家庭与国家的衰落。③而自然主义最终被现代主义所取代。这意味着,"作为物理空间的城市,被一种心灵状态所替代"④,都市形象体现为艺术家的内在感觉和印象,"客观的城市形象向主观的城市形象的转变"⑤。自然主义与现代主义在叙述方法上的差别在于:

> 现代主义质疑自然主义的基本前提,它从科学主义转向一种以神话/象征为基础的方法,以循环的时间代替线性的时间,它允许用一种柏格森的主观现实性来代替科学的经验主义,并创造了一种对高级文化和低级文化的精英主义的划分方式。……自然主义笔下的城市呈向心状态:生活被一个都市力量中心所控制;而现代主义笔下的城市呈离心状态:中心引导我们向外,面向空间和时间中的象征对应物。自然主义的叙述者从一个中心观察正在起作用的各种力量;而现代主义的叙述者却发现,中心变得越来越复杂和模糊,叙述者自己的视野也变得越来越主观。

---

① [美]理查德·利罕:《文学中的城市:知识与文化的历史》,上海人民出版社2009年版,第3页。
② 同上书,第380页。
③ 同上书,第88页。
④ 同上书,第96页。
⑤ 同上书,第92页。

文学视角的差异就是都市现实性的差异。①

无独有偶,迈克·克朗也指出了这种差异性:随着城市生活空间的转变,文学也经历了这种转变,"城市的地理空间开始碎片化,随着城市生活的节奏加快,时间似乎也在加快,人们感到了20世纪的来临"②。在文学上,马塞尔·普鲁斯特的《追忆似水年华》,出现了自由的回想,时间叙述不遵循一定的顺序;詹姆斯·乔伊斯或弗吉尼亚·伍尔夫等创作的意识流小说,叙述无法连贯,这些都打破了现实描写的时间顺序,对表现城市生活的手法提出了问题。③

到了后现代,迷宫成为后现代城市的表现。高楼与高楼之间缺乏可区分的特征,人一旦进入其中,便无法分辨。大众传媒塑造着城市的现实,"个体受到媒体和时尚的'轰炸'和过度刺激",变得神经过敏,现实和梦幻合并起来变成"超空间"。超现实加强了失序和混乱感,增添了置身城市迷宫中的焦虑感和紧张感。④后现代主义向早期的城市范式做了一个激进的告别。

通过利罕的考察,城市的存在史,竟然像编年史一样被文学想象所记录。⑤利罕指出:"城市是都市生活加之于文学形式和文学形式加之于都市生活的持续不断的双重建构。"⑥城市和关于城市的文学有着相同的文本性(textuality),也就是说,我们阅读文学文本的方法和城市历史学家阅读城市的方法相类似,阅读文本已经成为阅读城市的方式之一。⑦反之,阅读城市的方式也暗示着阅读文本的方式,城市和文学理论之间互为补充。⑧

国外的相关研究,为文学地理学提供了丰富的视角。他们将文学中的主题、形象、时空感知与叙述方法等与社会形态(从乡村到城市)的演变、地域

---

① [美]理查德·利罕:《文学中的城市:知识与文化的历史》,上海人民出版社2009年版,第88页。
② [英]迈克·克朗:《文化地理学》,杨淑华等译,南京大学出版社2003年版,第50页。
③ 同上书,第51页。
④ [美]理查德·利罕:《文学中的城市:知识与文化的历史》,上海人民出版社2009年版,第366—369页。
⑤ 同上书,第376页。
⑥ 同上书,第3页。
⑦ 同上书,第9页。
⑧ 同上书,第11页。

时空形态等予以结合研究,指出作家、文学、社会存在着交往反复的同构互生关系。因此,我们在探讨文学与地域文化关系时,切忌将文学与地域文化进行单一的对应研究。而应在宏观的视野中保持个案研究的多元辩证思维,这样才能避免陷入依据地域文化进行简单划分的文学史研究模式中。而要对文学地理学中的个案展开精细研究,我们必须厘清空间诗学的基本概念。

三、空间诗学的几个概念:
"空间"、"地方"、"地方感"与感觉结构

为进一步展开空间诗学相关观念的辨析,我们要对人文地理学中的"空间"、"地方"、"地方感"等相关概念作出说明,并考察雷蒙德·威廉斯的感觉结构理论,以期能够将这些概念予以综合运用。

Tim Cresswell 在《地方:记忆、想象与认同》一书中引用了政治地理学家阿格纽(John Agnew)关于作为"有意义区位"的地方三个基本面向的说明:一是区位、二是场所(locale)、三是地方感。① 区位即是地球表面的客观坐标;场所则是指社会关系的物质环境,即真实的地方样貌,如房间、大楼、道路、公共空间等具有物质视觉形式,置身其中的人以各种身份来生活;地方感是指人类对地方有主观和情感上的依附。而空间则比地方更为抽象,被视为缺乏意义的领域,是"生活事实",跟时间一样,构成人类生活的基本坐标。当人们将意义投注于局部空间,以某种方式(比如命名)依附其上,空间就成了地方。② 此外,地方也是一种观看、认识和理解世界的方式。把世界视为含括各种地方的世界时,就会看见人与地方之间的情感依附和关联,看见意义和经验的世界。透过地方看世界也潜在影响着观看世界的价值立场和

---

① Agnew, J., *The United States in the World Economy*, Cambridge: Cambridge University Press,1987. 转引自 Tim Cresswell:《地方:记忆、想象与认同》,徐苔玲、王志弘译,台北:群学出版有限公司 2006 年版,第 14 页。另见 Paul Cloke, Philip Crang, Mark Goodwin 编:《人文地理概论》,王志弘、李延辉等译,台北:巨流图书有限公司 2006 年版,第 302 页。

② Tim Cresswell:《地方:记忆、想象与认同》,徐苔玲、王志弘译,台北:群学出版有限公司 2006 年版,第 14—19 页。

方式。① 然而，人的经验、情感又是如何与地方发生关系的呢？地方与主体的关系，不仅仅是外在的观看和依附关系；而是更为内在的存在关系，它是主体性据以建立的基础。"我们并非先有一个主体，以地方的观念来理解某些世界特性；反之，主体性的结构是在地方结构之内，以及经由地方结构而成形的。"② 一方面，人类固然建构了地方意义，建构了地方的物质结构；但另一方面，人类如果没有先置身于某个地方，也就根本无法建构任何事物，因此"地方是意义与社会建构的首要因素"③，"是构成人类互动基础的意义核心和关照领域（field of care）"④。所以说，地方，具有更为一般的存在论意义，是人存在的基本方式；但同时我们也必须意识到，地方总是处于过程和实践之中，它从未被完成。

人文地理学家关于地方的多元思考，为文学地理学研究提供了一些基本的问题意识和理论导向：即地方与文学家之间存在怎样的关系？文学家如何体认地方、表达地方？同一世代不同区域的文学家之间，不同世代同一或不同区域的文学家之间，在体认和表达地方的方式上有何异同？各自的文学文本结构、创作手法、情感基调和地方想象又存在怎样的共性和差异性？以上诸多问题将为文学地理学或空间诗学开启多重研究空间。

要具体展开作家、地方与文本多重关系的考察，我们必须进一步考察另

---

① Tim Cresswell：《地方：记忆、想象与认同》，徐苔玲、王志弘译，台北：群学出版有限公司 2006 年版，第 21—22 页。这里有必要区分地方与地景的概念："地景是指我们可以从某个地点观看的局部地球表面。地景结合了局部陆地的有形地势（可以观看的事物）和视野观念（观看的方式）。地景是个强烈的视觉概念。在大部分地景定义中，观者位居地景之外。这就是它不同于地方的首要之处。地方多半是观者必须置身其中。"引自 Tim Cresswell：《地方：记忆、想象与认同》，徐苔玲、王志弘译，台北：群学出版有限公司 2006 年版，第 19—20 页。

② Malpas J. E., *Place and Experience: A Philosophical Topography*, Cambridge: Cambridge University Press, 1999, p.35. 译文转引自 Tim Cresswell：《地方：记忆、想象与认同》，徐苔玲、王志弘译，台北：群学出版有限公司 2006 年版，第 54 页。

③ Tim Cresswell：《地方：记忆、想象与认同》，徐苔玲、王志弘译，台北：群学出版有限公司 2006 年版，第 55 页。

④ 同上书，第 83 页。

一个关键概念,即感觉结构①这个概念。感觉结构(structure of feeling)是英国文化理论家雷蒙·威廉斯独创的关键术语。威廉斯在《革命长途》(*The Long Revolution*,1961)一书中指出,文化理论就是"在整体生活方式中各因素之间相互关系的研究,文化分析就是试图去发现组织的性质,即各种因素关系的综合体"②。而要能够真正理解特定文化,并非抽象地抽取一些基本元素,而是要去感知特地时间地点中的生活性质、感知具体的活动融进思想与生活的方式。凭借这些鲜活的生活经验,我们可以感知特定文化中更为一般的基础元素,而非文化特性和文化模式。③在此文化理论基础之上,威廉斯认为,感觉结构是"一个时期的文化:是在一般组织中所有因素的特殊的、鲜活的结果","在所有实际的共同体中,情感结构是一个非常深入而广泛的所有物,因为交流就是依赖它"。④简单地说,感觉结构就是"整个生活方式",一种生活的特殊感觉、一种不需要特意表示的特殊社群经验。⑤因此,"作为特定时期的文化,感觉结构就不仅仅是某些文学作品所特有的,它渗透于所有的文化实践活动中,'作用于我们的活动的最微妙和最不可捉摸的部分',可以包含一个社会某一时期的人们所特有的愿望、冲动、压抑和情绪,这些因素共同构成一种实际的生活感,活跃于社会生活的每一层面,触及生活的每一细枝末节"⑥。威廉斯关于感觉结构的概念,与人文地理学的地方概念有着内在的相通性,即都强调主体在地拥有的鲜活的生活感觉和情感体验。而感觉结构更具有长程的理论视野和宏观把握能力。结合地方和感觉

---

① 感觉结构亦译为"情感结构",本书统一使用"感觉结构",引文中译者原译为"情感结构"的则不做更动。本节关于"感觉结构"观念的梳理,主要参考李兆前:《范式转换:雷蒙德·威廉斯的文学研究》,首都师范大学文艺学 2006 年博士学位论文;付德根:《感觉结构概说——雷蒙德·威廉斯的文化唯物主义的一个概念》,《马克思主义美学研究》(第 9 辑),中央编译出版社 2006 年版;刘进:《文学与"文化革命":雷蒙德·威廉斯的文学批评研究》,巴蜀书社 2007 年版,第 385—403 页;赵国新:《新左派的文化政治:雷蒙·威廉斯的文化理论》,外语教学与研究出版社 2009 年版;赵国新:《情感结构》,《外国文学》2002 年第 5 期等。关于雷蒙德·威廉斯的国内外研究情况及国内译介情况请见李兆前和刘进的博士学位论文。

② Williams, Raymond, *The Long Revolution*, Greenwood Press, 1975, p.46.

③ 同上书,第 47 页。

④ 同上书,第 48 页。

⑤ 同上。

⑥ 付德根:《感觉结构概说——雷蒙德·威廉斯的文化唯物主义的一个概念》,《马克思主义美学研究》(第 9 辑),中央编译出版社 2006 年版,第 93 页。

结构这两个概念,将使文学地理学或空间诗学的研究具有较长时段的地方文学史视野和微观空间诗学精细分析的双重维度。

除感觉结构是一个时期的文化这个观点之外,威廉斯还注意到,不同世代之间感觉结构的差异是明显的,因为任何形式的感觉无法被学习。某一代人可以成功地训练继承者习得社会品质和共同的文化模式,但是新的一代会拥有自己的感觉结构。新的一代用自己的方式去应对他们所承袭的独特社会,也接纳了许多可以被溯源的连续性,并且复制了组织中诸多可以被独立描述的方面;但是,新的一代可以用某些不同的方式去感知整个生活,并形成创造性的反应能力,塑造出一个新的感觉结构。① 作为一个时期的文化,当某一时代感觉结构的承载者消逝,我们还可以从文学、艺术、建筑和服饰时尚这些文献式文化中部分地掌握逝去时代的感觉结构。② 另外,在威廉斯文学评论专著《乡村与城市》(*The Country and the City in the English Novels*, 1973)中,作为文学批评术语时,感觉结构又是多义的:"既是作家对具有代表意义的整个社会的某种或多种经历在作品中的高度概括,也可指某种文学团体或某种文学运动普遍特征,甚至是某一作家的经历过程的独特性或体现作家的独创性。"③

在《马克思主义与文学》(*Marxism and Literature*, 1977)一书中,威廉斯对感觉结构进行了全面的理论总结。他指出,感觉结构包括"冲动、抑制和语调等特性元素,特别是意识和关系的情感元素:不是与思想相对立的感觉,而是感觉过的思想和思想过的感觉,是一种当下的实际意识,处在鲜活的相互关联的连续体之中"④。感觉结构与文学艺术有着特别的联系,尤其适合于文学艺术领域。由于文学艺术表现出的社会内容往往是当下的情感/感觉内容,是一种"特殊情感"和"特殊韵律",而不是被简化的信仰体系、习俗或者外在关系。这些情感/感觉呈现成为"美学"、"艺术"、"想象文学"等特殊范畴的真正源泉。因此,作为一种文化理论,感觉结构把艺术和

---

① Williams, Raymond, *The Long Revolution*, Greenwood Press, 1975, pp.48–49.
② 同上书,第49页。
③ 李兆前:《范式转换:雷蒙德·威廉斯的文学研究》,首都师范大学2006年文艺学博士学位论文。
④ Williams, Raymond, *Marxism and Literature*, Oxford: Oxford University Press, 1977, p.132.

文学中的形式和惯例界定为社会物质过程不可分割的因素:作为一种特殊的社会构形,它反过来被看作是各种感觉结构的表达(常常是唯一充分有效的表达),作为活生生的过程,感觉结构得到越来越广泛的体验。①

感觉结构不是静态的,而是动态的过程。它所关联的"主要是正在浮现的形构(虽然它经常是老旧形构的修改或搅动)"。它是结构化的构形,因为它处在语义有效的边缘,所以具有许多前构形的特质,直到在物质实践中发掘新的语义形象。新的语义形象被发掘,经常是以相对孤立的方式出现,直到后来似乎才形成一个有重大意义的世代(实际上经常是少数),并且实质地连续着后继者。②也就是说,新感觉结构萌芽时往往是个人的、特殊的、处于边缘的甚至是被压抑的状态;但随着敏感作家的努力,他们以新的语义形象不断冲击文坛,新的感觉结构便会比较清晰地浮现出来,并最终获得人们的承认。在这一过程中,新的感觉结构总是受到已经蜕化成官方意识或普遍的社会形式的旧感觉结构的压制。在很长一段时间内,新旧感觉结构同时并存于社会生活中,互相交融、互相冲击,直至旧的感觉结构退出历史舞台。③

在《马克思主义与文学》一书中,威廉斯还论述了感觉结构与阶级之间的关系。不同的阶级往往有着不同的感觉结构。新的感觉结构时常是与新阶级的兴起相关联的。而阶级内部的分裂,也会形成新的语义形象,表现出新的感觉结构。④

总之,威廉斯的感觉结构概念将个人、群体与社会相互关联,考察新的

---

① Williams, Raymond, *Marxism and Literature*, Oxford: Oxford University Press,1977, pp.132-133. 译文参见雷蒙德·威廉斯:《马克思主义与文学》,王尔勃、周莉译,河南大学出版社2008年版,第143页;付德根:《感觉结构概说——雷蒙德·威廉斯的文化唯物主义的一个概念》,《马克思主义美学研究》(第9辑),中央编译出版社2006年版,第95—96页。

② Williams, Raymond, *Marxism and Literature*, Oxford: Oxford University Press,1977, p.134. 译文参见陈明柔:《典范的更替/消解与台湾八〇年代小说的感觉结构》,东海大学中文系1999年博士学位论文;雷蒙德·威廉斯:《马克思主义与文学》,王尔勃、周莉译,河南大学出版社2008年版,第143页。

③ 付德根:《感觉结构概说——雷蒙德·威廉斯的文化唯物主义的一个概念》,《马克思主义美学研究》(第9辑),中央编译出版社2006年版,第96页。

④ Williams, Raymond, *Marxism and Literature*, Oxford: Oxford University Press, 1977, pp.134-135.

感觉结构形成机制及其特点,论证感觉结构与社会变迁、世代与阶级更替之间的紧张关系;更重要的是,他认为不同时代的感觉结构能够在文学作品中得到具体体现,而且由于感觉结构的不同,文学惯例、作品风格等都会有所差别,我们还可以通过阅读文学作品部分掌握过去的感觉结构,这为文学的文化研究提供了方法论路径。

威廉斯的"感觉结构"在充分展示其过程分析的理论魅力之时,也有其内在的问题。正如艾兰·普瑞德所指出的,"所谓感觉或环境是处在某一特殊时间中的某种特殊世代(可能是阶级)状态,而社区的经验(亦即感觉结构),是以积极的生活和特殊活动为基础的。然而,当威廉斯将其有力而具有一般性的理论概念放到实例中时,很难辨视从'特殊个体以及制度的实践'跨越到'感觉结构及其变化'之间的桥梁。往往感觉结构被处理成昭然若揭,然而,真实的生活和实践却是不可见的"[①]。普瑞德的分析切中了感觉结构概念及其运用过程中的要害问题。我们如何将具体实践与感觉结构的形成过程结合起来进行有效操作呢?普瑞德认为:"个体获得一个感觉结构,部分由于她所拥有的路径,往往是暴露在印刷文字或现代媒体所形成的政治—历史事件的新闻中;而另一部分则由于她的路径每天和'时间—空间'的特定制度计划交错,它也和其他人的路径交错(其中有些人属于同一代或同一阶级),以及和物体交错(如建筑物、铁路、家具和机械设备);而一部分则由于限制和可能性加诸她其他形式的计划参与,而知悉了支配性的制度计划。它是以路径为基础所共同呈现的计划和交叉点的特定性(某个政客或是流行歌曲的名字,某种车型的轮廓,某种货品的包装,某个特殊器具的细部),是作用于意义的触媒,透过某一象征引出整个象征系统,使追忆到感觉结构的存在。"[②] 普瑞德展示了感觉结构形成过程中时空因素与其他社会文化因素的建构性作用。实际上,普瑞德是将地方、地方感连接上感觉结构,将感觉结构的分析落实到具体地方时空之流与文化语境之中,感觉结构与地方感的形成过程二者是不可分的。这种方法论的假设极具启示意义。显然,

---

[①] 艾兰·普瑞德:《结构历程和地方——地方感和感觉结构的形成过程》,载夏铸九、王志弘编《空间的文化形式与社会理论读本》,许坤荣译,台北:明文书局1994年版,第93—94页。

[②] 同上书,第94—95页。

笼统地讨论一个国家、一个民族、一个世代的感觉结构往往大而无当,只有将感觉结构落实到地方之中,落实到个体的每日生活实践和文化接触之中,感觉结构的形成过程及其特征、类型才能得到更为真切和深入的讨论;由此,地方的空间形态、文化观念也将得到进一步彰显。

因此,我们在今后的空间诗学研究中,必须考虑以下两方面的内容:一是作家个体对具体地方的空间感知与文学表达。研究作家空间感知的具体形态和基本法则,研究文学表达空间的基本语义学和美学规范问题。二是世代作家感知空间和表达空间的结构与类型问题。研究世代作家感觉结构的生成与演化、世代作家之间感觉结构裂变脉络与作家个体的空间感知、空间表达的内在关系。以上两方面的空间诗学研究立足于对作家感知具体地方和社会文化(包括时空形态)整体演变这两方面的综合考察基础之上。可见,微观的空间诗学分析离不开地域文化、多元文化的宏观视野,而文学地理学的宏观把握又建立在空间诗学个案研究经验基础之上。可以说,空间诗学与文学地理学是一体两面,是一个永不停息的双向的动态研究过程。

四、结构与意象:城市文学中的五种空间单位

基于以上的理论分析,我们同时注意到,乡土—田园文学与城市文学的空间诗学分析都必须面对具体的地方,它们有着各自不同的空间感知和文学表达模式。因此,我们有理由相信,乡土—田园文学与城市文学的空间诗学研究应该存在自成一体又内在演替的时空感知与文学表达范式,存在多种多样的具有鲜活时代特性的感觉结构类型,以及随着社会演变而演变的感觉结构脉络。空间诗学的研究因具有文学史、文化史、诗学研究的多重向度而充满了学术活力,这就需要我们进行更长远、也更具体的学术设计。

由于本书具体研究对象的局限性,笔者仅就城市文学空间诗学的几个概念进行相关评介,以期提供一套可操作性的分析单位。

美国著名的城市规划理论学家凯文·林奇在《城市意象》一书中将城市意象分为道路、边界、区域、节点、标志物等五种元素。这五种元素是人们感知城市的基本单位。五种意象彼此绾结也形成了一个基本的城市空间感

知结构。这五种意象分别是:

其一,道路。道路是观察者习惯、偶然或是潜在的移动通道,它可能是机动车道、步行道、长途干线、隧道或是铁路线,对许多人来说,它是意象中的主导元素。人们正是在道路上移动的同时观察着城市,其他的环境元素也是沿着道路展开布局,因此与之密切相关。①

在日常生活中,大街、胡同、巷弄、地铁、铁路或者隧道等都是通行的主要空间形式。在道路中穿行,诸种道路的主要空间形态构成城市意象的重要内容;但更重要的是,沿路两旁的建筑物和风景构成城市形象更为复杂的连续景观;而大街与巷弄的纵横交错,形成城市的主要网络,也是城市空间向纵深方向的多元延展。这为人们感知城市提供复杂多元的空间路径单位和景深。不同大街和巷弄的风格,又镌刻了时代精神、社会权力、阶层、族群以及个人的印记。因此,对道路的空间感知和文学表达,成为城市文学空间诗学的关键单位。

其二,边界。边界是线性要素,它是两个部分的边界线,是连续过程中的线形中断,比如海岸、铁路线的分割,开发用地的边界、围墙等等。这些边界可能是栅栏,或多或少地可以互相渗透,同时将区域之间区分开来;也可能是接缝,沿线的两个区域互相关联,衔接在一起。②

与边界相关的空间形式有河流(护城河、内河)、城墙、栅栏等,形成视线的阻断和分界;而在阻断的同时也意味着同质或异质空间之间的连接、渗透、中断与拼贴,从而形成不同的城市空间形象。这也意味着,空间上的边界也是感知和心理上的边界。既可能存在着认同感,以抵抗或者消解中心区域的文化力量和可能存在的主导性感知;也可能有区隔、中断与异域的意味,这其中包含了安全感、危险、恐惧与陌生诸种体验。上述诸种感知皆能在文学表达中呈现出来,形成城市边界形象的复杂性。

其三,区域。区域是城市内中等以上的分区,是二维平面,观察者从心理上有"进入"其中的感觉,因为具有某些共同的能够被识别的特征。这些特

---

① [美]凯文·林奇:《城市意象》,方益萍、何晓军译,华夏出版社2001年版,第35页。
② 同上书,第35—36页。

征通常从内部可以确认,从外部也能看到并可以用来作为参照。①

每座城市都有不同的区域,或因历史传承形成的生活方式和风格上的差异,或因城市规划、商业消费类型不同形成的差异。如台北市就可分为大稻埕、西门町、城南、东区、信义计划区等区域。不同的区域大致形成各自独立的空间形态和组织结构,也生产出各具特色的感觉结构类型和历史脉络。因此,来自某个区域的人骤然进入到另一个区域,便有瞬间的空间疏离和陌生感,从而产生心理上的紧张乃至惊恐,其感觉也变得特别敏锐,甚至怪异。因此,关于整个区域的整体感知和认同,成为分析世代作家感觉结构类型与社会文化阶段性形态的一个有效单位。

其四,节点。节点是在城市中观察者能够由此进入的具有战略意义的点,是人们往来行程的集中焦点。它们首先是连接点,交通线路中的休息站,道路的交叉或汇聚点,从一种结构向另一种结构的转换处,也可能只是简单的聚集点,由于是某些功能或物质特征的浓缩而显得十分重要,比如街角的集散地或是一个围合的广场。某些集中节点成为一个区域的中心或缩影,其影响由此向外辐射,它们因此成为区域的象征,被称为核心。当然许多节点具有连接和集中两种特征。②

像城市广场、火车站广场、十字路口和圆环等,都可以称为节点。节点是城市空间的关键结构点。它既具有城市结构上的功能性,也具备感知与心理的结构性。它们在世代作家的感觉结构中占据重要地位。随着社会转型和城市空间的不断演变,节点也在不断被生产和被抹除。因此,关于节点的感知和书写,具有重要的社会文化意义。节点的空间形态因具有集中和连接性,其形象也比较具有视觉上的聚焦性,这是区分作家文化身份认同的重要依据。

其五,标志物。标志物是另一类型的点状参照物,观察者只是位于其外部,而并未进入其中。标志物通常是一个定义简单的有形物体,比如建筑、标志、店铺或山峦,也就是在许多可能元素中挑选出一个突出元素。有些标志物可能很远,比如孤塔、金色穹顶或是高山;有些标志物则是地域性的,只

---

① [美]凯文·林奇:《城市意象》,方益萍、何晓军译,华夏出版社2001年版,第36页。
② 同上。

能在有限的范围、特定的道路上才能看到,比如标牌、商店立面、树木、甚至是门把手之类的城市细部,只要它们是观察者意象的组成部分,就可以被称作标志物。①

城市中最明显的标志物大概就是高楼大厦、高塔,比如埃菲尔铁塔、台北101;而最细小的标志物无过于一个徽章、一棵树等等。对同一个标志物的认同,体现了特定族群所共具的文化认同感和空间感知;而不同时代人们对不同标志物的认同,则体现了不同世代人们的感觉结构演变脉络。另外,标志物的大小不同,形成仰视、平视和俯视等诸多身体姿势和感觉方式,也形成文化心理和文学表达上的差异性。

在界定上述五种元素时,凯文·林奇也指出:"在现实中,上述个别分析的元素类型都不会孤立存在,区域由节点组成,由边界限定范围,通过道路在其间穿行,并四处散布一些标志物,元素之间有规律地互相重叠穿插。"② 显然,这五种元素是城市空间形象的基本内容,它们之间彼此绾结、交错或者中断,共同构成一座城市的基本空间。我们在分析作家的城市空间基本单位时,必须同时注意诸种意象之间可能存在着更为复杂的结构关系。

另外,我们必须注意到城市中无处不在的微型空间,比如家、咖啡馆、电梯等。它们是城市的空间细胞,无所不在。如果说道路、边界、节点、区域、标志物等是城市空间的重要血管、骨骼和脏器,那么这些微型空间则是输送养分的细胞。有之,一座城市才具有无比丰富的意义和活力,而不只是一座可供简单切割的骨骼结构。微型空间,存在于人们的日常生活中。空间意义的生产与消失,端赖这些微型空间的组合与拆散。单个作家对这些微型空间的感知和文学表达,形成了具体而微的感知—心灵空间;而大量作家对微型空间的差异性感知与表达,便形成一个世代作家的感觉结构类型或不同时代作家的感觉结构脉络。总之,上述的五种空间意象,加上众多的微型空间,共同构成一座城市的空间结构形态。城市文学的空间诗学研究必须对它们作出深入有效的分析。

---

① [美]凯文·林奇:《城市意象》,方益萍、何晓军译,华夏出版社2001年版,第36页。
② 同上书,第37页。

五、有待开拓的研究空间

通过上述的理论导引,我们知道文学中的空间议题,不仅仅是主题研究,还是感知方式、表达方式、文化心理、审美风格与社会文化—空间形态的关系研究。文学与空间的关系研究,其基本的诗学内涵、理论与方法还没有被完整而彻底的清理。而从文学地理学到空间诗学,从乡土—田园文学到城市文学,学科与学科之间理论方法的互训、文类与文类之间分析范式的差异性建构,均未得到清晰的认知。因此,空间诗学研究一方面必须具有文学地理学这一宏阔的视野,另一方面必须进行更为精细的个案分析;只有将二者有机地结合起来,才能使空间诗学和文学地理学真正焕发出强大的生命力。

另外,除了诗学维度,我们还应始终借鉴城市社会学的空间研究成果。正如大卫·哈维所说:"城市是人类成就的高峰,人们将最复杂的知识具体地展现在充满了复杂事物、权力与光彩的实质地景中,同时也将诸种可能促成社会技术与政治产生变革的社会力量收拢在一起。不过,城市也是产生人性污浊的渊薮,是最深沉之人类不平的避雷针、最原始之社会与政治冲突的作用场。同时它也是一个充满奇幻的地方,充满着种种出于意料的事物、兴奋和骚动,同时也充满了自由、机会与疏离;同时存在着奔放之情与压抑,四海一家的情怀与极端狭隘的部落主义,充满了暴力、发明与互动。资本主义的城市是社会与政治混乱最密集的所在,同时它也是资本主义不均等发展的最佳证据和内部催化动力。"① 由于城市生成过程内在的复杂性和矛盾性,我们应尽量避免将城市空间做单一的、纯粹的、经验性的文学文本分析,而是要试图将文学文本与城市空间生产具体过程结合,展开双向的考证和思辨工作,以补各自研究面向的不足。这其实也是所谓的"资本的都市化"与"意识的都市化"的双向过程:资本的都市化关心的是都市实质空间的营造与资

---

① [美]大卫·哈维:《意识与都市经验》,转引自曾旭正《战后台北的都市过程与都市意识形构之研究》,台湾大学土木工程学研究所1994年博士学位论文。

本循环的关系,而意识的都市化所关心的是,在都市实质环境中,个体的认同(identity)和意识如何形构,同时它的主要任务在于"检视意识究竟如何经由个体、阶级、社区、国家和家庭等关系类型来影响资本主义都市化的进路和特质,而这都市化又如何反过来改变了埋藏在意识之都市化底下的关系类型"[①]。

---

① [美]大卫·哈维:《意识与都市经验》,转引自曾旭正《战后台北的都市过程与都市意识形构之研究》,台湾大学土木工程学研究所1994年博士学位论文。

第二节 台湾当代散文空间诗学问题

一、问题的提出

台湾当代散文研究一直是学界研究的冷门。迄今为止,几部台湾文学史仍未对近六十年来的台湾当代散文创作思潮作出清晰、完整的描绘。而与此相比,六十年来,台湾当代散文创作,无论是数量还是质量,都甚为可观。因此,对台湾当代散文的资料整理、创作思潮的梳理研究、散文理论的研究都已是当务之急。本书的写作也是基于上述研究考虑,只不过对六十年来台湾当代散文创作思潮的整理研究需要更多的资料支撑和学术积累。为此,本书选择从散文空间诗学这个问题出发,考察台湾当代散文创作的空间意识与空间书写脉络,以期为今后的台湾当代散文创作思潮研究做一些学术积累工作。

台北空间的文学书写,这一议题一直以来都备受关注。《联合文学》先后在1986年7月号第21期,组织"城市与文学专号";在1994年3月号第113期,特辑"城市的身世"专号;在1994年5月号115期,组织"绝望·希望·渴望——走过五〇、六〇年代"专题;在1994年6月号推出"我们的台北"专栏散文;在1994年9月号专辑"三城赋——台北/北京/香港";在2000年10月号192期专辑"人在台北——一次城市的跨时空之旅",由此足见《联合文学》编辑部和台湾文坛对城市与文学书写的关注程度。随着城市的兴起,城市已经深刻影响到作家的生存体验、写作主题和文学表现方式。北京与上海这两座城市,以其不同的城市文化,形塑着作家的感觉方式、书写方式和文化意识,并形成了京派与海派这两个文学流派。而在台北与香港这两座城市中,高度发达的城市文化与文学流派、文学创作思潮也有着内在联系,这些都尚待进一步的研究发掘。上述四个城市都有其独特的身世,也都有其独特的城市文学。因此,对每一座城市的深度描绘,研究城市文化、城市空间与文学的内在关系是学术研究的重要课题。

台北,这个城市的独特性,可以从李欧梵的一篇文章中略见大概。李欧梵在《台北正在国际化》一文中描写道:国际化台北的多元文化在于各个小区内——特别是小巷子里——的人文景观,譬如永康街附近的那几条巷子,"从纯味牛肉面店到各种风格的咖啡馆,从艺廊和礼品铺到商业气息浓厚的连锁店,应有尽有,乡土和洋味杂存,生产和消费并置;来这里的台北人都很消闲,不像上海的'新天地'那么洋溢着白领暴发户疯狂享乐的心态。像永康街这种形式的小区文化,我认为是台北的特色,它的文化精髓是藏在里面的,往往在外来游客视线之外,但乡土气息中,不乏'异国风味'。这种社区文化,虽然它小得貌不惊人(和上海的浦东恰好相反),却隐藏着各种'人脉'和无数的文化回忆。当然,不容讳言,台北也是文化人聚居的地方,书香气远较香港浓厚,在'诚品'买一本新书,到永康街的一家小咖啡店细读,消磨一个懒洋洋的下午——也许这就是当代过度现代化的都市生活中,忙里偷闲,最值得珍惜的空间和时间"①。李欧梵对台北多元文化,尤其是对乡土和洋味并存的巷子文化声情并茂的描绘,已经凸显出台北多元文化的一个侧面。这也激发了笔者深入考察台北空间形态和文学书写关系的兴趣。在本文中,李欧梵还借用了人类学的"细描"观点:"我觉得一个国家大都市的多元文化也要经得起人类学家所谓的'细描',或'厚叙'(thick description),食髓而后知味,如此才有真正的文化意义,否则就会变成建筑学家库哈斯(R. Koolhaas)所说的'通属城市'(generic city):杂乱无章,没有过去也没有未来,一切皆为了购物消费,所以机场和大旅馆成了日常生活的主要指标。台北虽乱,但仍然值得细描,至少这是我这个'离乡人'逐渐变成'异乡人'

---

① 李欧梵:《台北正在国际化》,《中国时报·人间副刊》2003年3月7日。

的观点。"① 李欧梵的观点极具启发性。本书也试图对台北空间进行深度细描。当然,这除了必要的亲身体验之外,主要还是凭借文学文本的空间书写,掌握台北这座城市的前世今生,并探究台北空间与文学书写的内在关系。笔者以为,散文的空间书写最具写实性、私密性和市民性,这为我们研究台北空间形式及其文学书写提供绝佳的研究路径。

二、文献回顾

（一）台湾当代散文研究现状

目前,台湾和大陆学界对台湾现代散文的研究成果,多以作家专论为主,其中散文作家琦君、余光中、王鼎钧、杨牧、许达然、张晓风、简媜等人,都已有博硕士论文专著对作家的文学风格和文学理论进行深入研究。许多期刊报章论文针对作家个人或单本著作甚至单篇作品,进行细致精密的论述与整理,这些成果已相当丰富。而在散文理论与思潮研究方面,郑明娳的《现代散文构成论》《现代散文类型论》《现代散文现象论》《现代散文纵横论》等散文理论与评论专著,集理论分析和文本细读于一体,是台湾当代散文研究的奠基石；张堂锜的《台湾现代文学（3）——现代散文的新趋向》《跨越边界——现代散文的裂变与演化》,杨牧的《中国近代散文》,李丰楙的《〈中国现代散文选析〉绪论》以及何寄澎主编的《当代台湾文学评论大系·散文批评》卷等对台湾当代散文现象与思潮作出了精要评价；陈芳明、张瑞芬对台湾女性散文与现代主义的研究也别开生面。此外,林燿德的《传统之轴与前卫之轮——半世纪的台湾散文面目》,系统梳理了五十年来台湾散文发展的现代性脉络；而吴潜诚《游走在后现代城市的想象迷宫——重读林燿德的散文创作》、王文仁《迷宫顽童——林燿德都市散文初探》、王浩威《伟大的兽——林燿德文学理论的建构》、蔡诗萍《八〇年代后都市散文的新世代性格》和朱孟庭《论台湾八〇年代都市散文的书写策略——林燿德、林彧、杜十三为例》等论文则是对林燿德散文及其他台湾都市散文的深入分析。

---

① 李欧梵：《台北正在国际化》,《中国时报·人间副刊》2003 年 3 月 7 日。

学位论文方面,以台湾当代散文为题的博士论文有邱佩萱《战后台湾散文中的原乡书写》、钟怡雯《亚洲华文散文的中国图像 1949—1999》、许佩馨《五〇年代的迁台女作家散文研究》、谭惠文《台湾当代女性旅行散文研究》等几篇,都是近十几年的研究成果。其中台湾散文家钟怡雯的《亚洲华文散文的中国图像 1949—1999》,宏观地研究亚洲华文散文中的中国图像,结合了文学、社会与文化等批评方法,试图处理散文书写中的"中国"认同问题,并解读中国图像所以产生的缘由及意义,成果引人注目。而在硕士论文中,陈伯轩《台湾当代散文的空间意识及其书写型态》、郑恒惠《家庭·城市·旅行——台湾新世代女性散文主题研究》、牛佩安《九零年代女性散文中的恋物书写》、陈建宏《台湾年度散文选集研究（1981—2001）》、李淑郁《台湾当代饮食散文研究》、徐媛绮《台湾当代医疗散文研究》、罗淑芬《五〇年代女性散文的两个范式——以张秀亚、艾雯为中心》、庞淑娟《张腔散文系谱研究》等都是近十几年选题较为新颖的学位论文。

总体而言,台湾学界对台湾散文的理论阐释和思潮梳理作出了较具深度的探索,近年来以台湾当代散文为研究对象的硕博学位论文也呈现出欣欣向荣的景象,这也说明台湾当代散文研究正走向一个阵容齐整和格局深广的新阶段。然而,台湾当代散文受学界关注不够、研究队伍还相对薄弱、散文理论缺席等因素,也限制了台湾当代散文研究的整体格局。

大陆学界对台湾散文研究同样存在这种问题。对著名作家及单篇作品的评论研究已相当丰富。文学史方面,刘登翰主编的《台湾文学史》、徐学的《当代台湾散文综论》、朱双一的《战后台湾新世代文学论》与《近二十年来台湾文学流脉》、袁勇麟的《当代汉语散文流变论》、黎湘萍的《文学台湾》等几部著作都对台湾当代散文创作思潮做了初步描述分析。近几年来,台湾女性散文研究也较为兴盛,出版了庄若江的《台湾女作家散文论稿》、程国君的《从乡愁言说到性别抗争——台湾当代女性散文创作论》等几部专著。单篇论文中,楼肇明在《穿越台湾散文五十年》一文中以乡愁母题的三个方面、三个段落来统摄台湾五十余年间的散文,宏观地勾勒出当代台湾散文创作思潮的更生演变,脉络清晰,极富学术容量;徐学在《八十年代台湾散文状况与趋势》《承传与超越——台湾作家散文观综论之一》《从古典到现代——台湾作家散文观综论之二》等系列论文中,较系统地梳理了台湾四十年来作家散文观的现代性变迁。此外,倪金华《近十年台湾散文新观察》以及香港浸会大学的林幸谦《九十年代台湾散文现象与理论走向》等论文也不同程度地概括出台湾散文阶段性创作风貌。但是,统而观之。原始材料的匮乏是掣肘大陆学界对台湾当代散文思潮做出完整而深入描述分析的关键因素。

综观两岸台湾当代散文研究,能够对台湾六十年来散文创作思潮作出宏阔而精深爬梳的研究成果较少。笔者以为,台湾当代散文创作思潮、散文理论、散文与报刊媒介诸方面研究尚存在极大空间,也需要学界更多的关注。就大陆目前的研究情况来看,原始材料的搜集、整理还是首要任务。在学科建制、研究机构设置以及研究队伍建设方面上,大陆学界还需要下更多精力。

(二) 台北空间研究现状

台湾当代文学研究中有关台北空间的研究,已取得丰硕的成果,但主要集中在小说研究方面。近十来年,台湾硕博学位论文在这方面用力甚勤,代表性成果有林以青的硕士学位论文《文学经验中的都市情境转化之探讨——以五〇至七〇年代的台北市为例》、李建民的硕士学位论文《八〇年代台湾小说中的都市意象——以台北为例》和林秀姿的博士学位论文《重读 1970 以后的台北:文学再现与台北东区》等。

林以青的《文学经验中的都市情境转化之探讨——以五〇至七〇年代的台北市为例》[①],以 50 年代至 70 年代台北市为时限,以 1967 年台北市改制为分期点,将台北情境转化分为两个阶段,即发展中台北都会情境之转化(1950—1967)与新兴工业化都会情境之转化(1967—1979)两个阶段。作者认为:第一个阶段,台北在克难时局中呈现出都市的田园风格,同时也隐藏现代化倾向,其中尤以文人咖啡馆的出现凸显出台北现代化情境;但另一方面,五六十年代的台北仍然笼罩在"白色恐怖"之中,呈现出忧郁氛围。

---

① 林以青:《文学经验中的都市情境转化之探讨——以五〇至七〇年代的台北市为例》,东海大学建筑研究所 1993 年硕士学位论文。

第二阶段,台北都市化转型、社会结构的变化,使都市台北产生异质化倾向。都市的暗影已悄然扩大。白先勇的小说,以"彩色森林"表现西门町,揭露都市狂野、异质的幽暗气质。到了70年代末,王大闳的小说却展现了另一个浮华、精致的现代都会风貌,同时也透露出都市开始两极化分裂发展状况。综合两个阶段的都会情境转化,可以说台北是从一个田园风格的含混情境转换到大都会的异质化分裂情境。

李建民的《八○年代台湾小说中的都市意象——以台北为例》[①],分别从空间意象("都市地图"、"地域"、"通路"、"地标"、"建筑")、时间意象(生活时间与文本时间)、生活文化意象("资本社会里的社群关系"、"都市生活的多样面貌"、"信息泛滥的现实失真")三个层面论述80年代台北都市意象的建构与想象过程,审视小说创作与城市空间发展之间彼此建构的关系。

林秀姿的《重读1970以后的台北:文学再现与台北东区》[②],主要以70年代以后台北东区发展为时空主轴,进行表征空间分析。论文以陈映真、黄凡、林燿德、朱天心的小说为主要分析对象,依新兴流动资本、新中收入阶级都市文化、网络与"他者"、公共与记忆等主题分析70年代、80年代、80年代末至90年代初("解严"前后)、90年代文学再现下的台北。研究文学再现的表征空间与现实空间实践、制度空间表征之间的关系,探析文学家是如何透过表征空间对现实进行挪用、占据与翻转。

以上三篇学位论文都从小说文本中重组台北图像、描述各个时代的都市情境与文学脉络。尤其是林秀姿的论文,注重文学空间再现内在脉络与机制问题,较具有启示意义。另外,山东大学章妮的博士学位论文《三城文学"都市乡土"的空间想象》[③],主要关注是80年代至90年代上海、台北与香港三城文学中城市/都市乡土空间想象的生成与成熟以及三城文学都市想象的变迁,由此考察20世纪中国文学走出"乡村中国"的叙事、进入城市/

---

① 李建民:《八○年代台湾小说中的都市意象——以台北为例》,台北市立师范学院2000年硕士学位论文。

② 林秀姿:《重读1970以后的台北:文学再现与台北东区》,台湾大学建筑与城乡研究所2002年博士学位论文。

③ 章妮:《三城文学"都市乡土"的空间想象》,山东大学2006年博士学位论文。

都市叙事的整体格局。在台北空间方面,作者认为80年代台北空间书写往往具有抽象性、普适性,缺少个性特征和亲和力,主体显露疏离倾向;而到90年代,作家对吴兴街、兰州街、中山北路、温州街、眷村等台北"都市乡土"空间书写则较为成熟。所谓"都市乡土",作者认为情感认同、地方色彩、日常性与市井性,是其三个基本特征。

从散文角度考察台北空间及其图像的硕博学位论文为数不多,陈伯轩《台湾当代散文的空间意识及其书写型态》与郑恒惠《家庭·城市·旅行——台湾新世代女性散文主题研究》这两篇硕士学位论文应该是较为突出的成果。

陈伯轩的《台湾当代散文的空间意识及其书写型态》[1],主要关注近二三十年来台湾散文的空间书写问题。作者立意于从"艺术性"和"议题性"两大方向进行研究,他认为"徒有'议题'研究,恐怕会使文学作品成为附和'议题'的文献/文宣;但若在缺乏议题作为讨论的对象,单单从'艺术性'的角度分析散文,又有落于修辞格分析的困境。其实,题材与技巧常常在不同的程度上相互影响,我们确立了本文的策略与方法,即是将散文中的'空间意识'以及'书写型态'提在平衡等重的位阶,避免偏废"。论文大致依循"社区地方(包括都市与原乡)、国族国家(原乡)、移置的顺序(空间移动)"和住宅空间这四个议题顺次开展。论文运用人文主义地理学、性别地理学与后现代地理学诸理论颇有见地;但或许过多注重议题分析而对散文文本艺术性分析和对散文理论的提升不够,这使得论文没有达到作者预设的目标。

郑恒惠的《家庭·城市·旅行——台湾新世代女性散文主题研究》[2],拣择出钟文音、师琼瑜、柯裕棻、钟怡雯、利格拉乐·阿𡢃、张惠菁六位新世代女作家,从她们的散文作品中归纳出家庭、城市、旅行三大主题,依循家的内部私人空间,到街道、公园等开放的公共空间,最后扩展至全球的流动,来探究新世代女性散文在这三大主题上的文字技巧、叙述方法和关怀视角方面较以

---

[1] 陈伯轩:《台湾当代散文的空间意识及其书写型态》,政治大学中国文学系2007年硕士学位论文。
[2] 郑恒惠:《家庭·城市·旅行——台湾新世代女性散文主题研究》,中央大学2008年硕士学位论文。

往女性作家有何突出之处,彰显出新世代女性散文在台湾现代散文流脉中的价值与意义。

此外,在诗歌研究方面,陈大为的博士学位论文《亚洲中文现代诗的都市书写(1980—1999)》①,极具方法论的启示意义。该论文以现代诗中都市空间书写为对象,讨论从街道、商店、商圈、电梯、办公室到住宅这一完整的都市生活空间系统,分析诗人建构都市图景过程及其想象机制。论文相应运用了人文地理学、都市空间理论、消费文化理论以及存在主义哲学等理论,建构一个相当完整的空间诗学系统。陈大为的研究路径也影响了陈伯轩、章妮等人学位论文的研究取向与框架结构。另外,陈大为《空间释名与味觉的锚定——马华都市散文的地志书写》一文关注三位作家有关槟城的地志散文,作者通过"空间释名"与"味觉锚定"两个角度,分析他们对槟城的"感觉结构"、"场所精神"或"场所结构"(structure of place)的经营以及对"槟城图景"(penang scene)的建构。② 本篇论文有关散文地志书写的研究较具启发性。

在台北空间文学书写研究之外,有关台北都市空间研究的学术论文为数甚多,其中曾旭正的《战后台北的都市过程与都市意识形构之研究》③、殷宝宁的《"中山北路":地景变迁历程中之情欲主体与国族认同建构》④、邓宗德的《八〇年代台北市支配性都市地景形成之研究》⑤、刘伟彦的《台北东区之空间文化形式——一个初步的社会分析》⑥、迟恒昌的《从殖民城市到"哈日之城":台北西门町的消费地景》⑦等论文,都是对台北都市空间进行详

---

① 陈大为:《亚洲中文现代诗的都市书写(1980—1999)》,台湾师范大学1999年博士学位论文。
② 陈大为:《亚洲阅读:都市文学与文化(1950—2004)》,台北:万卷楼图书有限公司2004年版,第129—130页。
③ 曾旭正:《战后台北的都市过程与都市意识形构之研究》,台湾大学土木工程学研究所1994年博士学位论文。
④ 殷宝宁:《"中山北路":地景变迁历程中之情欲主体与国族认同建构》,台湾大学1999年博士学位论文。
⑤ 邓宗德:《八〇年代台北市支配性都市地景形成之研究》,台湾大学1991年硕士学位论文。
⑥ 刘伟彦:《台北东区之空间文化形式——一个初步的社会分析》,台湾大学1988年硕士学位论文。
⑦ 迟恒昌:《从殖民城市到"哈日之城":台北西门町的消费地景》,台湾大学2001年硕士学位论文。

实的案例研究,这为台北空间文学书写研究提供了丰富的材料和极具创意的思路。

三、研究思路与框架

由上述文献回顾,我们发现,台湾当代散文创作思潮研究还较为薄弱,有关散文中的台北空间形象研究也只有为数不多的几篇论文。因此,本书将研究主题设定为"台湾当代散文空间诗学研究——以台北为中心"出于以下两方面的考量:一是因为目前台湾散文研究较为薄弱,以至于台湾当代散文创作思潮脉络至今依然模糊不清,本书有意从台北的历史发展脉络中考察这方面的内容;二是从文献回顾中我们可以看到,有关台北空间形式的文学研究多立足于小说文本,而呈莘莘大观的散文却一直未得到深入系统的关注,这也是诱发笔者系统梳理有关台北空间散文书写的原因之一。毕竟,小说的空间想象与散文的空间书写还是存在较大差异的。小说的空间想象更趋向于虚构;而散文的空间书写则注重写实,散文的空间写实既能够真切地还原具体时代的地方生活空间和文化氛围,又能够表达作者独特的感觉经验,从而能够很好地还原与想象特定时代的地方感觉结构类型与特征。随着社会转型和感觉结构的变迁,传统散文的写实性、私密性及其营造的地方感遭到瓦解,想象性和虚构性的介入、地方感的消失,使散文的空间表现呈现出更加多元的形态,散文文本结构本身也随着感觉结构的变化而变化。因此,从散文角度来考察地方书写既能够梳理出感觉结构类型、特征与脉络,地方空间形式特征及其演变;又能够梳理出散文创作思潮与散文文体变革。这就使得此次研究有别于以往小说有关空间形式的研究。

纵观台湾社会文化脉络和文学思潮,我们大体可以得出这样的印象:20世纪五六十年代,台湾还处在威权专制阶段,农业经济还是台湾社会主要的经济形态,"反共文学"是其文学主潮,感觉结构类型主要是乡土和威权的。到了70年代,国际风云跌宕起伏,台湾认同的危机浮出水面;而台湾经济的起飞、社会新兴阶层的出现以及抗争运动的萌发,这一切都说明台湾开始面临着政治、经济、文化诸方面的变局。相应的,威权台湾的生活空间及其感觉结构也在逐渐裂变与转型。到了 80 年代,台湾都市文化、都市文学的兴起,民主社会的转型和多元思潮的涌入,尤其是 90 年代以后台湾消费社会形态日趋成熟,作为现代化、商业化都市的台北,其感觉结构类型主要表现为国际大都市的现代/后现代特点。当然,感觉结构是绵延的,不可能按照十年一个时代来断然划分,我们在考察感觉结构类型及其脉络时,必须注重它的历史脉络。此外,就散文自身发展脉络来看,陈义芝在主编《台湾文学二十年集 1978—1998:散文二十家》时认为:"五〇年代以至七〇年代,虽然出过梁实秋、徐钟佩、钟梅音、张秀亚、琦君、陈之藩、吴鲁芹、子敏、张晓风、言曦、王鼎钧、林文月、徐达然以及跨越诗界兼擅散文的余光中、杨牧等代表人物。散文真正人才辈出的年代,还要推迟至八〇年代以后,工商活动日繁,社会活力日盛,资讯解禁,新的思想萌生激荡,一个类似先秦诸子的时代终于来临了!以九〇年代的今天而论,轻易可以组出好几队路数不同、关怀不同,很难立即判分高下的散文国手,而由于教育的普及,知识的开发,新感性的发扬,散文好手也明显地出现世代交替的现象。"① 陈义芝的评论大抵是符合当代台湾社会文化和散文发展脉络的。

  立足于台湾当代散文文本,我们结合感觉结构、城市意象以及文学地理学相关理论,具体研讨散文文本中的台北空间形象结构及其演变脉络、都市台北空间生产过程中的散文创作思潮流变这一一体两面的问题。这样的理论和方法论设定,是跟台北这座城市的空间生产和文学书写形态有着内在联系的。台北是一个复杂的城市空间,它经历了清治、日据和国民党威权统治以及民主社会转型几个阶段,其空间形态呈现出混杂、多元的状态。随着城市的演进路线,从艋舺到大龙峒再到大稻埕,大概呈现出农业市镇时期乡土生活空间兴衰繁衍的空间布局。而从城中区、西门町到中山北路,再到东区、信义计划区,则是都市经济、都市消费文化和生活空间延展的大致路径。可以说,在台北这个城市中,不同区域,甚至是细化到不同街区,都沉积着不同时代的生活空间,交错着政治权力、资本积累和文化重建的多重因素,也交叠演替着不同世代与类型的感觉结构。比如,淡水河、大稻埕地区,原本是繁盛

---

 ① 陈义芝:《笼天地于形内,挫万物于笔端——序〈散文二十家〉》,载陈义芝主编《台湾文学二十年集 1978—1998:散文二十家》,台北:九歌出版社 1998 年版,第 11 页。

的农业市镇地区,乡土感觉结构是世代人共享的感觉结构模式,乡土书写也是基本的书写范式;但随着都市化的全面推进,这种乡土感觉结构逐渐瓦解,乡土书写只能召唤人们对土地的乡愁。再如,东区在五六十年代还是个乡土田园世界;但到了 80 年代,台湾迅速纳入全球化体系,台北东区摇身一变成为新的都会中心、消费社会的风向标;作家们原本对东区乡土田园的地方体认也转化为无地方感的都市体验,散文书写也由乡土书写转变为后现代的书写。此外,如城中区、西门町、中山北路等空间形式,也呈现出纷繁的都市意象和感觉结构类型,而散文对这些空间的书写也随着台北都市风格的演化而呈现出复杂的创作思潮。因此,本书分别从道路、高楼、场所、区域和边界等概念展开台北空间意象结构的诗学分析,力图结合共时性的空间结构与感觉结构类型和历时性的都市意象与感觉结构更替脉络,具体呈现多元且具有历史现场感的散文中的台北和台北中的散文这一双重面目。

第一章　道路诗学

在城市空间意象中,道路是最基本的也是最主要的元素。人们通过不同的道路空间观察并改写城市。凭借人的移动,城市道路空间就具有日常生活实践中意义深刻的微观政治反抗色彩。"步行的过程可以被呈现在城市地图之上,通过记录走过的痕迹(这里比较密集,那里非常疏朗)以及行走的路线(从这里经过而不是那里)。……走、游荡或者'舔橱窗'这样的行为,换言之行人的活动,被转换成了一个个点,它们在地图上形成了一条总体的、可倒置的线路。"① 正是这些线路以及沿线的城市空间构筑起一条街道、一座城市与众不同的精神气质和文化风格。而每个人的每一次行走又都意味着证实、怀疑、尝试、侵犯、遵守等行为,他们的每一步都在变化,其连续性和密度根据时段、道路以及步行者的不同而改变。这也表明,日常生活中无数次的行走意味着个体、族群、阶层以及世代感知形态的萌芽、积聚、成型、冲突、裂变与转型。当然,除个体因素外,在较长的历史累积过程中,道路的空间形态及其风格始终体现了政治、经济、文化等多种力量相互角力的动态过程。

上述理论思考为我们展开台北道路空间诗学分析提供了方法论路径。台北道路演化的历史过程与不同世代个体—群体的空间实践具有理论阐释的典型性。日据时期,日本殖民者在"日化"的目标下,将台湾原本自清朝采取路线式命名的原则改为路段式町名,台北市被分为六十四町与十部落,即以"街廊"为单位,采"面"的方式命名,称之为"町",同一町内再分为"番地",同一番地内可有房屋数十栋。光复后,台北当局即以路线定名方式计划修改台北市街路。1947 年,台北市街路牌编订委员会通过的方案包括以下原则:1. 既定街路名尽量予以保留;2. 以当时省府圆环(今忠孝东路与中山北路交叉口)为中心,通过中心的两大干道,以中山路为经中正路(今忠孝东路)为纬,将全市分为西北、东北、西南和东南四区;3. 主要街道宽度在 15 米以上者概称为路,分别以"国家""元勋""元首""主义""国训""省

---

① [法]米歇尔·德·塞托:《日常生活实践 1.实践的艺术》,方琳琳、黄春柳译,南京大学出版社 2015 年第 2 版,第 174 页。

份""大都市""名山大川"定名;4. 次要街道宽度在 6—15 米间,概称为街,分别以各省之"城市"或与史迹有关之"地名"定名。于是,台北城的街路命名遂在空间上与祖国大陆地图对应起来,其中心点选定于北平、天津一带(因此将台湾省政府的北侧定为北平路,而东侧为天津路);此外,"三民主义"(民族、民权、民生)"国民党元勋"(林森、中山、雨农)"八德"以及各种道德训示(忠诚、忠勇、忠顺、博爱等)都成了重要干道的名字。一般认为,这一套表征中国文化、伟人以及地名的命名工程,乃是要以台北版图代表祖国大陆版图。但曾旭正认为,此种观点忽略了历史事实,即这套命名工作是在抗战之后国民党败退台湾之前完成的接收工作;实际上,这种命名的出发点是要透过政治象征的笼罩将台湾纳入祖国的一部分,同时也对被祖国视为"沦陷区"的台湾住民进行政治收编,"有意无意地隐含着对台人居住区的贬抑"①。后来国民党败退台湾,早期的"接收改制"转而具有"反攻复国"的政治象征作用以及故乡认同的作用。如新开辟的道路被命名为"光复""建国""中兴""大业""克难"等名称就充满"反攻"意味;而故乡认同的作用特别表现在台北东南区的外省住民与该地以长江流域各省城市为名的街道上。这些城市主要是城中、大安和古亭三区。它们是战后初期外省人口最集中的地区。外省人通过公职单位安排住进日人宿舍区,这些区域的街道便多以浙江、福建和江苏三省的城市命名,譬如青田、泰顺、丽水、潮州、

---

① 参见曾旭正:《战后台北的都市过程与都市意识形构之研究》,台湾大学土木工程学研究所 1994 年博士学位论文。曾旭正列举了大稻埕、迪化街和双圆区三个例子:以大稻埕为例,它是当时全市最繁华的住商混合区,人口密度最高且大部分是本省人。在这套命名规则运作之下,它却被分配以中国西北省份的城市命名,于是造成最热闹繁华的地区反而名之以最偏僻的地区。又如迪化街,在清代它分别包括了南街、中北街、普愿街、杜厝街以及珪瑜粹街等,其命名与当地的妈祖庙、普愿宫、大宅乃至早期原住民奇武卒社的译音有关;日据时期被归为永乐町和大桥町,但光复后此区的街道被更名为"迪化""归绥""安西""凉州"等,都是偏远中国西北塞外的小城。城市西南的双园区是从事买卖和体力服务阶层的本省与外省人混居的区域,这个区域的街道被命名为"西藏""大理""克难"也明显强化了这些区域的负面形象。但曾氏似乎忽视了这样一个逻辑,以台北版图比附祖国大陆地理,自东向西、由北而南的地方命名,必然会使台北市西北、西南区域比附于祖国大陆的西北、西南省份与偏远地区。中性的地方命名是否必然意味着当局的贬抑意识,或者仅仅是一种暗合? 这需要材料的进一步佐证。

瑞安、晋江、金门、厦门等。这明显与来台外省人中以福建、浙江籍占最高比例有关。街名与故乡名相同,起到安慰离乡者的作用。但是,迁入日人居住区的外省人,多是社会阶层较高的公教人员和文人作家,为数更多阶层较低的外省移民则挤居于没有街名的山边违建中。70年代台湾被驱逐出联合国后,台北更外围的新辟道路遂被命名为"庄敬""自强"等,这也与当时台湾所处的国际政治情势有关。①

由以上资料可见,道路的命名是时代的产物,它受到政治意识形态、族群和阶层分布等诸多因素的影响。这也进一步说明,不同时期、不同族群与阶层乃至个体对台北街道的感知存在着多元化的空间实践、想象空间和心理趋向。另外,从都市发展的历史脉络来看,由乡土巷弄到商业大街,也意味着都市空间结构和文化风格的转型。而不同世代的作家必将受以上诸多因素的影响书写出不同风格的道路空间形象,也将创作出体现不同都市风格的散文文本景观。

---

① 以上有关台北街道命名的相关资料均参见曾旭正:《战后台北的都市过程与都市意识形构之研究》,台湾大学土木工程学研究所1994年博士学位论文。特此致谢。

第一节　想象巷弄的三种方式

文学作品中的空间,凝聚着特定社会形态的物质与精神结构。它既反映出特定社会形态的空间结构及其裂变,也表征特定社会群体感觉结构类型及其更迭。本节选取巷弄空间作为具体的切入口,是基于巷弄空间在北京、上海、台北等东亚几大华文城市中独特的地位。在短短上百年间,几大城市纷纷转型为国际大都市。农业社会时期绵延有自的巷弄生活空间迅速瓦解,但巷弄空间及其所凝聚的乡土想象与原乡情结时刻召唤着现代都市人魂兮归来。于是,在不断的想象性重返中,巷弄呈现出迥然不同的面目。就拿台北来说,20世纪五六十年代的台北,在叶维廉、余光中、林文义等散文家笔下,尚且呈现出乡土田园景致和街坊式亲密感。而到了七八十年代以后,都市台北则呈现出较为斑驳的面孔。林燿德的都市台北图像充满了"恶之花"般罪恶、颓废和异乡气息;柯裕棻的台北则显得更为荒芜、陌生而畸形。显然,不同社会形态、文化思潮都在影响不同世代作家对城市空间的诸种想象。因此,以巷弄作为空间意象单位,似能理清散文空间想象的基本问题。

一、乡土想象:地方化与中国化

农业社会,巷弄是乡镇居民主要生活空间之一。世代居民生于斯长于斯,巷弄不仅是在地人身体栖息之所,也是他们的精神停泊之乡。可以说,曲折而斑驳的巷弄早已是世代居民精神结构的物化形态,象征着农业社会时期世代居民的感觉结构类型。进入工业社会,特别是都市化已经无远弗届之时,巷弄早已成为历史的残骸,支离破碎。随着物质空间形态的更迭,人群聚落的播散,农业社会时期的感觉结构也日渐式微。于是,都市时代的人们只能凭借残留的感觉与记忆来修复那消逝的乡土社会时空和温情脉脉的乡土人情。

在台湾,在地散文家通过追忆童年,回返到身体感知初萌的地方,从而回返到自我与世界发生关联的原始情境,以期实现乡土想象与自我认同的统一。

台湾知名艺术家谢里法便用梦境描述乡土空间与身体感知以及自我认同之间的微妙关系:

> 有时在梦中出现,它像一扇门窗,又像一道墙,开着一个小小的洞,我记得很清楚自己是从那里出来的,也曾经钻进去过,不久前才看过有人从这里进去又出来,可是试了好几回,我的身子无论如何就进不了这小洞,不知该怎么办才好,心里一阵焦急就醒过来了。
>
> 那道门窗和墙壁,我好几次在梦中伸手摸过,它的质地每回给我的感觉都是一样的,那种熟悉的质材只有台北的大稻埕才有。
>
> 在梦里曾经问过自己,究竟我是从什么地方来到大稻埕?为何如今想回去也回不去了!①

梦中的小洞是孕育自我的地方,也是一个未知的所在,从那个小洞来到经验世界,我们就再也无法回到原初世界之中。对谢里法而言,与原初世界一墙、一窗之隔的是童年所居之地的大稻埕;或者说只有回到童年所居之地,他才有可能最大限度地接近原初世界。谢里法的梦想式体验,是对生命——精神原初世界的追寻。谢里法终因无法到达原初世界而苦闷,但他为我们提供了一条追寻精神原乡的路径,即那道隔着原初世界的墙和门窗,只有在谢里法童年所居之地——大稻埕才能寻获。对于大部分在台北出生的作家而言,童年

---

① 谢里法:《童话大稻埕》,载吴秋美总编辑《台北记忆》,台北市新闻处1997年版,第4页。

的经验世界就是他们的精神原乡。他们在此认识地方、认识自我,认识族群的历史文化,并由此出发走向世界。

其实,对于在地人而言,巷弄具有远为复杂的生命意义。它既是生命与感知孕育之地,也是民间信仰和民俗风情展演之地。作为故乡的巷弄已经成为乡土感觉结构的生产空间,成为在地人感觉、心理和情感的存在之所。应凤凰在她的散文中追忆了50年代大稻埕举行大拜拜时巷子里摆流水席的热闹场面:

> 那一个晚上各家都喧闹异常,好像谁都可以到任何一家大吃大喝一顿。大家好像互相在比赛谁家的客人多,越多的越有面子,一席接一席,流水似地闹到三更半夜,远客东家拉,西家也拉,总要吃好几处,才能罢休。好处是,各种远近亲戚可以藉此相聚互道近况。小孩子们都被汽水撑得直打嗝,还有,忙着到自家及各邻居家的桌子底下,钻来钻去,收集拣拾酒瓶盖子。……[1]

民俗节日展演的是地方独特的地理景观和人文历史传统。通过民俗节日活动,个体习得地方的民俗信仰、仪式和地方观念,习得民间的情感交流与交往方式,习得用地方的、民间的眼光与观念去观察地方事物。这种地方化过程,是地方对个体感觉、情感和观念的结构化过程,也是个体真正融入地方日常生活世界的过程。通过民俗信仰、民俗活动,个体养成了纯粹的乡土意识与感觉经验,成为真正生活于地方的个体。这种内化的地方感觉、情感与观念结构,与外来人用旁观者的心态与视角来观察、体验台北乡土世界是有明显差别的。

对于熟悉巷弄的在地人而言,巷弄不仅是热络的日常生活世界,它还隐藏着性和死亡的禁忌之所。诸种禁忌空间隐藏在巷弄的某个角落,非在地人不能知。即便是自小生长于地方的年幼孩童,也要经过一连串的切身经历(包括身体穿越、心理战栗和道德训诫)才能建立起对禁忌空间的复杂体验。

---

[1] 应凤凰:《淡水河边日月长》,载阿盛主编《春秋台北——作家的都市风情画》,台北:书评书目出版社1987年版,第100页。

在成长的历程中,这些体验往往会沉淀在感觉结构的内部,影响甚至决定了成年后的个体对巷弄的认知模式和情感态度。林文义对巷弄中暗藏的情色空间多有描写,这固然源于他对被奴役被侮辱群体的人道主义同情,但也不乏缘由于童年时期误入情色巷弄后所发生的战栗体验。

> 童年时候,艋舺拜拜,母亲就会说——
> 咱来去蕃薯市给阿姑请……
> 阿姑家的流水席从向晚延续到子夜,喝完两大瓶草绳绑着的椪柑汽水,拿着一只鸡腿,八岁仍不晓世事的我,并未告知母亲,从西昌街直奔桂林路尾端近水门的巷弄……晕红的灯火,半裸、两眼无神,浓妆茫然的女人倚门招呼着过路的男子,几近哀求或者拉扯……
> 母亲慌忙寻到时,哭着用力打我,然后犹如逃避瘟疫,牵着我急促的快步奔离。①

对巷弄中的流水席,林文义与应凤凰有着相同的童年记忆。但前者误入"歧途",却见识到巷弄中春色暗藏,魅惑和恐惧已然悄悄深埋在林文义童稚的心田。此后,林文义对情色巷弄的观察和书写时时陷入谴责以及无力救赎与忏悔的情感模式中。林文义的母亲对情色巷弄的逃离,无疑说明,情色巷弄已经以近乎瘟疫般不洁的形象内化进一部分成人的感觉结构中。这一内化的过程,自然包含自身对情色巷弄的异域感知、道德和传言所营造的恐惧与禁忌的心理图式等诸种因素。

除了性禁忌外,巷弄中还隐藏着死亡禁忌。林文义同样不无惊悚地见证着巷弄中的女尸与女鬼:

> 那是刑事警察局后的巷子,刑事解剖室有一扇窗子正靠着巷子,我们曾经挤在那方窗子,看见一个年轻、美丽,却被情伴杀死的女人静静的躺在解剖台上。住在靠近那条巷子的邻居,初一十五的时候,都不忘记要烧些纸钱——入夜后,除非必要,很少人会去走那条夜来分外阴暗的巷子,很多人绘声绘影的形容,巷子里入夜后,曾经看过长发,并且脸色苍白、惨

---

① 林文义:《雁鸭与独木舟》,《母亲的河:淡水河纪事》,台北:台原出版社1994年版,第119页。

淡、悲愁的女子幽魂,说得听者为之毛骨悚然。那条巷子竟成为孩子们的禁地,那怕在白天,巷子里也少有人行,因为狭窄得阳光也难以穿入。①

亲眼见证和迷信传说,无疑将巷弄中的死亡禁忌深深楔入世代人的感觉结构中。多少年后,即便林文义长大成人,重返残存的古早巷弄,依然挥之不去这种死亡和鬼魂的魅影。

由此可见,个体对地方的感知,不是单一的,它必然是充满复杂性体验的过程;而诸种感知体验,有的是显在因素,起主导作用,主宰着某个地方某些群体的感觉结构类型,而有的则沉潜在感觉结构的内部和基底,时刻等待被召唤、被强化,甚至对主导型感觉结构起颠覆作用。我们也可以说,对巷弄空间的地方化想象,是个体生命与空间交融的过程;也是个体与民间信仰、民间习俗、民间禁忌以及集体意识/潜意识同化的过程。作家对巷弄空间的想象与书写,召唤并创造出独特的地方文化想象系统,并凭借这种地方性文化想象塑造出文化自我。

与在地作家相比,外省作家对那曲折巷弄体验多少有些陌生、有些新奇。余光中曾在《思台北,念台北》一文中如是描绘:

> 以南方为名的那些街道——晋江街、韶安街、金华街、云和街、泉州街、潮州街、温州街、青田街,当然,还有厦门街——全都有小巷纵横,奇径暗通,而门牌之纷乱,编号排次之无轨可循,使人逡巡其间,迷路时惶惑如智穷的白鼠,豁然时又自得如天才的侦探。几乎家家都有围墙,很少巷了能一目了然,巷头固然望不见巷腰,到了巷腰,也往往看不出巷底要通往何处。那一盘盘交缠错综的羊肠迷宫,当时陷身其中,固曾苦于寻寻觅觅,但风晨雨夜,或是奇幻的月光婆婆的树影下走过,也赋给了我多少灵感。于今隔海想来,那些巷子在奥秘中寓有亲切,原是最耐人咀嚼的。黄昏的长巷里,家家围墙飘出的饭香,吟一首民谣在召归途的行人:有什么,比这更令人低回的呢?②

---

① 林文义:《梦回锦西街》(原载《春秋副刊》1984 年 4 月 26 日),《寂静的航道》,台北:九歌出版社 1985 年版,第 53 页。

② 余光中:《思台北,念台北》(1977 年 3 月),《余光中集》(第五卷),百花文艺出版社 2004 年版,第 419 页。

经过几十年的身体亲炙,曲折的巷弄最终也化入外省人的身体感知和精神世界之中。巷弄成为他们的第二个精神原乡,原初的陌生感也自然化为一种亲切感;但我们仍可从中感受到那曾经智穷之时追寻的苦楚。

相对而言,外省人对台湾巷弄的想象,氤氲着一层古典中国的文化乡愁。叶维廉早年游学台湾。在他看来,20世纪五六十年代的贵德街便是台湾和中国的叠影:

> 当你走在那条时间被静止在深巷的街上,看着两旁荷兰式的雕栏的阳台,英国式的门阁,法式汉味的楼梯,闻着从仓库深处飘出来的浓烈的茶味……我们仿佛回到了清代的日子里,常载着福建来的红木荔枝家具、绸布、一些石板、一些古玩、和唐山的种种异品,从海外沿着淡水河到了大稻埕来换取台湾的茶叶;仿佛听见怡和洋行外面的码头的呼喝,贵德街男女老幼的前呼后拥。时光仿佛真的可以倒转似的,像记忆中深情的女子那样鲜明的重现。①

外省作家对台北乡土的体认过程是双重的:一是对台北本地文化传统的体认,一是对乡土"中国"的想象性体认。从贵德街的历史旧影中,叶维廉感受到本地历史中的中国韵味。这种中国韵味让离乡背井的外省作家稍感慰藉。可以说,"中国"形象及其历史韵味是外省作家对台北乡土认同基本价值支撑;而这种双重认同也是外省作家共有的感觉结构。

统而观之,无论是在地散文家的地方性文化想象还是外省散文家的中国化想象,他们对巷弄的乡土想象都通过空间写实,意在寻找身体和心灵的归乡之所,乡土巷弄是其精神原乡的象征空间。

二、现代主义想象:畸零化、边缘化与荒芜化

伴随着都市化与现代化步伐,作为一座"都市岛",台湾的巷弄已被高楼大厦、通途大道切割挤压得支离破碎,而随之肢解涣散的自然是乡土社会

---

① 叶维廉:《我那渐被遗忘的台北》,《一个中国的海》,台北:东大图书股份有限公司1987年版,第12—13页。

绵延有自的乡土式感觉结构。

如今的台湾巷弄,在不同世代的居民看来,呈现出纷繁多义的空间意象。它既可能是乡土社会遗留下来的最后的精神家园,也可能是都市社会未被规训的畸形与荒芜之地,还可能是后工业社会充满差异感、解构性的多元空间①……如今的台湾巷弄,充满了形式与语义的冲突,它们是多种意识形态缠斗的产物。

在诸多巷弄空间表征中,畸零化、边缘化与荒漠化成为台湾散文家进行现代主义空间想象的主要方式。对于孤独的都市人而言,他们在都市残存的巷弄中再也体会不到家园感和归属感,取而代之的是孤单感、荒漠感与疏离感;巷弄与身体再也不是天然的彼此交融,散文家只能凭借言语制造的空间幻象,来锚定空间印象和身体感觉,进而追寻失根的自我形象。

柯裕棻在《比正路还长的巷子》中写道:

> 有时候,走着走着,离了扰攘的正路,踏上一条没名没姓的、比正路还长的巷子,那个又惊奇又迷惘的歧路感,多么像人生啊。
>
> ……
>
> 城市里的长巷实在没办法安心走,红砖道宽仅仅几尺,有些地方有高低不齐的骑楼,忽上忽下,怎么走都是颠沛流离,心里很不舒坦。有些地方连骑楼或红砖道都没有,只身走在上面,荒荒的,没有归属,像是离乡背井的人,走在不属于自己的城。②

巷子的无名、悠长,产生人生的歧路感与不确定感;而狭窄的红砖道、高低不平的骑楼,则使人产生颠沛流离的感觉;至于那些连骑楼或红砖道都没有的长巷,则使人彻底失去了归属感。在柯裕棻散文中,巷弄的曲折、局促、不平乃至空无成为巷弄空间意象的主要特征,它也进一步内化为主体的迷惘感与漂泊感。或者说,都市中的巷弄不仅在物理空间上不能确定自身的完整性和统一性,在精神空间上亦无法保证乡土社会的情感与价值秩序。这与前述台

---

① 参见拙作:《台湾后现代散文差异空间美学研究》,《台湾研究集刊》2011年第2期。
② 柯裕棻:《恍惚的慢板》,台北:大块文化出版股份有限公司2004年版,第35页。

湾散文家对巷弄的原乡皈依感有着显著区别。对此,柯裕棻也意识到:巷弄的方向原本只是邻里内部的常识,不为公共交通所用,它们现在变得错综复杂是都市不断扩张、原先聚落消失、巷弄空间形式改变的结果。①

新生代的都市人早已斩断了与乡土巷弄的血缘关系,他们无法明了巷弄的前世今生和历史人文脉络。作为陌生人,新生代只能捕捉巷弄残破的空间印象和个人化的空间感觉;再凭借语词锚定身体和巷弄的关系。从这一层面看,巷弄空间已经超越了现实,进入了想象和心理层面,这就体现出现代主义空间想象的内在理路和形式特征。正如美国学者理查德·利罕所论证过的,现代主义文学所表现的城市并非是一个物理空间的城市,而是一种"心灵状态"的城市。②

除了畸零化之外,边缘化与荒芜化,亦是台湾散文家进行现代主义空间想象的方式:

> 台北城郊的巷子,绕着山迤逦,一节一节往上绕,荒芜的野草和藤蔓夹缠着小公寓和平房,……这种巷子的水沟盖上多半长了青苔,屋檐积水的畸角腻了一层黑褐色的霉,水泥的缝隙钻出了黄色水花,人的居所看起来非常简便,非常短暂,而周围环绕的俱是永恒。③

台北城中的巷弄已日渐边缘化,城郊的巷弄也未能逃脱现代化的魔掌。在柯裕棻的视域中,青苔、霉、黄色水花等物象,加上水沟盖上、屋檐积水的畸角、水泥的缝隙等边缘化、畸形化的空间方位,已将城郊巷弄的荒芜景象表露无遗。无独有偶,当王稼祥钻入澎湖离岛上的狭窄迷乱的巷弄时,感觉到的竟然是一个"古老倾颓的神圣空间":一座座花宅古厝原本坚硬的壁墙随着时间的流逝正在侵蚀倾倒,院落中爬满了蔓藤丛掩盖倒塌堆叠的朽木石块,即便是"荒凉的风"也无法吹入那"荒芜空间"。④物理空间的荒芜自然引发

---

① 柯裕棻:《恍惚的慢板》,台北:大块文化出版股份有限公司2004年版,第39—40页。
② [美]理查德·利罕:《文学中的城市——知识与文化的历史》,吴子枫译,上海人民出版社2009年版,第96页。
③ 柯裕棻:《恍惚的慢板》,台北:大块文化出版股份有限公司2004年版,第40页。
④ 王稼祥:《眠梦之岛》,载向阳主编《二十世纪台湾文学金典·散文卷》(第三部),台北:联合文学出版社2006年版,第308页。

心理的荒凉感。可以说,从都市到城郊再到离岛,整个台湾的巷弄空间已然彻底崩塌,这就是乡土巷弄缘何会出现现代主义空间表征的社会原因。

在现代主义的空间表征中,荒芜感还表现在巷弄空间的时间化上。柯裕棻便深谙这种手法的修辞效果。

> 他们门前那一条巷子真是一首长恨歌,仿佛从郑成功之后,这一村的人便开始增盖巷子的长度,以此做史。然而,巷子长得太快,终于长过了历史。世人辗转几番春秋大梦,他们依旧黄粱一饭未熟,只是巷子变长了。①

将巷弄长度与历史长度对比,沧桑变幻的历史竟然抵不过跨越时间长河仍然兀自挺立的巷弄,巷弄空间已然超越了人世流转,进入亘古的自然与历史之境。对于难逃人世变幻的世人而言,这不就是近乎宇宙洪荒的景象么?难怪,柯裕棻最终会证悟到此种人生真相:"那是一条很长的巷子,时间行走其中,百转千回失去了影子,因此看上去不存在。我们坐在那儿看他,仿佛看见人生。"②

与柯裕棻稍有不同的是,王稼祥的巷弄空间与历史时间已经合二为一,难分彼此。当"我禁不住轻轻将手往风蚀的石墙上触碰,将视线往那破败的门窗缝隙中窥探,那手指感觉到的细细沙粒仿佛就是一种时间的沙漏,我意识到正在触摸流逝的过往"③。风蚀的痕迹亦是时间流逝的痕迹;巷弄即是历史的化身。当王稼祥徒步走入一层层幽幽的空间,他亦是在好奇地窥探时间,时间和灵魂已化身成巷弄,禁不起些许吵闹,"仿佛一吵历史就要倒下解体,那些院落中的记忆就要魂飞魄散"④。

其实,空间与时间之间的通感修辞,在文学作品中并不少见。钱钟书就曾总结道:"时间体验,难落言诠,故著语每假空间以示之,强将无广袤者说

---

① 柯裕棻:《恍惚的慢板》,台北:大块文化出版股份有限公司2004年版,第41页。
② 同上书,第47页。
③ 王稼祥:《眠梦之岛》,载向阳主编《二十世纪台湾文学金典·散文卷》(第三部),台北:联合文学出版社2006年版,第308页。
④ 同上书,第309页。

成有幅度","以空间之大小示时间之徐疾","以时光修短示路途远近"。①只不过,在现代主义的空间表征中,空间与时间都以荒芜化的审美旨趣为共通点。

总之,巷弄的现代主义空间表征,一方面,固然是都市化、现代化对乡土巷弄空间的切割、挤压、拆除所造成的空间的边缘化与荒芜化;另一方面,它亦典型地体现出都市人的现代主义感觉结构对空间意象的边缘化、荒芜化和永恒化的想象,柯裕棻和王稼祥两位即通过身体对空间形式的感知投射以及空间的时间化修辞,实现巷弄空间的畸零化、边缘化与荒芜化表征,这就体现出现代主义空间想象的风格特征与历史脉络。

三、后现代想象:多元化与象征化

按照都市现代化逻辑,狭窄、幽暗的巷弄是乡土社会的历史产物,属于非理性的人情世界;它们需要被现代化的都市文明摧毁、改建,需要被都市文明的理性之光照亮。在都市扩张和自我复制进程中,乡土巷弄的版图日渐退缩直至消失。偶一残存的乡土巷弄也沦为都市文明的幽暗地带,隐伏在都市的边缘角落。而这就成为台湾后现代散文书写的核心对象,巷弄成为具有多重象征系统的差异空间。

在林燿德的《幻戏记》中,"我"以都市人的身份进入巷弄,这意味着"我"是以他者和闯入者的姿态侵入到自成一体的巷弄世界。"我"试图凭借都市坐标和都市文明养成的方位感辨识巷弄,但一入其中,"我"便迷失在曲折狭窄的巷道中。"我"的迷失,正意味着两种文明空间形态、价值体系和感觉结构之间的对立和冲突。作为都市的他者和边缘地界,巷弄有其独特的历史、空间构型和感觉形态。巷弄是历史累积层叠的遗留物,它"浓缩了都市发展历史中的各种建筑型态,随地可以见到各个年代的抽样;如果把建筑比喻做碑石,那么在此可以找到任何时期的基石"②。巷弄是台北这座

---

① 钱钟书:《钱钟书论学文选·创作论》(上),舒展选编,花城出版社1990年版,第264—267页。

② 林燿德:《幻戏记》,《一座城市的身世》,台北:时报文化出版企业有限公司1987年版,第37页。

城市身世的缩影,累积的建筑空间是不同时期地方权力结构和意识形态的叠影,这也正是这座城市确认自身的标志。对自幼成长于巷弄中的人而言,巷弄无疑是他们的精神原乡。然而,对都市人而言,层叠着历史斑驳旧影的巷弄,却是纠结着现实和梦幻的迷宫。"突然我想起出土的巴比伦粘土板,上头雕镂着涡旋状的迷阵,据说那些盘廻的线条代表某种动物的内脏;此时我不是也逡巡在都市的内脏里头? 迷阵,自古以来就意味着死与复活双重的象征。"① 迷宫般的巷弄,充满了猜疑、刺激、死亡和复活。巷弄的存在与其迷宫隐喻,实际上颠覆了"我"对都市文明的理性认知。"我"曾愚蠢地宣布"都市是我的故乡",但当"我"进入巷弄,"我"即刻变成了迷途的陌生人,变成巷弄的异类,不得不忍受着隐藏在巷弄四周的各种目光。而且,"我"的理性挫败不止于此。

> 我有一份自己手绘的都市地图,这个地区几乎占满一大格的空间,座(坐)标 E7。直到刚才为止,本区仍注明着一行铅笔字迹:terra incognita, ...terra incognita:不明区域,这是我从一部十九世纪欧洲出版的善本地图集上读到的拉丁字眼,线条优美地枕卧在周沿布满虚线的南极冰原中央;更早的时代,撒哈拉沙漠以南也标上这个鲜艳的名词,而且 incognita 的字尾同样使用阴性的 a,没有采用阳性的 o,联想看看吧:一个像南极的妻子或者如同撒哈拉般的母亲……②

在人类的地理大发现和殖民史中,地理探索曾经无往不胜。众多的不明区域都在理性的光耀中被揭开幕纱。作为理性的化身,地图镌刻着那些被理性照亮的空间。但是,在充满男性征服气质的地图中,不明区域依然存在,它们甚至存在于都市之中。巷弄,便是存在于都市的不明区域,而实际上,作为不明区域的巷弄更是超越了地理并深及心理层面。③ 不明区域在地图上的消失,曾经象征着文明战胜蛮荒、先进取代落后的人类理性征服史。但是,当不明区域再度在都市空间出现,它就不仅仅指向未知的地理空间,而是颠覆

---

① 林耀德:《幻戏记》,《一座城市的身世》,台北:时报文化出版企业有限公司1987年版,第35页。
② 同上书,第36—37页。
③ 同上书,第37页。

了被规训化的理性;或者说,人类内心世界总是存在着野性和非理性肆意驰骋的疆域,不明区域象征着人类心理世界中无法被理性规训和照亮的地方。因此,巷弄作为迷宫,不仅是物理空间上的迷宫,更是心理空间上的迷宫,那是非理性、潜意识、生命本能和自由野性盘踞的地方。至此,巷弄空间已经被双重象征化,即象征着作为物理空间的迷宫和作为不明区域的非理性心理空间。

除此之外,巷弄还象征着一种文化精神。文本中,巷弄与希腊神话忒修斯的迷宫叠影互涉。为了杀死怪物并能成功走出,忒修斯在迷宫中沿途布线;而"我"贸然进入巷弄后,却发现巷弄变成了迷宫,此时,巷弄也就具有"死亡与复活"的迷宫意味。忘记带线团的"我"只能在巷弄中徘徊,寻找黑猫也探寻路的纹理。"我是个走路带虚线的男子,踏过的柏油路面都留下一道永不磨灭的虚线,只要握住端点,就能把我从这个区域中拉扯出来,然而我的端点在那里呢?"[①] 这段超现实的描写实际上宣告了"我"比忒修斯更为无助的状况。忒修斯可以沿线走出迷宫;而曾经宣布"都市是我的故乡"的"我"置身在巷弄—迷宫中,已经失去了都市的端点,无所凭依。此时,"我"只能"在巷道里兜着圈子,并且试着从门牌上的文字号码探究路的纹理"[②]。但更重要的是,"不知什么时候开始,我不再因为都市夜空里找不到完整的星座而困扰了;我为都市的天空绘制全新的星座盘、创设全新的神话……我弯身拾起一小截破碎的砖块,替矮屋们编上号码。1;2;3;4;……我一边走,一边停下来,在灰色的壁面上画上砖红色的数字"[③]。迷失的"我"竟然在迷宫中编号,"创设全新的神话"。这是个极富象征意义的行为。正如自小在巷弄成长的人们,他们用脚步丈量巷弄,用石块在墙壁上画出一道道痕迹,这些痕迹镌刻着成长的点点滴滴。在被阅读、改写的过程中,巷弄成为身体的延伸。因此,巷弄的历史也是无数个体的历史,个体在一笔一画的涂鸦中创造了巷弄。而"我"要为巷弄、为都市创设全新的神话,正表明"我"在为巷弄编码的过程中开始阅读巷弄、理解巷弄,并在这一切过程中逐

---

① 林燿德:《幻戏记》,《一座城市的身世》,台北:时报文化出版企业有限公司1987年版,第39页。

② 同上书,第38页。

③ 同上书,第39页。

渐融入巷弄。此时的"我"已不完全是一个都市人,而是巷弄—迷宫的组成部分。由此,我们可以更明了"我"和黑猫的关系。充满野性的无主黑猫,只有在巷弄中才能生存,它是巷弄的精神象征。"它们没有组织、独来独往、吃着猥琐的食物、民主(或者不懂独裁)、不喜被干涉而且不在乎任何人畜。"① 黑猫代表了不被都市理性所规训的生命力和与都市迥异的文化精神。黑猫与巷弄是二而一的,而我也在寻找黑猫的过程中进入到巷弄的象征结构中;因此,黑猫与"我",由最初的"我"的追寻,变成"我"被黑猫追蹑的形态。

……看它铜褐色的瞳仁,正流露着没落贵族的神气。……

透过眼神,我们仿佛互相汲取着灵魂,两个不同族类的生物。

……在它的瞳仁里,映出了我潜意识中榛莽未启的原始,然而在我的双眸中,又照亮它内心深处的什么物质?我们肉体的距离瞬间拉拢,黑猫漆黑的毛发温柔地抚擦我的裤角,以我为圆心、它静静地环绕,犹如举行着神圣的仪式……②

黑猫与"我"的仪式,标志着巷弄象征系统的完成。然而,当"我"抱着黑猫走出巷弄回到都市时,黑猫却重新窜入黑暗的巷弄。"我"发现,一整行的黑猫正排列在"我"的背后,"我所留下的每一根虚线都已化做一只静卧的黑猫"。③ 其实,"我"所追寻的是孺慕野性和民主精神的另一个"我"。而这也正是虚线变成黑猫的原因所在。巷弄、黑猫和巷弄中的"我"的三位一体,共同代表着一种原始的、非理性的、崇尚民主和自由的文化精神。至此,巷弄的三重象征系统已然成立,即物理的迷宫、心理的不明区域和文化精神。多重象征系统也意味着多重空间的组接、跳跃与联想。表面上看,都市空间和巷弄是真实的物理空间,实际上是代表了一种文化精神的象征空间。而巷弄空间尤为复杂,既是真实的迷宫、又是希腊神话迷宫的叠影,既是地图上的不明区域、又是心理空间上的未名,既是代表落后的文化空间、又是

---

① 林燿德:《幻戏记》,《一座城市的身世》,台北:时报文化出版企业有限公司1987年版,第38页。

② 同上书,第40—41页。

③ 同上书,第42页。

作为未被都市理性文明规训的原始而又民主的文化空间。多重空间在真实、想象和神话地带游走,形成一种"魔幻写实"的空间形态。正如郑明娳所总结的:"不但跳出点线面,且超越单纯一对一的象征关系,从多个角度,互相撑持,使意义不仅多元化,而且立体化,所展现的意旨,犹如不断衍生的层层花瓣,围绕着花蕊运转;瓣与瓣之间夹着向核心螺转的一道走廊,超越了三次元的时空,引领读者走向纠结着真实与幻戏的心灵领域。"①

《幻戏记》所展示的空间形态、结构与意义,亦即空间的象征化、多重化、立体化与意义的多元化,是后现代散文空间美学的典型。空间意象的多重象征与都市空间文化形态息息相关。罗兰·巴特就在《符号学与都市》一文中指出:都市意象的符征与符旨——对应的关系已经破裂;都市意象的符旨非常模糊,在某个时候,它总是会成为其他东西的符征,而符旨瞬间消失,符征则保留下来。② 正如巷弄这个符征一样,它有多个符旨,某些符旨又成为另一重象征的符征,意义不断地叠加并且多元化。与写实散文的真实空间相比,都市散文空间的象征化体现了都市文化的后现代风格。而在乡土散文中,林文义、余光中等人对巷弄的书写,有着浓郁的乡土感和地方感,巷弄和生命之间是一种和谐的融合状态。后现代的巷弄空间书写,则以都市人身份闯入巷弄。在都市人看来,巷弄是一个异域、一个前现代的陌生地,也是野性的滋生地,它充满了幽暗而诡异的氛围。后现代散文中的差异感、陌生感和解构感,非乡土散文所有,这是社会形态和感觉结构断裂与转换所致。由于农业社会的转型和农业文明的解体,空间的地方感和故乡感消失了,取而代之的是在资本和消费意识形态运作下同质性的消费空间;都市空间更多体现为无地方感的地方,体现出都市的消费文化风格。而后现代主义要不断地消解、解构消费意识形态与其空间统制。因此,代表农业文化风格和精神象征的历史遗留物就构成对抗消费空间及其意识形态的差异地点。在《幻戏记》中,巷弄就是这种差异地点。它被都市空间所包围,但它又浓缩了都市发展过程中各种建筑型态;它既是都市空间的历史和影子,又是都市空间的他者

---

① 郑明娳:《林燿德论》,《现代散文纵横论》,台北:大安出版社1988年版,第143页。
② 罗兰·巴特:《符号学与都市》,夏铸九译,载夏铸九、王志弘编译《空间的文化形式与社会理论读本》,台北:明文书局1993年版,第534—535页。

和差异地点;它既在都市内部,又在都市文明体系之外;它将被都市空间吞噬,却又自成反抗性的文化空间。这种差异性空间是后现代散文空间形象的典型。

综上所述,台湾当代散文家对巷弄的空间想象有几种方式:乡土想象,重在复原童年经验、注重空间写实,刻绘巷弄中的节日民俗、民间禁忌与生命体验的内在关系,体现一种原乡皈依的想象方式;而现代主义的想象,则通过边缘化、荒芜化和畸形化想象,将巷弄空间变成城市漫游者的精神结构;后现代想象,则是将巷弄空间化作具有多重象征的符号系统,多元化与象征化便是其想象的内在逻辑。由此可见,巷弄空间在不同社会形态不同世代的想象中呈现出斑驳的面孔。这固然肇端于社会形态与物质空间的更迭,也是诸种文化思潮影响之下想象方式兴替所致。

第二节 台北老街的三副面孔

老街,是一座城市的历史名片。它诉说着城市的前世今生;也是一座城市的古老灵魂。老街,既指古老的街道建筑空间本身,也指隐秘的身体—文化记忆,还指涉其所涵纳的地方历史文化。老街甚至象征一座城市深层次的精神结构。解读老街,虽不是理解一座城市唯一的入口,但却是最重要的一个时光通道。在台北,几条保存较为完整的老街尚能表现出顽强的生命力;而多数传统市街已经改头换面,只剩下片段残迹和依稀光影供认追怀。无论老街的命运如何,我们都能从残存的碎片中,窥探一座城市的历史人文景观。

一、贵德街:空间的生与死

要寻找台北市的历史,贵德街是一条不得不探访的古街。台湾文史学者庄永明曾如此赞誉:"这条窄街,步步历史,页页传奇。"①

贵德街,街宽仅四公尺,原名千秋街和建昌街,战后,以青海省贵德县取名"贵德"。由于临近淡水河,日据时期称为"港町"。据文献记载,建昌街、千秋街,是台北市最早的洋楼街。清朝时期,荷、法、英、德、美等国纷纷在此地设立领事馆。此外,电报学堂、邮政和电信支局、警察分署、税务检查所、

---

① 庄永明:《台北老街·台北的没落贵族》,台北:时报文化出版企业有限公司1991年版,第76页。

地方法院等"公家"建筑物也分别落座于此。由此足见,贵德街在有清一代台北市中的地位和作用了。

叶维廉早年负笈台北,尚能见及保存较为完好的贵德街旧貌:

> 当你走在那条时间被静止在深巷的街上,看着两旁荷兰式的雕栏的阳台,英国式的门阁,法式汉味的楼梯,闻着从仓库深处飘出来的浓烈的茶味……我们仿佛回到了清代的日子里,常载着福建来的红木家具、绸布、一些石板、一些古玩、和唐山的种种异品,从海外沿着淡水河到了大稻埕来换取台湾的茶叶;仿佛听见怡和洋行外面的码头的呼喝,贵德街男女老幼的前呼后拥。时光仿佛真的可以倒转似的,像记忆中深情的女子那样鲜明的重现。①

叶氏笔下的贵德街,既有争奇斗艳的各式洋楼,又有异彩纷呈的中国货品、中国情调;还有热闹的茶香文化。可见,当年的贵德街,以其保存较为完整的建筑群落,搭起了一条时间长巷,让历史人文在寂静的黑夜中、在无言的老街中尽情演绎。老街,以其特有的建筑空间穿越了时间,唤醒了历史和记忆。无独有偶,林文义亦在某个夜晚走进贵德街:

> 从清廷割台,到日本殖民结束,五十年遥长的岁月,台湾茶就以贵德街为主要的集散中心,从贵德街外的河港,船舶直放一水之隔的唐山大陆或更远的九州长崎……不知道当年商贾云集的贵德街是何等盛况?
>
> 我在夜晚静静的走过狭长的贵德街,那些大正时代或昭和初年气派非凡的西式建筑,虽然颓旧,却仍然坚实的伫立,且透溢当年豪门贵族的旧日光华。精雕细琢的檐下,哥德(特)式的长窗透出晕黄的灯花,仿佛回到了古代。②

林文义在老街中的招魂之旅,多了些日本元素和"豪门贵族"的昔日辉光。而庄永明则细腻地还原出贵德街上熟悉的"市声":"卖烧肉粽——"、

---

① 叶维廉:《我那渐被遗忘了的台北》,《一个中国的海》,台北:东大图书股份有限公司1987年版,第12—13页。
② 林文义:《在旧市区散步》(原载《华副》1986年4月23日),《抚琴人》,台北:九歌出版社1987年版,第206—207页。

"肉包——，水饺——"、"福圆粥——蚵仔面线"的叫卖声以及两块竹板敲击的卖面声，掠龙（按摩）凄清的笛声。

老街变身为时间机器，让穿行其中的人在过去的时空中，召唤诸种身体感知。声音的世界、茶香的世界、视觉的世界，从遥远的时光深处袭来。因此，不妨说，空间是有灵魂的，只有作为躯体的物质空间在，灵魂就不曾远去，它们时时等待身体与语言的召唤。可见，空间的历史，既是建筑形式的演变史，也是身体感知的形成史，亦是世俗生活世界的兴亡史。

值得特别提出的是，林文义凸显了贵德街了一个重要的特质，那就是贵族气质。在他的记忆中，孩童时期的贵德街，那一片大正式的建筑，竟如豪门大户。每次他都会不由自主的嗫声不语、怯步走过。在这些具有贵族气质的建筑中，"锦记茶行"尤为引人注目。"锦记茶行"建造于1923年，坐落于现在贵德街七十三号，占地一百六十坪，主人是当年的茶叶大亨陈天来。

> "锦记茶行"正面有三道门，正门的石刻对联为："荀里蒲轮德星夜聚；泰山桂树甘霖朝溥"。门上横书："兰桂芳联古义门"。大厦每层有一大厅、八间房间和左右护龙，每一层都是房廊相连，彼此旁通曲达，室内陈设更是豪华考究：二楼大厅的黑檀木大理石家具，以及玉笛、玉如意以及白瓷观音、五彩香炉等陈列，令人赞叹其制作的精巧。①

几十年过后，林文义重访贵德街时，曾经热闹的茶叶集散中心已不复存在。两旁老建筑所剩无几，"锦记茶行"虽依然挺立却已势单力薄，仅能勉强维持没落贵族的尊严。甚少人穿行的贵德街，竟充满了森冷鬼气。

> 穿过寂静的贵德街前段，那怕是白天，某种气氛依然是森冷鬼魅的，仿佛是亡故的前朝遗址……两旁高于狭窄街道近两尺的茶行走廊，遥远的岁月，妇人们身着大陶衫拣茶叶，偶尔的闲谈，似乎只能在泛黄的旧照上寻得。②

---

① 庄永明：《台北老街·台北的没落贵族》，台北：时报文化出版企业有限公司1991年版，第76页。

② 林文义：《台北旧风景》，载吴秋美总编辑《台北记忆》，台北市新闻处1997年版，第38页。

时移世易,贵德街早已老去。随着老街建筑空间的破败、崩塌,身体感知和历史记忆也将失去物质的躯壳,纷纷消散,如早已溃败远逝的乡土社会。因此,老街的"死亡",不仅仅是老旧建筑的消失,也是身体感知、历史记忆与世俗生活世界的消失。

二、迪化街①:身体知觉与乡土特性

"贵德街和迪化街是'兄弟街',是大稻埕文化摇篮所孕育的市街。"② 与贵德街几近死亡不同,迪化街虽经过风雨摧折,却尚能保有不少日据时期富于巴洛克装饰的建筑物,且能维持南北货、茶叶、中药、布匹的批发货集散地地位于不坠。迪化街以其古老的历史和鲜活的生命在都市台北中焕发出异样光彩。庄永明曾如此感慨:"走入了迪化街,宛如步进了历史的长廊,能够踏进了台北的残梦。"③

自小生活在迪化街上的谢里法,曾细数街上的空间形态:"日据时代的永乐町,战后改名叫'迪化街',这条街从南京西路算起,一直通过台北大桥到大龙洞,是有名的古老商业街,从南京西路这头,先是布行集中地,然后是糕饼商、药材行、佛雕、茶行、南北货、棺材店等等,最出名的是那里的城隍庙,里面的神像是我从小拜到大的。……"④

私人记忆中的迪化街,不只仅止于简单的空间排列。对于生于斯长于斯的本地人而言,迪化街是孕育身体感觉的地方,是形成记忆与文化心理的地方。通过空间与身体的无数次对话,一种独特的空间感觉—心理结构逐渐形成。这种结构非常稳固而且精密,以至于个体仅凭某种身体知觉就能还原出

---

① "迪化街,战后以新疆省省会——迪化命名。它从北门向北迤逦而来的塔城街底,和往西延伸到淡水河的南京西路交会处算起,一直延伸到重庆北路三段启聪学校(以前称为聋哑学校),侧面止,全长约三千公尺。以位于民权西路,横跨淡水河自台北市通往三重埔的(市)台北大桥,划分为一、二段:迪化街一段长九九五公尺,宽八公尺,二段长约一千八百公尺,宽三.七公尺至七公尺,宽窄则变化很大,仿若巷弄。"庄永明:《台北老街》,台北:时报文化出版企业有限公司1991年版,第83页。
② 庄永明:《台北老街》,台北:时报文化出版企业有限公司1991年版,第66页。
③ 同上书,第80页。
④ 谢里法:《台湾心灵探索·二二八童话》,台北:前卫出版社1999年版,第116—117页。

特定空间的物理形态与地方特性。

长期滞留海外的谢里法,仅凭嗅觉就能还原出了迪化街周边的空间地图与乡风民俗:

> 公孙两人一起散步的那期间,大约是1941年,有三种气味及今还留着深刻印象。首先是从我家出来右转,没有几步路就闻到甘草、当归、肉桂之类的药材味,那是一家汉药房;走出五崁仔小街,再跨过当时全台北最宽的大道太平通,远远可闻到茶药的香味,亭仔脚长年围着一群中年妇女在大箩筐前拣茶,祖父说这里是全台北最大的茶行;如果我们不走太平通,面往永乐町那一头走去,没有多远就经过一间阿公最不喜欢的棺材店,一种木材和油漆混合成的特殊气味,每次一到那里阿公就背起我匆匆走过,却愈加令我好奇想回头往屋里多看几眼。①

三种气味记忆勾连出迪化街周边的物理空间,并凸显大稻埕地区商业与乡土融为一体的独特风情。尽管长期离乡背井,谢里法依然能够精确地还原出孩童时的身体感知和空间地图,因此,我们有理由认为,多种的身体感知、记忆与心理,已经内化为一种稳固的空间感觉—心理结构,这种结构经时间、空间、身体与语言等多种因素交往反复、层累造成,构成一种文化模式和原乡情结。这种结构深入到族群与个体的感觉—精神—心理深处,逾久逾醇,逾远逾清晰。

无怪乎,当林文义见证谢里法返乡之行时,在他的散文中如此确证:"他静静的走过二十四年前,成长他的迪化街,那些中药批发商店所泛散出的,药材的清香与沉厚,来自北海道盐渍的鲑鱼、焦味的褐色大鱿以及无以数计的南北土产,终于让他确信是真的回到了二十四年不见的家园。"嗅觉与视觉形象交叠呈现,这是游子精神原乡的重要构件,也是在地者再度明证地方特

---

① 谢里法:《童话大稻埕》,载吴秋美总编辑《台北记忆》,台北市新闻处1997年版,第4—5页。谢里法清楚地写到成长之地街巷名称的变化:"战后的大稻埕虽多处已成废墟,大体上仍然保持原状,只是把永乐町改成迪化街,太平通改称延平北路,五崁仔变成民乐街……最后总督府也改名叫'总统府',住进了新的主人。"引自谢里法:《童话大稻埕》,载吴秋美总编辑《台北记忆》,台北市新闻处1997年版,第9页。

性的重要证据。

如果说,身体感知是地方文化与原乡情结最初也是最坚实的基石;那么,由身体的诸种感知出发,整体展现地方文化的多种特性和生活气息,就形成了浑融一体的地方文化。

作为老街,迪化街既孕育了身体的诸种感知,也将其文化特性化入世代居民的感觉结构之中,并深深地扎入地层,成为认同地方文化的主要精神根系。可以说,老街是一棵巨树的主干,繁茂的枝叶就是老街上的诸种空间,每一片叶子、每一根枝干上散发出来的气味,汇聚成巨树的独特形态和文化品格,这就成为文化模式与精神原乡的主体架构。

在迪化街,人情味和热络的世俗生活气息,就是这种地方文化的重要形态。

> 我喜欢走过每一家老号店铺,晕黄温暖的灯光下,那些干货泛发着一种被盐渍或脱水过后的香气。年老的店东和壮年的儿子伴着朝气蓬勃的孙子在这里亲切的迎送客人,你买不买,一样客气。①

作为大稻埕活着的"遗迹",迪化街的人情味有着丰富的历史传统。在迪化街中绵延的乡土人情味,源自于乡土社会中人与人之间的相互信任和亲密情感。而这种人情味涵容在旧市街、旧店铺之中,流淌在传统的商业形式之中,即使物换星移、世代更迭,人情味仍然会在日常生活空间和商业行为中得到传承。但如若旧街市被改建,传统商业空间花果凋零,融贯其中的乡土人情也必将瓦解以致消失。这也意味着地方文化特性被现代商业所侵蚀,冷漠疏隔取代了乡土人情大行其道,而游子与地方文化的钟情者必将永远失去精神原乡。

20世纪80年代,迪化街如大稻埕其他市街一样,正经历着现代商业浪潮的无情冲击。当谢里法重返迪化街时,他就尖锐地指出现代商业形式并非起死回生而是摧枯拉朽:

> 也许为了掩饰街道的老迈,也许这只是八十年代台北街道的共同特

---

① 林文义:《在旧市区散步》(原载《华副》1986年4月23日),《抚琴人》,台北:九歌出版社1987年版,第207—208页。

色,站在大街上一眼望去,最抢眼之处就是大红大绿的广告招牌,像影城里的布景,使这条古街道又焕然一新。但新得并不实在,也不协调,好比八十老翁换上童装,不是美丽,而是古怪,迪化街虽然没有拆掉,但等于已经消失。没有了这些招牌,就像是沉到海底又捞上来的古迹,面目全非了。①

林文义也发出同样的感慨:"二十四年前的迪化街,南北杂货的色泽与气息,古老的大正式楼房,木质或浮雕于清水石板的店招,一下子似乎都变成美国香烟的亚克力广告,迪化街的旧页早已翻过去了。"

由此可见,传统的空间形式与商业模式,成为人情味最重要的物质构成。当现代的商业形式大举侵入,传统空间溃散凋零,人与人之间的乡土亲情也将变成现代都市中的冷漠疏隔。因此,空间形式的死亡,亦是地方文化特性的死亡。

三、华西街:饮食、杀戮与性

独特的历史文化和乡土生活气息,成为台北老街的重要特性。但这并不是全部。老街,既是物质空间的堆累、拆毁与拼接,也是诸种欲望的物化躯壳。老街,以其古老灵魂,彰显最隐秘也是最赤裸的人性本相。从这个意义上讲,老街已经超越了形态上的生与死,而上升为一种象征空间,象征一种稳定的地方文化心理结构。在台北老街中,华西街的复杂形象便充分证明了这一点。

有人指明务必安排要到 SNAKE STREET 一游,所谓"蛇街"指的就是"华西街";隐藏在传统背面那诡异、神秘、奇妙的气氛,不仅金发碧眼的洋人好奇,东洋人也称异;有着剧毒的眼镜蛇、百步蛇在"蛇店"内服服帖帖,任人宰割;还有各地的名点小吃、中级消费的华洋百货,使"华西街夜市"成了海内外闻名观光街。不过提及华西街,连想的就是

---

① 谢里法:《台湾心灵探索·回味那已散了筵席》,台北:前卫出版社1999年版,第79页。

"宝斗里",从日本人的"游廊",沦为今日低级娼寮,人性的卑劣,宣泄在这条街上,争逐酒色来此的人们,不知心安否?①

杀戮、饮食与性共存在老街及其周边的巷弄中。这是一个多么赤裸裸的人性世界。

一般而言,荟萃名店小吃的老街,是日常生活的重要空间,它是形塑世代居民感觉结构的重要场所。韩良露自小在华西街夜市及其周边吃各种古早味,长大后念念不忘,足可见华西街夜市及其周边饮食文化对市民味蕾的形塑能力。"华西街夜市早年曾有一摊'鼎边锉',完全是古式做法。在鼎边用锉制造薄细的米浆板,配上香菇、鳊鱼、虾皮、干干贝、干金针等多种作料熬制汤头,这是我在台北城中吃过最好的鼎边锉。"②其他如台湾担仔面、鱿鱼羹、各种古粿等,都是韩良露珍贵的老街饮食记忆。她甚至觉得,在老旧的街坊行走,人世会变得比较安定,不管外面世界发生什么,人最终可以回到老街散步。这种存在感和安全感,是老街给予个体最宝贵的庇护。

然而,在充满脉脉温情和安全感的老街中,恰恰存在另一极的人性本相。那就是赤裸裸的屠杀与性。本来,日常饮食中不免杀戮,所以有"君子远庖厨"之称。但日常饮食中的宰杀是隐匿性的,它悄悄地发生并不引人注意。而在华西街中,饮食中的屠杀环节,是表演性的。对动物残忍戏耍和血腥杀戮,成为华西街夜市饮食文化能够享誉国际的最重要因素。因为杀戮行为既满足了人的血腥欲望,也刺激了男人对性的欲求。

林文义在《来去华西街》一文中就精细地描绘出华西街夜市的杀戮细节。

他抓出一把沉重而尖锐的切肉刀,不由分说的,一刀就把鳖的头颈砍下来;……

鳖的头颈掉在一旁,竟然还活着猛烈挣扎,嘴里的筷子已经吐掉,张着大嘴一开一合,十分痛苦的样子,颈的肉还颤栗的抖动,好像在生命消失前,最后的一种呐喊。而身体却在颤动几下之后,颓然的垂下了四肢,

---

① 庄永明:《台北老街·艋舺到万华的兴衰》,台北:时报文化出版企业有限公司1991年版,第26页。

② 韩良露:《艋舺幽光》,载江春慧主编《漫行in台北》,台北市观光传播局2007年版,第25页。

却在被切断的颈部没有丝毫的血迹。

　　他似乎看出人的疑惑,微笑的,拿出一瓶金门高粱,像倒在杯子般的,就倒进鳖被切断的颈管里,然后他轻轻拉揉着鳖的四肢,而后倒了过来,从颈部,红黑的血像小瀑布一样的涌流到他早先已准备好的玻璃杯里。①

　　……把蛇那长着两颗毒牙的嘴用铁夹夹住,再用一条细麻绳紧紧系住蛇的头部,一阵吹嘘之后,开始剖胸开腹,拿出隔膜间仍在活跃跳动的心脏,割破后,鲜红的蛇血直流入盛装着药酒的玻璃杯里。继续取出蛇胆,那颗微小的绿色豆子,说是可以明目养眼——蛇胆不但不苦,而且甘香入喉,试试看。②

　　杀戮成为华西街最具特色的表演节目,鳖血和蛇血也成为买春客必需的补品。夜晚的华西街竟暴露出人性中最黑暗与最原始的底色。这不能不说是对都市文明莫大的讽刺。杀戮与性,是人类永远无法摆脱的魔咒。一旦它们彼此纠缠绾结,人们便会如痴如醉。而华西街夜市恰恰浓缩了这些。钟文音直截写道:"每个摊位都是食色欲的隐喻。"③ "一条街如此狰狞残忍,拆穿男女欲望,繁复地搭成了一座性爱宫殿。"④ 钟文音的书写穿透台北底层现实的某种真相。与之相比,林文义的细腻描绘除却悲悯情怀之外,更有对现实的批判力量。他在《来去华西街》《雨过华西街》《鸭雁与独木舟》等多篇散文中均对华西街及其周边巷弄的情色世界进行过深刻书写。如:

　　那是另一种禁锢,像蛇被困于笼子,猩猩被系着铁链,而鳖被养在水箱里。颓废的灯光里,在街的阴暗小巷,那晕红、低矮的屋檐下,有许多被压迫与囚禁的灵魂。

　　向晚以后们,闲散的男人慢慢的聚集在这几条小巷,慵懒而迟缓的身子却睁大着一只只贪婪的眼睛。女人像货品一样被陈列在门口,低胸的短衣,呈露出鼓胀的乳房,要让陌生的男人恣意的揉捻;裙下的大腿根

---

① 林文义:《穿过宁静的边线·来去华西街》,台北:合森文化事业有限公司1990年版,第95—96页。
② 同上书,第98页。
③ 钟文音:《少女老样子》,台北:大田出版有限公司2008年版,第266页。
④ 同上书,第269页。

部,暗示着一种迎纳。入夜之后,男人会因为来到这里而更加的亢奋。
……

小巷中更狭窄的小巷,巷口用红底白字写着几个大字:本巷不拉客……每一个装着铁条的窗子,每一扇半开的门,站着许多年轻的让人不敢相信的小女孩,有的十二岁、有的十三岁、十四岁……①

很显然,华西街周边巷弄中的情色世界,既是一个展示、出卖与蹂躏女性身体的"性爱宫殿",也是囚禁那些原住民幼女与妓女的非人道世界。情色空间与夜市中关着毒蛇的牢笼有着共同的结构与本质:它们既是开放的也是禁闭的,既是宣泄欲望与肆意屠戮的也是禁锢自由与压迫反抗的;它们就是人的欲望空间,既无人道也无兽道可言。这就是华西街夜市及其周边巷弄所表征的精神结构。这或者就是林文义所谓华西街乃至艋舺永远的天谴的根本原因。值得注意的是,这么赤裸裸的现实空间更多地存在于黑夜中。如果说,白昼代表理性原则,它压抑了人的诸种原始欲望;那么到了黑夜,非理性便颠覆了理性与秩序,原始欲望在黑暗中制造出无数个充满魑魅魍魉的现实世界。此时的华西街夜市,是人城亦是鬼城。

贵德街、迪化街、华西街是台北的三条老街。其中,贵德街几近死亡,迪化街与华西街依然焕发出顽强的生命力。随着老街空间形式的变迁,三条老街所形塑的经验世界以及更为深层的感觉结构也在不断地变异。因此,老街的死亡与复活,亦是身体感知、历史记忆与世俗生活世界的死亡与复活。甚至可以说,老街已经超越了客观的物质空间世界,成为象征空间,它象征着人性中诸种层面。饮食、杀戮与性,身体、历史与族群,无不在老街这个象征空间中折射出多层面的魅惑光影,让人追念不已,也让人震惊不迭。

---

① 林文义:《穿过宁静的边线·来去华西街》,台北:合森文化事业有限公司1990年版,第99—100页。

第三节　中山北路的时空考古

　　街道,是城市基本意象之一。街道,垒积城市空间历史形态与文化心理;也朝向城市时代文化精神。街道空间,具有过去、现在与未来三重的时间向度,也具有物质与心灵同构互生的空间维度。可以说,街道的历史,正是城市空间形态和文化精神演变史的缩影。因此,认知一座城市,先从街道开始。正如简·雅各布斯在《美国大城市的死与生》一书中云:"街道及人行道,城市中的主要公共区域,是一个城市最重要的器官。试想,当你想到一个城市时,你脑中出现的是什么?是街道。如果一个城市的街道看上去很有意思,那这个城市也会显得很有意思;如果一个城市的街道看上去很单调乏味,那么这个城市也会非常乏味单调。"[①]

　　台北,是一座语义丰富的城市。这不仅表现在形象鲜明的区域规划中,也表现在身世不同的各条街道里。其中,中山北路的空间历史正可与台北城的近现代史相埒。中山北路于乾隆四十五年开辟,光绪十三年被拓宽。自清以来即为通往士林、北投、淡水唯一通路。日据时期,中山北路被称为"敕使街道"。因其作为通往台湾神社的通道,被拓宽至四十公尺,设为六线道路。此路拓筑至1940年才完工,为当时台北市最完备之道路。50年代到70年代,中山北路成为蒋介石与蒋经国上班和迎接贵宾的"官道"。道路建设一直

---

①　[加拿大]简·雅各布斯:《美国大城市的死与生》,金衡山译,译林出版社2006年版,第26页。

维持最高水准,全线计分四段,待士林区纳入台北市版图之后,才延伸到天母而分成七段,是全台北最完备的道路之一。①1965年,越战爆发,台湾成为美国后勤基地,也成为美军休假中心,中山北路二、三段产生以服务美军为主的商业形态,包括咖啡厅、酒吧和提供美军的"性服务产业";中山北路七段天母一带,则以类似美国"郊区住宅"的形式,提供在台美军及其眷属的宿舍区……②中山北路的多重形象和社会功能,无不与台湾社会的政治经济文化结构息息相关。可以说,中山北路所具有的象征意义已经折射出台北乃至台湾的精神品格。廖咸浩在《中山北路,一条真实的不存在的街》一文中曾如此阐释:中山北路"是真实与虚构、历史与现代、传统与新颖、沉重与轻盈、异国与本土、情欲与贞洁、崩溃与重建、虚情与真意、消失与存在、殖民与后殖民等等不同元素的混合物"③。殖民、威权、情欲、异国与梦幻等诸多意涵彼此绾结,构成中山北路混杂而矛盾的精神品格,这也恰好表征了台北这座现代化都市的精神结构。

目前,对中山北路的研究,以台湾学者殷宝宁的专著《情欲·国族·后殖民——谁的中山北路》(2006)最具代表性。殷氏从地景史的角度,探讨中山北路的地景变迁,并结合空间的政治经济学与文化研究的方法,解析中山北路所蕴含的情欲、后殖民的意涵及其意识形态建构/解构过程。殷氏为中山北路的研究奠定了坚实基础,但若论及中山北路空间形式及其所形塑的感觉结构二者的关系,则尚需更多的材料、特别是文学作品的佐证。其实,早在1993年,台湾的林以青就以硕论《文学经验中的都会情境转化之探讨——以五〇至七〇年代的台北市为例》(东海大学),探讨文学经验中的台北都会情境,揭橥20世纪50到70年代台北都会的时代精神。林氏曾以陈映真、黄春明、白先勇、王祯和等人的小说,探讨中山北路所具的色情都市情境,并指出中山北路是台北这座城市都市异化的缩影。林氏的研究有相当

---

① 丁荣生:《北台湾开发简史》,载林芳怡主编《台北大街风情》,台北:创新出版社1996年版,第23—25页。

② 殷宝宁:《情欲·国族·后殖民——谁的中山北路?》,台北:左岸文化事业有限公司2006年版,第18—19、92—93页。关于大正町的空间历史演变,详见王聪威:《九条通》,《中山北路行七摆》,台北:INK印刻出版有限公司2005年版,第27—30页。

③ 王聪威:《中山北路行七摆》,台北:INK印刻出版有限公司2005年版,第10页。

独到之处，但限于体例并未对文学中的中山北路这一议题做更深入系统地剖析。由此观之，从地景史、城市规划、文学审美等不同视角探讨一条街道乃至一座城市，均能提供一套意义丰富且别具一格的价值参照。然而，笔者也注意到，无论是地景史还是文学的城市研究，多数学者多采用小说素材，甚少涉及散文与诗歌。实际上，此类书写在各文体中均大量存在，且都提供面目不同的城市景观与文学想象。就拿中山北路来说，关于中山北路的散文书写，就已出现诸多专题写作，如王聪威的《中山北路行七摆》（印刻，2005）、林芳怡主编的《台北大街风情》（创新，1996）和赖莹蓉的《中山北路风情系列》（自立晚报，1990年2月14日至2月23日）；而单个作家的相关散文也所在多有。有鉴于此，笔者试从散文文本出发，梳理散文中的中山北路形象史，论述散文家的身体感知、历史记忆、语言表述与中山北路形象建构与拆解的关系，并进一步讨论世代居民感觉结构与街道形象、时代精神之关系。这种问题意识与研究进路望能补目前研究之不足。

一、殖民、威权与情色空间

（一）作为"敕使街道"的殖民空间

曾经作为"敕使街道"、"官道"的中山北路，空间形式烙刻着昔日的殖民与威权统治痕迹，也养成了世代市民的感觉经验。因此，对殖民与威权的空间考古与意识形态的解构，成为后世作家极力探究的课题。

从一条泥地烂路到高度现代化的"敕使街道"，王聪威清晰地描述出中山北路的拓殖史。

……我们穿越旧日王朝残留未及收拾的田畦水塘泥地烂路，修筑了一条由城内"总督府"直达神域，由碎石和六百棵相思树铺植而成的十五公尺宽的参拜道路。①

……一九三六年……将"敕使街道"拓宽为百十公尺，设五线柏油

---

① 王聪威：《中山北路行七摆》，台北：INK 印刻出版有限公司 2005 年版，第 32 页。

道路。中央十二公尺为四线快车道,旁设绿岛各二点五公尺,上立樟树与三百瓦的高压水银灯。绿岛外设L型侧沟,沟外为慢车道,两旁铺水泥方砖并植枫树,所有路上架空电线皆改埋地下。一九四〇年完工,全长三千零九十公尺。自此以后,宫前町与御城町高级住宅区纷立,处处独院庭院植栽椰子、棕榈、槟榔、缅甸合欢与油加利树,一派南洋怡乐风情。……①

日据时期,中山北路经过多次拓宽,具有高度现代化空间表征。但在这种形象背后,却隐藏着殖民的幽灵。1901年,台湾"总督府"在圆山建立台湾神社,中山北路成为具有官方意义的"敕使街道"。殖民地官员和普通百姓均通过中山北路前往神社参拜。现代化的中山北路既彰显了殖民者的现代建设之功,也意在让"日本国魂深入人心"。正如王聪威在文末所指出的:"以'敕使街道'强而有力地贯穿台北城的形式与阶级分明的市区改正计划,宰制'臣民'移动的具体空间,并辅以宗教信仰文化的神力掌控'臣民'的心灵空间……"② 中山北路是朝向现代化之路,也是殖民幽灵宣教之路。

日据时期,中山北路是"现代"和"殖民"两种价值交媾的产物。当殖民的幽灵日渐远去,作为殖民空间的中山北路只能残存在记忆和文本之中。然而,人们如何描述那消失的殖民空间形象?王聪威的描述值得玩味。

是的,谨遵"圣旨","吾皇陛下"。

森严的铁炮与嗜血的武士刀已经收缴于军火库之中。这些冷血猛兽难以驯服,未来势必得再度野放让它们自由猎杀人头,然而此刻我们暂时将它们囚禁,以换取宁静的异地新年。

……

……即使不将冷血猛兽释放出来,"吾皇"也能继续"统治"本岛千秋万世——于是我们所珍视的猛兽们,就有空放到古国中原去玩耍肆虐。

---

① 王聪威:《中山北路行七摆》,台北:INK印刻出版有限公司2005年版,第33页。
② 同上书,第34页。

最后恭祝帝国国运昌隆,"吾皇"万岁万岁万万岁。①

在《吾皇万岁敕使街道》一文中,殖民统治者作为"正史"的叙述者与隐含作者剥离。殖民统治者的叙述,既表"效忠"天皇的"臣服"之心,也有肆意屠杀殖民地人民的洋洋得意,更有宰制殖民地人民精神信仰的狼子野心。但在这套殖民话语背后,一股股愤怒、嘲弄与讽刺情绪呼之欲出。这是象征正义、人道的隐含作者发出的。在叙述者高呼万岁之时,隐含作者的笑声暴露了殖民者的恶毒用意,这使文本产生间离和反讽效果。这是一个意义被不断解构的文本。在话语层面上,形成正统与谐拟、庄严与讽刺纠缠的双声部话语结构,散文大一统叙述遭到瓦解。可以说,意识形态与话语形式的双重解构,是王聪威书写中山北路殖民空间形象的突出特点。

(二)作为"官道"的威权空间

国民党败退台湾后,作为"敕使街道"的中山北路逐渐被作为"官道"的威权空间所取代。20世纪50至70年代,中山北路时常处于警戒、监视与控制状态;穿梭其中的周遭居民,每每会感受到威权空间的恐怖氛围,并将这种空间体验内化为威权社会中的感觉结构。中山北路威权空间形态的建立,首先是对街道空间的"戒严",大批警戒人员化整为零、潜伏其间,管控着街道的空间秩序,确保街道的绝对安全。这也意味着中山北路不再属于市民,行人无权任意穿行,身体自由在威权街道中受到限制。其次,为了保证领导人的安全,街道空间形态发生改变。修建复兴桥,最直接的目的就是为了使领导人能够在街道上畅通无阻,从而避免遭暗杀的可能。

作为威权空间,中山北路的"戒严"形象和恐怖气息已经浸透到世代居民的感觉结构之中。不谙世事的孩童尚且可以在中山北路上猜测领导人坐在哪一部密不透风的大黑头车里,但稍及长大,这一戏耍姿态却令其后怕不迭。

> 日后成长在三五步一便衣、再加定时荷枪巡行的宪兵队的监视下,

---

① 王聪威:《中山北路行七摆》,台北:INK 印刻出版有限公司 2005 年版,第 31、34 页。

方才猛然醒觉童年的游戏其实玩不得。七〇年代和更早些时候的中山北路是一条高度警备、监视的道路。城内的主要街道少有像它如此过度密集情治军警;日日暴露在这些人的不信任、怀疑近乎敌意的眼光下,这是中山北路居民所必须习惯的。坐在黑头军车内的领导人似乎不曾停脚过,总是拉上布帘让人看不透,不论那一边里外皆同。它仅是一条道路。①

无所不在的监视目光交织成一张令人怵惕不安的恐怖之网,内化进居民的感觉和心理世界,他们不得不匍匐于威权空间之中。神秘感和恐怖感,是威权空间形象的重要元素,也无形中规训了世代居民的身体行为和感觉经验,并最终凝聚为世代居民共同的感觉结构。时至20世纪90年代,陈传兴书写中山北路时,依然对中山北路的监视系统和恐怖氛围记忆犹新,足可见威权空间的强大震慑力。

杨照在作为"官道"的敦化北路②上的恐怖体验可作有力佐证。

> 走离机场没几步,突然在慢车道开来了一辆宪兵车,车窗里一个人探出头来对我们猛吹哨子。我们停下来,那人又大吼叫我们不要再走。我看到大姊的脸色转白,我自己则忍不住打了几个寒噤。长长的人行道上竟然看不见其他的行人。不久连那辆宪兵车也消失了。
>
> 只有我们。定定地站了茫然恐惧的三分钟左右罢,从机场的方向驶来了一队豪华的黑头车。我从来没有看过这么多黑头车。还有威风凛凛的摩托车阵开路。每一辆车前面都插着两面青天白日满地红。在不预期的壮观中,我觉得内脚发软,连忙行了一个漫无对象的童军礼才勉强稳住自己仿佛随时要散开来的躯体⋯⋯

---

① 陈传兴:《横躺的通天塔》,载杨泽编《七〇年代:忏情录》,台北:时报文化出版企业有限公司1994年版,第32—33页。

② 1957年,在美国经济援助之下,敦化北路从机场到复旦桥段完工。敦化北路向南延伸与仁爱路三四段通,使得城内地区与新扩建完成的机场(1957)直接相连,成为交通的重要通路。不仅如此,敦化仁爱路更由商务通路的实际功能衍生出象征需求——维护官方门户的意象。为此,在规划过程中,具有工程师身份的台北市长高玉树不仅亲自规划敦化南路圆环,其设计图甚至经过蒋中正过目后才能确定。此外,在1959年2月间台湾省更指定此段道路两旁为美观地区,限制建筑层数(三层楼以上)、式样以及构造。参见曾旭正:《战后台北的都市过程与都市意识形构之研究》,台湾大学土木工程学研究所1994年博士学位论文。

我认识日据式的台北,也认识美军洋式的台北,然而这是我第一次见识体会到"中华民国"的台北。政治的威权核心被黑头车载着呼啸过我眼前,宣告着不容怀疑的"中华民国"……①

当少年杨照在敦化北路上不期然而遇高度"戒严"的黑头车阵时,他最直接的身体反应就是脸色转白、寒噤、茫然、恐惧、两腿发软等。身体的惊颤和心理的恐怖,既是特定威权空间及其意识形态暴力内化的结果,也是人类面对威权世界时所产生的最普遍和最直接的身体和心理表现。更堪玩味的是,杨照竟以童军礼践行威权空间的身体行为准则,这也表明驯服的身体早已与威权空间有着更为内在的同构互生关系。杨照在敦化北路上的空间体验让他第一次看清台北的面目——一个专制、独裁的社会。

而1972年出生的王聪威,以揶揄与调侃笔调、传说与虚构的方式,想象"戒严"时期的中山北路,两相对比就显示出不同世代作家的感觉结构与文学书写方式的差异性。

为了保证领导人一路顺风抵达目的地,在他出门前的半小时整条大路就必须进入高度管制状态,行人不得任意穿越通行,由南而北的车辆一律禁止左转。官邸内的年轻军官侍卫尽心确保领导人不会在上车前被暗杀,大路、士林与阳明山区的三个宪兵队驻守在官邸外围,携带无线电的特勤人员、警察、警总便衣也同时加入,隐藏于每个路口、巷弄与分隔岛上繁茂翠绿的行道树之后窥视警戒实施交叉防务。至于他忠心耿耿的陆海空禁卫三军,则分布于附近的山区沼泽巡逻防御,彻底消灭巨大的飞鼠与水蛭。

一切就绪,车队出发了。队伍包括了前导的交通大队机车、红色宪兵车与四部同色同式样的领导人座车——让杀手搞不清楚他今天坐哪一部。但领导人仍然感到忐忑不安,他望向车外视野辽阔的天际,忽然之间警觉到,万一敌人驾驶战斗机来袭,或是恐怖分子挟持民航向他自杀攻击那该如何是好? 所以他即刻发布命令将大路旁的建筑一律提高到四层楼以上,以便在必要的屋顶上头安装高射火炮。②

---

① 杨照:《迷路的诗》,台北:联合文学出版社1996年版,第57—58页。
② 王聪威:《中山北路行七摆》,台北:INK印刻出版有限公司2005年版,第20—21页。

严正的防卫与谐拟的领导人心态,妙趣横生的虚拟对话,形成正与谐、真实与虚构的强烈对比,这就完全消解了戒严时期中山北路的威权意识形态及其感觉结构。王聪威擅长以"实验性的叙事颠覆现实世界的秩序,重组城市细微而多变的面貌"①,这与杨照等人对威权空间的恐惧书写形成鲜明对比。这两种不同的空间书写背后,隐藏着不同世代作家感觉结构之间的差异。王聪威显然并未深刻体验过威权空间所发散的威慑力和恐惧感,因此他能以轻松的、调侃的语气解构威权空间;而杨照、陈传兴两人尽管是在自由民主的 90 年代台北书写威权空间,却仍然无法摆脱威权空间对他们深入骨髓的震慑力。

台湾被驱逐出联合国后,中山北路逐渐演变成人们抗议美国的场所。1978 年,"美国国务院助理国务卿克里斯多福来台湾协商,车队经过中山北路要开往圆山饭店,沿路都被人家丢鸡蛋泼油漆……"② 在保守而激情的 70 年代,这次抗议行动,算得上是一次"'蹄声初试'的全民运动",也是一次令人骄傲的空间记忆。③ 随着台湾社会转型,威权空间逐渐消解,复兴桥的功能也消失于无形,这也宣告了它的死亡。复兴桥最终于 1996 年被拆除。从威权到反抗与自由的大道,中山北路随着台湾社会体制的转变也逐渐走向开放和独立。

(三)作为休假中心的情色空间

中山北路,"戒严"时是严禁市民身体自由移动的。市民置身其中,会感到恐怖并自觉服从于威权空间的行为准则。然而,在中山北路两旁的巷弄中,身体的情色展演却暴露了中山北路堂皇面孔背后的丑陋与屈辱。

越战期间,台湾不仅作为美军后勤基地,提供军事基地、后勤补给、装备维修等,也与菲律宾、泰国等地共同成为美军休假中心,这直接促进了台湾性

---

① 封德屏主编:《2007 台湾作家作品目录》(第一册),台南:台湾文学馆 2008 年版,第 113 页。
② 王聪威:《中山北路行七摆》,台北:INK 印刻出版有限公司 2005 年版,第 97 页。
③ 吴光庭:《中山北路——繁华、风情、历史的街》,载林芳怡主编《台北大街风情》,台北:创新出版社 1996 年版,第 55 页。

服务产业的发达,也直接带来台湾每年 10 亿美金的外汇。① 因此,作为"租界区"的中山北路,还是个情色空间。自小学六年级搬来中山北路三段居住的林文义就见证了此地的情色世界。"七十年代的槭树路(笔者按:即中山北路三段)仿佛是异国。夜来槭树路两旁的街巷:德惠、双城、抚顺。妩媚蚀人的酒吧霓虹,穿着开高叉旗袍或低胸亮片晚礼服的女人,群聚在门口,用着挑逗、蹩脚的英语招呼着方从越南战场抵达台北松山机场,疲惫、渴望酒和女体的美国大兵。"② "少年时代的此地,夜来霓虹灯店招妩媚亮起,专做美军生意的酒吧、魅惑、肉感的女人以及异国语言……彼时,越南正进行猛烈而悲伤的民族战争,从燠热、危险的丛林、沼泽休假的美国人来寻求一种慰安。"③ 暴露的女性身体在酒吧霓虹灯中诱惑着从越战归来的美国大兵,酒色世界隐藏在"官道"之后。中山北路与街巷截然相反的两种形象,恰好映射了台湾依附美国的政治格局。原来,"官道"是如此地虚张声势,"满园春色"的巷弄才是更为真实且难堪的台湾。王聪威曾生动地还原出情色运作细节:"在越南打仗的军人也会来度个五日假期,一九七〇、七一两年就来了二十万人次。他们在松山机场一下飞机,便有 R & R(Rest and Relaxation)招待小组的巴士把他们直接载到中山北路三段的乐马饭店(现在的海霸王)。行李一放,一二十个酒家小姐就会走进房间排排站好让他们选。……"④

实际上,不只中山北路三段,在一、二段巷弄中也存在着诸多情色空间:

> 五条通:位置在中山北路一段八十三巷。五条通到九条通曾经是日本人最爱的极乐世界,特别是靠林森北路那一边,从六十年代一直热闹到阿扁市长强力扫黄才比较歇下来一点。
>
> ……

---

① 美军司令部 1965 年在台湾成立 R & R(Rest and Relaxation),来接待美军来台度假。根据统计,1965、1966 年共接待美军 20079 人,1967 到 1970 年共接待 170311 人;1970、1971 两年共有 20 万人。依照钟俊陞的估计,若以当时每个美军一年薪水 12000 元美金,以其中的 5000 元花在台湾的话,这 20 万来台的旅游人口,便为台湾带来 10 亿美金的外汇。引自殷宝宁:《情欲·国族·后殖民——谁的中山北路?》,台北:左岸文化事业有限公司 2006 年版,第 93—94 页。
② 林文义:《母亲的河:淡水河纪事》,台北:台原出版社 1993 年版,第 69—70 页。
③ 林文义:《朱丽叶的指环》,台北:九歌出版社 2003 年版,第 85 页。
④ 王聪威:《中山北路行七摆》,台北:INK 印刻出版有限公司 2005 年版,第 96 页。

  六条通:位置在中山北路一段一〇五巷。这条巷子几乎是中山北路和林森北路色情业的代名词,充满了日式俱乐部、小酒馆、宾馆、理容院和三温暖。但是近来日本人景气不佳顾客流失,倒了很多间。①

  如果说中山北路及其背后的巷弄是台湾依附美国政治格局的空间象征,那么吧女的私生子在中山北路寻找美国父亲,就不仅仅是个人行为,它也意味着沦为"租界区"的台湾在寻求美国父亲的认领和庇护。"妈咪弄了张美国兵的照片,就说这家伙是我爹地,以后会接我去美国住。我也真傻,每天拿着照片到中山北路上晃,看到美国兵就围着人家问有没有看过我爹地。"②游荡在中山北路的私生子不正是当年寻求美国援助的台湾?!作为情色空间的中山北路竟然以物理空间形式翻拍了当年台湾依附美国的政治格局,可见,空间的象征力量多么强大!小到心灵空间,大到政治空间,无不诡异地在物理空间中公然展演。

二、现代知识、异国情调与梦幻空间

  20世纪50到70年代,中山北路不仅是一条戒备森严的"官道";其沿线还是一个独特的"租界区"③。1955年,中山北路三段兴建美军协防司令部大楼;到1957年,驻台美军及其眷属总数将近一万人,这就直接催生中山北路沿线的美式消费与文化。1965年越战爆发,大量美军来台休假,这更促使中山北路(特别是三段)在未来的十年中逐渐形成以美军为主要消费群体的地景。④ 此外,60年代,中山北路二、三段的"领事馆"、"大使馆"与"公使馆"占全台"领事馆"的一半,外商、外贸公司也多集中这一地区。这也使得中山北路沿线成为台北外籍人士消费活动的主要区域,特定地点甚至成为舶来品进口、购买外国进口商品的代称,如晴光市场、福利面包公司等。

---

  ① 王聪威:《中山北路行七摆》,台北:INK 印刻出版有限公司 2005 年版,第 29 页。
  ② 同上。
  ③ 词出殷宝宁采访对象,见殷宝宁:《情欲·国族·后殖民——谁的中山北路?》,台北:左岸文化事业有限公司 2006 年版,第 19 页。
  ④ 同上书,第 92—93 页。

相对于中山北路一段官员聚居处,二、三段不仅充满了异国气息,更具有不可及的"租界区"的意味。①

(一)现代知识展演地

中山北路上的美军顾问团、美新处、士林美国学校等美国文化机构是美国思想文化在台北的传播集散地,它与六七十年代的台北知识青年思想情感息息相关。70年代的知识青年热衷于音乐、电影等新文艺事物。他们上晴光市场找唱片,到中山北路上的西书店、美新处图书馆找英文书,在士林美国学校看布纽尔的电影并兴起了"试片间文化",甚至到美军顾问团找电影看,到"哥伦比亚"咖啡厅谈音乐等。在知识青年追慕美国文化的步伐中,中山北路扮演了极为重要的角色。

> 中山北路一带的书肆与唱片行在这段时期是整个盗版文化的重要源头,所卖所印绝大多数是通俗小说或教科书、词典语言教学之类;偶尔会卖点严肃,也大都是经典文学,少有今日所谓的当代思潮之类的书籍。这其实也满正常,这些书肆原本就是以一般美国人为主要客户而兼及想学习英语的中国客户,大众文化书刊自然也就成为主类。……如果说中山北路贩售、推广美国的大众文化,那么美新处的文化推展策略明白地定位在精英文化层面,一方面向此地文化界推展美国的"现代"福音,另一方面则透过画廊举办画展、讲演活动培养本土的文化精英。美新画廊在当时是唯一的替代展览空间,所举办的洪通展览即是这种策略下开出的奇花异果。②

---

① 词出殷宝宁采访对象,见殷宝宁:《情欲·国族·后殖民——谁的中山北路?》,台北:左岸文化事业有限公司2006年版,第64—65页。另外,王聪威对中山北路三段美军顾问团周边地景变迁做了详细考证:"一九五四年,协防条约签订,美军顾问团开始在中山北路三段一带盖营区:现在的中山美术公园上曾经有美军协防司令部——也就是后来的彩虹宾馆,它简洁的建筑风格影响了以后几十年台北市的官方建筑。还有一大片木造的美军眷属宿舍、美国士兵专用的六三俱乐部以及酒泉街口的美军军官俱乐部——后来改为联勤军官俱乐部。美术公园的对面现在是中山足球场,日据时代叫圆山运动场,……美军来了,把它改建为协防司令部的营区,其中有个美军福利站:美国军邮海外供应处P.X.,里面有电影院、购物中心、酒吧。连小教室都有。"引自王聪威:《美国大兵天堂》,《中山北路行七摆》,台北:INK印刻出版有限公司2005年版,第93页。

② 陈传兴:《横躺的通天塔》,载杨泽编《七〇年代:忏情录》,台北:时报文化出版企业有限公司1994年版,第34页。

中山北路的文化空间不仅在兜售美式的流行文化,也在搬演美式的大众生活方式和价值观念。而这些,对于尚处于国民党威权统治的台湾市民而言,都具有一种追求现代化的魔力。当然,中山北路的文化空间不止于此,作为推展精英文化的美新处,更具有培育台湾社会精英形成"美国=现代化"认同的使命。

  美新处与其下各类文化出版机构(如当年的今日世界出版社)倾销美式自由、民主的价值,可谓不遗余力。一九七三年,我进大学,入外文系,其后七、八年,常到南海路美新处看书、听演讲、看画展(包括洪通画展和其他新生代画家的前卫作品)。南海路的图书馆与画廊,一如罗斯福路上的耕莘文教院,二者对于七〇年代台湾新崛起的文化艺术有份策应、掩护的贡献——这我至今深信不疑。①

浸淫在美国文化机构传播的知识世界里,台北知识青年直接感受到美国式的大众和精英文化、美国式的民主与自由气氛;或者说中山北路已经提前预演了一个现代的、民主的政治体制和社会生活。这正是台北知识青年所向往与期待的。从寻找美国电影、摇滚音乐、英文图书,到兴起试片间文化,再到湖口村实地拍摄与筹办音乐大餐,台北知识青年以半地下化的方式反抗着威权体制与思想压制,这一过程逐渐形成群体与自我的认同。在喧闹的摇滚音乐与电影中流淌的是骚动不安的青春气息。70年代,许多青年以电影或者摄影作为一生的志业,这是时代潮流所致;但更重要的原因是,"电影摄影(动的或不动的)在彼时正是'现代'同意语。一如抽象画与现代诗之于五〇年代,七〇年代的台湾开始起动加速,先前诉求永恒的静态图像自然不适于蓬蓬勃勃的加速度时代,追求片刻的自我荒颓正是当时青年心底所藏的共同欲望。套个流行的辞汇,沉迷在机械影像与摇滚音乐的七〇台湾少年,淋漓尽致地'复制'生活,复制自己,复制一切,毫不保留地快乐、活过盗版翻印仿制的海盗年代"②。在还是威权专制的台湾社会,知识青年无法找到知

---

  ① 杨泽:《有关年代与世代的》,载杨泽编《七〇年代:忏情录》,台北:时报文化出版企业有限公司1994年版,第6页。

  ② 陈传兴:《横躺的通天塔》,同上书,第34页。

识、思想的本土根基;而几十年来,美国又被塑造成为自由、民主、开放、多元甚至社会公平的现代化国家形象;因此,知识青年只能将认同指向美国、指向"现代",靠复制大众流行文化来复制西方的生活与价值形态。这种对威权/父权的叛逆、对本土文化的淡漠、对美国现代文化的梦幻迷醉,加上青春期思想的苦闷与心理的压抑杂糅而成的感觉结构,是70年代台湾知识青年所独具的。

(二)异国情调与梦幻空间

20世纪六七十年代,中山北路二、三段上的空间建制和知识世界,也表征着"异国的情调"与未来的梦幻都市。

> 中山北路,对于那个时代身穿牛仔裤,一早醒过来就按下收音机听美军电台的长发青年而言是一种愉悦,一种境内偷渡的爽快,不纯然是殖民地租界的异国情趣,而是"期待"的提前预演。逛书店买几张盗版的新唱片,一两本洋书,走在少有的林荫道上洋人群中,再加头上呼啸而过的喷射机;无疑地,"未来"就在那里。在七○年代成长的那一代,有一大部分人在数年后,方才几分延迟地向当年的虚构未来报到。①

70年代的中山北路二、三段,实际上扮演了双重角色,一个是异国形象即美国形象,它是与台湾现实迥异的他者世界;另一个是台湾的未来形象,被提前展示的现代化都市。这双重形象与价值的微妙转换,让人产生真实而又梦幻的错乱感。

当廖咸浩第一次经过中山北路时,他竟然怀疑这条街的真实性:"方才经过的这条街,可是一条真实的街?那会不会是一场灿烂的梦,……"② 因为中山北路的异国气息,与平庸的现实不同,它泛着梦境的光晕,有着一种"向未来开展的气韵"③。而这种未来感和梦的气息与当时绝大部分的台湾城市迥然有别。比如基隆,它是"比较像属于过去的"城市:"殖民时期建筑风格

---

① 陈传兴:《横躺的通天塔》,载杨泽编《七○年代:忏情录》,台北:时报文化出版企业有限公司1994年版,第32页。
② 廖咸浩:《迷蝶》,台北:INK印刻出版有限公司2003年版,第28页。
③ 同上书,第29页。

的火车站和港务局、老式而不断喘息的公车、岸边水声有点慵懒的港口、翻覆在大马路中间的牛车、港边街上一字排开的酒吧和它们俗丽的招牌、加了香菜的刁家清蒸牛肉面香以及店里北方人的吆喝声……"① 殖民建筑、乡土景观、世俗世界以及那种慵懒的气息是属于基隆城的现实世界,但对廖咸浩而言,它们也意味着闭塞和平庸。此时,城市的街道成为时间的扮演者,一条伸向过去,一条延向未来。

中山北路上的落叶、人行道、精品店、咖啡店、酒吧、美军顾问团、西书店、仿洋的建筑等共同氤氲成一种气氛,这种气氛酝酿出属于异国的梦境体验:"酒吧和顾问团不可解的地方是在环境的营造上。原本不陌生的人进到漆黑霓亮强烈对比的烟硝小屋内,或者是走在绿油无垠的阳光草地上,似乎就是失去了与我们共同的生活背景,而化成电影、梦境的一部分。"② 这种梦境空间,也意味着身体的自由与解放:"你可以肆意拥抱假日、拥抱阳光,完全接受中山北路虚幻的异国情调强烈的暗示。"③ 异国情调和梦境空间,似乎让置身其中的人暂时摆脱了尚处于威权统治下的现实时空而尽情游乐于充满阳光和自由的梦幻世界。然而,不管是身临其境还是冷眼旁观,未来和梦境,都成为人们所亟欲窥探的世界。它是如此真实却又如此虚幻,它属于当下却又来自未来,它是一条真实的不存在的街道。这种时空混淆的街道,既是城市现代化过程中错置的异国空间,也是人们追慕现代化与自由化世界的心灵空间。

中山北路的时空形态是如此真实与梦幻,就连街道上的恋情也染上了相同属性:"因为V曾陪你走过中山北路,那儿的一切变得益发真实,也益发虚幻。因为她是那么的属于中山北路,不属于其他地方。"恋情的甜蜜与纠葛、真实与飘忽,也竟如中山北路一般,绚烂如梦境。多年以后,廖咸浩甚至冷静地写道:"在中山北路,所有的爱欲与付出、出卖与背叛,都曾被允许、却未必都清楚。因为她并不存在,所以一切都轻若鸿毛。"④ 恋情、爱欲如斯,时代、社会亦如斯。当思绪在不同时空穿越,真实与虚幻,存在与不存在,都已经失

---

① 廖咸浩:《迷蝶》,台北:INK 印刻出版有限公司 2003 年版,第 29 页。
② 杨照:《迷路的诗》,台北:联合文学出版社 1996 年版,第 29 页。
③ 廖咸浩:《迷蝶》,台北:INK 印刻出版有限公司 2003 年版,第 31 页。
④ 同上。

去了清晰的界限，就连现实都变得模糊而虚幻。《中山北路，一条真实的不存在的街》一文用"你"来指称作者，也用来指称那个世代的青年，他们经历了如梦似幻的年代，也经历了似真亦假的爱情，他们有着大致共同的真实而梦幻体验。这是作为"租界区"的中山北路所制造出来的梦幻感觉，也是苦涩爱情酝酿出来的情感幻觉。因此，中山北路，不仅仅是一条既真亦幻的物理时空，也是凝聚特定世代的爱欲、信仰和梦的心灵时空。

作为一条标志性街道，中山北路的百年形象，不仅是台北乃至台湾百年形象的缩影，其混杂矛盾的精神品格也象征着台湾社会百年来的心路历程。

从日据时期高度现代化的"敕使街道"，到国民党统治时期的"官道"，再到越战时期作为美军休假中心的情色街区以及与之相伴生的异国情调和梦幻空间，中山北路繁复的空间形象，是在台湾特殊的历史情境中孕育而成的。它高度浓缩了台湾社会自乙未割台以来所受压迫与寻求反抗的空间政治形态。

不仅如此，在每一次国际与岛内空间政治格局的定型与演替之中，世代居民的感觉结构都被无形塑造。而这也集中体现在散文家对不同时期中山北路的书写中。作为殖民空间，道路的高度现代化与殖民地的身体宰制、灵魂压迫竟然如此诡异地纠结在一起。而作为国民党统治的威权空间，身体禁忌与恐怖体验，也成为市民们难以摆脱的心结。至于情色空间，女性所遭受的屈辱，正是台湾依附美国的政治隐喻。令人震惊的是，现代化的空间幽灵始终隐藏在这三种空间形象背后，若隐若现。追求自由、平等与独立的现代精神附着其间螺旋攀升；于是，异国情调、梦幻想象成为一个时代的精神标记。

总而言之，散文文本所表征的中山北路空间形象，既是真实的历史形象，也是想象的象征空间，是世代居民在压迫与抗争、依附与屈辱、苦闷与叛逆、梦幻与追求中凝结而成的文化精魂。

第二章　高楼诗学

一座现代都市的标志物会是什么？凯文·林区说，标志物是观察者的外部观察参照物，有可能是在尺度上变化多端的简单物质元素，比如建筑、标志、店铺、标牌甚至是山峦等。观察者只是位于其外部，而并未进入其中。标志物是从一大堆可能元素中挑选出来的，其关键的物质特征具有单一性，在有些方面具有唯一性，或在整个环境中令人难忘。越是熟悉城市的人越要依赖标志物系统作为向导，在先前使用连续性的地方，人们开始欣赏独特性和特殊性。要使诸多可能元素成为标志物，空间起到重要作用。"使元素在许多地点都能够被看到（比如波士顿的汉考克大厦、洛杉矶的里奇菲尔德石油大厦）"，"通过与邻近元素退让或高度等的变化，建立起局部的对比"便是空间作用的两种主要方式。另外，某物具有一段历史、一个符号或某种意蕴，那它作为标志物的地位也会得到提升。凯文·林奇还提醒我们说，距离很远的标志物，以及许多地方均能看到的显著点，通常是众所周知的，但似乎只有不熟悉一座城市的人，才会在很大程度上利用它们来组织城市结构。大多数城市的显著标志物都"没有根基"，它们有一种特别的"浮动特性"。虽然都市大楼的天际线很突出，但它们的位置和基底环境的个性，没有它们的顶部重要。人们使用远处标志物仅仅是为了确定大方向，跟更多是一种象征性的方式。①

对于台北这座国际性大都市而言，毫无疑问，"台北 101"无疑是座具有丰富象征意味的标志物。它是台北最高的天际线，一度象征台北世界第一、让世界看见台北的经济和文化雄心；它也以其逐级上升的竹节这一元素象征台北的在地性和中华民族特性。101 大楼是台北进入全球化时代和消费社会的空间号角、浮华的宣言，也是台北进入经济衰退期的时间象征。当然作为台北的标志性建筑，101 大楼并非一枝独秀，诸如"美丽华摩天轮"、"京华城"甚至"总督府"都可因其造型、文化意蕴而成为台北标志性建筑，它们也代表了城市的多元文化及其象征意蕴。实际上，从历时间上看，台北

---

① ［美］凯文·林奇：《城市意象》，方益萍、何晓军译，华夏出版社 2001 年版，第 60—62 页。

的标志物是不断变化的。如果说,在20世纪50—70年代,尚未全面进入高度发达资本主义都市的台北,其标志物尚体现为巷弄及其附属物的物质元素;那么,当台北进入全球化体系摇身一变而成国际性大都市时,高楼迭起、大型购物中心林立,"台北101"、"美丽华摩天轮"等高楼建筑便取代了彼时具有浓郁乡土市镇风格的巷弄标志物,而成为城市新的标杆。显然,一座城市的标志物及其元素的更迭也意味着城市风格和世代居民感觉结构的变迁。藉此,我们也意在开掘都市台北的空间—意象结构及其文化风格的更迭,也重在考察生活在消费社会中的台北新生代其现代性—后现代性体验的发生与成熟过程。

第一节　由巷弄到高楼的空间转型

有研究者认为,从 1967 年到 1987 年,这二十年间是决定台北都市面貌的关键时期。因为从 60 年代中期起,台湾被纳入世界经济体系之中,台北也进入快速都市化时期;1967 年,台北改制为直辖市,成为"以经济发展为动力、进行大规模都市化的前兆,快、新、高、大等成为都市进步的指标";直到 1987 年台湾"解严",市民社会日渐成熟,台北市才由"极端发展主义所主导"的面向产生出"参与与保存"的都市发展取向。与此同时,台北市进入另一个全球化阶段,即工商业进一步向金融和生产性服务业发展。① 这二十年的快速都市化,也使台北城市空间发生结构性变化。从光复初期到 60 年代中期台北高度工业化以前,台北曾经是这样的:"淡水河上正驾着舢板撒网的捕鱼人家、木栅道南桥下的洗衣妇人与挑水壮丁、基隆河口拎起鞋子涉过浅滩的通勤者。农家儿童在六〇年代晚期加盖前的瑠公圳旁嬉戏,水圳延伸过台北盆地,没入山脚地平线中。位于士林的明治桥,虽然已经改名为中山桥,桥上的宫灯以及石栏还在,妆点出帝国的夕阳余晖。而内湖的梯田中,水牛犁田,在太阳下光影晃动……在这些黑白老照片中的台北,每个角落看起来都是安安静静、悠然自得。"② 这段文字无疑描述出台北在真正进入都

---

① 黄丽玲:《消失的城市——羊皮纸上的复写》,载黄孙权主编《隐逸的城市灵魂》,台北市文化局 2005 年版,第 45—47 页。

② 汉宝德等:《台北老地图散步》(台北:大地地理出版公司 2000 年版),转引自黄丽玲:《消失的城市——羊皮纸上的复写》,载黄孙权主编《隐逸的城市灵魂》,台北市文化局 2005 年版,第 45 页。

市社会之前尚存有的乡土田园生活空间。但在快速都市化进程中,台北乡土空间必然消失殆尽,连具有乡土风味的邻里社区、街道—巷弄空间也由于高速增长的都市人口、汽车的普及以及开路文化①等遭到摧毁、肢解。90年代,在信义计划区不远处,温州街、青田街、齐东街等植满大树的日式宿舍在古迹指定前夕快速消失,在嘈杂的推土机声音中,旧日巷弄悄然蒸发,便是明证。

都市空间的巨变不止表现在从乡土市镇风格的旧市区横向转型为高度商业化的新街区,还表现在都市建筑向高层的扩张,都市建筑天际线的变化愈来愈超乎人的想象。相关数据表明:1975年,台北市当年核发的高层建筑共有205栋,至1980年已达936栋,1985年更达3199栋。特别是1985年到1987年间,16层以上的高层建筑年增率更以倍数成长,高层建筑逐渐成为现代工商社会的表征。而这些新建大楼,几乎以压倒性的比例集中在松山、大安、中山、士林、内湖与北投区。相对地,坐落于建成、延平、大同、双园区的数目则相当有限。②但是,大量高楼的集中兴建,给原先生活于宁静巷弄的市民带来极大的困扰。当松德路两旁的公寓因信义计划区增值而在1988年后普遍被翻修为10至20层大楼时,生活期间的许盛美便记录下了彼时的感受:

> 一栋栋高楼就像是一堵城墙,隔离了巷弄中的低矮的公寓,而逐渐增加的车流,就随着城墙的兴建而不断地蔓延。
>
> 对原来居住在巷弄中的居民而言,带来的只有许多负面效应:平时

---

① 1967年,台北改制当年,台北人口已近120万人。改制后隔年,台北市将内湖、南港、木栅、景美、士林、北投等六乡镇纳入,面积扩大近4倍,人口也增长了约31万。此后,随着中南部移民人口的快速增长,到1974年年底,台北市人口已经突破200万。到1987年年底,人口更超过260万。不仅如此,到1987年,台北市更有约717000辆机动车,包括近22万辆小汽车。为了满足机动车的道路需求,二十年间,新建和拓宽的道路共约410公里。汽机车的成长难以控制使台北陷入"交通黑暗期",失序的交通成为这个拥挤城市的最佳写照。机动车和道路挤占了市民日常生活空间,80年代开始,台北市街生活逐渐消失。引自黄丽玲:《消失的城市——羊皮纸上的复写》,载黄孙权主编《隐逸的城市灵魂》,台北市文化局2005年版,第48—49页。

② 台湾大学土木工程学研究所都市计划室:《台北地区都市意象之研究》,1981年。转引自黄丽玲:《消失的城市——羊皮纸上的复写》,载黄孙权主编《隐逸的城市灵魂》,台北市文化局2005年版,第50—52页。

藉以出入的主要交通动线,成为施工砂石车、拖吊车的工作空间;旧屋打掉时,令人难以忍受的噪音,通常至少持续半个月,而后就是挖土机、废土卡车的来来回回……

……

重复拆与建,推着娃娃车也颠簸不堪的巷道、经常飞沙走石,还要担心会不会遇到野狗或是陌生的工人。邻里间能够活动的空间愈来愈小,原先嬉游的小公园成为机车的停车场,车辆涌入出入干道。①

兴建中的高楼严重破坏了巷弄原本正常的生活秩序,也以毁灭性的方式摧毁了原先由巷弄空间孕育出的乡土——邻里身体感知方式。这种破坏性的创造,已然是东亚现代性城市的必由之路。随着巷弄空间日渐瓦解和高楼兴建进程的持续推进,有关台北的都市意象也发生结构性变化。相关调查反映出 80 年代台北都市意象的转变轨迹:在 1981 年的都市意象调查中,1/3 的受访者认为台北代表性商业中心为西门町,1/4 的人认为是火车站前地区,少数人认为是中山北路与南京东路口,其他如台北火车站、"国父纪念馆"、圆山、新公园与植物园等构成可分享的意象元素,当时正兴建完成的"中正纪念堂"也很快地进入台北人可辨识的城市地标名单中;但到了 80 年代晚期,原先代表台北城市特色的建筑,如圆山饭店、"国父纪念馆"、"中正纪念堂"等官方建筑转变为 IBM 大楼、新光人寿大楼、东王汉宫等商业建筑。这象征着以垄断的地产与金融资本为主的商业力量正凌驾了政治统治意识之上,成为都市空间形貌的主导力量。② 很显然,台北都市意象不仅经历由西区到东区的整体转移,也实现了从横向的节点到纵向的地标性建筑的转型。

台湾首家购物中心"台茂开发"于 1999 年 7 月开幕,第二家大型购物中心"大江国际"亦于 2001 年运营。此后,"微风""京华城""台北

---

① 转引自曾旭正:《战后台北的都市过程与都市意识形构之研究》,台湾大学土木工程学研究所 1994 年博士学位论文。
② 台湾大学土木工程学研究所都市计划室:《台北地区都市意象之研究》,1981 年;台湾大学建筑与城乡研究所:《空间实践与后现代论述:台北东区的都市象征研究》,1991 年。以上均转引自黄丽玲:《消失的城市——羊皮纸上的复写》,载黄孙权主编《隐逸的城市灵魂》,台北市文化局 2005 年版,第 52—53 页。

101""美丽华"四个购物中心陆续在台北开幕,这也意味着"Mall 在台北不仅扮演了代言台北的象征角色,也代表了实质的经济效益,于是拥有作为奇观的远观价值与新地标"①。由下表可见,台北四大购物中心坐落的地点、楼层高度、层数均表征着台北都市意象结构的根本性转型,这也意味着台北新世代的感觉结构已悄然被以大型购物中心为主的景观社会所俘获。

建筑名称	微风广场	京华城	台北 101	美丽华百乐园
坐落地点	台北市复兴南路一段 39 号	台北市松山区八德路四段 138 号	台北市信义路/市府路/松智路	台北市中山区大弯北段(大直)
开幕时间(施工时间)	2001 年 10 月 26 日(1999 年 4 月—2001 年 10 月)	2001 年 11 月 23 日(1998 年 3 月—2001 年 11 月)	2003 年 11 月 14 日(1998 年 1 月—2004 年 1 月)	2004 年 11 月 19 日(2002 年 7 月—2004 年 10 月)
楼层数	地下 5 层 地上 11 层	地下 7 层 球体区:地上 11 层 扇形区:地上 12 层	地下 5 层 地上 101 层	地下 3 层 地上 9 层
高度	建筑物 49.95 米	建筑物 70.5 米	建筑物:508 米	建筑物:49.9 米 摩天轮:94.53 米
代表性地标	台北首座大型购物中心	台湾首创 L 形主建筑体、当时世界最大球形商场建筑结构体	当时获国际组织认证为世界三项"最高"大楼: 世界最高建筑物、世界最高使用楼层、世界最高屋顶高度; 世界最大最重风阻尼器、世界最快速的电梯	(全台首创) 号称当时亚洲第二大"屋顶型摩天轮"

注:此表由邱咏婷整理。②

---

① 邱咏婷:《全球化下的台北都市辩证——消费奇观的建构与另类出路之空间生产》,台湾大学建筑与城乡研究所 2005 年博士学位论文。

② 同上。

正如邱咏婷指出的:"台北101的最高、美丽华的亚洲第二大摩天轮、京华城的亚洲最大球体结构,都以实的建筑奇观增加了台北作为全球尺度的能见度",但"'台北101'与'美丽华摩天轮',两座购物中心的高度和摩天轮的设计并不具备太大的功能性,却造就了购物中心实质消费指标性的使用率,如同'埃菲尔铁塔'(Eiffel Tower)也是巴黎指标性的符号之一。每天,我们几乎都会在不同的时段,以不同的角度看到这些指标性建筑物,于是建筑变成为梦想与功能的体现者。以城市的观点来看,两个地标都有着现代性计划(Project & Modernity)的影子,两者皆企图以超大的计划打造超乎日常生活的空间想象,而这种在台北独一无二的空间与空间体验企图成功地与台北的象征及代名词画上等号……"① 作为地标性建筑,"台北101"和"美丽华摩天轮"等大型购物中心和高楼建筑已经从日常生活中横向的琐碎的空间意象中脱颖而出,而以近乎梦幻的形式耸立在城市上空,让台北城的每一个人都被它们的高度所吸引,也被笼罩于居高临下的"全景敞视"之中。非但如此,台湾建筑师杂志上的相关文本,亦彰显出四大购物中心的地标特性及其隐含的景观社会属性:

京华城
"亚洲最大的球体购物中心"依附于L形容器,创造一天井或峡谷,L型的外墙,在都市立面上源自古中国的城墙。京华城位于高密度商业活动的台北东区,希望成为一令人印象深刻及深具纪念价值的地标。(建筑师杂志,329期:60)

台北101
坚持以台湾本土出发的团队为领导核心,引进最先进的技术方法,透过自己的双手去建构出属于自己的超高层建筑。2004年起,当数起全世界的超高建筑时,再没有人能忽略台湾的存在。让台湾在世界金融版图上占一席地位,也在地球天空线上挺立。(建筑师杂志,361期:46)

---

① 邱咏婷:《全球化下的台北都市辩证——消费奇观的建构与另类出路之空间生产》,台湾大学建筑与城乡研究所2005年博士学位论文。

美丽华

一个 70 米直径的摩天轮位于南侧地面 25 米高以上的位置,以吸引人潮,并造成本案主要视觉地标,创造本案一个独特罕见的天空线。而目标显著的超高摩天轮,拟以塑造成为该地之表征。(台湾建筑杂志,113 期:55)①

以上文本无一例外地突出了地标性建筑的先进性、独创性、本土性、雄伟性和象征性,而相对忽视了人的本体尺度,如视角和体验等。或者说,这种典型的建筑文案与政宣文本,本身就透露出台北社会空间关系的本质——景观化。正如居伊·德波在《景观社会》第一章开宗明义地点出的"景观"内涵:"在现代生产条件无所不在的社会,生活本身展现为景观的庞大堆聚,直接存在的一切全都转化为一个表象","景观同时将自己展现为社会自身,社会的一部分,抑或是统一的手段。作为社会的一部分时,景观是全部视觉和全部意识的焦点","景观不是影像的聚积,而是以影像为中介的人们之间的社会关系","景观不能被理解为一种由大众传播技术制造的视觉欺骗,事实上,它是已经物化了的世界观"。② 台北四大购物中心更是以其超高的地标性景观将个人因素彻底裹挟进多元复杂的资本主义社会关系和物化的世界观中。早有论者指出,20 世纪 80 年代末以后,通过贩售地皮和土地融资,"台北曼哈顿计划"将东区农田点铁成金为台北都市中心,这是全球化资本在地的炼金魔术。"由华纳威秀、纽约纽约、startbucks、新光三越及其后的世界流行精品台湾总舵,'台北 101'与全世界最快的电梯(还有全世界最低的办公室出租率)组成,高级的住宅坐落其中。中国信托大楼下的高级文化表演中心'新舞台'不啻是这个区域最好的名字。当你在脑海中搜寻台北最进步的流行文化中心,最全球化的娱乐中心,最高级的地段(扣除那些可能露出马脚的平面停车场外),当然就非台

---

① 以上文本均转引自邱咏婷:《全球化下的台北都市辩证——消费奇观的建构与另类出路之空间生产》,台湾大学建筑与城乡研究所 2005 年博士学位论文。

② [法]居伊·德波:《景观社会》,王昭凤译,南京大学出版社 2007 年第 2 版,第 3 页。

北曼哈顿莫属。"① 在全球化资本流动过程中,台北信义计划区、东区中诸多地标性建筑只不过是资本主义空间生产的结果,而这一过程实际上控制并制造了在地市民对城市的想象和感知方式,并最终将它们整合成消费社会的感觉结构模式。

如果说巷弄是乡土社会最典型的空间形式,那么高楼无疑是都市空间朝向现代化的有形尺度。作为农业时代台湾典型的生活空间,巷弄,在很多作家的笔下,不仅是生于斯长于斯的家园空间,也是他们始终念兹在兹的精神原乡。林文义、应凤凰、李黎、余光中、叶维廉、隐地等人,都曾经用华彩之笔描绘出充满童趣与奇趣、兼具市井味与古典味的巷弄空间。②

都市化进程早已将台湾拖入现代化的轨道。从巷弄到高楼,这也是社会空间结构现代化转型的必然趋势。作为一座"都市岛",台湾的巷弄已被高楼大厦、通途大道切割挤压得支离破碎,而随之肢解涣散的自然是乡土社会绵延有自的乡土感觉结构。正如第一章所分析的,柯裕棻在《恍惚的慢板》中写尽了巷弄的无名、悠长与颠簸。畸零化、边缘化与荒漠化成为台湾现代主义散文想象巷弄的主要方式。感觉与想象方式的转变,也反映出巷弄空间在城市化进程中日渐碎片化,原本有机的共同体社会日渐瓦解,有机社会中一套习焉不察的感觉—心理结构也变得支离破碎。作家准确捕捉到空间的碎片化与意义的荒芜化,但这也意味着主体在物质空间中已逐渐失去落脚之处。碎片化的主体只能在语言的幻象中追逐意义的内在结构。

从巷弄到高楼的空间意象、空间结构转型,也意味着世代居民的感知方式从横向的纵深转向立面的高低,从平视转为仰望与俯视。身体的位移和身体知觉对象和形式的变化,已经悄然楔入世代居民的心智之中。这种

---

① 黄孙权:《如何测量台北的边界?——border, boundary, frontier and in-between》,载黄孙权主编《隐逸的城市灵魂》,台北市文化局 2005 年版,第 27—28 页。

② 文如:应凤凰:《淡水河边日月长》,载阿盛主编《春秋台北——作家的都市风情画》,台北:书评书目出版社 1987 年版,第 99—100 页;林文义:《在旧市区散步》(原载《华副》1986 年 4 月 23 日),《抚琴人》,台北:九歌出版社 1987 年版,第 207—208 页;叶维廉:《我那渐被遗忘了的台北》(原载《联合报·联合副刊》1982 年 4 月 26 日),《一个中国的海》,台北:东大图书股份有限公司 1987 年版,第 4 页。

结构性裂变是如此隐微,以致在日常生活洪流中浮沉的人们早已习焉不察。但在文学作品中,它们却总是被大量书写。相对于其他文体,散文一方面以其纪实性特质,巨细靡遗地反映出空间形式的诞生与死亡;另一方面,它又以其个体性抒情和感知,表现出个体和世代居民感觉结构裂变的诸多细节和结构类型。

第二节 高楼的语义结构：两极化与单向度、荒原与神性

现代化都市将平面延展的巷弄空间拆毁，铺上通途大道，建起高楼大厦。城市空间的结构性改造，将人的身体感知和心理体验拖入现代性轨道当中。隐地曾经简单明了地述说这种空间与身体的演化史："马路窄小也有好处，人和人靠得近，有一种温暖感，如今的台北，马路愈开愈大，世贸附近或敦化南北路……想要过个马路，会有水泥森林的感觉，都市现代化了，建筑物愈大，人愈小，将人心隔开的，其实就是现代建筑大师。"[①] 现代化都市空间已经悄然改变农业社会时期身体与空间的和谐关系。都市人从日渐式微的巷弄中走出，涌进高楼大厦，制造着独具时代风格的感觉结构和意象类型。现代主义与后现代主义便是其中较为典型的风格类型。由此，我们便能够细致入微地体察到诸种感觉结构的诞生与死亡，观测到身体与空间之间存在着和谐与疏离以及不断改写的关系。

如果说代表农业社会生活空间的巷弄，更多地在平面维度上引发身体的诸种感知；那么现代性都市的身体感知则更典型地体现在对高楼等纵向维度上。在平面感知中，身体遵循相应的平面法则，即视觉上关注远近与深度、触觉上注重纹理与形状、听觉和嗅觉则综合地感受整个巷弄的声音与气味，进

---

① 隐地：《远近台北》，载江春慧总编《恋恋台北》，台北市新闻处2005年版，第22页。

而从整体把握横向空间的气氛。这种平面感知法则既能够生产乡土社会的家园感与原乡意识，亦能够制造现代主义感觉体验。柯裕棻与王稼祥便在巷弄的平面感知中发掘出巷弄的边缘化、荒漠化空间形态和空间时间化的荒芜意义。而在纵向感知中，身体与高楼的关系则呈现出另一种关系，遵循着别样的规则。

世界摩登新地标

若说要阅读一座城市的故事之前，先阅读它的天际线，那么 TAIPEI 101 的出现，不仅彻底改变台北的天际线，更让这座城市的故事揭开了另一幕华丽篇章。

前卫的 101 层超高建筑造型宛若象征中国哲思生生不息的绿竹，劲拔柔韧、节节高升，连结世贸中心、君悦饭店与纽约纽约的空中渠道，创造出光影漫游、虚实交错的量体。顶楼的观景台更提供了一个崭新的平台让人们跳脱以往习惯的水平，以全新的视野层次观看生活场域。①

"台北101"总高度 508 米，曾为台湾人赢得了"世界第一高楼在台北"的美誉与骄傲。它的电梯也曾是世界最快的电梯。"台北101"的横空出世，不仅成功刷新了世界建筑和电梯速度的纪录，也实现了人对建筑新高度的想象力和电梯速度的挑战。"只要需要是一种社会梦想，这一梦想也将变成社会需要。景观是被囚禁的现代社会的梦魇，它最终表达的不过是这一社会昏睡的愿望。"② 把居依·德波有关景观社会的观点放在景观高度的极致化代表——"台北101"——身上，也能透彻说明问题。台北要被世界看见，而且要持续地被世人看见，奇观式的空间生产便是其有效方式。这种满足社会梦想和需要的奇观建筑，以势不可挡地方式兀然矗立在世人面前，它以震惊和侵入的方式赫然改变了长期生活在巷弄空间中市民的感觉结构。

柯裕棻的散文《浮华台北》便细腻展演了这种由横向到纵向的感知结构转型与扩展。承德路的巷弄，停留在七八十年代的老台北生活空间，不乏

---

① 转引自邱咏婷：《全球化下的台北都市辩证——消费奇观的建构与另类出路之空间生产》，台湾大学建筑与城乡研究所 2005 年博士学位论文。

② [法] 居伊·德波：《景观社会》，王昭凤译，南京大学出版社 2007 年第 2 版，第 7 页。

闲适安逸与小情调。当"台北101"大楼陡然竖起,都市化、商业化的空间形式侵入了那自成一体的古旧巷弄中。身体、巷弄与"台北101"大楼之间便形成了一个全新的空间结构和感知方式。

> 它就这样成了视觉凝聚的焦点,众声喧哗,平地拔起一个高音,成了台北最坚持的浮华宣言。①

> 某个住在承德路巷子的朋友感受特别深刻,他住在旧的台北,他的住所十分古老,充满老台北公寓的拘谨和雕饰,外墙瓷砖还是七〇年代的迷离花色,内部隔间则是保守的正方格局,地板是磨石子,吊灯是五朵白莲花,壁灯是一朵黄铜郁金香。附近的商家也还留着二十几年前的小本生意气息,没有丝毫企业化。他日常起居也还像个老台北,坐公交车,或者骑脚踏车,夜里遛狗,窗子上的铁栏杆漆已经掉了,但是还挂着风铃,养着几株盆栽。

> 某日他一开窗,惊觉从今以后,他再也无法置身事外,他将要日日目击台北的未来。他的窗口竟然能够遥遥见到这栋银色的大楼,非常不可思议,仿佛新的台北从未来的远处瞄准了他,向他抛掷进步的长矛,准确地命中他铁栏杆斑驳的窗口,穿透他日复一日的常规,以凌厉的线条和光芒向他昭示另一种视野,另一种景观和生活形态。②

拔地而起的高楼是都市化、商业化的号角,平地一声高音是都市台北的浮华宣言,这声音来自未来,昭示未来的空间形式、生活方式和价值姿态。相对地,古旧的巷弄则是属于过去,是遗留物,其所代表的生活空间和价值观念都将被无情地抛弃。因此,未来与过去这一时间维度被纳入了空间形式之中。在高与低、远与近、中心与边缘的空间结构中,上演着未来与过去、新生与死亡的角力。

罗兰·巴特在论述埃菲尔铁塔时曾经说过:"当我们望着它时,它是一件物体;而当我们去游览铁塔时,它就变成了一种目光,并因此构造着作为其注

---

① 柯裕棻:《恍惚的慢板》,台北:大块文化出版股份有限公司2004年版,第47页。
② 同上书,第47—48页。

视对象的、既伸展又收拢于其脚下的巴黎。"[1] 作为工业时代高度的象征,埃菲尔铁塔不仅在建筑高度上改变巴黎的天际线,也在视觉—心理感知层面上重构了巴黎的全景图像。因此,我们更感兴趣的是,当"台北101"大楼成为地标,它是如何深层次地改变台北人的视觉—心理感知结构的?作为视觉中心,"台北101"随时都在吸聚目光,亦将寻找地标中心的视觉姿态化入城市居住者的感知形式中。处在"台北101"大楼之外的主体,视线从惯性的横向感知不得不转向对地标建筑物立面的聚焦。于是,高与低、中心与边缘的空间关系与纵向的感知方式随之形成。现代—后现代的价值形态便深深地嵌入到居住者的感觉—观念之中。这一过程是空间的身体内化过程,也是感知和意义结构朝向现代—后现代的过程。在这重构的空间结构和身体姿势中,言语将身体的空间感知转化为心理的时间感知,感知形式的跳跃也拓展了空间形式的意义内涵。从低到高、从外到里、从分散到集中,柯裕棻成功书写出现代性进程中身体与空间关系的结构性转型。

然而,由巷弄走向高楼,由平面转向立面,并非现代性都市空间结构的全部。在蔡诗萍的散文中,处在高楼之中的身体,又创制出另一种视觉景观和感知形态。

> 站在落地窗旁,十二层楼的高度,眺望远远的都市台北。似乎隔得很远,终究却靠得极近,远的感觉给你总像都会的边际人,可以冷眼看尽城市的风华;近的感觉就仿佛自己急速流进都会的血脉里,每滴出动都拉紧心弦。
>
> 经常不必落地窗玻璃,我就站在城市的中心触摸她的跃动,站在城市的边陲望她的冷峻。[2]

远与近、高与低,中心与边缘等一系列二元对立的身体感知和意义被凸显。两极化的感知与意义结构固然是身体在高楼中体验的结果;但更为根本的是,现代主义单极化想象方式与语词运作创制了这一系列的身体姿势、感知

---

[1] [法]罗兰·巴尔特:《埃菲尔铁塔》,李幼蒸译,中国人民大学出版社2008年版,第3页。
[2] 蔡诗萍:《不夜城市手记》,台北:联合文学出版社1990年版,第1页。

方式和意义结构,那就是罗兰·巴尔特所说的:在远处,铁塔可被几百万人体验为一种纯粹的攀升运动;在铁塔之内,一切活动也均在攀升之中,一直达到尖细的顶端。① 向上攀升成为人类建造超高大楼的最终梦想,也是高楼最核心的象征意义。在《心在楼的最高处冷却》一文中,蔡诗萍更加细腻地突出了上述的身体感知、空间形式与意义结构的对位与选择关系。

> 楼,向上拔高,视野向外无垠延伸;站在高楼的人反而未必有向外无垠扩展视野的心思。身在高楼,想的可能是怎么楼高一层的向上攀升,一层一层的攀爬,心的视野就少了向外远眺的冲动。楼愈往上攀,离开地面的踏实感就逐渐淡忘模糊。身处高楼,向下的视景开始远距离成一种平面图像,移动的人影,穿梭的车阵,在日渐熟稔向上的眼睛里,远远的不像真实的世界。心愈往上扬升,冷的感觉似乎也凝止得更快。②
>
> 城市文明总有极致化的趋向。无限向外的极致化,城市迅速吞噬掉城乡差距,让更多的人群辗入城市滚动的轮轴里。城市也无限向上极致化。爬得更高更远离地面,城市的现代风貌以它一栋栋耸高的巨楼,烙印在地球的表面。城市生活随着无垠极致的翻滚,向外向上也激动了人心的翻滚。楼拔得愈高,心思爬得愈高远。电梯在引载人心向上攀爬的瞬间,挣脱了地心无限向下的重力,也引爆了人心无尽向上的欲望。
>
> 只是,爬得再高还想再高,站在高处远眺的心情,经常是冷得让人陌生。心,的确在楼的最高处冷却。③

高与低、远与近、向外与向内、向上与向下、天空与地面、梦幻感与踏实感、虚幻与真实、冷与热……在两极化的语词中,空间形式的对位、感知内容的对比,都一一展开,形成语义的两极;而在这两极化的语义轴中,意义诉求是单向度滑动的。即空间和身体往高处、视野往外部与远处、感觉往冷处,心理往欲望处、精神往虚幻处演化并达到极致。语义的滑动,深刻揭示了城市空间极致化发展后意义的单一化与荒漠化状态。可以说,语词的两极化与意义结

---

① [法]罗兰·巴尔特:《埃菲尔铁塔》,李幼蒸译,中国人民大学出版社 2008 年版,第 30 页。
② 蔡诗萍:《不夜城市手记》,台北:联合文学出版社 1990 年版,第 23 页。
③ 同上书,第 23—24 页。

构的单极化,正是城市空间形式及其意义的象征。这正如柯裕棻在《骑楼的句法结构》中所点明的:"台北建市造镇有不言而喻的规矩,高楼在哪里,中心就在哪里,欲望也在,权力和金钱也在。层层叠叠的高楼既是权力的图腾,也像是欲望的拓扑学。"①

从这里看,柯裕棻与蔡诗萍的散文都具有一种二元化空间形式和单一化的意义结构。这既是现代都市空间形式的物质呈现,也是城市意识形态和现代性感觉结构的内在症候。可以说,空间形式的二元对立、语词的两极化、意义的单向度滑动和单一化,是现代都市高楼空间形式与意义结构的典型特征。

置身高楼之中,感觉到的是极致化的都市空间形式和感觉结构。那么置身在顶楼,其空间形式和感觉结构又呈现出哪些特征呢?

> 顶楼的天台是都市的荒原。②

> 无论身处繁华的市中心大厦、昂贵的住宅区段,或是人声鼎沸的邻里,一旦上了顶楼,极目所见,除了七零八落的违建之外,尽是枯藤、乱草、昏鸦,天地之悠悠。③

> 水塔下一团阴湿的黑影子,终年不干,腻出了黑霉,大概是某一个不知名的物种哭泣的结果。天线和电缆缠绕如异种藤蔓与根茎须叶,它们喂养这整座城里的人做梦幻想的养分来源,暴露于天台上它们看起来如此阴森杂乱不怀好意,难怪城里人做的梦也如此这般。④

顶楼的天台竟然是一片都市的荒原景象,杂乱无章的物象摆脱了都市文明所力图贯穿的理性秩序;或者说,在都市文明秩序中被排挤与被遮蔽的物象在天台上得以赤裸裸地展现;因此,"枯藤、乱草、昏鸦"这类古典语词创造出的幻象,是对都市文明空间的一种反讽。

天线与电缆根植于都市社会的日常生活之中,维系着人们的信息世界,

---

① 柯裕棻:《恍惚的慢板》,台北:大块文化出版股份有限公司2004年版,第51页。
② 同上书,第54页。
③ 同上。
④ 同上书,第55页。

成为都市日常生活中不可或缺的东西。天线与电缆上天入地,成为都市人精神结构的根须。但是在天台上,天线和电缆成为人们做梦和幻想的来源,这显然颠覆了大自然中植物的生命形态。这是一个颠倒的世界。植物的根须和藤蔓要牢牢地根植于土地之中,汲取养分,才能创造出自然界的生命奇观。而天台上的天线和电缆则是"生长"在天台之上,向下往每一栋建筑、每一个房间输送养分。这颠覆了自然界的生长法则。在天台上裸露的天线和电缆如藤蔓、根茎与须叶一般,制造着都市人怪异的梦想和幻象。比喻,将多种物象并置,一方面固然展示它们的相似性,但另一方面,却也悄悄揭示了物象之间的差异性。正是这种差异性,翻转了空间的理性秩序,使之异质化与差异化。而拟人,则将冰冷的客体唤醒,使之成为一种怪诞的生命体。因此,异质化的空间及物象形态是在言语秩序中被召唤出来的,言语及其修辞颠覆了理性空间,也打破了理性化的意义逻辑,它们重构了一条条探向非理性、潜意识与想象的意义链条。故而,言语创制的表征空间,不再是对物理空间的简单再现,而是具有独特意义结构的象征空间。正如卡西尔所言:建筑、音乐、绘画、文学等诸种艺术形式,"既非单纯再现的亦非单纯表现的","在一个新的更深刻的意义上它们都是象征的(symbolic)"。①

在天台上,柯裕棻不仅看到了都市的荒原景象,也衍生出一种神性的视角。从上往下看的视角,具有了某种超越性,突破了生活空间的理性意义,实现了精神上的超越与灵魂的升华。

  月夜里看见这番破落景象,恍如异度空间,难以想象百尺之下的平面竟然有文明,有爱恨,有不绝如缕的生与死。顶楼将文明的真相撑高到我们看不见的头顶,在我们头上继续荒芜下去。立于百尺顶楼的荒原,人就忽然有了神性,有了超越红尘的天眼,密密麻麻的窗口、阳台、遮雨棚看上去如同千佛窟,万千修炼的众生,一窟一洞天。②

可以用下列图式简单标出上述段落的空间形式及其语义结构:

---

  ① [德]恩斯特·卡西尔:《人论》,甘阳译,上海译文出版社1985年版,第186页。
  ② 柯裕棻:《恍惚的慢板》,台北:大块文化出版股份有限公司2004年版,第55页。

上	顶楼	荒原	真相（神性）
下	楼下	都市文明	虚幻（众生）

上与下、荒原与文明、神性与众生、真相与虚幻……这一系列语词的对立组合，不仅仅创造出二元化的都市空间和意义结构，还创制出超越性的神性视角。在上/下的空间对位中，在荒原与都市文明的意义结构中，神性视角超越了简单的二元对立思维，以超脱人世的姿态俯视众生；于是，众生的生与死仅仅是一次次短暂的修炼过程。显然，顶楼的神性视角已经看穿了二元化都市空间形式与意义结构的有限性与虚妄性，而走向了永恒的人世观照。从顶楼俯视人世所产生的神性视角，在钟文音的散文中亦有所表现。在钟文音看来，在加盖的顶楼观看都市台北能产生奇特视野："或者下雨天，她俯瞰着脚下的城市，她忽然觉得自己是个天使，漂浮在乱世求生的上空。"[①] 米歇尔·德·塞托亦论述了处于高楼顶部所能产生的神性体验："上升到世贸大厦的顶楼，等于挣脱城市的控制。身体不再被条条街道包围，它们依据一种不知名的规则将我们翻过来又翻过去；不论是玩家还是被玩者，身体也不再受制于种种迥异的流言以及纽约交通带来的神经过敏。……他所处高度的提升将他变成了观察者。将他放到远处。将施加巫法使人'着魔'的世界变成了呈现在观察者面前和眼皮底下的奇观。它使得观察者可以饱览这幕奇观，成为太阳之眼，上帝之目。这是一种想要像X光一样透视一切的神秘冲动所带来的激昂。"[②]

从高楼顶部俯瞰城市，能产生令人愉悦的神性体验，甚至这种观看整座城市的愿望和方法早在中世纪或文艺复兴时期的绘画中就被描绘过；但接下来的问题是："该不该重新跌回到那阴暗的、拥挤着高处可见低处却不见的人群的空间中去呢？"[③] 实际情况是，处在高楼顶部的上帝般的观察者，必然将自己排除在日常生活之外，使自己与之隔离而产生陌生感；而一旦失去了日常生活这块土地的滋润，诸种神性视角与超越性价值姿态，便会时刻面临崩

---

① 钟文音：《少女老样子》，台北：大田出版有限公司2008年版，第88页。
② [法]米歇尔·德·塞托：《日常生活实践 1.实践的艺术》，方琳琳、黄春柳译，南京大学出版社2015年第2版，第168页。
③ 同上。

溃的威胁。

  偶然在正午烈日高悬的时候上顶楼天台,头顶热烘烘恍若开了光,直达天听,那感觉放佛顿悟了什么天机似的,太澄明太空无反而嗡嗡地散了神失了魂。在那样的热度和蓝度之下任何思考都是一缕吃吃作响的蒸汽白烟,从烤炙的身体冒出来。在如此艳阳下看见因雨水而发黑的瓷砖外墙和水泥地,怎样都不明白,究竟曾经下过多少肝肠寸断的雨,连这样青春无敌的阳光都晒不干。①

  在天台正午的阳光下人很快学会投降,学会一只动物的谦卑,但是具备了神的视野,往自己的内在看透。独自站在天台上的一个人其实无异于被台风吹来蜷伏在角落的一团垃圾,两者的存在同样无机而且无意义。②

  可见,神性视角与超越性价值,固然可以令主体得到一时的超脱;但正因为它超脱了人世,失去了世俗性的坚强支撑,孤零零的主体必将在空无面前化为碎片,他们无异于角落中的垃圾,"无机而且无意义"。而生活在城市"下面"的市民们,他们依循城市纹理行走,却同样可能陷入盲目、迷失的状态之中。这种两难处境正可说明都市现代性的迷惑和困境。

  巷弄与高楼,既是不同社会形态典型的空间形式,亦表征不同世代之间典型的感觉结构。然而,台湾的都市化、现代化进程必然摧毁原本自成一体的乡土巷弄空间形式和意义内涵。在当代台湾现代主义散文文本中,巷弄的畸零化、边缘化与荒芜化,更典型地体现都市人的现代性感觉结构。而高楼,亦在现代化的空间追求中呈现出极致化倾向。诸种极致化追求,在语词的两极结构中呈现出二元化的空间形式特征和单一化的语义结构,这也正是现代化都市陷入荒漠化的必然结果。虽然,散文家们在顶楼发现了神性视角,试图超越追求极致化的都市空间形式,但由于缺乏世俗性价值支撑,这种神性视角必将陷入崩溃的境地。

---

① 柯裕棻:《恍惚的慢板》,台北:大块文化出版股份有限公司2004年版,第55—56页。
② 同上书,第56页。

第三节 "台北101"：都市消费的空间象征

作为台北地标性建筑，诸如"台北101"之类的摩天大楼不仅改变了城市意象结构，也改变了世代居民的感知方式。它们高高地矗立在台北盆地上空，焕发着消费社会那充满魅惑的光芒。于是，早有作家和论者指出"台北101"的都市象征意义："吸引观光客前来的，自然不会是它的命名，而是它高达508米，甚至不是它的高度，而是它的头衔——世界最高建筑（注：其高度现已被超过）。"① "101不只是一栋建筑地标，它是全球化，消费，地方企业国际化的化身符码——象征台北第一的符码。"② 高楼与资本、消费的连接自然意味着消费社会生活方式的全面到来。

如台北东区以及其他新生的都市中心区一般，信义计划区也是在资本、地产与政治的运作下轰然产生。即便是在90年代，信义计划区也还没有"台北101"，没有诚品书店复合商场，没有新光三越百货，那时信义计划区还残留着未被资本驱逐的农业文明景致："夜里散步还会听见青蛙呱呱呱，五六月间闻得到野地里栀子花香飘送，马路边简陋围篱里有一畦畦青菜，农夫农妇弯腰浇水徒手薅草……"③ 然而，彼时的信义计划区，台北"市政府"、华纳

---

① 王盛弘：《十三座城市》，龙门书局2011年版，第109—110页。
② 邱咏婷：《你台北了吗？台北101及其图腾》，载黄孙权主编《隐逸的城市灵魂》，台北市文化局2005年版，第66—67页。
③ 王盛弘：《十三座城市》，龙门书局2011年版，第111页。

威秀影城、世贸中心、凯悦饭店、新舞台已经使这一带具有新都市中心的空间格局和消费氛围。时至新世纪初年,张维中从捷运市政府站出站,望着信义计划区,他看到了"眼前绚烂闪烁的多彩霓虹光束以及一栋栋坐落整齐、灯光通明的商圈建筑,在静静的夜空下显得愈发明亮迷幻"①。霓虹灯不仅制造着新都市中心绚烂的空间迷幻感,也标识着这个商业新贵的身份。也许,正应了让·波德里亚的这句话:"我们必须尽快如实地把所见到的和所体验到的描述出来——千万不要忘记在奢华与丰盛之中,它是人类活动的产物。制约它的不是自然生态规律,而是交换价值规律。"② 张维中、王盛弘们的适时书写,正适应了消费社会商品生产和交换的节奏,或者说,正是资本的积累和循环才产生了张维中们此类的体验和书写模式。不同于自然环境的缓慢更迭,都市空间、都市景观的生产以及它们的快速变幻遵循着资本循环和人类欲望变更的速度。唯有及时的书写才能捕捉到几乎稍纵即逝的景观画面以及都市人飘忽不定的瞬间体验。由此,我们亦可以推断,进入消费社会阶段,都市人的感觉结构愈加不稳定。甚至诸种感知—观念还未沉淀为感觉结构之时,它们已经开始分崩离析;剩下的,唯有感知—观念的残片在文字的只言片语中和体验残片中发出呜呜悲鸣。所幸的是,当我们考察信义计划区和"台北101"的消费景观时,我们依然能找到及时捕捉都市景观的文字记录;但这恰恰也是个悖论,有关消费社会的文字正是商品拜物教的另一种迷幻。在此,我们不妨凭借文字,请张维中带领我们走进信义计划区消费地景生产的历史现场:

> 身边的两处建筑预定地,据说未来将是高岛屋百货信义店和另一个准备兴建的shopping mall。左手边是中油大楼,圆形帷幕玻璃内的灯光,正替换着彩虹色彩的图案。我的前方是刚刚开幕的三越百货新馆,外墙上闪动着电视屏幕,透过打光,整座用色大胆的钢骨建筑,呈现出热情的视觉感。往下走,一条用小灯泡拉满天的走道通向三越旧馆,然后,穿过starbucks的户外咖啡座,便来到华纳威秀电影城、纽约·纽约购物中心

---

① 张维中:《飞导游——六年级生与台北城的时空对话》,台北:麦田出版社2003年版,第104页。
② [法]让·波德里亚:《消费社会》,刘成富、全志钢译,南京大学出版社2000年版,第2页。

以及美食运动主题馆Neo19。抬头向右前方的天空看,我很惊讶那栋兴建中的摩天楼,居然已经这么高了。①

信义计划区,一个新都会中心正在以华丽的身段快速崛起。它的一切建筑形态、消费形态都在制造着人们有关新的、未来的甚至是热情的消费想象。生活在消费社会的新生世代作家们似乎陶醉在这种逐渐拥有完整体系(包括商品、建筑、灯光、色彩)的消费空间中,他们以都市悠游者的姿态享受着商圈提供的一整套精密无比的消费乐趣。缺乏批判性,或许是这一代都市作家先天性弱点。这也正是消费社会成功培育都市新人类消费欲望的典范。

当然,并不是所有的都市作家对消费社会这一套消费体系毫无警觉之心。钟文音早就敏锐地感觉到信义计划区消费体系的本质:"闯进超大型人工区,像火柴盒一区区摆放的建筑,雪花亮片般的霓虹是年轻的世界,在这里别说是我,连二十五岁都老了,整个街区仿佛凭空弹起,新兴的台北物质世界竟充满一种组合感。物质,物质,消费,消费,努力工作然后花费一空,然后再醉如另一次循环。"② 成体系的建筑组合、商品的组合、景观的组合,无非是为了制造消费的欲望并最终实现它。我们生活在大型购物中心之中,无法自拔。"我们处在'消费'控制着整个生活的境地。所有的活动都以相同的组合方式束缚,满足的脉络被提前一小时一小时地勾画了出来。'环境'是总体的,被整个装上了气温调节装置,安排有序,而且具有文化氛围。这种对生活、资料、商品、服务、行为和社会关系总体的空气调节,代表着完善的'消费'阶段。其演变从单纯的丰盛开始,经过商品连接网到行为与时间的总体影响,一直内切于未来城市的系统气氛网。"③ 让·波德里亚的分析已经一针见血地戳破了消费社会的诡异氛围和未来指向。

处在信义计划区这一完整消费体系的核心地带,"台北101"、"京华城"等更典型地展现出大型购物中心中商品的丰盛与堆积、商品的整套形式与符号消费的实现这一总体特征及过程。

---

① 张维中:《飞导游——六年级生与台北城的时空对话》,台北:麦田出版社2003年版,第104页。
② 钟文音:《少女老样子》,台北:大田出版有限公司2008年版,第77页。
③ [法]让·波德里亚:《消费社会》,刘成富、全志钢译,南京大学出版社2000年版,第6页。

"台北101"是全世界最高的大楼,101购物中心当然也要成为亚洲最具指标性的消费天堂。

101% Lifestyle 一处迷人的购物场域,可以反映一座城市的性格,汇聚美馔。宽广空间,光影树荫,舒适氛围,在 Taipei 101 mall,重新发现时尚!

京华城为一个垂直式都心型购物中心,十五层商场的内部结构设计,以每三个楼层为一主题规划,创造五个不同主题的购物街景;京华城拥有近千家国内外知名厂商进驻,结合 Fashion、Food、Life Style、Leisure and Entertainment;创造前所未有的 Total Shopping Experience 全新购物体验![1]

表面上看,以上商业广告文案,无非是消费意识形态的文字化身。城市地标、大型购物中心、名牌商品、时尚、舒适成为其诉求的重心。但恰恰是这些软性的广告文案塑造着都市新世代的消费观念、消费欲望以及关于身份、阶层的想象。广告文案以介入和驯化的方式牢牢掌控着都市新世代的感觉结构。可以想见,都市新世代的思维与文字表达也将深深地打上广告文案的底子。邱咏婷说:"101是一组号码,一个马克杯,一个世界第一高楼与一个观光景点,城市人的一个眼光。支撑的是全球化品牌的logo,他与前一个世代的图腾不同,除了空间的台北在地性,如果你无法掌握全球脉动,似乎无法进入并停留。理解此一符码不仅是一个无法抗拒的认同过程,而是一个现代性教化过程。受教的,才可能搭得上全球化消费时代的列车。101指标性地集结了所有全球化时尚品牌,却是如假包换的在地建筑。"[2] 这里,地标实际上象征着全球化商业形态和时尚品牌占据台北的新高度、新阶段,而这也意味着消费社会对人的全面俘获。

---

[1] 以上均转引自邱咏婷:《你台北了吗?台北101及其图腾》,载黄孙权主编《隐逸的城市灵魂》,台北市文化局2005年版,第48—49页。

[2] 邱咏婷:《你台北了吗?台北101及其图腾》,载黄孙权主编《隐逸的城市灵魂》,台北市文化局2005年版,第68页。

第三章　场所诗学

在凯文·林奇的研究中,道路、边界、节点、区域、标志物等五大元素是城市空间意象的基本构件。在人们的日常生活空间实践中,这五大要素凝聚成型,成为空间意象结构的几个支点。凯文·林奇这一深富启发性的研究已揭示出人们感知城市的基本方法。比如,在诸多意象中,道路占据主导地位,它成为人们在大都市范围进行意象组织的主要手段;而连接节点自然出现在主要的道路交叉口和交通终点处;节点意象又因标志物的存在而得到加强……① 在城市规划学者的研究中,人们认识城市都是理性的、有章可循的,这也成为他们规划城市的基本出发点。但对于人文学而言,这种规划式的理性研究有其天然的缺陷。因为城市充满了太多了城市细节和空间细胞。人们出生于一个个形态各异的城市细胞中,比如家和医院,成长于风格迥异的卧室、厅堂、餐馆、教室等被包被的内部空间中。这些空间细胞及其所富含的生命意义(比如有关家、亲人、集体以及身体、性别、身份的认知)已然在世代人的成长过程中埋下太深的理性的与非理性的根须,这些根须提供养分让个体去认知更大的城市空间和自然世界。因此,对于这些城市细节和空间细胞形式和意义的研究,实际上有助于弥补规划式的、大尺度的城市意象研究之不足,亦能追根溯源探究人在空间感知过程中那最原初的空间形式与意义生成过程。为此,本章以"场所"为关键词展开有关家、中山堂、咖啡馆等对台北世代人产生重要影响的空间形式研究。实际上,"场所"是一个意义丰富的词汇。除了在绪论中我们提到 Tim Cresswell 所说的"场所则是指社会关系的物质环境,即真实的地方样貌,如房间、大楼、道路、公共空间等具有物质视觉形式,置身其中的人以各种身份来生活"外,建筑现象学家诺伯舒兹亦在其名著《场所精神》中展开过深入而系统的研究。他说:场所"很显然不只是抽象的区位(location)而已","我们所指的是由具有物质的本质、形态、质感及颜色的具体的物所组成的一个整体。这些物的总合决定了一种'环境的特性',亦即场所的本质。一般而言,场所都会具有一种特质或'气

---

① [美]凯文·林奇:《城市意象》,方益萍、何晓军译,华夏出版社 2001 年版,第 64 页。

氛'"。① 诺伯舒兹由场所衍生出一个重要概念,即场所结构,它包括空间和特性。场所结构中,疆土、区域、地景、聚落、建筑物(以及建筑物的次场所)形成一个环境系列,它们大到包含极广大的自然场所,小则为人为场所。而特性一方面暗示一般的综合性气氛,另一方面则是具体的造型及空间界定元素的本质,亦即"特性系由场所的材料组织和造型组织所决定"②。至于"场所精神"则集中体现为方向感和认同感。由此看来,任何有意义的空间都可以被称为场所,小到我们即将要研究的家屋,大到整座城市甚至地球乃至更加浩渺的宇宙空间。正如海德格尔说言:"空间是由区位吸收了他们的存有物而不是由空间中获取。"③ 外部和内部空间关系只不过暗示空间有各种程度的扩展和包被。比如,地景是由各种不同的但基本上是连续的扩展所界定,而聚落则是包被的实体。从这个意义上看,本书所有空间意象的研究都是场所研究;只不过,相对于其他章侧重于扩展的外部空间研究,本章更专注于包被的内部空间的研究。

---

① [挪威]诺伯舒兹:《场所精神——迈向建筑现象学》,施植明译,华中科技大学出版社2010年版,第7页。
② 同上书,第15页。
③ 同上书,第13页。

第一节　家的空间形式及其语义结构

一、台北住宅区：空间政治与生活空间

日据时期，"总督府"在台北旧城以南的地区规划出居住品质较高的日本人住宅区。日本人多居住在城南一带，大致是今沿罗斯福路向南与仁爱路向东圈划的区域，即今中正区、大安区与信义区西部边陲一带，因此这一地区的空间形式保留着较浓的日本风味。大片的住宅区中多是一层的日式宿舍，以小小的街巷串联起来。① 1955 年，由香港初到台北的叶维廉依然能够见到这般景致，"在我熟识的南区，还有大量日式独院独户的木头房子，也是一层楼的，廊深厅阔，间格有致，非常清雅，有木板地和榻榻米两种。从外面看，黑瓦斜檐，隐在院院花木间。而花木也有相当的变化，不是种类，便是剪裁，都呈现出细心的整理。平日走过，因为没有汽车，很安详，总觉得是院深花落静。外面的巷子本来也不狭，但由于两旁往往有从小院子里伸出来的树木相互交错，竟也使人感到巷窄偶莺啼"②。日据时期，日本人在城内（日本人

---

① 古亭大安区一带是静谧安闲的住宅区与文教区，涵盖日据时期东门町（今仁爱路与信义路一二段）、新荣町（爱国东路与金华街间）、龙口町（今泉州街一带）、川端町（厦门街一带）。参见曾旭正：《战后台北的都市过程与都市意识形构之研究》，台湾大学土木工程学研究所 1994 年博士学位论文。

② 叶维廉：《我那渐被遗忘的台北》，《一个中国的海》，台北：东大图书股份有限公司 1987 年版，第 3 页。

的"统治核心")建设以教育、经济和政治为主要机能的公共建筑,并将包括"总督府"在内的政治、经济与教育等公共建筑向平民开放,使得整个台北空间形成一个"同质性的完整连续体",这样不仅统摄人心,也收买人心。① 台北市的空间文化因而成为日本人津津乐道的殖民治绩:"和文明的大都市相较之下,台北市的街观非常受到好评,城内有纵横贯通的大马路,在大稻埕和艋舺方面……道路也很干净,除此之外,不管是三线道路,基隆的纵贯道路……从南门外通到新店街的道路……相当规范的都非常干净。"② 这种空间文化不但影响日据时期的台北民众,也给战后到台湾的外省人留下深刻印象。抗战胜利初年,战火曾一度破毁城内部分建筑设施,但整个台北城并未遭受剧创。1945 年,奉命来台湾接收工矿事业的严演存抵达台北,其所见台北略有战火吞噬和战事甫定的凋敝景象:"柏油马路只有中山南北路、延平北路、重庆南路及衡阳街,余皆石子路。不但汽车绝少,公共汽车也无,只有少数高轮人力车,一般人均用脚踏车。……博爱路一带商业区,炸得断垣破瓦。新生路以东是一片田野,间有二三所房屋。只有万华大稻埕一带,大约盟军因中国居民多集于此而未炸,尚有些城市风光。"③ 而 1946 年到达台北的民营报纸编辑谢牧却不无诗情地回忆道:"初来乍到,首先是被这个祖国宝岛的宁静、温暖、美丽、富饶所吸引。……台北街道整洁,区划井然,近郊游北投温泉,市内有动植物园,整个城市掩映在常绿树和花丛之中,是一个很有特色的花园般的城市。这些,都使人如置身世外桃源而眷恋不已。"④ 尽管严演存和谢牧所见与感触略有差异,但城内、城南以及整个台北空间形式中的东洋风情确实给初来乍到的外省作家带来不小的异域感和吸引力。从整体上看,日据时期台北城内的空间形式已较日本化和市镇化;也正因为此,城内、城南的空间形式充满了较为浓郁的古典韵味和市井气息。

---

① 蔡采秀:《从日据到战后的台北(1895—1985)——一个都市性质转变的历史过程分析》,《台湾史研究》1996 年 12 月第 2 卷第 3 期。

② 田中一二编:《台北市史》,台北通信社 1931 年版,第 63 页。

③ 转引自曾旭正:《战后台北的都市过程与都市意识形构之研究》,台湾大学土木工程学研究所 1994 年博士学位论文。

④ 陈芳明:《台湾战后史资料选——二二八事件专号》,台北:"二·二八"和平日促进会 1991 年版,第 458—459 页。

二战后,城南众多的日本官舍、住宅区被国民党与外省人士所接收,许多日式住宅变成公教宿舍,如同安街、青田街与温州街等日式住宅变为"内政部"宿舍与台大、师大教师宿舍。1947年后,外省籍迁台人士逐年以数十倍的成长率增加,且多聚居于台北市南部地区,这使得台北南区族群结构发生巨大变化,战前原为日本人集中的城南变成至今外省籍人口比率超过50%的地区。不仅如此,官舍与公教人员在城南聚集,大学知识分子在城南活动频繁。许多重要的文学家、学者,如夏济安、吴鲁芹、洪炎秋、台静农、郑骞、齐邦媛、何凡、林海音、林文月、余光中、王文兴、杨牧、子敏、亮轩、纪弦、隐地、侯吉谅等人都居住于此。众多的文学报刊、文学团体、出版社、旧书街也都设址于此。人文资源的汇聚,使城南的文化地位日显重要,并取代了日据时期文风鼎盛的艋舺和大稻埕,成为台北文化中心。①

与上述城内、城南静谧的巷弄和日式庭院住宅不同,大稻埕一带以本省人为主的住商混合区多是清末和日据时期兴建的二三层店铺住宅,第一层开店,第二三层住家,夜晚十一点钟店铺打烊,楼上住家还亮着灯。这种店屋的空间形式及其传统的商业类型使得它的居家气氛与城内、城南不同,其商业气息也与新兴的西门町、城内不同。而中山北路一、二段东侧的住宅区则是新兴的高级住宅区,建筑形式多采西式的、现代主义风格的洋房,是"豪富巨阀以及经合署农复会高级职员的集中地带,出入有小汽车"。这些地区通常巷道划分整齐,庭院宽敞且有高大绿树,配合其现代样式的建筑以及小汽车出入的稀有经验而呈现出一种进步的高级的象征。与此相对的,是位于城市另一端的西南住宅区,它是全市人口最拥挤的住宅区,住民80%以上是本省人。他们沿着淡水河搭建简陋的房屋,道路狭小而污浊,被视为台北市贫民集中的地区。②

以上宏观描述只能大致划分出台北市的群落分布、空间结构和权力关系。作为历史中个体的人,他既长期活动于特定的空间区位和群落阶层,也在不同空间、群落阶层中不断穿梭、逃离与融合,在不断地剥离、越界、占有与

---

① 张琬琳:《城南旧事——台北南区的族群变迁与文学书写》,《文讯》2006年第252期。
② 参见曾旭正:《战后台北的都市过程与都市意识形构之研究》,台湾大学土木工程学研究所1994年博士学位论文。

融合的过程中,塑造着个体独有的生活空间和感知经验。而散文中的相关描述,能够穿刺宏观的空间政治,放射出更为复杂、更为隐微的空间关系史和感觉结构。

此外,抛开空间政治的视角,从个体生命的角度上看,作为人类生活最基本的空间单位,不同形态的家有着不同的空间形式和情感意义。有的家温情脉脉其乐融融,有的家却危机四伏濒临破碎。生活其中的人,各自体味着爱与幸福、恨与痛苦……家,是涵养心性的容器。它形成个体最初的感觉经验,诸如时空感知、人际感知等。家,也是每个人一生都无法回避的形象与记忆。它甚至成为个体心灵世界的一种空间隐喻。家的物质外壳与心灵隐喻成为一种永恒的存在。它如河床底下的垒垒卵石,默默沉埋在人世的水流中,却以其坚硬的存在激起浪花、汇成漩涡,影响着被时势冲刷的个体生命。可以说,家是人类世界意义诞生的最初地方。因此,当我们以"家"作为空间考掘对象时,它便成为挖掘个体感觉世界和心灵史最合适的场所。如果说,一般意义上的家是温暖的安全港湾,那么世变时局中的"家"却饱含了更多的悲辛和无奈。

二、破碎的家:苦难中的追寻与逃离

20世纪四五十年代之交,仓皇赴台的外省移民大多经历着家破人亡的人生遭际。家,对于他们而言,永远是不堪回首无法弥补的伤痛。吴三连曾回忆道:"大批大陆军民撤退来台,他们需要房子居住。军队可以住入学校,兵荒马乱中民众在没有空屋可住的情况下,自行占据空地搭盖简陋的房子成为必然的结局。在大撤退的那个时候,只一下子工夫,台北市只要有空地,几乎就有违章建筑。记得现在南京东路与林森北路交叉口,那时有个殡仪馆,殡仪馆后面叫三板桥,是一大片日本人的墓地,大陆来台同胞把墓碑一个个挖掉,搭起了一大片草寮,也住居、也做生意。在古亭区有一个李姓地主有四、五百坪空地,竟也在一夜间被四、五十户人家搭盖违章建筑占去。"① 可见,那些身处底层的外省移民,在台北寻找落脚之地并重建家园的人生际遇中,该尝受多少辛酸与悲苦。只不过,从这些轻如草芥的个体内心深处发出的哀鸣早已淹没在突变的历史风云中。如今,我们只有凭借文字,才能聆听那些隐隐回荡在荒烟蔓草中的悲苦之音。

隐地的《涨潮日》便是这股移民哀吟合唱中最平常却也是最具代表性的旋律。隐地看似在记述自家家破人散的悲辛历程,实则在为台湾外省移民的悲惨历史留下浓墨重彩的一笔。

1946年,隐地父亲受朋友之邀到台湾省立第一女子高级中学教英文。1947年,十岁的隐地也被接到台北,一家人住在宁波西街的学校宿舍。头四五年,由于得到上海种玉丸在台湾的代理权,隐地一家生活过得相当富足。但是1949年后,两岸对峙,种玉丸断了来源,隐地父亲又不安于教职,一心想做生意赚钱,却每每因为"老好人"的愚鲁性格被骗去钱财,自此家中生活境况江河日下。1949年前后,大量外省人逃难到台北,北一女学生不停增加,教师人数同样剧增,学校宿舍不敷使用。隐地父亲被辞退后,学校强行收回宁波西街84巷宿舍,致使隐地一家无家可归。在母亲反抗无望跳河获救之后,隐地与其姊姊扶着苍老衰弱的母亲回到宁波西街,但仍然无法改变被驱逐的命运:"两位高大的警察在家门前站岗,门上有白封条。我们再也无法回家。"② 从此,"一家四口各自飘零,往后的十年,每个人至少都搬过十次以上的家,像吉卜赛浪人,各自过着生命中最黯淡的一段日子"③。一家星散后,隐地跟着父亲住过上海路、重庆南路小阁楼、东门町小煤球场小屋……也跟

---

① 吴三连口述、吴丰三撰记:《吴三连回忆录》,台北:自立晚报社文化出版部1991年版,第148页。曾旭正在其博论中亦提到:"在50年代初期,台北市即因为外省移民迁入,而首次出现居住空间不足的问题。在这段时期,由于人口遽增,城市中的房租大幅上涨,许多移民只好搭盖违建暂时解决居住需求。根据1954年的调查,这些违建通常用所能取得的廉价材料搭建而成,主要兴建于河沟两岸的空地、学校院墙外临马路的狭长空地或通往市区之铁路路基用地等。有部分甚至扩张到已经拓宽的马路上,如台北市的中华路沿着铁路发展起来的棚户区,便使原日据时期已经拓宽成园林道路的马路成为狭窄的小路。此种违建蔓延的情形在城市中十分普遍,明显地表征了住宅不足的严重程度。"参见曾旭正:《战后台北的都市过程与都市意识形构之研究》,台湾大学土木工程学研究所1994年博士学位论文。

② 隐地:《涨潮日》,台北:尔雅出版社2000年版,第30页。

③ 同上书,第29页。

着母亲住过锦州街、昆明街、重庆北路……甚至住过新店槟榔坑的西式别墅，还拥有自己的房间；而姐姐则独自住过永和、中山北路、同安街、大直北安路、泉州街以及永康街。凑巧的是，曾有一段时间，母亲竟然和姊姊、姊夫共同租到双城街一座奇特的房屋中。在那乱离的日子中，由于姊姊新婚带来了欢乐氛围，一家人曾经度过一段快乐时光；但世事变迁，一家人又再次离散。此后，隐地曾几次重返双城街，却遍寻不着昔日租住的房屋。往事如烟。干校毕业后，隐地住在爱国西路警总勤务队宿舍，后来在漳州街克难街口租了一间防空洞，开始独自生活。结婚后，搬至北投公馆街，仍然是租来的家。东拼西凑，终于买了第一套房子。此后，隐地在厦门街创办了尔雅出版社，陆续有了三户房屋。经过几十年动荡漂泊，隐地又重新生活在南昌街、牯岭街和宁波西街。这几条陪隐地成长的街道，镌刻隐地在台北饥饿、漂泊的少年往事，是隐地童年成长的原乡。搬家过程自然充满辛酸，但也有底层人民患难与共的情谊，与小余叔叔一家一起挨饿，得到黄伯伯的收留，与黄伯伯孩子一起送煤球，隐地在备尝辛酸之时也体悟到人间温情。由于无数次的搬家，隐地几乎在台北的每一个角落都烙下了足迹；因此，当他将沉埋在心中四十几年的台北体验娓娓道来时，台北空间就更多浸润着他的辛酸感和悲凉感。可以说，这种悲凉、辛酸与漂泊感成为隐地想象20世纪五六十年代台北的基本情感。"没有自己房子的生活是漂浮的，永远在迁移，永远不知根在何处。"[①] 这是隐地的切肤之痛，也是上个世纪，千千万万离乡背井，漂泊、流亡到世界各地中国人的血泪之言。流亡族群的时空体验和心灵史，经过几十年的沉淀、发酵之后，凝结成一个典型的流亡式感觉结构；行之于文，也已成为浩浩荡荡的乡愁式书写潮流；实际上，整个20世纪中国人的流亡史足以建构一部波澜壮阔的流亡美学史。只不过，对之进行全面的清理尚需时日，隐地在台北的流浪书写，只是这部流亡史诗中一朵璀璨的浪花罢了。

萧萧曾在赏析隐地《涨潮日》的文章中说："表面上这是一篇隐地自传性散文，其实却可以从这篇文章中看出当时台北社会的新移民血泪；哪里才

---

① 隐地：《生活，对丑的一种抵抗——和黄春明的对话》，《荡着秋千喝咖啡》，台北：尔雅出版社1998年版，第120页。

是真正的家?"① 诚哉,斯言! 亮轩的遭际可以做一有力佐证。童年时期,虽然在青田街有一套属于自己的家屋,但这个家无端而频仍的家暴,让年幼且颇有些顽劣的亮轩不堪忍受,以至于他竟然发出这样的感叹:"想要逃走的想法越来越强烈,家,已经跟地狱没有什么不同。"② 于是,在十岁那年,不堪家暴凌虐的亮轩,便已尝试第一次离家出走:

> 收拾了一个小包包,里面有我的蜡笔、纸张、几件衣服,也许还有几本书吧?钱是不会有的,也许年纪太小,还想不到这么深奥的问题,这些就是我以后生活所有的东西了。
>
> 夜阑人静,皓月当空,地上映照着万点树影,四下里寂静无声。我把布包袱斜背在身上,轻手轻脚地走到玄关,生怕惊动了任何人。我系紧了鞋带,悄悄出门,在大门口,我们家的狼狗"Lady"过来跟着我,摇着尾巴,那时我的个子还不高,它很轻易地在我脸上舔啊舔的,我抱着Lady吞声而泣。我轻轻地掩上了小门,在月光下离去。
>
> 只走到了巷口,便站住了。往前走是新生南路,有一条瑠公圳,再过去就是一直连到六张犁的水田,然后是满山的坟堆。往右是和平东路直通水源地,到新店溪,但我从来就没有过过河。往左是信义路,拐个弯走上一阵可通松山,然后是基隆,基隆再过去就是大海了,怎么办?再回头,又是家,可以过门不入,然后再走下去,一直到淡水河,淡水河过去又是哪儿?我不知道。
>
> 天地沉寂,月华如水,我,该往哪个方向? 一点主意都没有。那一刻,这个世界上只有我一人,孤独得很怪异,难分真假,希望只是一场梦。③

第一次的逃家以虽已失败告终,但对于年幼的亮轩而言,第一次逃家时的孤独、茫然、恐惧甚至绝望,竟是如此刻骨铭心,以至于多年后,当他回首往

---

① 转引自隐地:《涨潮日》,《草的天堂——隐地四十年散文选》,尔雅出版社2005年版,第258—259页。
② 亮轩:《飘零一家——从大陆到台湾的父子残局》,广西师范大学出版社2012年版,第147页。
③ 同上书,第148页。

事,竟然恍如隔世真假难辨!有了第一次逃家经历,此后"逃"便成为亮轩青少年时期的生活常态。逃家和流浪,固然是亮轩个人的经历;但将亮轩的叛逆和逃家个案放诸那个特殊年代,我们不难发现,动荡时局、紊乱社会和离散家庭,都是导致亮轩叛逆出走的重要原因。由此可见,台湾"克难"时期,无论是无家可归还是有家难归,都在那一代人身上留下巨大的心理创伤。相比于成年人,青少年的创痛更深更难以排解。诸如安全感的缺失、饥饿的威胁和青春期的叛逆性,最后都将化为那一代青少年生命中挥之不去的情愫。换言之,苦难的诸种体验,一旦在一代人最初的生命历程中嵌入感觉结构,它便长期规范着那一代人的人生抉择。因此,我们不难理解,因不堪家暴而自幼逃家的亮轩,尽管婚后体会到家的爱与温暖,但逃离竟然成为他的一种生活方式和人生抉择。①

与隐地相比,亮轩的逃家更多缘于个体的叛逆与反抗,但也正是这种机缘,让他见识到社会底层的残破景象。高中二三年级之际,离家出走的亮轩才真正见识到一个"完全陌生的世界":"台北车站前在那个时候就是个大型垃圾弃置场。场边围着许多的违章建筑,用最将就的材料,盖最克难的房子。旧车胎、洋铁皮、别人扔掉用不着的甘蔗板、自己找来的木板木条,都能拼凑而成房屋跟桌椅。"②

亮轩暂时栖身的同学家也呈现出这般景象:

> 他的住家,自然无水无电,是个小到无法再小的阁楼,一把木头扶梯靠在经常潮湿的泥土地上,下面住的是推车卖面的,很少看到人。上了扶梯,头就要碰到屋顶,就那么点儿三角形阁楼的空间,却住了三家人。跨过去就是那位收破烂的叔叔,只一张三夹板做墙。隔壁姓陈的,也是他们的同乡,陈家三口,只有两个榻榻米都不足的范围,他们在林良国住

---

① 亮轩十岁开始逃家,"以后漫长的岁月,哪管直到须发俱白,小不如意则小逃,如跟太太有意见,便躲入书房关上房门不言不语;大不如意则大逃,如留书辞职或是干脆转身而去。在他人眼中,有时可能像是新的突破,我却只是为了逃,能逃就逃,随时随地都可能生出逃意,也不见得有什么生死大事。我越逃越远,总有一天,再也不回来。"引自亮轩:《飘零一家——从大陆到台湾的父子残局》,广西师范大学出版社2012年版,第148页。

② 亮轩:《飘零一家——从大陆到台湾的父子残局》,广西师范大学出版社2012年版,第195页。

处的后面,那就连窗子都没有了,没水没电,从早到晚只是昏昏暗暗地过日子。①

临时拼凑成的残破的家,可谓台湾"克难"时期家的典型形象。多少人的感知和心灵在这类破碎的家庭中被塑形并最终融入社会。出人意料的是,在一般人看来,在昏昏暗暗没水没电的世界中生活是如何凄惨悲苦;但对于亮轩而言,相比于青田街的日式宅院,这个逼仄的家却让他得到了自由、尊严甚至温暖。林良国不仅收留了无路可走的亮轩,他们还在住处附近的新公园、博物馆、火车站、西门町、淡水河水门等地压马路,天南地北聊天,充满了理想。亮轩甚至读了晚周的《经济思想史》、马寅初的《通货新论》,并无限神往。

"家宅是一种强大的融合力量,把人的思想、回忆和梦融合在一起。在这一融合中,联系的原则是梦想","没有家宅,人就成了流离失所的存在。家宅在自然的风暴和人生的风暴中保卫着人。它既是身体又是灵魂。它是人类最早的世界"。② 家是人类从出生到死亡与之不可分离的场所,它是人类身体、意识生长延伸的最初地方,是人类的精神原乡。家是真实的也是想象的,它凝结着人的空间记忆、身体的感觉和成长的梦想,在家中人的身体与意识有着丰富的历史连续性。如若没有家,意味着人从家庭伦理、社会组织中脱离,成为一个孤零零的个体,无所凭依;而身体则暴露在充满威胁的公共场合之中,随时都有可能遭到侵犯与攻击;在精神上也意味着无根感与漂泊感以及精神原乡的消失。隐地和亮轩的切身体会便已充分说明上述有关家与身体的理论思考。

自从一家人被赶出家屋四处飘零,隐地就开始遭受饥饿的威胁。由于父亲软弱无能,每日都要去寻找饭钱,隐地跟着父亲备尝饥饿之苦。跟父亲住在上海路(现改名为林森北路)时,隐地经受了一次彻夜饥饿的煎熬。饥饿感让隐地对空间特别敏感,"饿,是的,空气里弥漫着饿。每天想寻找有什么

---

① 亮轩:《飘零一家——从大陆到台湾的父子残局》,广西师范大学出版社2012年版,第196页。

② [英]加斯东·巴什拉:《空间的诗学》,张逸婧译,上海译文出版社2009年版,第5页。

可以吃的"①。在那个饥饿的晚上,"我们希望有人推开大门,不停地望着门,门却像一个哑巴,一点声音也没有"②。"饿是一头兽,它会咬得人不舒服"③,更何况那时还在上初中处于身体发育阶段的隐地。经历过这次饥饿之后,隐地就开始四处寻找吃饭的地方。先是母亲在重庆南路南海路口高妈妈家开的小吃店包饭,每次吃饭,隐地会又羞愧又感激,因为母亲并未每月给高妈妈钱,非但如此,母亲还向她借过几次钱。此后母亲又会不时地带隐地到同安街郁妈妈家、福州街杨妈妈家串门吃饭,厦门街九十九巷陈家好婆家更是从小不停去吃饭的地方。而隐地自己找的吃饭地方是宁波西街的邻居林家四千金家。就是在这种饥饿的驱使下,隐地熟识了台北巷弄,也体会到巷弄中流淌着的街坊亲情。这也是隐地能够逆来顺受向上茁壮成长的原因之一。也正因为饥饿和到处蹭饭的经历,反而让隐地对宁波西街家中母亲的烧菜技艺刻骨铭心:"妈妈煮的皱皮放肉、八宝辣酱、油豆腐鸡、十锦烤麸和红烧黄鱼还有腌笃鲜至今令我无法忘记,经过几十年,所有台北最好的江浙馆子,其实我吃起来也只是觉得接近妈妈的口味而已。"④尽管20世纪50年代的台北物资匮乏,但只要在家中,饥饿就会被母亲的精湛厨艺征服。对于亮轩而言,有家和食物的隐地可能还算是幸福的。因为自小遭受家暴的亮轩,被打得受不了就只能逃出家门。当年年幼无助,他只能站在家门口哭,或者在外东逛西逛,不敢回家,生怕遇到会打他的姑妈。亮轩记得曾经因为整整两天没有吃东西,饿得两腿发软,以至于在马路边都想躺下来。

家,是一个安全之地,那里没有饥饿,身体和家是一种融合安适的状态;而对于流离失所的个体而言,他们时刻都要为果腹而忧心忡忡,身体与周遭的空间是疏离与陌生的。家,型塑着个体感觉与意识的最初空间。可以想象,在20世纪五六十年代的台北,如隐地、亮轩一般流离失所的人何其之多!只不过,他们的漂泊经验早已随着历史灰飞烟灭,而隐地和亮轩则凭借文字重新召唤那个世代独特的感觉经验。

---

① 隐地:《饿》,《涨潮日》,台北:尔雅出版社2000年版,第51页。
② 同上书,第51—52页。
③ 同上书,第53页。
④ 同上书,第51页。

三、日式家宅：空间错愕、古典体验与现代性碎片

无家可归是 20 世纪四五十年代迁台外省人的普遍状态。但对于社会地位较高、家境较好的外省人而言，即便在台北有家可以安顿，也并非一切如意。这其中自然有因为社会环境的骤然置换产生的不适感和漂泊感。

1947 年，24 岁的齐邦媛只身赴台。但她所见及的台北，颇出乎她的意料。"既没有椰树婆娑的海滩，也没有色彩鲜艳的小楼，整体是座灰扑扑的小城。少数的二层水泥房子夹在一堆堆的日式木造房子中间，很少绿色，也没有广场。"① 初抵台北，齐邦媛借住马廷英（亦即马国光笔名亮轩的父亲）家。"青田街……三条通六号。一条条窄窄的巷子，日式房子矮矮的墙和木门，门不需敲，推开就进去了。有个小小的日式庭院，小小的假山和池子，像玩具似的，倒是沿墙一排大树有些气派。"② 可以想见，彼时日式宅院的景致是颇为怡人的。但由于孤身在台，思乡思亲之苦与漂泊无助之感使齐邦媛无法欣赏日式宅院的幽静之美。即便未久之后获得温州街的单身宿舍，齐邦媛也未能在家中获得安全感和归宿感："从屋外走廊的落地窗往院里看，假山和沿墙的大树只见森森暗影。第一次睡在榻榻米上，听窗外树间风声，长夜漫漫真不知置身何处。那时期的我，对黑夜的来临又恢复在西山疗养时的恐惧。"③ 许多孤身赴台的外省人起初并未在台湾做长久之计，因此，尽管有空间上的家宅，心却并未真正得到安放。漂泊感、孤独感甚至恐惧感成为彼时外省人在台的感知常态。就连梁实秋也不例外。1949 年 6 月，梁实秋赴台后三日便借到一栋位于德惠街一号的日式房屋；但是，"德惠街当时是相当荒僻的地方，街中心是一条死水沟，野草高与人齐，偶有汽车经过，尘土飞扬入室扑面。在榻榻米上睡觉是我们的破题儿第一遭，躺下去之后觉得天花板好高好高，季淑起身时特别感觉吃力。过了两三个月，我买来三张木床，一个圆桌，八个圆凳，前次屋内只有季淑买来的一个藤桌四把藤椅。这是我的全

---

① 齐邦媛：《巨流河》，三联书店 2011 年版，第 180 页。
② 同上书，第 181 页。
③ 同上书，第 185 页。

部家具,一直用了二十多年直到离开台湾始行舍去。"① 由于不习惯日式平房的空间格局,梁实秋一家直接搬进以前早已习惯的桌椅。由此足见,家屋的空间建制实际上养成了个体的空间感知方式、行为习惯和文化心理。而战乱带给每一位逃难者的空间不适感则是题中应有之义。

也许,相对于成人对陌生空间的不适感,儿童对陌生空间的感知更显敏锐。1949 年初夏,不满十岁的雷骧跟随家人从上海远渡来台。雷骧对日式家屋的空间体验除了陌生感外还产生一时无法适应的错愕感。迁台的沿途景致虽然颇令雷骧有股冒险和好奇心情,但当他因困乏而蜷伏在沙发上睡着,醒来后发现自己与兄妹俱横竖躺在一顶方形的帐篷所覆盖的席面之上时,雷骧看到:

> 从燠热的绿纱蚊帐里望出,见到不远(其实是另一房间)的藤交椅上,坐着西服端正的两人交谈。我觉得十分惶悚。那睡卧场域之"内",却敞开在陌生人客室之"外";那种里/外语亲/疏的混乱感,久久才能在昏愕中释怀,继续睡下去。②

里外、亲疏的错乱以及由此产生的惶悚和错愕,显然是因为空间骤然置换产生的。童年雷骧对日式家屋的这种空间感知颇具代表性。连齐邦媛初次踏上榻榻米时竟也产生"好似走在别人的床铺上一样,连迈步都有些不安"③的感觉。显然,日式平房和祖国大陆的宅院属于两种不同的文化风格。不同社会文化在空间建制上就已规范不同类型的空间感知和文化心理,比如空间的区隔分布和由此产生的人与人之间的亲疏远近关系,这些都已内化为民族、文化乃至地区群体的人格心理和审美趣味。正如段义孚所言:"不同的文化人以不同的方法分割他们的生活世界,赋予每一部分价值又衡量之。分割空间的方法非常分歧和具经验性,正如决定分割的距离和大小的技术一

---

① 梁实秋:《槐园梦忆》,《梁实秋散文》(第二集),中国广播电视出版社 1989 年版,第 185—186 页。
② 雷骧:《初进台北》,《爱染五叶》,台北:麦田出版社 1999 年版,第 114 页。
③ 齐邦媛:《巨流河》,三联书店 2011 年版,第 181 页。

般。"① 因此，无论是童年雷骧还是青年齐邦媛、成年梁实秋，都对陌生的空间格局产生视觉和心理上的错愕感和不适感。但我们也注意到，雷骧、齐邦媛与梁实秋判断陌生空间的尺度是以自身的身体姿势、身体与空间的距离以及人与人之间的关系为标准。无怪乎，经过短暂的不适之后，他们便适应新的生活空间。也就是说："人以其身体及对待其他人的亲切经验来组织空间，因此，空间组织一定配合和支持人的生物性需求和社会的关系。"② 这是拥有不同文化背景的人适应异域、认知陌生地方的基本规律。

不适与错愕，固然是大陆赴台人员的一种空间感知类型。但在短暂的错愕与不适之后，赴台文人也会欣然神会于日式家宅的古典情韵：

> 约有三十多坪，前后都有小小的院子，前院有两棵春蕉，隔着窗子可以窥视累累的香蕉长大，有时还可以静听雨打蕉叶的声音。没有围墙，只有矮矮的栅门，一推就开。室内铺的是榻榻米，其中吸收了水气不少，微有霉味，寄居的蚂蚁当然密度很高。没有纱窗，蚊蚋出入自由，到了晚间没有客人敢赖在我家久留不去。"衡门之下，可以栖迟。"③

如排除掉初赴台时必然遭遇到的物资短缺困局，梁实秋笔下的日式庭院是颇富有中国古典诗词中"田园"意境的。文人的散淡情怀过滤掉漂泊感和焦虑感，梁实秋以其恬淡甚至不乏谐趣的笔触点化了战后的日式平房，客居的陌生、不适被无形中涵化为家居的熟悉与欣然。

1950年，余光中随母来台。家住厦门街一一三弄八号，这也是一座充满古典韵味的日式平房。余光中也以其生花妙笔将日式平房的古典精神诠释得淋漓尽致。"泻下鸽灰色的温柔和忧郁的鳞鳞屋瓦"、"夏午的风凉和冬日早晨户内一层比一层深的阴影"，还有那"桧木的高贵品德"、"白蚂蚁多年的阴谋"，共同构成古屋特有的谦逊和亲切氛围。后院中从岁末开到初夏的杜鹃、轮流维持半个后院清芬的月季与月桂，还有那镌刻主人情感风波、英俊散朗的枫树，也是这古屋的精魂。更有甚者，那虽只有八尺多高的桂树却

---

① 段义孚：《经验透视中的空间和地方》，潘桂成译，台湾编译馆1998年版，第31页。
② 同上。
③ 梁实秋：《台北家居》，《梁实秋文集》（第四卷），鹭江出版社2002年版，第396页。

是中国古典文化底蕴的象征:月光从桂叶丛中泻下,满溢着冰薄荷的桂花香,"那是大陆的泥香","古中国幽渺飘忽的品德,近时,浑然不觉,但愈远愈令人临风神往。秋天。多桥多水的江南。水上有月。月里有古代渺茫的箫声。舅舅的院子里。高高的桂树下,满地落花,泛起一层浮动的清香……"① 古中国的人文情怀和风华神韵都在桂香中飘忽隐现。在余光中笔下,日式古屋的雨景、雨声竟会是如此地充满古典情韵:

先是天黯了下来,城市像罩在一块巨幅的毛玻璃里,阴影在户内延长复加深。然后凉凉水意弥漫在空间,风自每一个角落里旋起,感觉得到,每一个屋顶上呼吸沉重都覆着灰云。雨来了,最轻的敲打乐敲打这城市,苍茫的屋顶,远远近近,一张张敲过去,古老的琴,那细细密密的节奏,单调里自有一种柔婉与亲切,滴滴点点滴滴,似幻似真,若孩时在摇篮里,一曲耳熟的童谣摇摇欲睡,母亲吟哦鼻音与喉音。或是在江南的泽国水乡,一大框绿油油的桑叶被啮于千百头蚕,细细琐琐屑屑,口器与口器咀咀嚼嚼。雨来了,雨来的时候瓦这么说,一片瓦说千亿片瓦说,说轻轻地奏吧沉沉地弹,徐徐地扣吧挞挞地打,间间歇歇敲一个雨季,即兴演奏从惊蛰到清明,在零落的坟上冷冷奏挽歌,一片瓦吟千亿片瓦吟。②

在日式古屋中听雨,可以听四月的黄梅雨霏霏不绝;可以听七月台风台语一夜盲奏。雨是回忆的音乐,勾连起的是烟雨江南、迷蒙山城。日式古屋的古典生活空间,是中国古典文化精神的空间再现,它延续着古典的审美体验,也是作者古典审美品位和精神世界的外化。日式古屋的家宅空间与余光中心灵空间同构互生,日式古屋陶熔余光中的精神境界,余光中也衍生了古典文化气韵。可以说,家宅、自然与人有着一种古典——乡土的天然和谐关系。

梁实秋、余光中在日式古屋中的审美体悟可谓经典。就连童年时期屡遭家暴的亮轩,也以其冷静之笔记录下日式宅院的景致。亮轩的家位于台北青

---

① 余光中:《伐桂的前夕》(1969年5月20日),《余光中集》(第五卷),百花文艺出版社2004年版,第33页。

② 余光中:《听听那冷雨》(1974年春风之夜),《余光中集》(第五卷),百花文艺出版社2004年版,第185—187页。

田街七巷六号。"青田街的每一栋房屋都有一两百坪"①,亮轩家斜对面姓黄人家却又买下后面五巷的院落,两家并作一家,其大可想而知。在这户人家的院子里,"种植了许多奇花异卉,又有喷泉跟锦鲤,地面上铺了翠绿的、细细厚厚又软软的韩国草坪,草里埋着洒水喷头"②。面对如此景致,恐怕只有具备古典品味和气质的文人才能品赏个中情调,对于那些天天为生计所迫的底层百姓或天天因家暴而逃离的人而言,美感敌不过现实的残酷。

然而,在现代化巨轮下,象征着古典文化精神的日式平房也已遭到拆除,化为废墟;随之而亡的是古典—乡土的生活情境与审美趣味。

> 顷刻间,这些和平的生命将集体死亡,而这花园,这绿色的共和国,将沦为一片水泥的平原,一寸绿色也不留下。于是重吨的巨兽将气吁吁在门口停下。他们将掘出一立方尺又一立方尺的泥土,种下永不开花一束又一束的钢筋和铁骨,阴郁的地下室,拼花地板,磨石子,嵌磁、嵌磁,最后,一幢不温柔更不美丽的怪物从地面上升起,到空中,去参加这都市的千百只现代恐龙。③

日式屋瓦和古典风物的沦亡,现代化的钢筋、水泥空间构件的侵入,无疑从根本上摧毁了家宅的乡土—古典根基,随之瓦解的是乡土—古典生活方式和审美经验。梁实秋同样无奈于建筑空间和生活方式的现代化巨变。

> 台北的日式房屋现已难得一见,能拆的几乎早已拆光。一般的人家居住在四楼的公寓或七楼以上的大厦。这种房子实际上就像是鸽窝蜂房。通常前面有个几尺宽的小阳台,上面摆列几盆灰尘渍染的花草,恹恹了无生气;楼上浇花,楼下落雨,行人淋头。后面也有个更小的阳台,悬有衣裤招展的万国旗。④

---

① 亮轩:《飘零一家——从大陆到台湾的父子残局》,广西师范大学出版社 2012 年版,第 146 页。
② 同上书。
③ 余光中:《伐桂的前夕》(1969 年 5 月 20 日),《余光中集》(第五卷),百花文艺出版社 2004 年版,第 34 页。
④ 梁实秋:《台北家居》,《梁实秋文集》(第四卷),鹭江出版社 2002 年版,第 396 页。

如果说在日式家宅中,身体与生活空间是和谐涵容的;那么在高楼大厦中,身体与空间已是扞格难入。高楼中的家宅,不仅让身体与花草远离大地,失去了地气和生机;逼仄的空间布局以及局促一角的生活物件也已让古典情韵荡然无存。于是乎,当日式平房都变成了层层高楼,余光中所描摹的古屋雨景也成了绝响。

千片万片的瓦翩翩,美丽的灰蝴蝶纷纷飞走,飞入历史的记忆。现在雨下下来下在水泥的屋顶和墙上,没有音韵的雨季。树也砍光了,那月桂,那枫树,柳树和擎天的巨椰,雨来的时候不再有丛叶嘈嘈切切,闪动湿湿的绿光迎接。鸟声减了啾啾,蛙声沉了阁阁,秋天的虫吟也减了唧唧。七十年代的台北不需要这些,一个乐队接一个乐队便遣散尽了。要听鸡叫。只有去诗经的韵里寻找。现在只剩下一张黑白片,黑白的默片。①

从日式平房到公寓大厦,生活空间形式转换也表征着感觉结构从古典—乡土到现代—都市的转型。正如巴什拉所分析的,在层层叠叠的大楼盒子中,家宅没有根,"家宅不再处于自然之中。居所和空间之间的关联成了人为的。在这种关联中一切都是机械的,内心生活从那里完全消失了"②。都市不但摧毁了自然、家宅与人在空间与情感上的天然关系,也通过区隔、分化的公寓空间异化了人的心灵空间。或者,也可以说,在古典—乡土生活情境和感觉结构中,日式古屋是古典式感觉—心灵的空间形式;而在现代都市生活情境中,公寓则是现代性感觉—心灵世界的空间物化。

---

① 余光中:《听听那冷雨》(1974年春风之夜),《余光中集》(第五卷),百花文艺出版社2004年版,第187页。
② [英]加斯东·巴什拉:《空间的诗学》,张逸婧译,上海译文出版社2009年版,第27页。

第二节　中山堂①的空间形式及其周边日常生活

"中山堂是一栋充满历史记忆和符号的建筑。同时也是台北市区拥有最错综情境和政治空间的公共场域。"②从清朝的抚衙台、日据时的公会堂到战后的中山堂，中山堂曾经一直是权力中心的象征，其权力空间的生产与意识形态的运作，直接影响到台湾的政治命运。中山堂也一直是官方和民间重要的文艺展演地。对于台北市民而言，中山堂及其周边生活圈，更是日常生活

---

① 中山堂的历史沿革：1882 年，台北城墙开始兴建，1884 年完工。1889 年，开始兴建台湾省布政使司衙门（即为中山堂现址，范围略大）。1895 年，日本占据台湾。是年 5 月 29 日，日军登陆台湾，6 月 7 日进占台北城后，占布政使司衙门为最高统治机关，称"总督府"。1900 年，日本殖民者开始拆除台北城墙与西门。1919 年，台湾"总督府"落成，最高统治机关由布政使司衙门旧厅舍迁至今"总统府"位置。1931 年 10 月 3 日举行《旧厅舍取拂（拆除）奉告祭》，正式公布将拆除布政使司衙门，作为台北公会堂预定地。1932 年 11 月 23 日，台北公会堂举行兴工破土仪式。1935 年，"始政四十周年"台湾博览会举行，将台北公会堂设为第一展览场主展馆。1936 年，11 月 26 日台北公会堂正式落成启用。1945 年 10 月 25 日台湾光复，以公会堂作为中国战区台湾省受降典礼会场，并改称为"中山堂"。1947 年 3 月 2 日，"二二八事件处理委员会"在中山堂会商处理事宜。1949 年国民党败退台湾，以中山堂作为"立法院"议事厅，并成为重要活动会场。1954、1960、1966、1972 年，台湾地区领导人就职大典均在中山堂举行。1998 年中山堂动工整修。2001 年 12 月重新开放，成为台北文艺活动重要场地。引自黄秀慧整理：《中山堂大事记》，载人间副刊策划主编《回到中山堂——延平南路 98 号和周遭生活圈的故事》，台北市文化局 2002 年版，第 216—221 页。

② 人间副刊：《前言》，载人间副刊策划主编《回到中山堂——延平南路 98 号和周遭生活圈的故事》，台北市文化局 2002 年版，第 8 页。

的重要空间,对台北世代市民感觉结构的形塑起到重要作用。1991年,台北市收回"国民大会"长期租用的楼层空间后,经过重新整修后,作为二级古迹于2001年12月再度向市民开放,中山堂才真正成为市民可亲可近的公共空间。在台湾百年历史中,中山堂的政治角色和空间形象,已经深深地嵌入台北市民乃至台湾人民的感觉结构之中。因此,新世纪之初,由人间副刊策划的"回到中山堂——延平南路98号和周遭生活圈的故事"这次集体书写活动,"从人文历史、生活的角度出发,分别就生活记忆、建筑风物等角度,邀请艺文作家、建筑学者和市民一起参与,回忆早年在此活动的种种事迹"①,这既是对威权空间、公共空间和生活空间的还原与想象,共同组构出特定时代的生活风尚、文艺活动和审美观念,又是多元化台湾社会对中山堂及其周边空间形象与意涵的集体解构与建构行为;而在散文文本表现上,经历过台湾社会剧变的文艺人士和普通市民,其感觉方式、散文书写方式与表达旨趣也都发生了微妙变化。

一、真实与戏拟:威权与殖民的政治空间及其意识形态

作为集权与殖民统治、监控的空间表征,中山堂分别经历了晚清抚台衙、日据公会堂和战后中山堂三个阶段,集中展演了威权与殖民时期的空间统制形式及其意识形态。日据时期,抚衙台改建为公会堂,一方面彰显日本殖民权力在台北的渲染与扩张;另一方面,作为殖民者推行现代化建设的地标,它也是"改变台湾人生活方式的象征"。1935年,日本殖民者为庆祝"始政四十周年"举办一次规模空前的"台湾博览会"(1935年10月10日开始,长达近两个月,参观人数将近300万),将台北公会堂设为第一展览场主展馆。这次博览会展现出来的气象,除了对"帝国"内部住民产生召唤作用外,也对其他亚洲国家放射出"帝国"的魅力。②1945年台湾光复,公会堂

---

① 人间副刊:《前言》,载人间副刊策划主编《回到中山堂——延平南路98号和周遭生活圈的故事》,台北市文化局2002年版,第9页。
② 陈芳明:《昭和记忆·民国颜色——从公会堂到中山堂》,载人间副刊策划主编《回到中山堂——延平南路98号和周遭生活圈的故事》,台北市文化局2002年版,第31页。

随即改名为中山堂。1947年"二二八事件"爆发时,台北市民意代表与知识分子齐集中山堂成立"二二八事件处理委员会",自3月2日至8日,连续举行会议协商,并于3月6日提出四十二条政治要求,强调台湾自治与民主政治,要求言论、集会、结社的自由,要求撤废专卖制度的经济政策。此时,中山堂成为对抗集权的据点。但是,由于国民党的血腥镇压,参与中山堂集会代表纷纷罹难,中山堂的集权形象凭借暴力镇压最终确立。此时的中山堂"代表了集权与分权的分水岭,也是独裁与民主的分界线"①。从1949年至1991年,中山堂一直作为"国民大会"集会场所;台湾五次地区领导人就职大典均在此举行,中山堂成为台湾最具象征性的政治舞台。因此,在整个"戒严"时期,中山堂的空间展演必然被权力机构操控与监管,形成一个极富政治象征意义的威权空间。

然而,战后初期,中山堂又是台北仅有的音乐殿堂,各种演艺活动包括国际演奏团体来台,都只能在此举行,因此中山堂又成为"台北城最高级的社交场所"②。而平民百姓在前往欣赏文艺演出之时,参与到中山堂的空间再现和生产过程,在改变中山堂空间结构之时也形成了庶民的、私密的空间记忆与想象。尤其是到了"解严"以后,随着市民意识的觉醒,市民对中山堂的想象性重建便解构了威权的中山堂形象。

在"戒严"时期,扮演着权力中心、文艺展演中心双重功能的中山堂,其形象和氛围是统一的。权力机构可以严密监控中山堂的文艺演出,使之成为威权体制和意识形态的服从者。正如龙应台所说,"戒严"时期中山堂虽然也播放电影、举行各项庆祝活动,但中山堂中正厅最重要的功能是作为台湾地区领导人宣誓就职以及光复节时发表告台湾同胞书之所,历史年表里中山堂的气氛是厚重而严肃的。③但是,在台湾进入多元化社会后,当亮轩重新书写中山堂的威权空间时,这种厚重和严肃的氛围在真实/戏拟的叙述语调

---

① 陈芳明:《昭和记忆·民国颜色——从公会堂到中山堂》,载人间副刊策划主编《回到中山堂——延平南路98号和周遭生活圈的故事》,台北市文化局2002年版,第34页。
② 李清志:《台北新乐园》,载人间副刊策划主编《回到中山堂——延平南路98号和周遭生活圈的故事》,台北市文化局2002年版,第165页。
③ 龙应台:《序》,载人间副刊策划主编《回到中山堂——延平南路98号和周遭生活圈的故事》,台北市文化局2002年版,第6页。

和逻辑推理中,却被瓦解得支离破碎。

在《中山堂炸弹案始末》一文中,亮轩以市警局警察身份爆出中山堂炸弹案缉查内幕。

> 那个时候我还是一个一毛一的警察,正在中山堂旁边的市警局值班,是冬天,很冷,那天风大,有人报案说有人要炸掉中山堂,这可不是开玩笑的,再过两三个月就要开"国民大会"了,蒋介石要选连任哩,就在中山堂,要由"国民大会"代表投票选举他,他很谦虚的,早早就告诉大家说他不要干了,要更能干的人出来干,可是全国硬是没有比他能干的人,要是他被炸到,我们岂不完了吗?我们立刻去查。①

散文开篇以曾经的警察身份爆料,增加历史叙述真实性之时也暗示了故事的虚构性。叙述者对蒋介石连任台湾地区领导人的语气,既可能是对"戒严"初期"我"及一般平民心态的真实模拟,也可能是生活在台湾的"我"对专制社会的一次戏拟。因此,开篇奠定的真实/戏拟的叙述基调,既可以让读者跟着历史见证者的真实视角去体验"戒严"体制下中山堂的威权空间及其机密的权力运作,又可以使读者以旁观者身份冷眼热嘲权力机构的滑稽逻辑和心态。作为威权空间,中山堂是被严密监控的,"只要中山堂有什么活动,我们都是派员混在观众还是服务人员当中,那些个常来常往的人,我们也都了如指掌,要抓多少有多少"②,叙述者显然道出了威权空间隐藏着的监控常态。在对嫌疑犯的追查中,警察怀疑上了林怀民,原因是林怀民在中山堂跳过他的第一个现代舞"寒食"。"在'寒食'这个舞中,为什么用了那么多的布,并且是白的?整个的舞剧只看到林怀民把这些布丢来丢去,一下子收起来一下子放出去,有没有可能是某种中国的暗号?"③ 因为现代舞谁也看不懂,"在颠覆一个国家的秘密行动上,没有比这种舞蹈更方便了"④。

---

① 亮轩:《中山堂炸弹案始末》,载人间副刊策划主编《回到中山堂——延平南路98号和周遭生活圈的故事》,台北市文化局2002年版,第52页。
② 同上。
③ 同上书,第54页。
④ 同上。

因此,林怀民是重嫌,而林怀民爸爸是大官,匪谍是不可能,但有没有为匪利用之嫌?查来查去,这个案子越来越国际化了。原来,到过中山堂演出的玛莎葛兰姆舞蹈团,演出里有一出"琼斯皇帝"的舞剧,"我们老大的老大的老大就觉得不对,怎么可以让皇帝在森林里迷路?国家没有方向嘛!我们对这些外国团体已经很宽大了,本国的,早就有一大本厚厚的禁唱禁播歌曲名单,凡是上中山堂的节目事先都要审过才行,这就万无一失了"①。当然,这出剧被禁演了,而林怀民"寒食"中的介之推宁死不出森林的原因,被"我"一口咬定为迷路,"寒食"被认为是受到玛莎葛兰姆的教唆,要弥补皇帝演出被禁的损失,"重新的以中国人迷路的故事来蛊惑中国人,比起外国故事还要有用"②。如此连坐,专制体制下的思想监控已达荒唐程度。通过种种的文艺审查制度,在文艺作品与活动中捕风捉影,本来就是专制政权思想镇压的拙劣手段。"我"的内幕爆料便几近真实地展露出专制政权"文字狱"的运作机制和思维逻辑。但另一方面,这种坦露式叙述,在旁观者看来却显示了专制统治者的滑稽丑态。这也是戏拟叙述产生的审美效果。

  案子继续追查到曾到中山堂演出的日本 NHK 交响乐团,真正的秘密在于外山雄三的狂想曲一小段:"一支小小的五分钟的音乐却用那么多的乐器,这是什么意思?"直到中国现代民歌第一场在中山堂演出,这才真相大白,"余光中这个人本来就可疑,他写了一首诗叫做'乡愁四韵','四韵'的谐音就是'死运',这就是跟'共匪'隔海唱和,想要瓦解军民心理嘛。后来出现了一个杨弦,也是,小小的乡愁他弄得好复杂,民歌那么复杂干吗?……我们有关单位研究的结果发现,其中有很多暗号是相通的,他们传达了一个重要的讯息,要以国际的势力,结合国内异议分子,与'共匪'约定,先毁灭'中华民国'的重要象征中山堂,这就给了重大的打击,然后就是'中华民国'了。"③ 由一个真实/虚构的炸弹案,牵扯出如此严重的颠覆"国家"的国内外势力,"有关单位"的侦探能力似乎已经登峰造极、出神入化了。然而,他

---

  ① 亮轩:《中山堂炸弹案始末》,载人间副刊策划主编《回到中山堂——延平南路98号和周遭生活圈的故事》,台北市文化局2002年版,第54—55页。

  ② 同上书,第55页。

  ③ 同上书,第55—56页。

们依然没有找到证据。对一件或许是子虚乌有的案子捕风捉影,这大概就是专制政权惟恐被颠覆而草木皆兵的典型心态。案子继续调查到中山堂的工作人员身上。原先中山堂关灯时间定在十点,不管演出进展如何,后台老王都会按规定准时关电门。

> 可是,有一次是国外团体演出,老王也来了这么一招,引起外国团体向经纪公司抗议,经纪公司的老板向我们的外交部门抗议,外交部门向内政部门抗议,内政部门就查到了警政署而警政署就查到了中山堂,中山堂就查老王,把老王的历史一查,发现他有一位过去的老长官的长官是青年党的,这位老长官的长官曾经在中山堂举行的六年一度的"国民大会"上,对于蒋介石每一次都要参选而且都要求全票当选很有一点意见,他的座位当时被安排在楼上,他大声的发言,被国民党的代表嘘了下去,蒋介石是不会知道的,可是,证据显示,他可能辗转教唆老王等待毁灭中山堂的时机。青年党的这个人很有些历史,所以,也不能轻易动他,倒是老王吃了一点苦头。后来老王因为非常之有悔意,有关单位宽大地原谅了他,他也就赶紧办了个退休。然而中山堂对于是不是到十点就一定要关灯,也就有了弹性制度。①

层层缉查当然显示出权力机构体系之严密,而一贯的"连坐"法和屈于权势,则显示监控机构的穷凶极恶与犬儒丑态。最后,因为找不出真正的凶手,案子陷入胶着状态。而"一毛一的小警察""我"却提供了另一个办案思路,即周边的财团势力有可能用"银弹"来收买、摧毁中山堂。经过调查,"想买下中山堂的人还真多哩,有民意代表、有财团、有暴发户、中国的外国的都有,有的想盖大饭店、有的想开百货公司,也有主张多元化的,要有饭店有咖啡馆有书店有舞厅跟理容院三温暖,……原来我们的敌人不是别人就是我们自己人以及我们这些假定的也是当然的消费者,万恶的'共匪'还没有想到炸毁中山堂之前,我们一定要好好的拯救中山堂,拯救我们'中华民国'

---

① 亮轩:《中山堂炸弹案始末》,载人间副刊策划主编《回到中山堂——延平南路98号和周遭生活圈的故事》,台北市文化局2002年版,第56页。

的重大象征。"① 由于敌人变成了自己,或者说变成了整个资本主义,这个充满紧张侦查、运转机密的案子自然是不了了之。而作为"中华民国"重大象征的中山堂也被保留至今,因为"谁要死想买中山堂,谁就是卖台"②。

从整篇文章的叙述脉络来看,叙述者的"真实"叙述,生动地还原出隐藏在中山堂内部权力机构复杂而机密的运作过程。对于生活在威权体制的市民而言,这种监控体系和意识形态统治已经浸透进那个时代的日常生活,深深盘踞在市民的感觉结构之中;另一方面,戏拟的叙述语调又使权力机构的逻辑思路与运作过程倍增丑态。对于旁观者而言,整个案子子虚乌有却又让侦查部门大张旗鼓、煞费苦心,这就使案子戏剧化,整个叙述充满了嘲弄意味。这种真实/戏拟的叙述张力,既还原又解构了中山堂的威权空间及其意识形态,也显示出多元化社会解构威权的书写特点。

二、记忆与想象:庶民的日常生活空间

除了威权空间形象,对一般市民而言,中山堂充满了丰富的庶民历史记忆与想象。当然,这跟处于多元化社会市民偏向庶民生活空间想象有关。蒋勋(1948—)就回忆,小时候觉得到处都是"中山堂","'中山堂'就是那个又可以看平剧、又可以看康乐队唱歌跳舞,又可以举行毕业典礼,又可以青年节或光复节的时候开大会的地方","中山堂"对他而言只是"中心"、"中央"的意思,他甚至不常联想到"中山堂"是为了纪念孙中山。③ 处于民主台湾社会情境中,蒋勋的记忆和想象显然更多倾向于庶民生活空间及其价值观。"政治总在一些名称及形式上证明自己的存在。然而人民似乎比较务实。布政使衙门、公会堂、中山堂……每一代活下来的人,有他们自己的记忆。他们甚至也并没有文人所谓的沧桑之感,他们的记忆里,锣鼓喧天,花团

---

① 亮轩:《中山堂炸弹案始末》,载人间副刊策划主编《回到中山堂——延平南路98号和周遭生活圈的故事》,台北市文化局2002年版,第58页。
② 同上。
③ 蒋勋:《龙凤呈祥——"中山堂"的最早记忆》,载人间副刊策划主编《回到中山堂——延平南路98号和周遭生活圈的故事》,台北市文化局2002年版,第44页。

锦簇,他们的记忆里,总是风风光光,热闹非凡。"① 这种去威权化、去意识形态化、带有强烈庶民倾向的空间记忆与想象模式,跟蒋勋这一世代的成长经历有关,也跟当下台湾已然觉醒的市民意识有关。但这种庶民的宣告在一定程度上也反映出历史的真实。毕竟,在威权的政治空间之下,脉脉流淌的庶民生活才是社会的实相和生活的主流,而在日常生活空间中形成的庶民式感觉结构也是日常生活衍生不息的根本性结构。在蒋勋的记忆中,到中山堂看戏,就是举行一次盛大节日。为了准备看戏,母亲要忙着揉面、蒸馒头、蒸包子,用大锅沸水煮蛋,把蛋和猪耳朵、豆腐干卤成一大锅。看戏当天,把这些馒头、包子、卤蛋、猪肚、豆腐干,一一切好,盛在盘子里,用绿纱罩盖着,放在餐桌上;母亲还要洗头洗澡,穿旗袍,穿高跟鞋,对齐玻璃丝袜,点花露水,检查戏票,最后才能到中山堂看"龙凤呈祥"。看戏前的准备近乎一种仪式,母亲周而复始、乐此不疲,这令蒋勋记忆尤深。也正是这种欢乐的节日气氛,令蒋勋对中山堂的空间记忆与想象带有更多的庶民倾向。

战后,由于台北缺少有水准的文艺演出场地,中山堂便成为文艺演出中心。于是,到中山堂看电影、欣赏各种演艺活动,便成为台北市民的重要活动。李清志(1963—)对中山堂的记忆是由喜爱音乐的外祖母所牵引的。昔日任教于台中女中的外祖母——前辈音乐家陈信贞女士,为了聆赏国际级的音乐演出,经常从台中搭火车北上,到中山堂享受古典音乐的洗礼。李清志也在外祖母的带领下,开始到中山堂聆听音乐会,包括钢琴演奏、声乐独唱以及合唱团的演出等等。由于中山堂演出条件较差,李清志仍记得,在维也纳合唱团的童稚演出中,一位反串的男生,在离场时还被舞台翘起的地板绊倒,当场摔了一跤;当年也有国外的钢琴家抱怨空调出风口的噪音,当场翻脸拒绝演出。不过外祖母最具传奇性的故事,发生在一次外国音乐家的演奏会上。"外祖母风尘仆仆地从台中赶到中山堂,竟然发现所有的门票已经卖完,在恳求别人转卖她门票未果下,伤心难过地哭倒在中山堂台阶上,绝望之际忽然有声音问说:'老太太,你为什么在这里哭泣?'外祖母哭泣地告诉那位服务员她的情形,那位服务员竟好心地领着外祖母由后台进入,让她坐在舞

---

① 蒋勋:《龙凤呈祥——"中山堂"的最早记忆》,载人间副刊策划主编《回到中山堂——延平南路98号和周遭生活圈的故事》,台北市文化局2002年版,第45页。

台前欣赏,哭泣的外祖母终于破涕为笑了!"① 如今,每当李清志来到中山堂前,看着台阶,似乎又会看见一位热爱音乐的老太婆坐在台阶上哭泣。李清志对中山堂的记忆,充满了喜剧效果和温馨气息。这也反映出市民日常生活中独有的市民喜乐氛围。在威权体制中,中山堂的文艺展演尽管受到权力机构的严密监控,但此时的中山堂,是市民纯粹的娱乐空间,甚至是艺术家与市民演绎—领受高雅艺术的专属空间。浸染着艺术气息和市民喜乐气氛的中山堂成为市民的公共空间,表达着市民与艺术家的审美追求和文化意识。很显然,在文艺展演过程中,在市民与艺术家的精神互动中,中山堂的威权空间已经被松动。这就为日后中山堂成为市民真正的公共领域奠定了精神和历史传统。

作为市民娱乐活动空间的中山堂,它是属于市民的,也是属于个人的;它是公共的,也是私密的。在中山堂里无数次的身体穿梭,都会形成个人独特的空间感知和记忆。对于中山堂,席慕蓉曾经无限感慨地写道:"不过只是一处小小的毫不起眼的空间,你曾经无所察觉地走过千百次,却并不知道这千百次的接触其实没有遗漏任何一丝细节。所有的一切都在默默地等待,等待与你在多年之后重新相见,就在那一刻,这整个空间的光影、线条、声音甚至气味,都会对你散发出一种无法抗拒的温暖和亲切的讯号,就在你踟蹰难决的那一瞬间,为你延伸铺展而成为一处无边际的记忆广场。"② 对空间的多重感知,既使空间充满了生命气息,也使空间成为生命的一部分。属于市民娱乐空间的中山堂,将成为个体成长过程中不可磨灭的生命空间和记忆空间,而属于特定时代和世代的空间感知方式也将融进世代人的感觉结构之中,重写并改写着中山堂的多重形象。对席慕蓉而言,中山堂以及"每一个空间本身,其实都是有生命的,它可以长久隐没,也可以突然显现。无论是建筑本身的材质或是形式都会在悠长的时光里不露痕迹地建构着我的记忆,当然还包括岁月里的温度与湿度,包括曾经互相倾诉过的模糊的话语,包括姊

---

① 李清志:《台北新乐园》,载人间副刊策划主编《回到中山堂——延平南路98号和周遭生活圈的故事》,台北市文化局2002年版,第165页。

② 席慕蓉:《记忆广场》,载人间副刊策划主编《回到中山堂——延平南路98号和周遭生活圈的故事》,台北市文化局2002年版,第40页。

姊在这里举行独唱会的那醇厚的高音,包括与母亲同行时,她温柔的凝视,以及她的身体和衣衫的淡香,更包括那生活里不可捉摸的幸福和忧伤"①。属于市民的中山堂,是充满温暖、欢乐和祥和气息的,它是属于青春的,也是属于市民的私密空间。

从威权空间、到市民的娱乐空间、再到个体的私密生命空间,中山堂的多重形象,既是历史的产物,也是当下多元化台湾市民意识催生的产物。人们对中山堂的多元感知既反映出威权社会的空间监控与威慑,也反映出市民专属的公共与私密兼备的空间感知方式。在整个城中区,中山堂纠结了太多的意识形态和空间记忆,它是特定时代特定世代市民感觉结构的关键节点。

三、味觉与消费:中山堂周遭生活圈

由中山堂衍生出去的周遭生活圈,则形成以中山堂为中心的城中区和西门町交融的独特生活空间。

据史料记载,1885年清政府设台北府,1881年福建巡抚积极筹建台北城墙与衙门机关,1882年开始兴建台北城墙,1884年城墙完工,1885年清政府宣布台湾建省,1889年兴建台湾省布政使司衙门,基地位于中山堂现址,且范围更广。而到1900年日本殖民者为了现代化台北,开始拆除台北城墙与西门,只留下今天的北门、南门和东门。对于台北城墙兴建和拆除的政治文化意义,陈芳明曾论述道:"红砖城墙把台北围绕起来之后,官方权力与庶民生活之间便划出一条鲜明的界线。城郭外北边的太平町和大稻埕,以及西南边的艋舺,就是一般的市民作息空间。禁锢在城墙内部的现代都市建筑,则是官僚生活与权力运筹的中心。官民生活的界线,并没有因为城墙的拆除而化于无形,即使到今天为止,城内的观念仍然存在市民生活之中。"② 对于战后城内外的文化区隔,李清志也曾概括道:"这里之所以被称为'城中区',

---

① 席慕蓉:《记忆广场》,载人间副刊策划主编《回到中山堂——延平南路98号和周遭生活圈的故事》,台北市文化局2002年版,第39—40页。
② 陈芳明:《昭和记忆·民国颜色——从公会堂到中山堂》,载人间副刊策划主编《回到中山堂——延平南路98号和周遭生活圈的故事》,台北市文化局2002年版,第30页。

就是因为过去连接城门、环绕整区的城墙,城墙拆掉之后,曾经建造起绵延数里,有如未来派建筑般的中华商场,中华商场由许多天桥连接,中间又夹着一道穿梭的铁道,形成了另一种形式的城墙。这道城墙具有保护、区隔的强烈意味,使得城中区与外围的西门町有极大的分别,城中区在城墙保护之下,充满了书香气息;而城墙外的西门町则充斥着红包场与色情行业,如今中华商场拆除了,那道圣、俗的界线失去了,我可以慢慢感受到城外势力的逐渐渗入城里,城中区的书店街也因此渐渐消失,典雅的老旧街屋也在商业利益的诱惑下,改建为呆板、无趣的商业大楼……不知道台北城是否有重修城墙、重建'城中区文艺复兴'的日子。"① 陈芳明和李清志以官方与庶民、圣与俗的二元空间来区隔城中区和西门町,这符合城中区和西门町的历史发展过程;但在强调二者空间形式分野之时,不可忽视西门町与城中区在日常生活中的连接、互补作用。随着西门町商业街的发达,尤其是到了战后,西门町的电影街、商业街成为市民们重要的消费娱乐场所。市民们经常穿梭在城中区和西门町之间,实际上逐渐将二者连为一体。

　　这可以通过散文家对中山堂周遭生活圈的书写得到进一步证实。中山堂内部以及周边的餐厅、小吃店成为市民们念兹在兹的生活空间。散文文本甚至能够提供一份详细的饮食地图。中山堂里有两处餐厅,一处是西餐厅,一处是供应江浙菜的中餐厅。"中山堂里有中正厅、光复厅、堡垒厅等等,当年西餐厅还不普遍的时候,台北火车站和中山堂的西餐厅可都是有格调的餐厅,侍者穿着白色制服,罗宋汤或牛尾汤,一板一眼,后来在南门国中延平南路附近现已迁移至东门町的中心餐厅,也是承续此一风格,一些上了年纪的人,不但用餐在中山堂,连理发也要到中山堂。"② 而时常在中山堂约会的爱亚对中山堂内部的中餐厅却别有深情:"中山堂内的中餐厅卖客饭,一人份客饭包含炒一个菜和吃到饱的白饭及免费汤,二人便有两个菜,先时一客五元,后来涨到八元,我常点葱爆牛肉、回锅肉、虾仁青豆、红烧鱼……因为经吃又

---

① 李清志:《台北新乐园》,载人间副刊策划主编《回到中山堂——延平南路98号和周遭生活圈的故事》,台北市文化局2002年版,第168页。
② 隐地:《远近中山堂》,载人间副刊策划主编《回到中山堂——延平南路98号和周遭生活圈的故事》,台北市文化局2002年版,第75页。

划得来,他三碗我两碗白饭,舌唇喜滋滋。"① 逯耀东也记得当年中山堂弥漫的生活气息:"从中山堂侧门进去,一间理发厅,理发的都是上海来的扬州师傅,很多达官贵人是这里常客。转过去就是大众餐厅了。餐厅供应简单的酒菜和客饭,还有炒饭与面点。价钱很大众化。当时逛西门町时,常在这吃价廉物美的火腿蛋炒饭,其他的吃不起,这里的火腿蛋炒饭两块五角一碟。"② 隐地在《书评书目》杂志社工作时,午餐若未到中山堂餐厅用餐,也总是在中山堂四周的餐厅吃饭,隆记菜饭、明星咖啡厅和山西餐厅,是他经常光顾的地方。③ 其实,中山堂周边齐集了众多的餐厅和小摊,成为老饕们大快朵颐之所。"中山堂的正前方是台湾最正点的'山西餐厅',当年可是达官显贵的酬酢饮宴之处……中山堂右边的武昌街上有一家'雪王'冰淇淋店,可供一百多种不同口味冰淇淋的选择,然而最令我难忘的还是中山堂广场左上角一条通博爱路的小巷,……里面有一家江浙口味的小餐馆叫'隆记菜饭',那里的招牌菜'黄豆汤'远近驰名。……"④ 众多餐饮店齐集中山堂周围的巷弄,这就形成了一个由众多巷弄连结而成的"城中市场"。在这座称为市场的地方,"市场对街有着奇特香味的明星咖啡店,另一头靠近广场雕像后方有城中包子店,包子店隔壁有卖着猪脚冰淇淋的雪王冰店;世运的各色点心,马可波罗的三明治以及合作金库廊道下卖的大饼、糖炒栗子,后巷中隆记菜饭的葱烧鲫鱼,老山西店的酸菜白肉锅,整座城市其实是由味道与记忆相互糅合而成的,事实上,整个城中区就是一座城中市场"⑤。除巷弄中的餐饮业外,博爱路与衡阳路的商业形态更为发达。"当年的中山堂是台北市的心脏,前对博爱路,右边是衡阳街。当时的博爱路上大绸缎庄一间又一间,都是

---

① 爱亚:《亲爱的延平南路98号》,载人间副刊策划主编《回到中山堂——延平南路98号和周遭生活圈的故事》,台北市文化局2002年版,第80页。

② 逯耀东:《守着书店的日子》,载人间副刊策划主编《回到中山堂——延平南路98号和周遭生活圈的故事》,台北市文化局2002年版,第65页。

③ 隐地:《远近中山堂》,载人间副刊策划主编《回到中山堂——延平南路98号和周遭生活圈的故事》,台北市文化局2002年版,第73页。

④ 向明:《诗·音乐·黄豆汤》,载人间副刊策划主编《回到中山堂——延平南路98号和周遭生活圈的故事》,台北市文化局2002年版,第94—95页。

⑤ 李清志:《台北新乐园》,载人间副刊策划主编《回到中山堂——延平南路98号和周遭生活圈的故事》,台北市文化局2002年版,第167—168页。

山东人的生意,店里的伙计说话都带青岛味,服务的态度。还有过去北京做买卖和气生财的遗风。衡阳路虽然不长,确是台北市最热闹的街道、银楼、百货商店集中在这里,在衡阳街博爱路转角处还有家百货公司,楼高四层有电梯,是当时台湾唯一有电梯的百货公司。外地人来台北必逛衡阳街。"① 繁盛的巷弄市场和商业街,已经把城中区变成市民的日常生活空间。当然,日常生活空间是日积月累形成的。当日常生活空间日渐蔓延,原本作为权力空间集中地的城中区逐渐变成了城中市场;此时,作为威权空间的中山堂、"总统府",尽管还能保持其相对的独立性,但是凭借人员流动和日常事务,它已经被网罗进日常生活空间之中,人们已经很难作出主观的、抽象的、二元的空间界线划分。更何况,诸如中山堂这个威权空间,其本身既是一个含混的空间,它既曾经是台湾地区领导人宣誓就职的地方,又是市民的娱乐空间和约会地点,迥然不同的空间功能已经很难给人简单的空间印象了。随着商业形态的扩展、日常生活空间的蔓延和人口流动,城中区和西门町之间的空间界线渐渐模糊,原先所谓官方与庶民、神圣和凡俗的分界也已经很难清楚划界了。②

70年代以后,诸多散文家对中山堂的书写,既是对50至70年代中山堂威权空间的还原,也是对威权空间的抵抗和消解;尤其是到了"解严"以后,作家对威权空间的书写更侧重于日常生活场景和气息的渲染,这就凸显了当下的感觉结构对威权空间的重塑作用。另一方面,我们凭借作家的隔代书写来还原当年的威权空间和感觉结构之时,也必须警惕感觉结构的双重性,即对特定时代感觉结构还原时,必须注意书写者所处社会当下的感觉结构对特定时代感觉结构的渗透与虚构。

---

① 逯耀东:《守着书店的日子》,载人间副刊策划主编《回到中山堂——延平南路98号和周遭生活圈的故事》,台北市文化局2002年版,第64页。
② 另请参见本书第四、五章的补充论述。

第三节 台北咖啡馆地图与文艺共同体想象①

在50至70年代的西门町和城中区,存在一种独特的空间形式,那就是咖啡馆。在威权体制之中,咖啡馆既是青年人叛逆威权体制的独特空间,也是文艺共同体产生认同、追求现代化与抵抗威权的心灵空间。在诸多散文家的追述中,当年的咖啡馆以及发生其中的人文光影已成为一个璀璨的传奇,因此,对这些咖啡馆以及文人活动的追踪,能够更真切地还原出一个时代独特的空间文化和感觉结构。

作为现代化的表征,咖啡馆无疑是城市重要地景。20世纪30年代,日本殖民者为彰显其殖民治绩举办"始政40年台湾博览会"。在"旅游案内地图"上,殖民者就特别标出多家咖啡馆的位置,足见其对现代城市咖啡馆文化的重视。② 其时,殖民者对咖啡馆营业已有详尽登记。仅台北而言,1933年,台北登记的经营项目为"咖啡"的餐饮店有30家,1936年有32家,

---

① 本节写作在文献和思路上颇得益于沈孟颖的硕士论文《台北咖啡馆:一个(文艺)公共领域之崛起、发展与转化(1930—1970)》(中原大学室内设计学系2002年硕士学位论文)与吴美枝的硕士论文《台北咖啡馆之研究——以台北文人活动为中心的探讨》("中央大学"历史研究所2004年硕士学位论文),特此致谢。

② 沈孟颖:《台北咖啡馆:一个(文艺)公共领域之崛起、发展与转化(1930—1970)》,中原大学室内设计学系2002年硕士学位论文。

1937年有38家,1939年有35家,1940年有28家,这些数据尚不包括营业项目为"吃茶店"的餐饮店。① 这些咖啡厅主要分布在城内的荣町、艋舺的西门町和大稻埕的太平町。② 甚至,"总督府"地下室也有一间咖啡馆,一般民众到"总督府"办完事后可到地下层的咖啡馆喝咖啡。③ 日据时期台北咖啡馆主要顾客是日本人或者留日回来的知识分子。黄得时回忆道:

  咖啡馆呢? 都是志同道合的朋友,共坐坐,谈文学,欣赏名画,聆听名曲,那些人吗? 大多是新闻记者,和业余作家。

  那时人口少,馆子也少。比较常去的是明治吃茶店和森永吃茶店。吃茶? 是啊! 咖啡和红茶。咖啡是巴西来的,红茶是台湾外销出去的,味道都好,而且便宜,一杯才一毛钱呢!

  ……

  那时,我是台湾新民报副刊主编,每天到报社上班前,就先喝一杯,傍晚下班后也会去坐坐,甚至要找人或人家找我,都可以咖啡馆为联络地代洽。

  写文章的人很少,多半是记者,交换新闻啦,写点采访什么。不过常有文艺座谈,和小型画展,当年的画家开画展,纯粹是请大家欣赏,不营业卖钱的……④

由于殖民者实行分化政策,台湾知识分子反殖民运动遭到分化与压抑,并转入地下;因此,日据时期的咖啡馆主要举办对主政者无害的文学和艺术活动,而非进行政治性的议论与秘密集会。⑤ 台北大稻埕的"波丽路"咖啡厅和"山水亭"酒家曾一度是台北文艺青年清谈所在。⑥ 位于延平北路的

---

① 吴美枝据《台北市商工人名录》(台北市劝业课编)统计所得数据。引自吴美枝:《台北咖啡馆之研究——以台北文人活动为中心的探讨》,"中央大学"历史研究所2004年硕士学位论文。
② 同上。
③ 蔡采秀:《从日据到战后的台北(1895—1985)———个都市性质转变的历史过程分析》,《台湾史研究》1996年12月第2卷第3期。
④ 姜捷采访黄得时记录,引自姜捷:《一页咖啡色的文学》,《联合文学》1985年第4期。
⑤ 吴美枝:《台北咖啡馆之研究——以台北文人活动为中心的探讨》,"中央大学"历史研究所2004年硕士学位论文。
⑥ 谢里法:《日据时代台湾美术运动史》,台北:艺术家出版社1992年版,第75页。

"波丽路"咖啡厅从 1934 年开始营业。在 30 年代,波丽路曾经是那个时代台湾文艺界的一个象征。第一代美术家如廖继春、颜水龙、李梅树、杨三郎、李石樵等几乎都到过这里;文学界的张文环、吕赫若、王白渊和文化运动支持者李超然、王井泉、周井田等都是波丽路的常客。① 而山水亭老板王井泉也是文艺界热心人士,许多当代台湾文人如林茂生、徐坤良、杨云萍、吕赫若、杨三郎、张文环、黄得时、巫永福等都经常光顾。②

国民党败退台湾后,1950 年起台湾实施战时经济体制,先后宣布禁售奢侈品、西药管制、花纱布管制等措施,"行政院"原令宣称:"战时生活,首崇节约,外汇使用,必求合理,进口物资,应以民生日用必须货品及原料机器为首要,对于奢侈品,应禁止其买卖,并杜绝其来源,逐步建立战时经济体制。"③ 咖啡也被列入奢侈违禁品,限制进口。因此,战后初期,台湾咖啡业者要经营咖啡,要通过特殊关系,才能获得咖啡豆。④ 在咖啡馆管理上,自 1949 年到 1974 年,国民党对咖啡馆实行"特定营业"管理政策,1974 年当局始将"部分咖啡馆"自"特定营业"中抽离,并另立法管理。⑤ 此外,咖啡馆的税收也相当惊人,许多正常经营的咖啡馆因不堪税收而纷纷倒闭,不然就

---

① 谢里法:《岛屿美学——关于"台湾早期美术运动文件展",附:七星山和波丽路》,《探索台湾美术的历史视野》,台北市立美术馆 1997 年版,第 81 页。转引自吴美枝:《台北咖啡馆之研究——以台北文人活动为中心的探讨》,"中央大学"历史研究所 2004 年硕士学位论文。

② 吴美枝:《台北咖啡馆之研究——以台北文人活动为中心的探讨》,"中央大学"历史研究所 2004 年硕士学位论文。

③ 同上。

④ "明星"咖啡馆在战后初期营业期间,咖啡豆是由 CAT 提供的,当时一些和"明星"俄国老板熟悉的俄国女人嫁给 CAT 里面的人,透过这个关系,请他们自菲律宾夹带咖啡豆进来。据吴美枝访问整理《"明星"负责人简锦锥先生口述访谈记录》(2003 年 4 月 8 日)。此外,CAT 为民航空运公司(Civil Air Transport),1949 年随国民党来台,后被 CIA(西方公司)收购,为中央情报局驻台湾总站。CAT 所接生意非常广泛,遍及各个领域。引自吴美枝:《台北咖啡馆之研究——以台北文人活动为中心的探讨》,"中央大学"历史研究所 2004 年硕士学位论文。

⑤ 为推行节约运动、维护社会治安,国民党 1949 年订颁"台湾省酒楼茶室公共食堂公共茶室实施办法",将酒楼、餐厅、酒吧、旅馆、咖啡茶室等所有餐饮称为"公共食堂",并由各地方警察局管理。1963 年当局缩小特定营业范围,但咖啡馆仍在其中。直到 1974 年 7 月 1 日台湾"内政部"发布"一般餐饮业设备标准,首次将'部分咖啡馆'自'特定营业'中抽离,但仍严格规定咖啡馆设备标准,比如新设地址应距学校一百公尺以外地区;不得设置房间;雇佣女性从业人员,其设置之卧室应与营业场所完全隔离等"。 吴美枝:《台北咖啡馆之研究——以台北文人活动为中心的探讨》,"中央大学"历史研究所 2004 年硕士学位论文。

转为色情场所,只有在收入较丰的情况下才能应付当局征收的高额许可年费。① 因此,在政治高压情况下,咖啡馆是当局权力监控的场所,一般文人与民众只要进入咖啡馆都会成为被监督的对象。战后台湾经济虽快速增长,但咖啡消费仍被严格限制;不过,由于咖啡馆富于异国情调,对民众有特殊的吸引力,便也逐渐渗入民间。②

20世纪50至70年代,城中区的中山堂是台北的政治中心,西门町又是台北的流行文化中心,政界显要、报人、作家以及知识青年便多集中于此。咖啡馆也承袭日据时期的空间分布在此衍生。当年,"朝风"咖啡馆位于中山堂对面的永绥街18号,"明星"、"田园"则位于武昌街与衡阳街上,"文艺沙龙"、"作家"、"天才"、"野人"以及"天琴厅",则是隔着中华路一段和中山堂近距离对望。③ "朝风"的前身是"四姐妹咖啡馆","台北最初的豪华,就是从这一家咖啡屋向四周放射出来的"④。"朝风"是"那个时代装潢最考究,最有沙龙风味的咖啡馆"⑤,"一个长方形的空间,火车座,装点着一些棕榈树"⑥。"朝风"的独特之处是,光复时就已有"上千张的唱片,七十八转的唱机",吸引吕泉生、林宽、彭鸿星、张继高等一批爱乐艺文人士前来喝咖啡听音乐。⑦ "台北的一点点西方音乐常识,也都是'朝风'带动的,甚至台北最初的几个音乐家也在朝风诞生。"⑧ 由于中山堂周边报社、杂志社和书局林立,"朝风"还是"报馆的编辑、记者、作家、诗人的约会地点","报馆编辑跟作家、诗人交谊,常常约好在'朝风'见面。'拉稿',甚至是不

---

① 吴美枝:《台北咖啡馆之研究——以台北文人活动为中心的探讨》,"中央大学"历史研究所2004年硕士学位论文。
② 同上。
③ 同上。
④ 隐地:《远近中山堂》,载人间副刊策划主编《回到中山堂——延平南路98号和周遭生活圈的故事》,台北市文化局2002年版,第74页。
⑤ 向明:《诗·音乐·黄豆汤》,载人间副刊策划主编《回到中山堂——延平南路98号和周遭生活圈的故事》,台北市文化局2002年版,第93页。
⑥ 丘彦明:《从"波丽路"到"明星":三十年来文人与咖啡屋窥探》,《联合文学》1985年第4期。
⑦ 同上。
⑧ 隐地:《远近中山堂》,载人间副刊策划主编《回到中山堂——延平南路98号和周遭生活圈的故事》,台北市文化局2002年版,第74页。

得已的'退稿',都在那里'低声'进行。咖啡馆有咖啡馆的气氛,在'朝风'里面声如洪钟、语惊四座是破坏气氛的"①。

除"朝风"外,位于衡阳路十六号二楼的"田园"咖啡馆也以播放西洋古典音乐出名。当年还是艺术学生的雷骧便在其中得到音乐启蒙。"那本厚厚的点乐索引,从 A 字头的西班牙作曲家 Arbaenez 一路排下来,足有上千片,这在物质匮乏的那个年代,是私人决难蒐集去的。扬声器记得是一座立着的约莫有十吨冷气箱大小,包括低/中/高一组的纸盒。"②极好的音响条件,加上乐友们热闹的资讯交流,使雷骧得到良好的西洋古典音乐训练。除音乐欣赏外,由于"田园"处在衡阳路和重庆南路交叉口附近,文星书店、东方出版社、正中书局都在附近,"田园"自然成为文友们聚谈的地方。"50 年代,新公园前衡阳路上的'田园'是新诗人们经常留驻的地方。余光中、罗门、洛夫、杨牧、琼虹、周梦蝶、黄用……都曾在这儿酝酿过他们的诗作"③;"'田园'咖啡馆里的诗人聚会,小酒肆里的辩论谈心,我们呼吸的是纯粹,是诗,而不是会议和运动"④;"我和许多文人的生平第一杯咖啡时在这里(按:指'田园')品尝的,也在这里讨论存在主义,品评美国出兵越南的是非等等"⑤。由此可见,五六十年代的"田园"已是文艺人士酝酿文艺思潮据点之一。值得一记的是,"田园"的装饰风格在雷骧和子敏的散文中有着不同的形象。"'田园'的内部装设,从五○年代末期到八○年代,有过两次大变革,一次是把靠衡阳路那面的窗子全封黑了,在相对的壁间悬了一幅等大的壁画——半生不熟的抽象,涂抹出一种凄凉的蓝色调子,间杂几块血腥的红,配挂一整个煮白了的黄牛头骨。好在光线调暗了,再荒怖也只有隐隐约约的了。无论如何,证明进出那里的艺术青年里,颇有几个搞现代绘画的。第二次是往精

---

① 子敏:《约会在朝风》,载人间副刊策划主编《回到中山堂——延平南路 98 号和周遭生活圈的故事》,台北市文化局 2002 年版,第 113 页。

② 雷骧:《咖啡室启蒙》,《黑暗中的风景》,台北:尔雅出版社 1996 年版,第 59 页。

③ 丘彦明:《从"波丽路"到"明星":三十年来文人与咖啡屋窥探》,《联合文学》1985 年第 4 期。

④ 叶珊(杨牧):《"深渊"后记》,载痖弦《痖弦诗集》,台北:洪范出版社 1981 年版,第 315 页。

⑤ 陈若曦:《柳绿鹃红瑠公圳》,载吴秋美总编辑《台北记忆》,台北市新闻处 1997 年版,第 31 页。

致的方向,不但全面换成舒适的高背的卡座,有一面的壁间,像神龛样的是一张附有兽尾的皮草帽子——更像是一个随时会发生韵事的年轻猎人。"① 而在子敏的记忆中,"'田园'有日式咖啡馆的规格,讲究内部布置。玻璃门外和咖啡厅里,处处摆着盆栽,以绿绿的观赏叶营造田园气氛"②。两种不同的风格或许只是"田园"的不同侧面;但从雷骧的记述中,我们能明显感受到"田园"的现代主义审美诉求。

在众多咖啡馆中,位于武昌街七至九号的"明星"咖啡馆可谓是最富传奇和象征意义的文人咖啡馆。它于1949年初由几位白俄人筹资开业,目的是为身在异国的白俄人提供地道的俄国面包,后由简锦锥经营管理。因为蒋经国夫人蒋方良是俄国人,每年正月十三日俄国国庆日,蒋经国还会带蒋方良到"明星"与其他俄国人一起庆祝,因此,"明星"与蒋家私交甚厚。早年"明星"的主要客源是大官及随国民党赴台的军官将领,或"国大代表"、"立法委员";60年代中期以后,简锦锥另在"立法院"内开咖啡馆,达官显要才转移阵地;此后,文人作家聚集"明星"逐渐突显。③ 早在50年代末,陈映真与《笔汇》同仁就在"明星""坐班","等着校稿、送稿和联系"④。60年代,《创世纪》也常在"明星"校稿,《现代文学》同仁也常在此聚会。⑤ 1966年,《文季》同仁们也多在"明星"碰头。⑥

60年代末,尉天骢出来办《文学季刊》,集中了当时年轻的作家黄春明、王祯和、七等生、施叔青和我(按:指陈映真)。大约由于"明星"距离印刷厂近、交通方便,加上咖啡馆中安装着一个公共电话,"明星"

---

① 雷骧:《咖啡室启蒙》,《黑暗中的风景》,台北:尔雅出版社1996年版,第59—60页。
② 子敏:《约会在朝风》,载人间副刊策划主编《回到中山堂——延平南路98号和周遭生活圈的故事》,台北市文化局2002年版,第116页。
③ 吴美枝:《台北咖啡馆之研究——以台北文人活动为中心的探讨》,"中央大学"历史研究所2004年硕士学位论文。
④ 陈映真:《一个"私的历史"之记录和随想》,载吴秋美总编辑《台北记忆》,台北市新闻处1997年版,第68页。
⑤ 丘彦明:《从"波丽路"到"明星":三十年来文人与咖啡屋窥探》,《联合文学》1985年第4期。
⑥ 陈映真:《一个"私的历史"之记录和随想》,载吴秋美总编辑《台北记忆》,台北市新闻处1997年版,第71页。

不期竟成了《文学季刊》文学青年相聚的场所。

我们在"明星"编杂志、组稿、约稿。有时候,也在"明星"写稿,议论着当时的文化和文学的问题。我们在"明星"等待印刷厂的清样,自己或者相互校对。杂志上了机械印刷,"明星"也成了联络中心。杂志印出来了,有人赶着从印刷厂送几本"刚刚出炉"、油墨味犹浓的新杂志,爱不释手的翻阅,读着自己或者别的同仁的作品。事实上,"明星"成了《文学季刊》的办公室,编辑部和会客室。①

自50年代末开始,从《笔汇》《创世纪》《现代文学》到《文学季刊》,无论是个人写作还是杂志的校稿、编辑活动,也无论是倡导现代主义还是乡土文学,"明星"都已是作家们共同的文学活动场所。

此外,1949年,孤独国主周梦蝶在"明星"门口骑楼下摆了个书摊,不卖通俗杂志,不卖武侠小说,专卖好的文学书籍与诗刊杂志,这一摆就是二十多年,所以浏览浏览梦蝶书摊上的书,再步上"明星"二楼喝一杯咖啡,便是那时代文人最享受的时光。②50年代台北现代诗运动风起云涌,周梦蝶的书摊便成为诗友交际的重要场所,被誉为台北十景之一。叶维廉就是在周梦蝶的书摊上初识叶珊(杨牧)、羊令野、彭邦桢、楚戈、王渝、一夫、罗英、辛郁、罗门、蓉子、许世旭、管管等诗友。③而卖不出去的《现代文学》,也常被提到武昌街,"让周梦蝶挂在孤独国的宝座上"④。如果说周梦蝶的书摊是台北文坛的"地标",那么周梦蝶可以说是台北文人精神的象征,他展现的是"文人高洁的入世姿态,以及文人超脱的出世精神"⑤。

---

① 陈映真:《台北断想》,《台北画刊》1999年6月第377期。转引自吴美枝:《台北咖啡馆之研究——以台北文人活动为中心的探讨》,"中央大学"历史研究所2004年硕士学位论文。

② 丘彦明:《从"波丽路"到"明星":三十年来文人与咖啡屋窥探》,《联合文学》1985年第4期。

③ 张默:《叶维廉我的呼喊如急速的水沫》,《梦从桦树上跌下来》,台北:尔雅出版社1998年版,第174—175页。转引自吴美枝:《台北咖啡馆之研究——以台北文人活动为中心的探讨》,"中央大学"历史研究所2004年硕士学位论文。

④ 白先勇:《明星咖啡馆》,载人间副刊策划主编《回到中山堂——延平南路98号和周遭生活圈的故事》,台北市文化局2002年版,第106页。

⑤ 吴美枝:《台北咖啡馆之研究——以台北文人活动为中心的探讨》,"中央大学"历史研究所2004年硕士学位论文。

60年代，台北渐渐衍生出一些文人咖啡馆，文人在咖啡馆的活动也由早期的聆听音乐转变为专事写作。胡品清就在"文艺沙龙"中写下众多"忧郁飘渺"的文章。①"文艺沙龙"最初由朱桥构想，取名沙龙是认为台北文艺界需要一个类似西方沙龙的场所，可以聚集文艺界人士。于是由诗人绿蒂投资，翻译家罗珞珈为沙龙女主人，于1957年元月25日在武昌街原中华航空大公司大楼地下室开张。②在"文艺沙龙"中活动的文人有：当时不甚得志，在"文艺沙龙"担任"超级大牌的经理兼跑堂兼小工兼打杂"的七等生；"不在恋爱之中，就是在等待另一次恋爱"的梁光明；总在讨论严肃问题的《文季》的尉天骢和陈映真；"正经古板"的辛郁；总是喝得红醉醉的沙牧……③

另一个文人专属的艺文空间是"作家"咖啡屋。1968年，洛夫、罗门、梅新、罗行、吴东权、邓文来、姜穆、赵琦彬等人凑份子在峨眉街一栋古旧楼房的二、三、四楼前段开办"作家"。"作家"开业在当时文艺圈是件大事，由于有计划地主持各种文艺活动，包括座谈会、诗歌朗诵会、作家夜谈、画展、诗展等活动，它成为艺文人士"聚集约晤、互通音问的枢纽"，原来聚集"明星"的文人也曾一度转移到此。④"至今还有脉络可寻的，除了诗队伍的创刊外，1968年秋，十月出版社从筹备建社到出版丛书，全部工作都在咖啡馆进行。其中出版了郑愁予的《窗外的女奴》，和商禽的《梦或者黎明》，都是轰动诗坛的大事。而当年网罗中间代的现代诗人，以诗宗自诩的诗宗社，也在咖啡屋结束前夕成立，并自1969年11月1日起几个月内，在咖啡屋展开一连串

---

① 吴美枝：《台北咖啡馆之研究——以台北文人活动为中心的探讨》，"中央大学"历史研究所2004年硕士学位论文。

② 罗珞珈：《我在文艺沙龙》，《诚品阅读人文特刊——咖啡馆》，1994年4月1日。转引自吴美枝：《台北咖啡馆之研究——以台北文人活动为中心的探讨》，"中央大学"历史研究所2004年硕士学位论文。也见丘彦明：《从"波丽路"到"明星"：三十年来文人与咖啡屋窥探》，《联合文学》1985年第4期。

③ 罗珞珈：《我在文艺沙龙》，《诚品阅读人文特刊——咖啡馆》，1994年4月1日。转引自吴美枝：《台北咖啡馆之研究——以台北文人活动为中心的探讨》，"中央大学"历史研究所2004年硕士学位论文。

④ 吴美枝：《台北咖啡馆之研究——以台北文人活动为中心的探讨》，"中央大学"历史研究所2004年硕士学位论文；晏琦：《作家咖啡屋琐谈》，《联合文学》1985年第4期。

的诗活动。"① 继"作家"之后,西门町康定路二十五巷的"天琴厅"成为艺文人士又一聚集地。"从1968年到1976年结束的天琴厅,席德进、罗门、子于、简志信、胡品清等是常客,胡品清许多散文小品中都提到天琴厅,简志信那时跑文艺新闻,几乎天天到天琴厅写稿。后来痖弦在幼狮文艺任主编,常选天琴厅举行文艺座谈会,陈世襄教授便曾应痖弦之邀在这里做过座谈,还吹奏过笛子。"②

有别于文人咖啡厅的温文尔雅,"野人"咖啡厅则以前卫著称。"五十年代中期是美国嬉皮时代的尾声,'野人'接而代之,那是台湾开始唱英文歌,流行热门音乐的时代;'野人'便充满了这种台北年轻人共同的音乐,有摇滚,有很前卫的音乐,声响震耳欲聋。……从传统的中国走进'野人'是有一点害怕,但却很兴奋,因为活生生的城市在这里,而且可以接触到最前卫的文学与艺术。席德进在这里帮人画像,林怀民来这里,蒋勋来,张铁军的女儿——出版过《紫浪》小说的张苓舲来,翻译费里尼访问录的房凯娣也来……大家咀嚼着这个年代的苦闷与叛逆。"③ 陈若曦回忆道:"万国戏院对面,峨嵋街上的'野人'咖啡室,是席德进发现的,很快就跃为画家和作家的新宠。管管在这儿朗诵现代诗,李锡奇开过画展。以前,画廊都在中山北路一带,买画者九成九是外国人。西门町有画展首在'野人'。"④

除这些咖啡馆外,位于西门町的咖啡馆还有"军中作家大本营"的"国军文艺活动中心"、峨眉街六巷二号的"天才"咖啡厅和"巴西"咖啡馆等;在西门町之外,延平北路的"波丽路"、中山北路的"美而廉"和"中国之友社"等也都是文艺人士汇聚之所。

随着台北都市的迅速发展与台北文艺团体的分化,这些文艺气息浓厚的咖啡厅或中途夭折、或被迫转型,五六十年代形成的文艺人士与咖啡厅的亲密关系也相继瓦解。"田园"在70年代末转向"'纯咖啡'情人座的时

---

① 晏琪:《作家咖啡屋琐谈》,《联合文学》1985年第4期。
② 丘彦明:《从"波丽路"到"明星":三十年来文人与咖啡屋窥探》,《联合文学》1985年第4期。
③ 同上。
④ 陈若曦:《柳绿鹃红瑠公圳》,载吴秋美总编辑《台北记忆》,台北市新闻处1997年版,第31页。

代"①;"作家"因房租太贵加之经营不善,只维持了两年;"野人"则因青年人吸毒在1970年被取缔关门……"天才"咖啡厅的短暂命运则象征性地反映出这些咖啡厅的最终命运。"天才成于六十年代末,结束于七十年代初。这时台湾的经济也由走路时代变迁为三轮车时代,再变迁到汽车时代。经济的迅速起飞,消费阶层又由公务员、文人转化为商人,于是四十、五十年代甚至六十年代属于文人的纯咖啡时代成了过去,六十年代中期观光饭店纷纷出现,都附设了咖啡厅,商人大批的进到咖啡厅,咖啡屋便逐渐变质,急速的增加,再加上工商业社会的忙碌,文人们很少特别聚到某一个咖啡屋,所以后起的,七十年代张晓风办的'我们咖啡屋'已无法成气候,再加上八十年代茶艺馆的兴起,'咖啡屋与文人'间的密切关系便是过眼云烟。"②对于台北咖啡馆的迅速兴替,作家们也只能感叹"台北是个没有记忆的城市"③。也许,唯一值得庆幸的是,"明星"在1989年暂停营业之后,终于在2004年重新开幕,从而延续了"咖啡屋与文人"的香火。

  总体而言,从50年代到70年代,中山堂、西门町周边的文人咖啡馆大致经历了以西洋古典音乐为特色的"朝风"、"田园",到文人自己开办的"文艺沙龙"、"作家",再到前卫的"野人"这三个阶段。④而在这期间,威权体制和反共文艺政策始终笼罩在咖啡馆文艺圈头上。黄春明犹然记得,因为"明星"聚集众多文人,吸引了警备总部派人来驻店,咖啡屋常见一只眼睛老是瞟来瞟去的男人。⑤在这种严密的监控中,60年代,尽管《现代文学》系统地引介存在主义思潮,文人群体在咖啡馆中高谈阔论,但由于缺乏与台湾这块土地和人民的深切联系,咖啡馆的文人活动至多只是文学共同体消极的自我放逐、自我沉溺与自我想象。60年代末,乡土文学意识萌发,文人们曾试图关怀土地和人民,但随即遭到当局的压制。1968年陈映真与《文学季

---

① 雷骧:《咖啡室启蒙》,《黑暗中的风景》,尔雅出版社1996年版,第60页。
② 丘彦明:《从"波丽路"到"明星":三十年来文人与咖啡屋窥探》,《联合文学》1985年第4期。
③ 同上。
④ 吴美枝:《台北咖啡馆之研究——以台北文人活动为中心的探讨》,"中央大学"历史研究所2004年硕士学位论文。
⑤ 陈文芬:《流亡白俄面包师,打造文学圣殿》,《中国时报》2002年4月7日第12版。

刊》另外两个同仁被捕,尉天骢只能到三位同仁爱去的"野人"、"文艺沙龙"和"作家咖啡屋"轮流去坐,以表明自己没事,这就充分说明 60 年代台北咖啡馆不是反抗威权体制的"公共领域"。① 对此,白先勇的一番自白颇能表明当时文人活动与咖啡馆的性质:

> 那时节"明星"文风蔚然。《创世纪》常在那里校稿,后来《文学季刊》也在"明星"聚会。记得一次看到黄春明和施叔青便在"明星"二楼。六十年代的文学活动大多是同仁式的,一群文友,一本杂志,大家就这样乐此不疲的做了下去。当时我们写作,好像也并没有什么崇高的使命感,没有叫出惊人的口号——就是叫口号,恐怕也无人理睬。写现代诗、现代小说,六十年代初,还在拓荒阶段,一般人眼中,总有点行径怪异,难以理解。写出来的东西,多传阅于同仁之间,朋友们一两句好话,就算是莫大的鼓励了。然而在那片文学的寂天寞地中,默默耕耘,也自有一番不足与外人道的酸甜苦辣。于是台湾六十年的现代诗、现代小说,霭着明星咖啡的浓香,就那样,一朵朵静静的萌芽、开花。②

这段话从侧面反映出,60 年代台北咖啡馆的文学青年只是沉溺在存在主义、现代主义的文学世界中,他们无法贴近土地和人民,抗争威权体制。正如何怀硕在 60 年代末指责咖啡馆中的清谈那样:

> 艺术不是"象牙塔"里的产品,而是"十字街头"——现实社会——的卑污与喧嚣之批判以及指示通向人类理想之路的南针,但是反观我们的诗人与艺术家,许多是镇日泡在咖啡馆里(或者沙发,或者什么团体会社之类,姑且以咖啡馆代表之),他们永远在侃侃而谈,他们谈沙特(Sartre),谈卡缪(Camus),谈米罗(Miro),谈托背(Tobey),谈普普艺术(popart)……这是好的现象,但是他们谈自己的时候很少,甚至不谈!他们自鸣得意,在彼此的交谈中互相肯定,而得到满足。他

---

① 吴美枝:《台北咖啡馆之研究——以台北文人活动为中心的探讨》,"中央大学"历史研究所 2004 年硕士学位论文。

② 白先勇:《明星咖啡馆》,载人间副刊策划主编《回到中山堂——延平南路 98 号和周遭生活圈的故事》,台北市文化局 2002 年版,第 106—107 页。

们的作品亦不是没有呕心沥血的地方,但是他们的心灵园地是出借给他人的。没有自己的种子,也便没有自己的果实了。我称他们为咖啡杯中的诗人(或艺术家)。①

这篇文章一针见血地指出五六十年代咖啡馆文人活动的性质与缺陷。尽管如此,盛行于五六十年代西门町、城中区的咖啡馆文化,至少说明当时西化的生活方式和现代主义、存在主义的文艺观念已经在文人团体中广被接受。这种威权体制下的现代性体验,已经渗透进甚至左右着这一世代文人的感觉结构,这对他们的文学书写产生深刻的影响。

实际上,从50到70年代,台北咖啡馆作为情色场所的现象也是较为严重的。黄色咖啡馆也主要分布在武昌街、汉中街、成都路和中山北路这些商业发达、人口稠密的地区。这与文人咖啡馆的分布区域有重叠之处。②而且,有些文人咖啡馆也因经营不善几经易主之后便转型为情色场所。"田园"在70年代末调暗了灯光,转向幽暗的"纯咖"情人座时代③;文艺沙龙也在80年代变成"纯吃茶文艺咖啡专卖店",文艺情调已荡然无存④。隐地就以饱满的深情写60年代咖啡屋的情色空间:"那是我们的年代。田园。月光。维也纳。青龙。天使。东风……所有的咖啡屋,招牌上一律标榜纯吃茶。现在事隔二、三十年想想,所谓'纯吃茶',代表的是属于情人的地方。喝茶或者饮咖啡,一点也不重要,重要的是在伸手不见五指的'纯吃茶',情人们可以依偎在一起,拥抱在一起。细语、轻吻或热烈地接吻,完全忘记外面的客观世界……更可以这么说,当年我们谈情、说爱、结婚、生子,除了植物园和新公园,'纯吃茶'是最初的定情屋。"⑤ 热恋中的爱亚也曾与男友误打误撞地闯入武昌街的"纯吃茶"场所:"第一次去吃'纯吃茶'不知道这'吃'不是

---

① 何怀硕:《咖啡杯中的诗人》,《苦涩的美感》,台北:大地出版社1973年版,第307页。
② 吴美枝:《台北咖啡馆之研究——以台北文人活动为中心的探讨》,"中央大学"历史研究所2004年硕士学位论文。
③ 雷骧:《咖啡室启蒙》,《黑暗中的风景》,台北:尔雅出版社1996年版,第60页。
④ 丘彦明:《从"波丽路"到"明星":三十年来文人与咖啡屋窥探》,《联合文学》1985年第4期。
⑤ 隐地:《一条名叫时光的河——属于我们的年代》,《爱喝咖啡的人》,台北:尔雅出版社1992年版,第85页。

那'吃',看到门口广告有芝麻糊,两人傻瓜瓜地进去吃了芝麻糊,但发现黑黑的芝麻糊在黑黑的灯光下简直隐形,不懂怎么回事,后来发现每个看来空空的座位都坐了人,没有任何人嫌厌灯光太暗,我们也欢喜地不说什么话语,那是开封街吗?不,是武昌街,小巷里,他去红玫瑰理发厅理发,去玫瑰纯吃茶和我熟悉黑暗的粘腻和氛围。"①

从 50 到 70 年代,无论是文人咖啡馆还是情色咖啡馆,它们都是"特种经营"场所,它们游离在社会体制的边缘,衍生着或文艺或情色的文化空间。文人咖啡馆成为文人们能够稍稍游离于威权体制边缘的存在空间。通过咖啡馆内部空间的设置和文人群体共同的文艺活动,作家们找到自我和群体的认同感。他们能够在咖啡馆中甘之如饴地体验现代主义的疏离感、孤独感、压抑感和对抗感,能够尽情实践美国嬉皮文化的自我放纵和叛逆,并形成一个消极的对抗威权社会的空间。对作家而言,咖啡馆是创作空间,也是灵感和精神的源泉,更可能是自我边缘化的存在之所。而对恋爱中的青年人来说,情色咖啡馆则可以逃避大众目光,享受着如火如荼的青春情欲,进而宣泄青年人的激情、不满、忧郁与叛逆。在威权社会中,咖啡馆是一个游离空间,是青年次文化集散地,它们不具有发挥政治议论、表达市民阶层理念、甚至对抗社会体制的公共领域特性。

如今,众多的文人咖啡馆早已退出历史舞台,明星咖啡馆仍一枝独秀,成为文人们热衷的对象。明星咖啡馆成了一则传奇,一个文学伊甸园。卢非易指出,喝咖啡"可以帮助群体认同,建立群体情调,五十年代的'野人'和'明星咖啡屋'到现在都还是那一代人常挂嘴边,证明自己存在主义身份的口令,用来倚老卖老和瞧不起下一代"②。在子敏看来,"'明星'的高知名度,不来自咖啡和西点,也不来自咖啡馆的布置,而是来自出入咖啡馆的文人。出入'明星'的文人,当年也没为它带来什么知名度。当年文人中不知道'明星'在哪里的,也还多的是。'明星'是够隐秘的。'明星'真正有了

---

① 爱亚:《亲爱的延平北路九十八号》,载人间副刊策划主编《回到中山堂——延平南路98号和周遭生活圈的故事》,台北市文化局2002年版,第81页。

② 卢非易:《苦东西,与好朋友分享》,载蒋勋等《到绿光咖啡屋,听巴哈,读余秋雨》,台北:尔雅出版社1993年版,第29—30页。

高知名度,是当年出入'明星'的文人也有了自己的高知名度以后。他们在回忆录式的作品中,一再提起这家咖啡馆,以及在咖啡馆下摆书摊的一位诗人。这样说起来,'明星'的成名是在它的'晚年',不在它的'盛年'。"①正是凭借到咖啡馆喝茶、喝咖啡、进行文学创作、举行文艺活动,同一世代的文人创造了这一代人共有的感觉经验和存在方式;而凭借回忆录式的散文书写,文人们便乐此不疲地还原着文人咖啡馆地图,进一步确立起文艺共同体的典范地位。

---

① 子敏:《约会在朝风》,载人间副刊策划主编《回到中山堂——延平南路98号和周遭生活圈的故事》,台北市文化局2002年版,第114—115页。

第四章　区域诗学

区域是城市意象的基本元素。它是"观察者能够想象进入的相对大一些的城市范围,具有一些普遍的特征。人们可以在内部识别它,如果经过或向它移动时,区域偶尔也能充当外部的参照"①。决定区域的物质特征主要是主题的连续性,它包括各种组成部分,比如纹理、空间、形式、细部、标志、建筑形式、使用、功能、居民、维护程度、地形等等。不但视觉元素可以成为鉴别区域的线索,甚至声音乃至混乱本身都能成为特征线索。②以上是凯文·林奇勾勒出的区域意象主题元素。他进而强调"社会意义对构造区域也十分重要",可惜并未对此展开论述。而这一部分恰恰是我们将"区域"以及其他城市意象由城市规划学概念元素演绎成诗学研究关键词的出发点。可想而知,所谓社会意义,应该包括建立在物质元素基础之上的文化认同,既包括阶层、族群等的身份认同,也包括权力、商业形态与意识形态型塑区域形成的文化风格。个体穿梭在不同区域之中,除了物质空间的辨识之外,更重要的还是在精神—心理以及文化层面与区域的交流、冲突、抵抗以及融合。因此,在个体的区域辨识基础上,讨论阶层、族群与区域的关系以及权力、商业、意识形态对区域的塑造作用,更能彰显区域作为城市基本意象的内涵以及区域作为诗学概念的阐释能力。当然,我们的研究涉及较长的时段,以便充分展开台北某个区域的历史波段以及不同世代之间对区域形成的不同感觉结构。

蔡诗萍曾在《町的故事》一文中大致描绘了台北在近五十年的都市发展历程。西门町③是五六十年代台北流行文化中心,东

---

① [美]凯文·林奇:《城市意象》,方益萍、何晓军译,华夏出版社2001年版,第50页。
② 同上书,第51页。
③ 西门町的范围,据洪伯温记载:"日据时期,日本殖民者在台北城西门外设置日式区町而得名。现在泛指台北城西门遗址遥隔中华路面对成都路为主干,及纵贯西宁南路、昆明街,至康定路一带,叫西门町。今越过中华路西行即达町内,是著名的电影街和西门市场所在地。……西门町大部分原属龙山区,一部分跨隶原城中区,而今全部归入万华区。"引自洪伯温:《台北地志新探》,台北:龙山出版社1993年版,第14页。现在,人们说的西门町其范围大致如斯。也可见庄永明:《台北老街》台北:时报文化出版企业有限公司1991年版,第161页。

区①则是 80 年代台北消费文化中心。五六十年代的西门町,在威权体制下充斥着青年人的叛逆与苦闷,情色咖啡厅、电影院、中华商场,成为那一代人全部娱乐生活的展演地;而 80 年代的东区,Sogo、统领百货、明曜百货、麦当劳、温娣、ATT 等消费空间,公然表征着高档消费区的贵族血统。成长于五六十年代西门町的青年人,反叛的是那个时代的威权体制和意识形态;而 80 年代的东区青年则用消费来彰显个性,他们心灵迷乱,想反抗却不知道要反抗什么。五六十年代的西门町,是还乡情结、反共意识和现代主义彼此纠缠的文化空间;而 80 年代的东区则是资讯泛滥的后现代时空。②从五六十年代的西门町到 80 年代的东区,台北都市空间的转移,也标志着都市文化风格的转移。凡此种种,均表明 80 年代东区的都市空间及其感觉结构与五六十年代的西门町有着明显差异。为此,我们有必要探究都市台北空间形式的整体演变脉络,以便厘清不同时段中的区域以及不同区域之间感觉结构的生成过程及其类型特征。

---

① 东区,在 70 年代初指相对于西门町、中山北路两个都市中心,向东发展出来的地区。70 年代东区还只限于南京东西路交界地带,1982 年建国南北路与新生北路高架完成所造成的地理分割,房地产业便以此来界定"东区",包括中山区、大安区、松山区及后来的信义区,此后便在此一轴线上东侧的各街区逐渐发展,以忠孝东路四段、敦化南路交叉的顶好商圈一带,便是 80 年代东区的重心,东区也在 80 年代取代了西门町成了新都市中心,之后,并逐渐形成各商圈;直至 90 年代,信义计划区仍是最具影响力的开发区,东区渐形成了包含了数个商圈的大东区。参见林秀姿:《重读 1970 以后的台北:文学再现与台北东区》,台湾大学建筑与城乡研究所 2002 年博士学位论文。

② 蔡诗萍:《"町"的故事》,《不夜城市手记》,台北:联合文学出版社 1990 年版,第 111—113 页。

第一节　西门町：殖民统治、威权体制与流行文化空间

作为台北重要区域的西门町，它的空间形态既是空间历史传承的产物，也是市民心灵世界的象征空间，反映出特定时代台北市民的感觉结构和心灵世界。其实，空间形式与心灵世界的关系远为复杂。空间是心灵的栖息之所，也是滋育感官经验和心灵世界的场所；空间是区隔人的场所，也是笼络乃至统治人的意识和心灵的独特建制，诸如权威空间、殖民空间与消费空间，均是统摄人的感觉经验和思想世界的场所。而人在这些场所中自然形成形态各异的感觉结构和思想世界。另一方面，空间及其建制的形成均源于人，是意识、权力与资本以及集体意识、潜意识的空间化，权威空间、殖民空间、消费娱乐空间均基于人的欲望、想象、权力而实现的场所，它们既是旧的感觉结构的生产物，也生产着新形态的感觉结构。可以说，空间不是一个单纯的物理空间，它是心灵的象征。正如西美尔所讲："各种历史空间形态尤其要求种种心灵的功能，空间从根本上讲只不过是心灵一种活动，只不过是人类把本身不结合在一起的各种感官意向结合为一些统一的观点的方式。"[①] 不仅如此，空间本身就是社会关系的表征。"对空间的生产，在某种意义上，也是对社会

---

① ［德］盖奥尔格·西美尔：《社会学——关于社会化形式的研究》，林荣远译，华夏出版社2002年版，第460页。

关系的再生产:新的宽阔大道、百货公司、咖啡馆、餐馆、剧院、公园,以及一些标志性的纪念建筑,它们一旦生产出来,就立即重新塑造了新的阶层区分,塑造了新的社会关联,阶级的区分不得不铭刻在空间的区分上;公共空间和私人空间,也开始泾渭分明:彼此隔离的空间禁令和穿透,都会重新安顿社会秩序。在此,每个空间都在塑造人的习性都在划定人的范围,都具备一种控制能力,都在暗示着统治的合法性。"① 因此,如同现代性都市巴黎,城市新空间的生产,在重新塑造新的共同体和新的感觉结构之时,也在摧毁旧的共同体和旧的感觉结构。

  从上述理论视角出发,我们来考察文学书写(特别是散文书写)与西门町的关系时会发现,西门町的时空形式影响乃至生成了书写者的感觉经验与书写方式;而散文也在书写者的记忆与想象中还原出西门町的时空形态、权力关系、阶层分布、资本流通以及更为细微的时尚观念和生活方式。散文中的西门町不复是僵硬的物理空间,而是心灵化和社会化的空间形式,是充满生活气息的生活空间、情感空间,甚至是权力和资本的空间。当文学记忆、想象与虚构空间时,它是在还原过去的空间,表达那个时代的社会结构、阶层和群体的感觉经验和心理体验;而贯穿在文学书写中的是书写者当下的意识形态、感觉经验和心理图式。也就是说,文学的空间书写,既还原与虚构特定时代的社会空间与感觉结构,又表达出当下观念世界——感觉结构对特定时空的再想象和再诠释。因此,文学的空间书写,是穿梭多重时空的社会——心灵对话。从书写策略上看,散文的空间书写首先是空间的还原与纪实,这一过程蕴含了作者的感觉经验、情感与想象。散文空间书写既是公共的,也是私密的;它既能够呈现空间的历史样貌和公共记忆,又能够表达私密的感觉经验。任何一次空间书写均是公共与私密、纪实与抒情乃至想象与虚构的交融混杂。文学的空间书写已不纯然是物理空间的还原,而掺杂了太多的集体与个体的感官经验、情绪和心理成分。因此,文学的空间书写既是心灵的空间化,也是空间的心灵化、象征化。

  基于此,我们不难从纪实文献中大致描绘出西门町演化的历史轨迹,但

---

① 汪民安:《序二:现代性的巴黎与巴黎的现代性》,载大卫·哈维《巴黎城记:现代性之都的诞生》,黄煜文译,广西师范大学出版社 2010 年版,第 11 页。

比之更有意义的应该是勾勒西门町历史光影背后权力、资本与阶层的秘密，以及由此衍生出的感觉结构演变轨迹。

据叶龙彦记载："西门町原是清朝台北西门城外的荒郊坟墓地带，位置刚好隔开台湾漳泉械斗后的万华与大稻埕，……日人来了之后，为了彰显统治者的优越地位，便将这片荒野规划为高尚的娱乐商业圈及日人宿舍区（在武昌街、汉口街）。"①1895年6月17日，日本首任台湾"总督"桦山资纪在布政使司衙门（今中山堂）成立临时台湾"总督府"，也揭开了西门町开发序幕。1896年，第二任"总督"桂太郎下令在西门地区建造一个注重卫生的示范性市场——新起街市场（今内江街）。1900年，台北拆除西门城墙，辟建"三线路"。1904年，椭圆公园设立，其地原为西门城墙所在地（城内——中华路与衡阳、宝庆路交会处圆环，今新世界戏院前）。在殖民者的规划下，椭圆公园呈现为一处配套完整的景观：公园前有火车奔驰而过，同时也将西门町与城内都市生态结合在一起。1908年日本建筑家近藤十郎（时任"总督府"营缮课）于市集空地上搭建八角楼商场（今红楼电影博物馆）与十字形市场（西门市场）。八角楼商场是全台湾第一座专营日货、并以日人为销售对象的商场，"也可以说是台湾现代百货公司之始祖"②。西门地区逐渐被建设成棋盘式街道。1922年4月，台北废原街庄名，正式使用日式町名，"西门町"名正式出现，范围仅在今中华路以西至康定路、成都路两侧一带。"荣座"、"芳乃馆"、"新世界馆"与"世界二馆"等戏院和八角楼商场带来西门町的繁荣，八角楼商场及椭圆公园成为当时有名的夜间市集。原本荒冢累累的西门町逐渐被改建成日本人的娱乐商业区，剧场、戏院、馆子林立。

表面上看，日本的殖民统治让西门町走上了现代化、商业化、景观化的都市轨道，台北市民也体验到了现代文明带来的卫生、休闲和舒适；但实际上，隐藏在这城市改造进程之中，更为根本的是殖民统治术在空间的实践。苏硕斌便在《看不见与看得见的台北——清末至日据时期台北空间与权力模式的转变》一书中深入论述了日据时期台北空间统治中殖民者的权力、"殖

---

① 叶龙彦：《红楼寻星梦——西门町的故事》，台北：博扬文化事业公司1999年版，第24页。
② 叶龙彦：《红楼八角楼商场开幕》，《红楼寻星梦——西门町的故事》，台北：博扬文化事业公司1999年版，第97页。

民地理学式"科学化的知识体系与地方社会之间的复杂关系。他指出"空间均质化"和"空间视觉化"①乃是日本殖民者进行台北空间改造的基本原则。依据前者,殖民者有效清除了地方社会的中介与干扰;凭依后者,殖民者实施公共卫生、道路开辟、都市计划等工程,将空间支配悄然转化为科学、理性的"制造幸福"的工程,从而使台北毫无障碍地纳入殖民统治系统之中。空间成为统治的工具。通过空间的清除和重建,殖民者不仅巩固了台北的政治文化中心地位,也将之展现为日本当局对外树立的政权效能中心,这便是其殖民统治的基本策略和意图。因此,就殖民者对西门町的空间改造而言,现代化与殖民化是一体两面的东西。一系列的空间改造既使西门町走向现代化、商业化、卫生化,也使之更深层次地陷入殖民统治体系之中。此外,空间改造实际上也在重新配置社会关系,形成多层次的社会阶层和社会性格。特别是日本对台湾社会的殖民,更使地方社会原有的权力、阶层及关系网络被重新配置,形成种族区隔和种族歧视。更有甚者,与空间改造形影相随的是,对特定空间道德秩序的重塑。叶龙彦便描述了日据时期西门夜市与大稻埕夜市的区别:"西门夜市是日本人的特定地区,环境清洁幽静。圆环夜市则是台湾人的活动范围,摊贩密集,热闹而杂乱;当时台湾人不准上西门夜市做生意,摊子上老板和顾客清一色是日本人。"②西门夜市上日本人自成一统:

> 西门夜市的摊贩都在下午五时开始排摊,饮食摊大多集中在向铁路一边,摊栅四周都用竹篱围住,外面看不见在摊上饮食的人,摊前挂一只长形纸制灯笼,写着饮食摊的商号。秋冬天气,客人用白瓷小杯盛着温烫过的日本清酒,叫些小菜及生鱼片,不管自酌或对饮都有一番乐趣。

---

① 所谓空间均质化,意指"具有特定意义(异质)的地方,都要成为没有意义(均质)的空间来处理;所以,不管庙宇、住家、商店的所有地方,都必须将它们均质化,成为可以计算的空间单位"。现代社会的一个重要意义就是"国家主权在法定领土之内的每一平方公分之上平整、均等地起作用"。而所谓"空间视觉化",即指"国家贯通地方共同体的干扰,而使所有空间成为可见的,便于国家看到每一寸土地、每一个居民。这是一种与传统社会不同的新式权力运作。……借助'空间'作为工具,权力自身隐蔽为'不可见的',而使统治者成为'视线凝视'(gaze)的对象,因而产生全面的监视效果"。参见苏硕斌:《看不见与看得见的台北——清末至日据时期台北空间与权力模式的转变》,台北:左岸文化事业有限公司 2005 年版,第 151—152 页。

② 叶龙彦:《红楼八角楼商场开幕》,《红楼寻星梦——西门町的故事》,台北:博扬文化事业公司 1999 年版,第 98 页。

夏天客人喝的则是一杯杯的生啤酒,西门夜市成为城内日本人宵夜的好去处。①

西门町的都市开发和空间—种族区隔,充分说明日据时期的空间开发必然暗藏着殖民—被殖民的统治逻辑。正如城市社会学家罗伯特·帕克所说的:社会关系被铭刻在社会空间中,使得空间模式不仅反映出道德秩序的再生产,而且也是道德秩序再生产的发动时刻。大卫·哈维通过引用巴尔扎克的小说情节令人信服地论证了这个命题:空间模式执行了道德秩序,只要有人逾越空间模式,就会死亡,错置的角色妨碍生态和谐,污染道德秩序,必须付出代价。② 由此可见,日据时期的西门町必然形成一套行之有效并悄然传承的殖民性感觉结构,诸如空间的界限、禁忌以及身份—种族意识都会在日常生活空间中被感知而后被世代传承;直至殖民统治结束,此种殖民体制下的感觉结构才会逐渐肢解,但其残片以及更深层次的感知—心理图式,一俟时机仍会被召唤出来,兴风作浪。

日据时期,西门町已是影剧事业的重镇,也奠定了战后电影街的基础。西门町浓厚的日本气息,也为日后的重生埋下伏笔。庄永明在《台北老街》中写道:"西门町的商店街,是台北市消费市场的指标;西门町的电影街,是台北市娱乐市场的枢纽。"③20世纪六七十年代,西门町进入黄金时代,也成为全国的商业重镇,至此,电影院竟然密集达37家之多,电影街的魅力可以说是光芒四射。④ 战后,委托行成为最热门的新兴行业,起先是在西门圆环附近,由台湾人代售日人撤离时留下的东西;接着是上海人,在衡阳路、成都路增设了几家委托行,主要是卖上海、香港来的舶来品。后来,委托行的货品更"齐全"了,不管是进口的还是走私的,合法的还是非法的,统统进了店铺里。可口可乐、口香糖、咖啡和美军福利商店(PX)的货品,在早期都是委

---

① 叶龙彦:《红楼八角楼商场开幕》,《红楼寻星梦——西门町的故事》,台北:博扬文化事业公司1999年版,第98页。
② [美]大卫·哈维:《巴黎城记:现代性之都的诞生》,黄煜文译,广西师范大学出版社2010年版,第47页。
③ 庄永明:《台北老街》,台北:时报文化出版企业有限公司1991年版,第158页。
④ 叶龙彦:《电影街的起始》,《红楼寻星梦——西门町的故事》,台北:博扬文化事业公司1999年版,第21页。具体戏院兴衰史参见上书"西门町戏院密集"一节,第35—37页。

托行的主要销售物品。……西门町的委托行有许多高级货品,都是台北几个工商巨头的贵夫人、姨太太存放寄卖的;这些富人的衣服款式时常更替,某些衣服只穿过一次便送进委托行,折价求售以换取新款服饰;西门町是个典型的拜金社会,委托行正反映了奢华的一面。[①] 战后,台湾人也将西门町的摊棚加盖半楼,暗藏春色。时局稳定之后,当局曾严厉取缔色情场所;但此时,"纯吃茶"(咖啡馆)、酒馆、舞厅林立,西门町已经成为一个五光十色的花花世界了。由此可见,20世纪六七十年代的西门町既是流行文化中心,也是色情场所集聚之地,还是市民日常生活、消费娱乐场所。叶龙彦就在其为西门町写的专书《红楼寻星梦——西门町的故事》中如此总结近一个世纪西门町的文化风格:"日据时期的西门町,其东洋味十分浓厚,却撇不开万华与大稻埕的乡土性,所以就加进汉草药与台语流行歌的叙述。战后的国民党统治,政治虽是威权,资本主义却异常发达,导致西门町成为一个乱而有序的华人社会,仿佛回到三〇年代的上海,黑社会更加猖獗,霓虹灯更加闪烁,西门町好像是人间的欢乐天堂,却也是许多人卖笑饮泣的淘金窟,尤其是女人,百年来总是陪着男人不得不笑。等到'解严'后,台湾社会已民主多元化,西门町也开始老化,其文化版图却已扩张到全国领域,尤其是八、九〇年代以来,台湾的电影、电脑、CD产品已现身在国际舞台上……"[②] 可见,西门町的混杂空间其来有自,或者,西门町的身世正可作为台湾的缩影。

  20世纪五六十年代的西门町,作为台湾流行文化中心,西门町、中华商场是青年人追逐流行文化、抵抗威权体制,进而寻求群体认同的空间。隐地曾自陈:"当我们年轻的时候,也曾经在西门町溜达。当时的我们,是迷失的一代,是愤怒的一代。存在主义正流行。迷你裙、喇叭裤、大包头、面包鞋(矮子乐),猫王的 All Shook Up。"[③] 蔡诗萍也指出,"西门町"的文化,是50年代、60年代的台北文化,"'西门町'的孩子足蹬长靴,洗得泛白的牛仔裤,

---

 ① 叶龙彦:《奢华迷乱的西门町》,《红楼寻星梦——西门町的故事》,台北:博扬文化事业公司1999年版,第20页。
 ② 叶龙彦:《悠游自在西门町》,《红楼寻星梦——西门町的故事》,台北:博扬文化事业公司1999年版,第3页。
 ③ 隐地:《新人类开餐厅》,《爱喝咖啡的人》,台北:尔雅出版社1992年版,第105页。

那个时代是物质贫乏、心灵枯竭,但犹想反抗什么的年代"①。对隐地个人来说,20世纪五六十年代的西门町更具有个人意味,它混杂着辛酸、苦闷和青春气息。十六岁时,隐地为赚取学费在西门町卖过报纸,他成天在西门町摇晃,西门町成了他的另一个家。但隐地在西门町的电影院里看过詹姆士·狄恩的《天伦梦觉》、《养子不教谁之过》;还经常穿着哥哥从香港带回来的皮夹克在西门町"骚包"。在隐地的记忆中,50年代的台北虽然素朴,但也有华丽的场所:西门町的国际大饭店、国际大舞厅,是达官贵人流连之地;碧云天歌厅、四姐妹咖啡厅、翡翠谷咖啡厅,都是仕女绅士聚集之处……还有中华路的大华戏院,专门演唱绍兴戏,迷倒无数戏迷;一度成为同性恋大本营的红楼戏院,也上演过很长一段时间的越剧……②到西门町看电影,是那一代青年人共同的回忆,或者如郭冠英所说的,是一种"文化仪式"。白先勇回忆50年代的西门町,"是'我们'的西门町,是我们去万国戏院、国际大戏院一连赶几场电影的时代,詹姆士狄恩主演《天伦梦觉》,触痛了多少当时台北的少年心"③。罗兰在其自传三部曲中如此记述到西门町看电影的感觉:"西门町的'大世界'、'国际'以及'新世界'几家老电影院的座位,我们都熟悉到闭着眼也可以找到号数。从《血战巴丹》、《硫磺岛浴血战》到《最长的一日》,没有一部不抢着去看。……起初我很不习惯到那黑洞洞的、空气恶浊的电影院去赶场,我也不喜欢西门町的杂乱,但日久天长,我开始感谢他为我展开了一个非常广大的世界。不但战争片的历史与地理的画面那么真切,故事那么感人,连西部片都拓展了我对美国的认识。……美国电影向世界介绍了美国文化,这种借娱乐推销文化的大手笔也是前无古人(可能也是后无来者)。它使人们觉得不但美国这国家既富且强,而且非常具有正义感。"④显然,假借电影,美国流行文化对那一代青年人感觉结构的塑造产

---

① 蔡诗萍:《"町"的故事》,《不夜城市手记》,台北:联合文学出版社1990年版,第112—113页。

② 隐地:《五〇年代的台北》(原载《中国时报·人间副刊》1992年1月13日),《爱喝咖啡的人》,台北:尔雅出版社1992年版,第97—98页。

③ 白先勇:《克难岁月——隐地的"少年追想曲"》,载隐地《涨潮日》,台北:尔雅出版社2000年版,12页。

④ 罗兰:《苍茫云海》,《岁月沉沙》(三部曲之第二部),海天出版社1998年版,第129—130页。

生深刻影响。齐隆壬教授指出:"七〇年代的西门町,依然是热爱电影的青年出入地。台大、师大、淡江、文化、世新等校的各路人马,常把汉口街的试片间挤得水泄不通,直眼把看各类的出土残片;而附近的咖啡店,亦成了这些人讨论影片的场所。"① 70年代的试片室成为文化共同体实践—想象的空间。一群影痴、文艺青年利用试片室举办起具有地下联谊俱乐部色彩的试片活动,参与的人不乏知名文艺人士,如周梦蝶、王文兴、林焕彰、管管、陈映真、黄春明等,更常参与的还有如李幼新、刘森尧、黄承晃、王长安、曾西霸等超级影痴,他们彼此之间互相牵线,逐步形成不同的"观影秘教组织"。透过试片室的联系网络,他们找到一些特殊的经典名作,如伯格曼的《处女之泉》、小林正树的《切腹》《怪谈》,黑泽明的《罗生门》以及法国新浪潮电影等,这与大银幕所充斥的功夫、琼瑶、军教等类型电影,形成鲜明反差。可见,70年代的试片室文化既是前卫—流行文化的集中展演空间,也在促成青年文化共同体的想象,从而投射出青年人的叛逆和反抗精神。

如上述,50至70年代,西门町虽然是台湾的流行文化中心,但它依然处在威权社会体制之下;因此,对于那个时代经常穿梭于西门町的青年人而言,西门町的流行文化空间也意味着对威权空间的一种消极抵抗。青年人在西门町中追慕美国式文化和个性叛逆,都是在威权体制有限度的许可范围之内。一个极富象征意味的空间是:临近西门町闹区中,有一座东本愿寺(今台北市西门狮子林)。那里曾是日本宪兵队的拘留侦讯机关。光复后,国民党延用为门卫森严的特务机关。陈映真被捕后曾被收押于此。在被送往东本愿寺途中,陈映真感觉到失去自由的自己与车外热闹的市街已是绝然相隔的两个世界,他有着一种犹如阴阳暌隔的绝望和寂寞。关押在东本愿寺期间,陈映真的押房靠近西门町闹区,"每天入夜,我在一个人的押房里,听着墙外夜市的吵杂的市声,深更方息。街上闪烁生姿的霓虹灯打在押房肮脏的灰墙上明灭着。被国家权力剥夺了一切自由的人和外面的世界,虽近在咫尺,却隔着仿佛生死两界那样无法相通的限界。往时书本上谈到的国家政权

---

① 转引自叶龙彦:《七〇年代试片室播下文化种子》,《红楼寻星梦——西门町的故事》,台北:博扬文化事业公司1999年版,第72—73页。

的强制和暴力,至此才有生动的、实际的体会"①。囚牢与流行文化空间毗邻而立,正好象征着那个时代西门町的空间结构。

西门町是台北这座城市的传奇。20世纪50—70年代的西门町不仅是台北现代文化的橱窗,也是青年人追逐流行文化、反叛威权体制、释放苦闷心灵的场所,尤其是西门町的电影院与试片室,是那一代青年人接受美国文化、想象文化共同体的场所。80年代,由于东区商圈的兴起,西门町一度落寞。90年代,属于五六十年代西门町的文化氛围已经不复存在,他们的象征空间也随之坍塌。此时,当隐地重返西门町,他竟然闻到一股腐烂的气味:万国戏院变成了万国综合大楼,里面装着几间小型电影放映室,放着迷乱颓废的电影,路旁女子的裸体彩绘让古董级老头神魂颠倒,满街的柏青哥、电玩和卡拉OK……隐地再也找不到记忆中的西门町了,"今日的西门町,倒更像我五年前去过的日本新宿和原宿,新宿比较色情,原宿比较艺术,西门町在色情和艺术之间摆荡"②。隐地道出了社会—空间转型、世代—文化更替过程中必然会出现的感觉结构的断裂和更新状况。钟文音的散文可以佐证80至90年代西门町没落时电影院的腐朽衰败景象和青年人的体验:"那些年,老旧电影院恒是散着尿臊与死老鼠气味,还有拓贴在某些角落的卤味、炸鸡味、发胶味、皮鞋味……以及弥漫着一股混杂得说不出的鱼臭。……一百元看两、三片,有时还赠送几段养眼A片。进电影院天是黑的,出电影院天也是黑的。混杂的城市,彼时青春是逆光的,永夜的光阴,唯一的亮是来自后面那一束白光。绒布面椅子起毛,黏沾不知名液体,木头椅螺丝松动,被毛躁小子坐得摇摇晃晃。空荡荡电影院,像是我们自家超大型放映室。"③相对于50—70年代威权体制下的现代主义感觉,钟文音的孤独与虚无体验更具有那一世代个人的青春期特质。这也恰恰与威权体制解体前后、美日流行文化再度全面侵入台湾社会这一状况有着密切关系。

从美日流行文化进入台湾的历史来看,台湾光复后,当局曾长期对日本

---

① 陈映真:《一个"私的历史"之记录和随想》,载吴秋美总编辑《台北记忆》,台北市新闻处1997年版,第73页。
② 隐地:《五〇年代的台北》(原载《中国时报·人间副刊》1992年1月13日),《爱喝咖啡的人》,台北:尔雅出版社1992年版,第101页。
③ 钟文音:《少女老样子》,台北:大田出版有限公司2008年版,第19页。

文化采取拒斥措施,如高度限制日片进口、严审出版品等;直至80年代,台湾在政治经济上开始由欧美转向日本取经,日本文化也透过媒介进入台湾。最初,摔角录影带、色情录影带、暴走族等日本次文化,透过地下管道进入台湾,造成台湾新的社会问题;但随着到日本观光旅游热潮长盛不衰,日剧、流行音乐、漫画、电玩进军台湾,"哈日族"再度活跃,他们会买CD及电脑磁片,玩玩电脑卡通,跟哈日族E-mail。钟文音的青春时光就曾流连于光影幢幢的西门町闹区,从而见证了与流行文化水乳交融的都市新人类的生活状况:"狮子林百货里有少男少女在打电玩,模拟射击不断射穿纸人,纸人渐渐破碎;灌篮高手前站了一排人,篮球投来投去,发出寂寞的咚咚咚响,机器不断吐出'加油!''投准一点喔!'……永远是百货公司加电影街和游乐场,国宾乐声真善美……"① 而对西门町的电影业而言,"从铁达尼号的狂热到七夜怪谈的迷咒中,却也显现西门町电影事业的再生复苏,全拜美、日、港片在强势媒体行销手法下,所引发对特定影片的热潮,而在这种外片抬头、国片退缩的情形下,却让西门町形同一处'文化租界',成为日、美文化进驻洗礼的空间"②。有论者进一步指出:"无论从服饰、电影到音乐,青少年在西门町仿如仅是扮演一个消费的角色。但在西门町的情欲空间之内,青少年的身体转为一种被贩卖的商品,成为青少年之间的性玩伴,或成年人之间的性商品。"③ 在西门町一带,长期存在着透过性交易换取金钱的"猫女",她们大多为跷家青少女和辍学或在学女中学生。"援助交际"的情色市场也为帮派势力提供温床,以青少年为主的新兴帮派,成为这些猫女的保护者。"以青少年为主的西门町,援助交际成为情欲空间的身体贩售业,反映出当今青少年金钱至上的价值观,也试炼出这个社会中年人噬童般的怪异性格,在人性中的贪与色交会中,让西门町华丽的背后增添异样的色彩。"④ 由于不同世代间生活方式和价值观的巨大差异,曾长期游走于西门町的隐地到老来已然无法认同如今的西

---

① 钟文音:《少女老样子》,台北:大田出版有限公司2008年版,第21页。
② 沈醉东:《从铁达尼号的轰动看西门町电影》,载叶龙彦《红楼寻星梦——西门町的故事》,台北:博扬文化事业公司1999年版,第126页。
③ 沈醉东:《西门町的"援助交际"》,载叶龙彦《红楼寻星梦——西门町的故事》,台北:博扬文化事业公司1999年版,第116页。
④ 同上书,第117页。

门町新人类了;而对于"援助交际"等情色交易,年轻世代的王盛弘也曾为之感到困窘:"随着商场的消失,西门町蓦然沉寂,寂寞的老人、卖春的少女、逃家的少年麇集,晚上电影散场,走在路上会有男人突然现身,问道:'少年耶,要否?'……在这里,买春卖春从来没有绝迹,只是当我再遇上相同情况,已经知道改换一脸世故,当做没听见。"① 唯其独特的是钟文音那来自青春女体几乎本能的同情和宽容。虽然她行经西门町这少女城的核心,看见"最老与最小,最腐朽与最青春,燃点与冰点,都在这里了。……而同时间最时髦最野性的少女小猫咪也正在此区的暗巷跌跌撞撞,以飞蛾之躯撞进灯火最阑珊处的老人体内"②,也认为那"一次性"是注定的道德堕落;但她更抱持独特的情感态度,即对于西区中偶然的任性的青春性经验,将之视之为"还没被世故化的天真之性":"或许有些捍卫道德者鄙夷这样的邂逅之性,然我却愿意赋予那青春黑暗面里的最大的包容。凝视自己的青春残骸其实不容易,或许我到现在都还没世故化,于是凝视其破碎的过往也没有太多的艰难。"③ 钟文音的宽容道出了成长于80—90年代西门町少女的独特的声音,它不同于道德化的男性判断,而具有更鲜明的女性个体的成长体验、青春回视和情感疗伤。由此可见,即便是生长于共同文化氛围中的某一世代,由于性别、身份、观念的不同,亦能滋生出不同内涵的都市性格和感觉结构。任何大一统的命名和归类,都有可能抹杀独特个体或群体更内在、更多元的声音。因此,我们在划分都市感觉结构类型时,也意在寻找那些异质的声音,以纠正我们粗疏的判断。

进入21世纪,由于捷运工程的完工和峨眉街、武昌街行人徒步区的规划建设,西门町再度复苏,唱片、电影、KTV走在时代的尖端,哈日族结伴而来。由于威权政治体制和威权空间已然解体,西门町的流行文化不再蜷伏在威权政治之下,而是焕发出兼具前卫时尚气息和历史感的多元空间。"不同于东区时尚新颖,找不到一座古建筑,西区处处是历史的场景与残迹,吸引的却是

---

① 王盛弘:《十三座城市》,龙门书局2011年版,第113页。
② 钟文音:《少女老样子》,台北:大田出版有限公司2008年版,第22页。
③ 同上书,第21页。

最稚幼的青少男女,踩街、打电玩、看电影、呷阿宗面线、吃鸭肉扁。"[1] 因此,张维中(1976—)对西门町的情感态度就不再是对国族历史的感怀伤时,而更多表现出对青春气息和消费时尚的流连。在张维中笔下,西门町总也不老,它同时掺杂了"新鲜的时尚和陈旧的记忆"[2]。张维中所说的"陈旧的记忆",一是指西门町曾经的繁华与记录繁华的建筑,二是指西门町盛极一时堪称传奇的人文历史。而"新鲜的时尚",当指青少年流行文化的时尚和前卫。西门町就是这么一个纠结着青春年华与时尚时空、人文传统与历史空间的地方。当张维中在西门町闲逛,会有这种截然相反的感觉:"有时离开了主要的街市,远离人车喧嚣的时候,常常以为自己走进时光的隧道,来到另外一个地方。其实只是隔着一两条街而已,但在这里的屋舍街巷,却像是一群洗尽铅华,脱下了绚烂衣裳的老人。流行已不再光临,青春成了过去,使我甚至怀疑刚才走过的那些杂沓的人潮,日式美式韩式的异国风情,只是有如电影《神隐少女》里,小女孩'千寻'走过的恍若海市蜃楼的鬼魅街景。一切都变得不太真实了。"[3] 由此看来,西门町早已进入了传说与历史之中,成为台北这座城市永不磨灭的记忆。如今的西门町是属于青少年的,而对于张维中而言,西门町也已经不属于他了;但借着西门町的历史记忆和青春观察,张维中体悟到都市台北的历史风华和自己行将消逝的青春。

---

[1] 王盛弘:《十三座城市》,龙门书局2011年版,第113页。
[2] 张维中:《飞导游——六年级生与台北城的时空对话》,台北:麦田出版社2003年版,第9页。
[3] 同上书,第10页。

第二节　东区都市空间形式及其感觉结构

有关台北东区的研究,台湾硕博学位论文[①]多从政治经济学、城市学与社会学等多种角度探讨在新国际分工下台北东区结构化过程,分析政治、资本、阶级、社区等多元因素对东区的空间再生产和消费意识形态的塑造作用。而从文学的层面讨论台北东区意象形构的有林以青、李建民、林秀姿、陈明柔等人。[②]后者多以小说文本为研究对象,分析 70 年代以后台北都市／东区的空间再现问题,具体讨论东区空间意象与全球化、消费意识形态、感觉结构和叙述策略诸因素的辩证关系。基于以上的研究成果,笔者认为小说固然以其全景式和多元化叙述再现了全球化视野中的东区图像,但散文也因散文家真切的日常生活体验提供了更细密、更具体的东区图像系列,进而更直接地表达出散文家的都市意识和审美范式。可以说,在小说、散文,甚至诗歌文本当中,城市形象与感觉结构的再现存在着差异性,而分文类的研究能为城市

[①] 诸如刘伟彦:《台北东区之空间文化形式——一个初步的社会分析》,台湾大学土木工程学研究所 1988 年硕士学位论文;曾旭正:《战后台北的都市过程与都市意识形构之研究》,台湾大学土木工程学研究所 1994 年博士学位论议;邱咏婷:《全球化下的台北都市辩证——消费奇观的建构与另类出路之空间生产》,台湾大学建筑与城乡研究所 2005 年博士学位论文。

[②] 林以青:《文学经验中的都会情境转化之探讨——以五〇至七〇年代的台北市为例》,东海大学建筑研究所 1993 年硕士学位论文;李建民:《八〇年代台湾小说中的都市意象:以台北为例》,台北市立师范学院应用语文研究所 2000 年硕士学位论文;陈明柔:《典范的更替／消解与台湾八〇年代小说的感觉结构》,私立东海大学中国文学系 1999 年博士学位论文;林秀姿:《重读 1970 以后的台北:文学再现与台北东区》,台湾大学建筑与城乡研究所 2002 年博士学位论文。

形象研究提供更丰富的文本资源和更多元的视角。也就是说,感觉结构可以用来描述特定时期人们对生活的普遍感受,它包含时人共有的价值观和社会心理;它还具有突出的潜意识特征,即人们认知世界常常是通过经验世界而不仅仅是理性意识,这些都鲜明地表现在文学作品之中。[1]可见,感觉结构能够较有效地分析长时段中社会群体的感觉、心理、价值观和审美经验,也有利于分析人们从乡土到都市社会转型过程中获得的社会体验。当然,在运用"感觉结构"这一概念分析台湾散文家的都市体验和审美意识时,我们也注意到,必须为感觉结构提供一个有效且牢固的空间坐标,那就是"地方"。实际上,个体获得感觉体验,往往是在日常生活中通过不同路径、空间的行走与穿越获得的。在特定时期的地方世界中,个体与物相遇,个体与多阶层的人相遇,个体被动或主动地参与到印刷与电子媒介的展演中。在多元的时空网络和媒介交错中,个体成为制度的参与者,也深度地镶嵌进社会的象征系统之中,这就形成个体当下鲜活的感觉体验,进而积淀乃至发酵成某种类型的感觉结构。由此可见,地方感是感觉结构的基础性要素。唯有在鲜明的地方感中,感觉结构才能落实到个体的分析层面,由此方能上升到阶层、阶级乃至民族层面。

基于以上的理论思考,本节把代表台北国际形象之一的东区作为讨论焦点,分析台湾散文家对东区空间形成的诸种印象、情感和价值判断,探讨众多个体零碎的都市体验如何凝定成不同世代多元性感觉结构。此外,应该强调的是,作为东亚华文城市的典型代表,分析全球化背景下台北东区空间及其感觉结构的演变过程,亦对分析东亚其他国际性华文城市有借鉴意义。

一、从乡土到都市:东区的感觉结构裂变

黄雅歆(1964—)在《眼看它起朱楼》中清晰地描述了东台北由乡土田园摇身变为繁华都市中心的过程,也呈现出乡土生活转型为都市生活过

---

[1] 赵国新:《新左派的文化政治:雷蒙·威廉斯的文化理论》,外语教学与研究出版社2009年版,第107—108页。应该指出的是,威廉斯的感觉结构概念还有更丰富的内涵,其特征突出表现在官方意识形态、主导文化与民众实际社会体验相冲突的过程。这就意味着感觉结构具有阶级内涵,不同阶级有不同的感觉结构,而统治阶级的感觉结构往往占据支配地位。参见赵氏著,第108—115页。

程中感觉经验的变化过程。前现代—现代—后现代时空体验,详细展演了都市感觉结构的发生、发展与蜕变过程。

在黄雅歆的童年世界中,东台北还是一片乡土田园景致:

> 稀落的楼房间到处是废置的土地,有时是一大片杂草,当中有人足划过的小径;有的则横肆着丢弃的器物,木桌、木椅,当中或有死寂的塘水,围生着不知名的灌木,那便是我们每次放学最受欢迎之处。我们每每采用无数的迂回路线才回到家,没有什么人高兴走直角,穿肠小路,低眉垂枝,天天都是神秘而新鲜的。……
>
> 复旦桥下那片地,一直到我念中学时还是菜田。就在家左后方,有一大户人家,很传统的,前有空地,后有池塘,养狗、喂鸡、饲猪,和数只会伸脖子的火鸡。我经常在远处眺望,矮矮的身影,不敢靠近,只见火鸡们摆着笨重的臀部,但举足飞快地跑着,一面伸缩脖子,甩着腮下两络扇坠似的红肉,咕噜咕噜叫。①

在乡土东区中,童年的黄雅歆在其中穿梭、游玩,形成对东区台北的乡土感和地方感,这是乡土社会基本的空间感觉模式。地方感、乡土感以及充满人情味的邻里关系、相对稳定的人际关系,这是乡土感觉结构基本内涵,也是精神原乡的基本模型。但是,随着都市的发展,乡土空间被拆除重建,高楼大厦四处林立,乡土社区逐渐瓦解;随之而来的是,人口的快速流动、邻里关系的淡漠。人们逐日奔忙于高楼大厦之间,再也无闲暇时间去体认地方,都市成为一个无地方感的地方。可以说,都市消灭了乡土,也消灭了地方,消灭了人们的精神原乡。都市现代病像瘟疫一般传染到每一个都市,台北的东区也不能幸免。可贵的是,在这种都市化过程中,黄雅歆通过散文书写给我们留下了非常丰富的材料,亦即有关乡土感、地方感被消灭的过程以及乡土—都市生活方式以及感觉结构更替的过程。

在黄雅歆的记忆中,东区正在成为新兴都会中心过程中,"顶好"是家里的后花园,乡土生活充满了悠闲情调。"夏夜餐后,我们经常换上轻便的短

---

① 黄雅歆:《眼看它起朱楼》,载阿盛主编《春秋台北——作家的都市风情画》,台北:书评书目出版社 1987 年版,第 119 页。

衣和凉鞋,越过铁路御风而行,慢慢踱到初落成的顶好超级市场,绕一圈,带回两支硬邦邦的法国面包。路上尽是悠闲行人,桥下草丛菜园间,萤火虫盈盈提着小灯,夜凉如水。"① 然而,随着东区的都市化发展,敦化南路和仁爱路交口的圆环经常在荧光幕中出现②,家人也会兴奋地指着电视辨认住处。在都市化的造型工程中,大众传媒已经悄悄介入,悄无声息地塑造着东区居民的感觉结构。但此时,乡土感觉结构和生活方式还是主导性的,东区的快速都市化似乎被排除在黄雅歆一家的乡土生活之外。黄雅歆一家依然趿着拖鞋悠闲散步。然而,东区的都市化发展必将迅速摧毁乡土空间,瓦解乡土生活方式和乡土感觉结构,将每一个东区人都纳入都市生活情境之中。在黄雅歆看来,东区从乡土到都市,似乎只在一瞬之间。

某个早晨起床,我们看见东区成了半张报纸的主角,彩色的照片配上动人的标题,惊动了全家四口。上头指出目前东区是台北的新宠,是精致文化下的产物。它被形容成高级商品的集合区,高品质高价位,满足日渐增多的"雅辈"人口,并且在忠孝东路上拥有全市最时髦的打扮。

放下报纸后,我们才恍然觉悟自己竟置身在这样一个万众瞩目的焦点中。想起前几天短裤拖鞋地去散步,一路抱怨人群的增多,真是在心中为自己捏了一把冷汗;还有,想起始终错认东区价值便宜,也不禁为已散出的钱财心疼。我们一成不变的生活模式和习惯,似乎在一瞬间被迫改变。明明近在咫尺,却也不敢单衣散发出门;而忠孝东路日日洪水般冲刷着大批人潮,散步成了恐怖的经验;每天早晨敦化北路上来往着拥挤的公车,带来一批批上班人口;在这样巨变之下,唯一不变者,是我们

---

① 黄雅歆:《眼看它起朱楼》,载阿盛主编《春秋台北——作家的都市风情画》,台北:书评书目出版社1987年版,第120页。

② 曾旭正曾如此描述道路开辟与东区兴起的关系:"1973年起忠孝东路四段(1973)三段(1974)和五段(1976)陆续打通,使得新生南路以东位于铁道与仁爱路之间这条最晚开发的地带,立即成为市区内位最具潜力的地段,在当时已十分蓬勃的房地产市场推动下,两旁的商业大楼迅速地兴建起来,其所创造的规模以及新的建筑类型成为它与当时之西区中心竞争的基础。此外,敦化南路在1972至1979年间由仁爱路打通至和平东路,除了加速大安区南侧一带的发展外,更将这一带的住宅区与忠孝东路三四段的新兴区相连起来,再次强化了后者的商业潜力。"(参见曾旭正:《战后台北的都市过程与都市意识形构之研究》,台湾大学土木工程学研究所1994年博士学位论文。)这正可与黄雅歆是时的生活经验相互印证。

仍旧是当年那户布衣百姓。①

　　大众媒介的强势宣传,把东区型塑成繁华的高级商业中心,这就从根本上改变了黄雅歆一家对东区的定位。更可怕的是,大众媒介也在瞬间改变黄雅歆一家在东区悠闲自在的生活方式和乡土感觉结构。面对陡然耸立的新兴都会中心,黄雅歆一家只能被动应对都市化生活方式和都市感觉经验的猛烈冲击。如果说乡土东区是家园,是童年游玩之地,是精神原乡,与人的关系是亲密无间、温情脉脉的话;那么都市东区则是一个疏离的他者空间,是一个陌生的、浮华的异质世界,它属于都市、属于台北,而不属于任何一个生活其中的个体。都市东区已经成为资本主义消费体系中的消费空间,它不再是一个饱含感情的地方。更严重的问题是,都市化虽然带来了都市文明,但它同时也带来了都市的浮华、情欲、堕落等诸般病症。东区的都市化是一把双刃剑,既使东区高度文明化,也使之一步步腐烂化。黄雅歆就发现:"不多久,大量的摊贩涌进这个'高级文化'区,呼朋引伴攻占了山头,行人在缝隙中流窜,尽管抱怨,却无抵制的意思。朱楼里夜夜设宴,金钱仿佛自窗口淌下,蜿蜒成为夜空的点缀,交通开始混乱,两旁是竞停的轿车,在假日晚上的巅峰,整条街是一条瘫痪的河床。没有人怀疑这些繁荣的象征,来忠孝东路消费是一种高格调、不落伍的表现,我有什么理由排斥?"②伴随着都市文明而来的是都市不可遏止的"黑死病"。轿车占据街道,流动摊贩涌进街区,情色、物欲空间蚕食着都市文明空间,东区渐成一个腐烂的堕落空间。生活其中的黄雅歆也由最初的参与者、欣赏者,变成无奈的旁观者和批判者。"经过复旦桥时,我变得不太敢去正视桥下的耀眼,镶在黑空中的宝石仿若梦幻泡影,会不会好景不长?没有等多久,我就在报上看到忠孝东路艳帜高张的新闻,简直心痛至极。有次心烦气躁地坐在被堵塞的车阵之中,看见街上暧昧招牌:三温暖、茶浴、HOTEL 宾馆处处可见,以及廊下生蛆般的摊贩和拥挤不堪的人潮,突然有一股冲动想去骂街:你们!你们!通、通、给、我、出、去!!"③都

---

① 黄雅歆:《眼看它起朱楼》,载阿盛主编《春秋台北——作家的都市风情画》,台北:书评书目出版社 1987 年版,第 121—122 页。
② 同上书,第 122 页。
③ 同上书,第 123 页。

市东区已经被腐蚀了。它是继台北的艋舺、西门町之后,又一个堕落的都市空间。似乎,这就是都市的宿命。在台北的都市空间发展史上,由艋舺、到大稻埕、再到西门町,而后东区,它们都是一个时代台北城市文明最高峰的象征。然而艋舺没落了,曾经的梦幻之地——西门町,也到处充斥着流莺和人口贩子。当黄雅歆站在西门町的天桥上时,她忽然感觉错乱了,她不知道面对的是"日落的艋舺、今日的西门町还是未来的东区";因为"繁华竟像一场可怖的瘟疫,弄坏了一片沃土后大言不惭地转移阵地"①。都市文明并没有随着都市中心的兴起而繁荣兴盛;都市空间也没有随着都市化建设而更符合人性;都市中心变成了一个流泄情欲、金钱和幽暗欲望的异域,一个理性与非理性混杂空间。"十年东区,我眼看它起朱楼,眼看它宴宾客,若再眼看它楼塌了,情何以堪?"② 黄雅歆的动情之词表达了生于斯长于斯的东区人共同的心声。然而,东区由乡土到都市、由平实到浮华、由家园到异域,这是资本的逻辑、是政治的逻辑、是都市规划的逻辑,更是人的欲望和心理逻辑。人们往往直接批判资本主义的消费逻辑、批判政治勾当和阴谋、批判都市规划者的工具理性;殊不知,都市的发展形态及其宿命正是隐藏在每个人心中理性与非理性、文明与邪恶纠缠不休的高度象征形式。可以说,都市空间就是人的心灵象征,是人的理性与非理性、文明与邪恶的象征。如此看来,要摆脱都市的宿命,谈何容易?但总的看来,黄雅歆的《眼看它起朱楼》一文不仅展现了东区由乡土到都市空间演变过程,也展演了乡土感觉结构瓦解、都市感觉结构代之而起的裂变过程。从黄雅歆的描述中,我们亦能清晰地看到,个体在多条路径的行走和乡土—都市多重空间的穿梭直接生成犬牙交错、异质纷呈的日常生活经验世界。而都市物象对乡土世界的嵌入,报纸、电视和都市景观对个体感官的全方位笼罩,无不体现出现代性都市感觉经验的霸权属性。感官物象、媒介运营和商业体制的合谋,必然扼杀早已式微的乡土感觉结构,而都市感觉结构也必将以更为复杂的形态呈现在世人面前。尽管黄雅歆以批判的姿态控诉着都市空间对乡土世界的强暴;但更引人深思的应该

---

① 黄雅歆:《眼看它起朱楼》,载阿盛主编《春秋台北——作家的都市风情画》,台北:书评书目出版社1987年版,第123页。

② 同上书,第124页。

是,一旦从乡土田园世界中剥离出来,个体的身份意识、感觉经验、审美心理乃至文化意识便会由单一变成多元、由有机一体变成异质混杂。这种过程和现象未必会同时发生在每个个体身上,但它会在很长一段时间里存在于不同世代、不同阶层之中。可以说,正是这种多元并存的都市感觉结构才最典型地体现出现代—后现代都市的文化风格。

二、旁观与内视:都市东区的梦幻、疏离空间与消费体验

如果说黄雅歆对都市东区的现代性呈现更倾向于对都市劣俗和浮华空间的批判,那么陈幸蕙(1953—)在《朝阳中的宝石》一文中则表达了对都市东区科技文明、理性文明的礼赞。作为都市台北理性文明的高度象征,都市东区成为时代发展的价值取向和必然趋势。在80年代,作为亚洲最大的国际贸易商品专业展售场地,占地一万两千坪的世贸中心大楼,坐落在台北东区信义计划区中,它"仿佛天外飞来的一只巨型飞碟,停泊在台北盆地的边缘,这饶具几分前卫甚至科幻色彩的七宝楼台,终于以它摩登的金字塔式阶梯造型,拭亮了台北人的眼睛,占领了台北人的视觉空间,并且,成为大台北城市文明的另一种骄傲"①。"前卫"、"科幻"、"摩登",陈幸蕙以一连串代表时代潮流和科技理性价值的词语形容世贸中心大楼,凸显了她热情拥抱都市现代理性文明的价值姿态。陈幸蕙还在视觉上有意创造出一种光明的、梦幻的空间形象,并将这种空间价值形态直指都市的未来:

> 当七十五年的第一束阳光,自整栋建筑中央那美丽的玻璃天棚倾洒而下,轻覆在它广大的罗马式中庭之上,也轻覆在你我的眼睫之上时,你知道,这硕大耀眼、晶光四射的宝石,不但将成为未来都市中心的新路标,为曾经荒芜的台北东区,带来无限璀璨的前景;同时,也将使台北在未来三年之内,成为亚洲另一个新的商业展览及会议中心,为大型的国

---

① 陈幸蕙:《朝阳中的宝石》,载阿盛主编《春秋台北——作家的都市风情画》,台北:书评书目出版社1987年版,第74页。

际展售活动,提供高效率的商务服务。

然后,就在整扇光滑雪亮的落地窗外,你会发现,那一座三十四层高的国际贸易大楼,和那拥有一千零二十二个房间的美丽的国际观光旅馆,也正以它们钢筋水泥式的童年姿态,展现在眼前;而在许多其他你看得见和看不见的地方,不论是东区西区南区或北区,你知道,其实,是还有许多其他类似的建筑,也正都以稳定的速度,继续在这个城市里发育着、成长着。①

在陈幸蕙饱蘸情感的笔墨渲染之下,都市空间,特别是都市地标性建筑,是一种指向未来的、充满光明和希望的梦幻空间。在梦幻空间氛围的感染之下,即使是钢筋水泥的工地现场,仍然寓意着璀璨、繁华的未来;由此,陈幸蕙甚至联想到大台北都市梦幻空间遍地绽放的"盛况"。这种梦幻式体验和想象,也许是过于乐观了。陈幸蕙没有意识到,璀璨光明的都市空间是都市"视觉意识形态"特意营造的幻觉。它让人们在绚丽灯光的梦幻情境中迷失了方向、在梦幻式消费空间中迷失了自我,并最终被消费体系彻底俘获。人们在梦幻的都市空间中高歌礼赞,正如饮了迷幻药的人们随着舞动的毒蛇疯狂扭摆。当然,在刚刚进入消费社会的80年代台北,陈幸蕙可能无法穿刺消费意识形态强大的象征逻辑及其内在问题,也无法穿透隐藏在都市理性文明空间背后的人性问题。我们也无需苛责陈幸蕙,毕竟都市化进程是一个无法阻挡的现代化进程,为之高歌礼赞都是合理的历史现象。

陈幸蕙的可贵之处在于,在鲜明感受到都市文明空间的科技理性和光明未来之时,她还是看到了都市人低劣不堪的文化素质。在1986年元月台北世贸中心举行的"资讯与自动化展"上,"科技神话"展演出来的魔幻时空让人着迷而向往之时,展览之外呈现出来的狼藉景象却不无讽刺。

真正令人印象深刻且震撼不已的,却是人去楼空之后,那铺设高级地毯的展览馆内,那罗马式中庭莹白光润的崭新瓷砖之上,还有世贸中心附近那宽敞的走廊与街道上,满地散落、狼藉不堪的纸屑垃圾。

---

① 陈幸蕙:《朝阳中的宝石》,载阿盛主编《春秋台北——作家的都市风情画》,台北:书评书目出版社1987年版,第74—75页。

你不免怀疑：七万赶集的人潮，究竟是一阵猛袭滩头的巨浪，潮退处尽是怵目惊心的破坏痕迹？还是一群闻风而来、呼啸过境的蝗族，席卷后，带来满目疮痍的浩劫？

　　你会惊痛，甚至不解，为什么这个拥有尖端科技与物质文明的社会里的国民，道德水准竟如此低落？①

陈幸蕙浩叹的是，在都市科技理性的对比下，都市人文化素质的不堪。她所诉求的是，兼具科技理性和人文素质的都市文明。这种单纯的想法或许就是都市现代化论者所一贯秉持的现代性逻辑。然而，都市现代化状况却是远为复杂的。正如前面所论述的，都市高楼大厦是科技文明的结晶，却也是资本主义消费体系运作的工具与产物。在资本运作下，钢铁丛林谋杀乡土、瓦解地方，拆解乡土社会的血缘维系，将孤单的个体暴露在都市的商品世界之中；而隐藏在理性文明之下的，永远是人类无法磨灭的欲望和黑暗心理，它们同样可以假借理性文明空间，在高楼大厦之中公然展演。殊不知色情场所在都市遍地开花，正是人性无所不在的"恶之花"。因此，都市文明并不是一个单纯的文明体系，都市空间也并不是单纯的理性与非理性截然划分的空间。都市空间呈现出混杂多元、面目难辨的空间形态，这也正是复杂人性的空间象征。

与陈幸蕙对都市文明的单纯礼赞不同，1939 年出生的林锡嘉在忠孝东路的"玻璃峡谷"中反而感受到都市人的渺小感、疏离感和迷失感，这是典型的现代都市感觉经验，也是浸淫于古典文化传统的老一辈作家对现代化都市大致相仿的感受。

　　在这样一条巨变的忠孝东路四段上，见人潮川流的玻璃峡谷，在二月冷冽的寒气里，谷中漂浮着一层霜白。一堵堵高竖起的玻璃窗，镜般地映照着整个峡谷聒噪的人声、车声。这儿的人们似乎都以为科学文明才能为他们带来生活的舒适和满足，于是急迫而又嚣张地追求，我们就

---

① 陈幸蕙：《朝阳中的宝石》，载阿盛主编《春秋台北——作家的都市风情画》，台北：书评书目出版社 1987 年版，第 77 页。

在这一股潮流中,载浮载沉。高楼大厦排比矗立挤扁了天空,机动车辆刺耳的噪音成为这里唯一的声音。现代已把我们从祥和宁静的生活中推入局促纷扰的急流里。在这寒气袭人的峡谷,寒气并没有冷却人们心中的热情,跟他们擦身而过,犹感到一种温热从他们体内散发出来。静静地站在一棵细长的木棉树下,我发现这么多急急交错而过的脚步,都在这繁华的忠孝东路四段,失去方向。[①]

现代都会营造的"玻璃峡谷"已经完全取代了自然世界中的森林峡谷,都市人在人造的玻璃峡谷中涌动,声闻聒噪的车声人声,目睹冰冷炫目的高楼大厦,奔忙的脚步追逐着不可遏抑的欲望,却也在追逐中迷失了方向、迷失了自己。"玻璃峡谷"正象征着台北东区乃至整个现代都市空间。有趣的是,林锡嘉并未认同,也未深度体味这种都市现代性体验,而是稍显简单地将"玻璃峡谷"与长江三峡对比,指陈"玻璃峡谷"中古典文化传统和人文精神的缺失。

> 只有台北,只有台北的忠孝东路四段,有如此狭窄的玻璃峡谷。你走过,会心酸地思想起长江三峡,那滚滚江水,涛拍绿岸;多少雄峙山峦叠峰,多少英雄墨客足迹!看一眼怀抱中这一叠厚厚的书册,看诠释中国大自然与画意的契合的书册,已不忍再抬眼观看这片自己生活的土地!迈开沉沉的脚步,朝回家的路上走去,心里默默地念着:两岸猿声啼不住,轻舟已过万重山![②]

从玻璃峡谷中逃脱,浸润在中国山水自然和书画艺术之中,体味着古典艺术精神和文化传统,林锡嘉以此慰藉被"玻璃峡谷"所异化的都市心灵。这固然是他的文化选择(也是那一世代大多数作家共同的文化选择),但这也并不能从深层次上把握现代都市的现代感觉结构。

相比之下,在台北生活了五六十年的隐地(1937—),他对都市台北

[①] 林锡嘉:《玻璃峡谷》(1986年4月22日),载祝勇主编《一条名叫时光的河》,中国书籍出版社1998年版,第232—233页。

[②] 同上书,第233页。

感觉结构的把握上就颇具深度。隐地在台北都市空间散文书写中表现出来的胸襟和思想容量，呈现出老一辈作家对都市的另一种审美姿态。面对迅速都市化的台北，隐地也与林锡嘉一般，感受到都市现代性感觉经验的冲击。当一个熟悉的台北在他的记忆中隐退，而一个陌生的、看不透的台北在他面前矗立，隐地不得不无奈地感叹到自己竟是"台北乡下人"①。面对高楼迭起的东区，隐地自然萌生出一种渺小感、迷失感和挫折感："眼看着台北日新月异，等到101大楼高高挂起，我再到东区抬头仰望，突然发现自己变小了，红绿灯的时间变得好长，在炎炎夏日，我等着过马路，在人群里，人人小得像一只蚂蚁，过不去，过不去，蚂蚁们过不了马路，车阵、人群，我突然觉得好累，只想回家，做一只回家的蚂蚁。"②而在隐地眼中，50年代的台北，只有一家7层楼的百货公司。那时，7层楼就是摩天大楼，彼时的台北人口仅有六十多万，多数马路都是碎石子路，但马路小，也意味着人与人靠得近，有一种温暖感。相反，国际化、都市化后的台北，马路愈开愈大、建筑物愈建愈高，人在其中愈来愈渺小，关系愈来愈陌生，庞大的都市现代建筑森林让渺小的都市人失去了方向。这是现代都市典型的感觉经验。然而，隐地并不遽然拒绝都市，回到中国古典传统和自然山水世界之中，他用新的眼光观察着都市台北，书写着全新的都市感觉经验。面对东区拔地而起的摩天高楼及其梦幻般的灯光效果，隐地感受到都市虚幻感之时，也以其冷静地眼光观测着都市造梦的本质与真相。"内湖的科技园区，一栋栋雄伟别致的大楼像崇山矗矗，到了晚上所有的光亮起，看起来完全像到了外国。也不过十年吧，从无到有，仿佛海市蜃楼，多少予人虚幻之感。建筑，也是一种魔术，它可以为我们筑梦，而梦，到底是真是假，还要再等十年、二十年，科技园区每栋建筑物的主人会告诉我们答案，我们都要设法让自己长寿，可以看到魔幻的高楼大厦真相背后更多的真相。"③高楼大厦代表了都市的未来，象征着都市人的梦想与欲望；入住高楼、攀升高位，是大部分都市人孜孜以求的生活。然而，面对这种近乎虚幻的"海市蜃楼"与都市的造梦工程，隐地只是冷静地观察，他

---

① 隐地：《远近台北》，载江春慧总编《恋恋台北》，台北市新闻处2005年版，第20页。
② 同上书，第21—22页。
③ 同上书，第22—23页。

要窥探梦幻都市背后的本真面目。虽然隐地一再声称自己是台北的"乡下人",一再坦陈"乡下人看台北怎么看得透? 对于我,如今台北和纽约一样,是一个看不透的城市"①;但是,隐地仍以其平实之文,穿透了现代化都市的商品消费本质。在隐地的观察中,无论是餐厅、咖啡馆还是文化机构,甚至整个都市台北,都被集团化所操纵,这一发现让他产生近乎诡异的都市感觉。"我看到的是统一超商后面还是一家统一超商,STARBUCKS 咖啡旁边仍是 STARBUCKS 咖啡馆,幸亏金石堂书店隔一条街的书店名叫诚品,让人懊恼的是,你会发现另一条街上的诚品,走不了多元又会遇到金石堂。"② 更要命的是,当你发现一家不错的餐厅,再转一条街又有新餐厅,而这些不同类型的餐厅都是由某一家企业集团运营,"突然你会觉得你自己吃到的全是塑料食物"③。商品、消费空间的集团化生产与运营,尤其是文化事业的集团化让整个台北失去了缤纷个性,而呈现为同质化的集团化性格,这是消费社会运作的内在逻辑。隐地穿透了消费社会的迷障,他所寻求的是台北的城市个性,"我们希望有一天,台北街头的每一家店都不一样,产品不一样,门面不一样,当然,招牌更要不一样"④。隐地的期待或者只能是文人的痴梦,但他对台北这座城市的痴情让人尤为感佩。隐地并不断然拒绝城市、批判城市,而是作为"永远的台北人"来理解城市,阅读城市,期待城市,乃至参与城市。虽然隐地记忆中的台北已不复存在,但隐地把庞大而全新的台北当成看不透的城市,大台北的神秘对他充满了吸引力;而且隐地还豁达地认为,"只要年轻人觉得台北很贴近他们的心,台北就有希望。城市,本来就属于年轻人,年轻人的天下就在城市。至于年老的人,我们会缩小自己的生活天地。只要一个记忆温暖的台北还在,我们会是永远的台北人"⑤。由此可见,隐地的胸襟与识见已远胜于一味拒绝都市的人。作为老一辈作家,隐地能如此深刻地写出都市台北的现代性体验,实属不易。

从黄雅歆、陈幸蕙、林锡嘉、隐地这几位作家对东区都市空间书写姿态和

---

① 隐地:《远近台北》,载江春慧总编《恋恋台北》,台北市新闻处 2005 年版,第 24 页。
② 同上。
③ 同上。
④ 同上书,第 25 页。
⑤ 同上。

角度上看,我们可以发现,这几位作家都是站在高楼大厦之下/之外来观察都市。他们或者在高楼大厦的梦幻灯光作用下,指认高楼大厦为都市的未来,或者在高楼大厦的丛林中迷失自己、迷失方向,又或者在暧昧的灯光中批判都市的情欲空间。他们似乎鲜少进入高楼大厦的内部/顶端来观测东区都市空间,从而发现都市空间另一重景观。因此,当蔡诗萍(1958—)从高楼大厦内部/顶端来观察都市,他的感觉经验就别具典型性意义。①"城市生活往上攀爬,现代城市终避免不了不断攀升的走向。楼一栋比一栋高,人离开地面的企图心跟着楼高一层,也一层一层又一层的垫高。电梯载着生活于城市的时髦男女,往上攀爬出现代城市的摩登文明。离开地面,为的是一种期待;悬宕于高楼中的心情,向往的是越爬越高的位置。楼高一层,心的爬升愈上一层。"② 站在东区高楼中远眺/俯瞰,蔡诗萍看到的是城市人无限向上攀爬的欲望。而当楼愈来愈高,视野随之向外无限延展,城市人却可能只想着向上攀升,而少了向外远眺的冲动。愈来愈高的高楼表征着城市人无尽的欲望。此外,向下俯瞰时,蔡诗萍还看到了不真实的人世;身处高楼,人心在无尽的欲望攀爬中日渐冷却。向上与向下、真实与虚幻、冷与热,这一组感觉观念在高楼大厦中都被近乎吊诡式地颠倒呈现,这是被誉为拥有"资本主义的大脑、西方马克思主义的心肠、自由主义的制约、小布尔乔亚的品位、波西米亚的行径、眷村的调调,以及本土化的信仰"③ 的新生代知识分子——蔡诗萍所体认到的高楼大厦空间哲学。蔡诗萍每日上下于高楼大厦内部空间,用成熟的都市感觉参悟都市空间与都市精神的内在结构,其散文书写有别于旁观者的都市空间书写套路,使都市现代性体验更为复杂化、精致化。观察视角的变化,也意味着主体姿态的变化。身处都市核心地带,蔡诗萍与都市有着若即若离的关系,既能时时感受到快速流动的鲜活都市感觉,又能保持远观与静察的姿态,这是栖身于都市的战后新生代知识分子的独特取向。杜十三也有着这种独特的感觉意识。杜十三总会一个礼拜抽出一个晚上独处,大部

---

① 有关蔡诗萍的高楼体验,详见本书第二章第二节。
② 蔡诗萍:《心在楼的最高处冷却》,《不夜城市手记》,台北:联合文学出版社1990年版,第22页。
③ 罗智成:《写序》,载蔡诗萍《不夜城市手记》,台北:联合文学出版社1990年版,第2页。

分的地点选择在忠孝东路上。他穿梭于忠孝东路的咖啡馆、PUB、MTV 店以及服装店、百货公司、电影院等场所中。在杜十三看来,这些场所除了买卖功能外,"更提供了书本文字符号之外的'图像'讯息,直接地针对你的眼睛、耳朵、鼻子、身体和手脚,敏锐而清晰地'再现'或'输送'一九八六年代位于世界潮流交汇点之一的台北市的脉动、表情、体温、质感、造型和味道,让你有如用一双眼睛阅读另一种'书'一样"①;而"所谓'忠孝东路',就是台北市甚至是全台湾地区中物质文明最浪漫的'演绎'"②。身处东区最繁华地段,杜十三能够全身心地感受/参与都市文明的脉动;而作为一个观察都市的知识分子,他又能恰如其分地静观都市流动的感觉与欲望。在《亲爱的忠孝东路》一文中,杜十三说道:"其实,我此刻就是很冷静的一个人,坐在三普饭店附近的一家咖啡馆里写着这篇文章,因为已经习惯了,反正口袋里只装了五百块钱,除了看看、坐坐、逛逛、想想之外,又能做些什么坏事?不知道住在附近的诗人罗青和萧萧可有这种习惯,偶尔坐在咖啡馆里面对着成群的人类'写作'其实是很有趣的,就好像在画素描一样,画的是贵妇型绅士派的忠孝东路,脑子里却想着原始人的衣食住行……"③ 蔡诗萍、杜十三在现代都市中选择的参与/静观姿态,使他们能够深度掌握现代都市的现代性感觉结构,并为新生代知识分子都市散文书写确立典范。

像绝大多数上班族一样,蔡诗萍同样参与到卡拉 OK 空间的消费与创造中。通过对卡拉 OK、舞池等消费空间的参与式观察,蔡诗萍观测到都市非理性空间中流淌的现代性感觉经验。在蔡诗萍看来,"每一家卡拉 OK 都像一处停泊白昼疲惫的港埠,在浩浩广袤的夜之海里,每一处亮着霓虹灯,闪着音乐节拍,露出人性歌声的卡拉 OK,难道不像一处处弹丸岛屿,扬举着不夜的灯志,向白昼的退去兀自挺着些许坚持?"④ 在不夜城市中,卡拉 OK 独特空间及其独特气氛,是对白昼的都市理性空间和理性关系的翻转,沾染着城市的悲情意味。

---

① 杜十三:《亲爱的忠孝东路》,《鸡鸣·人语·马嘶——杜十三◎和生命闲谈的三种方式》,台北:业强出版社 1992 年版,第 3 页。
② 同上书,第 3 页。
③ 同上书,第 3—4 页。
④ 蔡诗萍:《梦的卡拉 OK》,《不夜城市手记》,台北:联合文学出版社 1990 年版,第 40 页。

一般的卡拉OK都能给人温馨的、却截然与众不同的感觉。要营造这种氛围,便不能让店的空间显得过于宽阔,令人感到疏隔不悦。绝多的卡拉OK,容纳的客人并不要求多,甚至许多小店就只单靠经常光顾的熟客人便能经营。置身在这种气氛里,彼此感觉熟稔是很切要的。当大家都逐渐感染到自己也曾经过白昼追逐的疲惫,而投身于这一处夜之海里不夜的岛屿中时,相近的生活感触其实早就拉近了彼此间的冷漠。唱歌,像是一种触媒,关键不在唱得好或不好,藉着歌声,人们其实是在交换一种感觉,一种对共同的生活世界的感触。①

卡拉OK的温暖空间可以补都市理性空间之不足。凭藉氛围的营造,卡拉OK拉近了人与人之间距离,让被都市理性压抑的人间温情得以瞬息展露,并暂时驱逐了都市理性所产生的冷漠和疏隔。在蔡诗萍看来,卡拉OK是一个充满温情的人性空间,它让成人重新体味类似童年的梦幻感觉。这是蔡诗萍对卡拉OK空间的一种切身体察,而非简单地旁观与批判。在《舞池人生》一文中,蔡诗萍同样体味着舞池所营构的放逐空间。"舞池里的声光流泻,穿梭的人影,相互张望的不再是青涩的试探和触犯禁忌的欢愉。人们彼此凝望,相互等待,这里没有真实,只有感觉,舞榭楼台搭架起的另一种人间。我只想伸手绕过对方的腰际,绕过那属于夜的世界。"②舞池中人与人身体的亲密接触,骤然缩短了白昼中人与人的距离;与此同时,因为舞池中没有爱情,没有急于渴求熟悉对方的焦虑,人们在舞池中感受到的是一种瞬间的、可以预期的感觉,这种感觉既是对白昼的放逐,也是对自我的放逐。蔡诗萍散文中的舞池空间同样是对现代都市理性空间的翻转。换句话说,正因为蔡诗萍深度把握到都市理性空间及其感觉结构,他才能够成功地翻转出都市非理性空间及其感觉结构。统而观之,蔡诗萍、杜十三从内部观察都市,亲身体验到都市的理性与非理性空间,他们书写出的都市现代性体验更贴近都市生活实际。

上述几位作家对都市东区的理性空间、非理性空间的书写并不是截然对

---

① 蔡诗萍:《梦的卡拉OK》,《不夜城市手记》,台北:联合文学出版社1990年版,第40页。
② 蔡诗萍:《舞池人生》,《不夜城市手记》,台北:联合文学出版社1990年版,第44页。

立的。都市东区也并不是一个纯然的消费空间形态,实际上东区是一个交织着现代都市消费空间、常民的巷弄生活空间、民间信仰—仪式空间、由古代器物营造的古代文明空间、甚至还涵括了人的死亡的混杂空间。这种混杂空间既是东区从乡土迅速都市化的产物,也是台湾独特的族群文化、空间结构共同作用下的产物,或者,混杂空间本身就是都市化发展的内在逻辑。但不管是什么原因,东区的混杂空间都型塑了台北市民独特的感觉结构。

在东区中,光华商场就是典型的混杂空间。在1958年出生且兼擅水墨、书法、篆刻艺术创作的侯吉谅看来,光华商场"大概是全世界时空感觉最为交错、混乱的地方了"①。

> 在光华商场,我经常是在最尖端的科技与最古老的器物之间穿梭。光华商场里,电脑店的隔壁,往往就是古董店。那种感觉,即使我已经出入多年,但,那种时间和空间没有办法立即转换的感觉,依然非常非常强烈。
>
> 经常,在仔细欣赏一些商周的铜器或北魏的古铜佛之后,出了店门,幽古的感觉还占据我的心思和情绪,迎面就撞上了最新版的电脑软体海报,或者正在电脑终端机上播放的光碟游戏,那些电子空间如此逼真,让人在驻足三秒钟内,立刻被科学的力量所征服。
>
> 这种时空交错的感觉常常让我觉得错乱,但更多时候是觉得奇妙,古老的东西使我可以更加深入体会中国古老文明的长远,而不断更新的电脑科技又让我尖锐感受世界变化的快速。
>
> 处在这样的环境,我的感觉是,我的"现在"接通了过去与未来,古老文明与未来世界的巧妙的连接。②

高科技产品和古代器物并置,现实空间、虚拟空间和古代文明空间共时存在,时空感觉也在古老、现在、未来之间瞬间转换、穿梭,形成混杂而奇妙的感觉经验,而不同时空感觉经验的彼此激荡,又增进了作者对古老文明、现实世界和未来文明的深度理解。光华商场展演的历史—现在—未来时空,正好

---

① 侯吉谅:《光华商场的时空交错》,《河道上的虹影》,台北:大有国际文化事业股份有限公司2000年版,第148页。

② 同上书,第149—150页。

让侯吉谅能够纵横穿梭于不同时空,召唤他的"古典—现代"人文精神。而对于出生于1976年的新世代作家张维中来说,光华商场的混杂空间呈现出另一种风貌。光华商场是贩卖电脑、手机、软件、CD唱片等高科技产品的集散地,但它并非以都市大卖场的形式出现,而是聚集了众多零散小店铺的传统商场形式。商场里不仅有贩卖电脑、手机、软件的店铺,也掺杂着贩卖A片、盗版软件的流动商贩。市井小民的热络交易,正好反映出市井生活世界的"正"与"邪"欲念,"狭窄的所在,什么东西都有卖,四处充塞着冒险和刺激感,既然是最基层的市民活动,当然也暗涌着真实的人性欲念"①。光华商场就是这么一个在"正"与"邪"欲念之间摆荡的混杂空间。侯吉谅和张维中,虽然分属两个不同世代,但他们对光华商场混杂空间的体悟,共同呈现出光华商场混杂的消费形态及其由此产生的感觉结构。

在东区,不光是光华商场是一个混杂空间,甚至整个忠孝东路都是一个奇妙的混杂空间。忠孝东路有个绰号叫"顶好生活圈",可以说,一个人从出生到死亡,即使一步都不离开忠孝东路,也能享受一辈子的新潮流和"顶好生活":小孩出生可以在"中心诊所"接生;喝牛奶有名牌奶粉店;上幼稚园有"名人托儿所";上小学有"忠孝国小";买玩具、衣服有"统领百货";看电影有"顶好戏院"……甚至要忏悔,还有位于一段路上的"善导寺";乃至寿终正寝,也有位于七段路的三张犁墓园。②几乎人生所需的任何物品和空间都可以在这个生活圈中找到。忠孝东路的混杂空间形式,可谓是后现代拼贴时空的典型。这种混杂时空或许正好说明台北混杂着国际与本土、都市与乡土、古典与现代乃至后现代之间的城市性格。在百年的历史发展中,台北经历了五十年的殖民统治、三十年的集权统治和二十年的民主社会阶段,多种城市性格、城市形象和城市文化彼此交错杂糅,形成了与后现代极为相似的杂糅型城市文化。

综上所述,随着东区都会中心的兴起,现代都市的梦幻空间和梦幻感觉

---

① 张维中:《飞导游——六年级生与台北城的时空对话》,台北:麦田出版社2003年版,第94页。
② 杜十三:《亲爱的忠孝东路》,《鸡鸣·人语·马嘶——杜十三◎和生命闲谈的三种方式》,台北:业强出版社1992年版,第4页。

在80年代成为大多数人共同的真切感受。由于都市空间的高度发展和消费社会日渐成熟,都市空间也让人产生疏离感和迷失感。具体到不同世代的作家,诸种现代性体验又各具特点。有对现代都市的批判和对乡土和古典的眷恋;也有虽然对都市台北有所不适,却也欣然接受,并以赤子之心静观/期待都市台北的演变;更有熟谙都市台北的理性空间和非理性空间,从都市台北内部空间观察、省思都市空间的现代性特征。不同世代作家对都市空间有着不同的体悟,形成多元化的现代性感觉结构。这正如威廉斯所言,每一代人都会在社会性格或是一般文化模式方面培养自己的继承人,而新的一代人将会有他们自己的感觉结构。新的一代以自己的方式对他们所继承的那个世界作出反应,在很多方面保持连续性,同时又进行多方面改造,最终以某些不同的方式感受整个生活,并把自己的创造性反应塑造成一种新的感觉结构。① 因此,从感觉结构自身构成及其机制来看,感觉结构在当下、过去的时间维度之间摆荡,在不同世代、阶层中被分别型塑,在真实与虚构之中还原自身也虚构自身;感觉结构的这种特性使散文中的空间呈现出真实的物理空间与感觉化的心理空间交织的特性,散文的空间书写也呈现为写实与虚构交织的双重特点。

---

① [英]雷蒙德·威廉斯:《漫长的革命》,倪伟译,上海人民出版社2013年版,第57页。

第三节　市井消费空间：台北商圈的空间漫游

随着20世纪六七十年代台北的快速都市化，70年代以后出生的作家更多感受到都市的消费和时尚潮流的兴替，而非前辈作家所痛感于心的国族历史及其集体记忆。比较而言，此前世代的作家，由于经历了从乡土到都市的感觉结构裂变，他们与都市形成一种非此即彼或若即若离的疏离关系；而70年代以后出生的作家，由于自小生长于较为成熟的都市空间中，熟悉现代都市商业消费模式，与都市有着更为亲密的精神血缘关系，因而他们对都市台北的书写更多呈现出一种漫游者的悠闲姿态。这与50年代出生的战后新生代作家对台北消费空间的内省与批判有着显著区别。

张维中（1976—　）曾经在《飞导游——六年级生与台北城的时空对话》一书的序言中说明70年代出生的都市青年与都市的微妙情感模式，由此我们亦可看出不同世代作家对都市态度的变化。

  因为社会和成长背景的不同，六年级生的我（或者我们）与城市的时空对话往往最主要的内容，并不来自于国族历史的愤慨及感怀，而是有着更多属于青春成长、消费休闲的连结，一种回归于私密的记忆。虽然记忆是个人的，但由于共同经验使然，仍能绵织出相通的情绪。
  然而，城市是会呼吸的。在一座有生命的城市里，时间与空间永远在迅速地变形,时空里的人事际遇自然也变化万千,于是六年级生感受到拥有与失去,两者之间的时差愈来愈接近,常常还没有来得及细细品尝,就即将失去。面对未知的明天,许多人都渐渐晕染了乡愁味十足的怀旧。

是的,乡愁与怀旧不是四、五年级的专利,我们也有我们对待台北城的情感模式。即便是乡愁的对象不同,但那就是这个时代属于我们的城市对话。①

稍纵即逝的拥有感,即是都市乡愁式感觉结构的重要特质,它与乡土—田园乡愁有别。后者是对曾经恒在的土地和乡村生活方式的怀念,而都市乡愁可资记忆的东西有如过眼云烟。但如从对消失的物件和消亡的生活方式的怀念模式上看,它们之间又具有共同特点。总体而言,乡愁式感觉结构也只有在乡土消亡、都市社会快速发展的社会情境中才会产生,因为无论是乡土—田园乡愁还是都市乡愁,它们分别都在召唤已被或正被现代性都市社会消灭的地方和感觉结构。对于都市乡愁而言,70年代以后出生的作家已然从大历史中抽离,他们更加注重对私密情感的记忆与书写;面对倏忽变幻的都市时空与消费时尚,这一世代的作家也只有凭借对消费空间的怀旧、重游,对商品、物件的玩味与记忆,才能更真切地把握生命存在和情感记忆。

此外,影响世代之间感觉结构差异的还有更为根本的物质基础。台北捷运已将大台北联络成一个都市体系,捷运各出站口也都分布于各大商圈之中。台北市民通过搭乘捷运地铁就能漫游大台北都市商圈。这说明捷运已经深刻改变了台北市民的出行方式和生活方式,也改变了他们观察城市的角度,这也意味着被书写的城市将呈现出另一幅面貌。对于这种变化,张维中说:"自从捷运开通以后,从家门到捷运站不须三分钟,我的城市交通史便彻底改写。多年的机车舍弃了,捷运的地图就是我活动的范围,即使约会的地方必须搭公车也一定选择捷运可以转乘的干线。"② 由此足见,捷运系统与作家日常生活、观察视角以及城市书写实践发生了微妙变化,这不仅存在于

---

① 张维中:《飞导游——六年级生与台北城的时空对话》,台北:麦田出版社2003年版,第3—4页。
② 同上书,第35页。

70年代以后出生的作家身上,也存在于此前世代作家身上,雷骧的《捷运观测》即为后者典范。诚如张维中所言:"城市在改变我们的生活,但我们也经由城市书写和阅读,为一座城市(不只是台北)'输血'进鲜活而丰富的故事,珍贵而不可替代的回忆。"① 新的交通方式、观察角度也意味着新的书写,这为台北城平添了更丰富的视觉景观和人文内涵。

张维中的《飞导游——六年级生与台北城的时空对话》一书可堪玩味。他不仅记录西门町、城中市场、台北车站、永康街、公馆、环亚购物中心、信义计划区、北投—阳明山温泉乡、天母、士林夜市等各大商圈的人文历史和消费时空,也记录了作者以及同一世代都市青年的情感记忆和生命轨迹。

前文已论及,在张维中笔下,西门町处于历史和时尚的两极,但它属于过去和未来世代,似乎并不属于张维中这一世代。相比之下,城中市场才是张维中拥有自己私密记忆的城市空间。被博爱路、重庆南路与沅陵街包围的城中市场商圈,是张维中私藏的"黑白色地带","在这个地带中即使人潮喧嚣,我却永远能感觉到流光正缓慢而宁静地潺潺逝去。如同黑白照片里,总呈现出沉稳而静谧的优美质感"②。城中市场,是妈妈们购置新衣的"快乐天堂",也是童年时期的张维中购买新衣、吃豆花的必至之所。城中市场的市井气息成为张维中"黑白色地带"基本构图。在这个市井空间中,城隍庙对面的"明星"咖啡馆、"明星"西点和"排骨大王",则是白先勇等人在文学作品中屡次描写的人文空间,是城中市场最具人文底蕴的场所,这也是张维中等后辈作家朝圣的地方。显然,城中市场不仅是张维中的童年游走之地,也是其文学认同空间。城中市场在张维中的童年记忆与文学想象中成为"黑白色地带"。

在张维中的台北商圈书写中,西门町和城中市场更多属于过去时,它们镌刻着台北城的人文历史和生命痕迹;而台北车站商圈、永康街、士林夜市则更多属于现在时,这是张维中等都市新世代作家游玩、消费与书写不可或缺的空间。或者说,捷运所及的消费空间已经不仅仅是外在的商业空间,而是新世代作家消费、游荡、栖居的心灵空间了。这与前行代作家所批评的

---

① 张维中:《飞导游——六年级生与台北城的时空对话》,台北:麦田出版社2003年版,第5页。
② 同上书,第25页。

疏离的消费空间有着显著区别。捷运台北车站是张维中喜爱台北的重要原因。因为地下街有张维中最喜欢的商家店铺,"最早,那里便开设了唱片行、7-Eleven与一小间诚品书店,后来又开了我喜欢的Starbucks咖啡。接着,书店扩大经营,可以选购的书种更多了,买了书或杂志,有时去Starbucks,有时也换口味去新开幕的诗特莉饼干屋吃饼干,喝一杯法式牛奶咖啡"①。还有泰国凤梨炒饭、日本摩斯汉堡、山崎面包也在地下街中纷纷出现。地下街是满足张维中物质欲求的消费空间,也是能令他悠游其中的闲适空间。此外,永康街也是张维中乐此不疲的市井消费空间,他甚至在永康街中勾连出专属的美食地图。在张维中看来,永康街充满了市井小民的祥和、悠闲之气。"美馔。小吃。茶店。咖啡店。家室用品。服饰店。休闲公园。每一个地方都穿梭着络绎不绝的人潮,热闹哄哄的,但却又那么和谐。流连在永康街的人们,哪管混乱的政客与股市呢?只有解决此时此刻的饥肠辘辘,才是人生最基本的需求。毕竟吃饱了,明天才有机会永保安康。"②再如,士林夜市的热络、草根气和杂乱,也是张维中情有独钟的地方。"台湾的夜市本身就有着许多不同的类型。我不很喜欢像是基隆夜市、六合夜市或饶河夜市那样经过规划的观光地方,虽然看似整齐,但每间摊位却都像是被塞进小格子的整理盒当中,缺乏一种凌乱而吵杂的美感(暴力有美学,混乱当然也可以很美感咯)。士林夜市看似毫无章法,但正因为如此,没有经过如百货公司分门别类的规划,才能让逛街的人时时在下一步发现差异的惊喜。"③ 总体来看,张维中观察到的台北是日常生活的台北,他所书写的也是市井小民的饮食、休闲以及日常生活中的感觉经验和个人记忆。这是张维中书写台北商圈的突出特点。城中市场、台北车站商圈、永康街以及士林夜市既是张维中的都市消费空间,也是涵纳其情感记忆和个人经验的私密空间。或者说,因生于斯、长与斯、游玩于斯,这些富于市井气息的商圈已经成为张维中的都市"故乡",镂刻着他的都市情感和生命足迹。只不过,相对于较为稳固的乡土台北和乡土感觉结构,都市台北流动不居的特点也使都市感觉经验倏忽变幻,

---

① 张维中:《飞导游——六年级生与台北城的时空对话》,台北:麦田出版社2003年版,第37页。
② 同上书,第42页。
③ 同上书,第151页。

而生活于都市的新世代作家感觉结构也呈现出碎片化、流动性的特点;因而新世代作家只有孜孜于日常生活和市井消费空间的书写才能使都市台北沉淀为自己的都市"故乡"和文学上的精神原乡。

张维中认为一座大都市至少应该同时具备三种时态,即过去式、现在式和未来式。"大都会除了让人感受到当下有一股蓬勃的脉动外,还必须有着丰厚而值得传诵的历史,而且更重要的是,这城市应该让所有走进这里的人们,都强烈地感受到她充满希望,并在未来将呈现出更灿烂的样貌。"① 如果说,西门町、城中市场、永康街、士林夜市等商圈兼具过去式和现在式,那么东区的信义计划区则是未来式的,它代表了台北的未来和梦想。信义计划区商圈中绚烂的灯光和一栋栋明亮的高楼建筑使东区具有梦幻般的未来感,这是经过系统规划的新兴的现代化商业中心,也是台北人梦想延伸的地方。在东区,张维中乐于享受一个人自由自在地逛街、吃饭、喝咖啡或看电影的都市生活。悠游于缤纷多彩的现代化消费空间中,这或者是与消费社会水乳交融的新世代作家所乐于遵从的悠闲生活吧。

---

① 张维中:《飞导游——六年级生与台北城的时空对话》,台北:麦田出版社 2003 年版,第 101 页。

第五章　边界诗学

边界是线性要素,"它是两个部分的边界线,是连续过程中的线性中断,比如海岸、铁路线的分割,开发用地的边界、围墙等等,是一种横向的参照,而不是坐标轴。这些边界可能是栅栏,或多或少地可以互相渗透,同时将区域之间区分开来;也可能是接缝,沿线的两个区域互相关联,衔接在一起"①。质言之,边界,既是一种空间地理上的分割,也是连接两个独立地区的中间线。分割和连接,既是地理上的也是心理上的。其实,我们还应该强调边界的起点和终点的意义,它往往是心理认知的起点或者终点。如河流的起点或交汇点,可能是人类涉足的最初之地,是孕育文化的发源地。边界,在空间认知中,特别是城市空间认同中起到决定性的作用。都市主要的元素是中心和路径,广场往往是中心,街道则是路径。② 连续的横向边界则将市区较为清晰地标示出来,跨越边界,也意味着出入市区。边界,既是城市文明的空间界线,也是世代城乡居民感觉结构中重要要素。初次跨越边界的心理体验,以及融入城市的体验过程在感觉结构中起到举足轻重的作用。因此,我们有理由以边界为中心,考察它们在感觉结构中的地位作用和影响。藉此,我们亦将发现台北城边界的变化不仅与城市空间结构有着内在关联,也与台北人的心理、信仰世界甚至是族群迁徙、分化有着千丝万缕的联系。

---

① [美]凯文·林奇:《城市意象》,方益萍、何晓军译,华夏出版社2001年版,第35—36页。
② [挪威]诺伯舒兹:《场所精神——迈向建筑现象学》,施植明译,华中科技大学出版社2010年版,第59页。

第一节　淡水河和基隆河：从生活空间到城市边界

一、河流的前世：乡土世界及其感觉结构

（一）文化乡愁：童年记忆与信仰空间

1991年，时年87岁的旅美画家郭雪湖在台北忠孝东路四段画廊举办个展，最吸引人的作品是他最擅长的胶彩《淡水泊舟》："幽静的观音山，茫白烟云，波涛的淡水河上色泽迷人的三彩船，好像古老的神话。"① 而画作《三彩船》是郭雪湖不朽的梦："鱼形的木质船舷，燕尾的高翘舵栏，卷起的巨帆，仿佛古老庙宇的颜色，这些船帆从海峡的对岸，凌浪而来，潮水成为航行的歌吧？"② 郭雪湖笔下的三彩船不是神话，而是他童年最亮丽的颜彩。在郭雪湖的记忆和想象中，淡水河上的三彩船具有浓郁的中国文化色彩，这也是深埋在那一代人童年记忆中的文化乡愁。这种文化乡愁和文化血脉成为郭雪湖不竭的创作源泉，也成为其艺术精神的典型表现。郭雪湖以一种艺术形态完美地召唤出不同世代共通的文化乡愁。对于普通百姓而言，记忆与想象也是他们表达生命存在的基本方式。

---

① 林文义：《三彩船之梦》，《母亲的河：淡水河纪事》，台北：台原出版社1994年版，第30页。
② 同上书，第31页。

> 我记得小孩的时候,打这儿的小巷弄走出去,就是码头了,好多的船呢,从日本、从唐山来的;码头上,台湾的鹿皮、药材、茶叶、蔗糖……我喜欢看唐山故乡来的货船,那种帆船,我至今仍记得一清二楚呢!那时候,很多捉鱼的,都在淡水河里捕捞,网一拉上来,银光烁烁,活跳跳的肥鱼呢。①

在老年人的记忆中,人与自然、生物的和谐相处,成为童年生活的基本形态,而文化乡愁也意味着人与空间、生物的和谐状态。可想而知,生活世界的贫困、冲突乃至压迫被有意淡化,老年人的记忆与想象有意凸显出一种宁静和谐的审美之境。可以说,文化乡愁式感觉结构毋宁是一个过滤型的感觉方式,同时也意味着一种层累的凝固性的心理积淀过程。通过过滤,杂质被滤除,而通过层累,提纯过的记忆片段、情绪、心理被固化、累积。这里可以有美和宁静,也可以有忧伤和苦难。总之,都以一种鲜明方式被强化。

除了人与自然和谐关系的追忆之外,文化乡愁无疑还存在着某种信仰空间。信仰既是个体的心灵寄托,也是族群共同的文化心理。在乡土世界逐渐瓦解之后,信仰就承担起凝聚族群共同体的重担。

关渡妈祖庙是林文义从小熟稔的地方。阿嬷总是带着童年林文义到关渡妈祖庙祭拜。庙口的"鸡母狗仔"(一种米食,做成动物状的祭品)和本土雕刻家吴荣赐的各种神像雕刻都给林文义留下印象深刻。最令他动容的是手持灯盏的台湾妈祖——"异于一般庙宇中固定端坐的姿势,吴荣赐让妈祖挺立在波涛汹涌之上,手上的灯盏以及美丽、庄严的慈颜,仿佛俯照苦海浮沉的芸芸众生"②。可想而知,立于波涛之上的妈祖是渡海赴台先祖们的保护神。由此,林文义深切地想象,在台湾开拓史上,"祖先们渡黑水,历凶险的未知航程上,薄弱的木壳船中,所有移民手中燃香三枝,口中所祈求平安的必然是同行的妈祖婆"③。显然,在乡土世界以及乡土感觉结构中,信仰是族群历经劫波迁徙到另一方水土的精神支柱。这既是族群共同的文化心理,也是他们能够应对时势变迁、不断开枝散叶并葆族群凝聚力的重要精神力量。

---

① 林文义:《黑浊之河》,《从淡水河出发》,台北:光复书局1988年版,第109页。
② 林文义:《妈祖在关渡》,《母亲的河:淡水河纪事》,台北:台原出版社1994年版,第49页。
③ 同上书,第49—50页。

关渡,在台北盆地西北角,淡水河出盆地之口东岸,附近的淡水河宽仅四百公尺,两岸山崖夹峙。史料记载,清康熙三十六年(1697),郁永河来台采硫,从淡水登陆,其《裨海纪游》云:"……由淡水港入,前望西山夹峙处,曰甘答门,水道甚隘,入门,水忽广河为大湖,渺无涯淡……"① 此处"甘答"即关渡。郁永河带来的汉人开启了汉人开垦关渡的历史。此后,康熙五十一年,鸡笼通事赖科兴建妈祖庙。雍正年间,移垦的汉人日益增多,他们大多数来自福建泉州,又以林、陈、黄三姓家族为多。道光四年(1824),黄姓垦民捐地重建妈祖庙。同治年间,肥沃的关渡大平原出现。每日往来淡水河的船只渐多,无论是到大料崁(大溪)载樟脑还是到艋舺运百货,都要经过关渡,妈祖庙口便形成货物集散地。关渡港也因此商店林立,市井繁盛。但到日据之后,由于日人大力开发以艋舺为中心的旧市区及台北盆地近郊,陆上交通系统渐趋发达,加之淡水河逐年淤浅,关渡港运输功能逐渐失去,关渡最终走向没落之路。尽管如此,主要供奉妈祖的关渡宫,由于历史悠久,一直是北台湾最重要的信仰中心。三百多年来,一直维持着香火鼎盛的局面,庙宇建筑也越来越雄伟富丽。② 可见,信仰是乡土世界中生命力顽强的精神结构。它能够在现代化的局势中蜿蜒生存甚至繁荣兴盛,也能够召唤那似乎湮没的族群历史和文化记忆。

(二)乡土生活与死亡之地

到了 20 世纪 50 年代,两岸战事甫定。彼时,淡水河也曾与人和谐相处。淡水河与大稻埕曾是儿童的游乐之地,是情侣泛舟情话之处,也是周遭村妇浣衣之所。淡水河和周遭的田园乡土世界形成了世居此地台北人的乡土感觉结构。"童年的记忆,简直样样与河流有关,甚至整个童稚生命的成长,由这道河水哺育而成。"③ 那个年代,孩童们在淡水河边洗澡、泼水、捉泥鳅、钓螃蟹,在河边玩踢铁罐、尪仔标游戏;小孩整天打赤脚,偶尔走在烈日晒着的

---

① 转引自刘还月:《台湾乡土志》,台北:常民文化事业股份有限公司 1997 年版,第 104 页。
② 同上书,第 105—111 页。
③ 应凤凰:《淡水河边日月长》,载阿盛主编《春秋台北——作家的都市风情画》,台北:书评书目出版社 1987 年版,第 96 页。

柏油路上,踮起脚尖像猴子似的跳啊跳,一边还哇哇大叫;在屋后巷子飞快奔跑,却总能踩准大大小小的、不规则铺在泥巴上的石头……日夜生活在淡水河边的人,还能看到淡水河的不同景致:晚上,河边有露天茶座可以嗑瓜子喝茶,卖茶租船的铺子灯火通明,对对情侣租小船划到河面谈心;而早上则是另一批人的天下,散步的、打拳的、遛狗的,更有在河边弯腰搓洗衣物的家庭主妇……

而作为外来者,彼时叶维廉见到的淡水河也与台北的乡土田园景象融为一体,形成一幅"克难景象和田园风光交织"的景致①:

中兴桥上都是情侣,那时车辆不多,所以走起来一点都不觉得受到威胁。事实上,那种悠然,不下于天津三月桥上游。在夏天,桥下沙汀的草地上都摆满了双人的帆布椅,两杯清茶,也不怕蚊虫咬,细语轻声入子夜,自有一番甜意。也可以沿着河边水门高墙下散步,闻着浊水渗入河水的味道,闻着偶因顺风吹来的晾茶叶的花香。在星光下,在河影里,互搂而行,让夜,如橄榄叶把恋人细心的裹护着。

这样走在夜里,在当时,一点也不怕坏人出现。那时的台北啊,几乎可以夜不闭户。不管你走在夜凉人静的淡水河边,或是圆山大直的林荫道,在偶闻轻舟的萤桥堤旁,或是在台北东郊南京东路体育馆附近的田野……在台北那时走到哪里都很安全,都很安静。②

淡水河的乡土景象和诗意氛围宛如世外桃源。在本地人的视野中,淡水河的乡野景致同时还意味着另一种景观,那就是死亡。或者说,正是死亡场景让淡水河真正具备了乡土田园的日常生活属性。作为生活世界的淡水河,它不是停留在外来人诗意想象中的桃花源,而是兼具野性、决绝、残忍、诡异乃至无奈甚至不乏冷嘲的现实生活空间。

在林文义的记忆中,50年代,大人们总会一再嘱咐孩子,"黄昏以后,

---

① 王志弘:《城市与河流》(原载《联合文学》1994年第115期),《减速慢行》,台北:田园城市文化事业有限公司1999年版,第42页。

② 叶维廉:《我那渐被遗忘了的台北》,《一个中国的海》,台北:东大图书股份有限公司1987年版,第8—9页。

不要到河堤外,尤其是七月鬼节,总是传言孩子不慎落水是被军队枪杀的死魂灵找交替"①。民间禁忌源自于民众对鬼魅和杀戮的恐惧。这份对河流的恐惧无疑是乡土世界不可剥离的体验形式,它深埋在孩童乃至大人的心灵世界中,成为那一时代感觉结构的内核。然而,在孩童看来,越是恐惧,越有一种无法抵挡的诱惑。对死亡的窥探,意在满足他们的好奇心,也还原出生活世界感觉结构的复杂性和鲜活性。

> 常跑到河边看人家打捞尸体。印象中为情自杀的较多。至今仍不明白,为什么男尸总是脸腹朝下,女性尸体总是面部朝上。童稚的心灵并不明白什么自杀,也不清楚生死的含意,纯粹是随着邻居小孩去看热闹。好几十年了,似乎"跳淡水河"或"淡水河没加盖子",一直是"自杀"两字的极普通的代名词。而今,再也不闻有人跳淡水河。据说原因是太臭了,实在跳不下去。河水臭了居然也有这点好处。②

童年应凤凰早已熟稔淡水河上死亡的场景。吊诡的是,"跳淡水河"这种近乎自然的自杀行为,到了淡水河被严重污染而发臭时竟然绝迹,这不能不说是都市体验的另一种表现,不无谐谑。

总体上看,童年的日常活动与游戏让儿童在不断地身体移动中感知地方、熟知地方地理景观,形成对地方天然的归属感和亲切感,培养起儿童对地方独特的乡土感觉经验和情感记忆;这种地方感逐渐在岁月中沉淀,凝聚成乡土感觉结构。不论漂泊何方、历经多少磨难,乡土感觉结构都会召唤人们的乡土之情。地方感的内化过程,也是个体感觉经验、身份意识、信仰和价值观的内化过程。藉此,个体成为地方的个体,地方成为活生生的地方;地方的文化基因在个体身上延续与传承,最终成为在地人的生命源泉和精神原乡。人与地方的情感和价值关联,地方与个体的同构并生,这是构成乡土感觉结构的重要机制。而当时间流逝,地景变迁,人物云散,自小形成的乡土感觉结

---

① 林文义:《茶行贵德街》,《母亲的河:淡水河纪事》,台北:台原出版社1994年版,第98—99页。

② 应凤凰:《淡水河边日月长》,载阿盛主编《春秋台北——作家的都市风情画》,台北:书评书目出版社1987年版,第99—100页。

构就变成再也无法体验却又牵肠挂肚的文化乡愁。

（三）作为生活世界的基隆河：两种感知

作为汇聚淡水河的三大支流之一，基隆河也曾经一脉乡土田园景致，培育着稳固的乡土感觉结构。作为乡土日常生活空间，沿岸居民的出生与死亡均与基隆河关系密切，基隆河成为兼具日常性和神性的民俗空间。熟知台湾乡土志的刘还月如此描述基隆河的民俗性："老人家的记忆中，河水是婴儿出生之后，重要的'洗身'之水，有些地方甚至就抱着婴儿到溪水中进行洗礼的仪式，称之为'落港'，老人家过世后，最后的洗净之水，也是来自这条生命的母河。"① 可见，在常民的世界中，河流既是赐予、迎接生命的母河，也是送走、洁净身体与灵魂的媒介。河水、身体与灵魂的和谐融洽，反映出生活于乡土田园世界中常民的世界观和生命观。

毫无疑问，在乡土田园时代的基隆河中，沿岸居民的生产—生活方式及其体验既表现出人与自然的和谐关系，也反映出乡土感觉结构的诗意特性。林文义曾在散文中如此追忆童年时代从淡水河到基隆河的航行场景，其愉快、惊喜和舒适之情溢于言表：

> 追溯三十年前的记忆，仿佛渡船绕了一大圈，从淡水河到基隆河必须行经社子、关渡附近的水域，我看到密集稠结的舢板在泛发着某种草叶气息的河上来回，渔人们矫健的抛网、拉曳，我们的渡船经过，不约而同的惊喜之声，渔网拉起时，银光闪闪的鱼跳跃、奔窜……那时的河水还很洁净。②

舟行基隆河，身体置身在河流之上，水的气息、渔人动作乃至表情与心理，都被敞开的童稚身体所感知。那是一派趣味盎然又和谐融洽的田园生活世界。这种精细化的感知积淀在童年林文义的感觉世界之中，逐渐内化为乡土田园

---

① 刘还月编著：《淡水河系人文地景完全阅读》，台北：常民文化事业股份有限公司2001年版，第125页。
② 林文义：《被遗忘的抗日英雄》，《母亲的河：淡水河纪事》，台北：台原出版社1994年版，第63页。

式感觉结构,成为成年后的林文义召唤乡土田园河流景致的基本范式。此种感觉结构自非从小生长在工业化城市中的新世代所能想象。或者说,乡土田园式的感觉结构借助林文义的精彩书写,敞开了感觉结构内部最隐微、最细密的部分,让都市人回到了城市的前世——乡土世界,让他们体味到久违的或者从未体味过的田园世界。因此,林文义那看似个体性的书写其实是乡土感觉结构的一次华丽展示,它在召唤原本属于河流以及乡土市镇的乡土田园文化风格。

生活世界中的地方景观具有无限丰富的侧面,而且是立体的。它的景深非生活其中的人所能测度。甚至由于旅行方式的不同,个体对同一时代相同地方景致的观察和体悟也略有不同。童年林文义五岁开始,便跟着祖母乘火车沿基隆河上溯。车窗外的基隆河景致别有一番风味:

> 从松山、南港、汐止直上八堵右转暖暖、四脚亭,那是祖母的故乡。祖母指着火车窗外经过的景观,像唱儿歌哄孙子般的说:"锡口、南港很多砖仔窑,汐止古早叫做水返脚,阿嬷少年时在瑞芳洗煤炭……"①

> 跪在列车绿色胶皮的长座椅上,窗外阴霾的秋雨连绵,汐止与五堵交界,列车沿着基隆河向北前进,而眺望远山,一层又一层,深绿、淡紫,更远竟与云合一了。

> ……

> 三十年前,祖母最常带我搭列车去基隆,车过五堵至八堵之间,印象犹深的依然是蜿蜒、美丽的基隆河,有很多农舍、田野,横在河两岸还有曲线迷人的吊桥以及轻划而过的舢板。②

与舟行基隆河相比,火车的行进速度远超前者,于是童年林文义看到的基隆河画面是跳跃的、拼接的,而且视野更为宏阔,更具历史景深感。此时,童稚身体所感知的不再是细密的水上景致和感知变化,而是车内祖母富于生命感的抒情吟唱和对车窗外的农舍、田野、吊桥、舢板以及远山景致的瞬间捕捉。

---

① 林文义:《砖窑爬满牵牛花》,《母亲的河:淡水河纪事》,台北:台原出版社1994年版,第78页。
② 同上书,第82页。

相比之下,火车的快速行进改变了人们感知乡土的方式。原本是水乳交融的身体—空间体悟状态,变成有距离感的俯瞰和远视,地方景致的幽微特性被速度所超越,而宏阔性的历史视野和更具抽象性的空间感知被提炼出来。祖母所吟唱的地方原本是祖母生命行脚的凝聚,但在林文义的感知中它们变成了一种颇富历史意味的空间印记。

　　无论是行船还是坐火车,童年林文义所看到的基隆河大体上还属乡土田园景致,它们共同内化为乡土感觉结构,最后成为那一世代居民为之魂牵梦萦的文化乡愁。于是,就连更为古早的文献记述,也成为召唤身体—乡土田园—文化乡愁的载体。日人据台前三十年,英国人柯灵乌描述自己在基隆河旅行,提到八芝兰(今士林、石牌一带)时,记载这里的特色是聚集许多鸭船,两岸放食的鸭群以及踩着水车的农夫,并感到"八芝兰"比起沪尾或艋舺要显得清爽、干净多了,甚至特别提到夜泊基隆河岸边(圆山附近)时"河水非常清洁可尝"①。基隆河沿岸那天光水影的田园景致和怡人的田园生活,充分说明在农业时代的生活世界中,河流并不是作为边界和异域存在的。河流既是农业生活不可缺少的生产贸易空间,也是舟楫往来的旅行空间。河流的多重功能,深深嵌入农业时代世代居民的生活世界之中。纵横交错的河道,正像一条条根须,盘根错节在世代居民感觉结构的底部。正如王志弘所言:当河流是城市不可分离的一部分时,"水的方向就架构了城市的方向,是城市居民辨识位置、想象和理解城市的指引线索"②。曾经的淡水河、基隆河皆如是,它们不仅是城市方向的主轴,也是出发与抵达的城市门户。

　　至此,我们不妨说,在林文义、应凤凰甚至郭雪湖的描绘中,淡水河和基隆河的书写都成为追述家世—国族历史身世的文化记忆与想象。诸种不懈的努力,既在求证自身的身份,也在还原台北—台湾的历史人文和城市地理脉络。他们意在考掘一座城市现代化进程中斑驳的光影,从而寄寓城市和族群新的希望,而其中的怀念、悲伤、批判、希冀和无奈,既是乡土感觉结构的回

---

① 林文义:《被遗忘的抗日英雄》,《母亲的河:淡水河纪事》,台北:台原出版社1994年版,第63页。

② 王志弘:《城市与河流》(原载《联合文学》1994年第115期),《减速慢行》,台北:田园城市文化事业有限公司1999年版,第43页。

光返照,也是都市意识的更生。

(四)历史层累的国族史

淡水河沿线的乡土世界并不是简单地表现为人与自然的和谐关系,也并非毫无矛盾纠葛的单一信仰空间。毋宁说,随着乡土世界渐行渐远,乡土感觉结构日渐式微,唯有乡愁凭借记忆和心理的过滤机制,才能使乡土世界变得如此和谐、宁静。而当我们真的翻开历史面纱,族群的械斗、异族的入侵、信仰的转移都会从历史的河床中裸露出来。当这一切被形诸文字,国族的悲愤、汉族的蛮横、灾难中的绝望以及对现代化的无奈都会从乡土感觉结构的底部冒出,犹如累累岩层,堆叠盘踞在族群历史和心理的深处。

刘还月、林文义笔下的淡水河口及沿岸,呈现出国族纷争的历史景象。淡水古名"沪尾"或"滬水"。沪尾为平埔族语 Ho-be 的译音,此地就是凯达格兰族 Ho-be 社的旧址。淡水港是进入台湾北部最重要的门户。西班牙人、荷兰人乃至明郑部队皆由此进入北台湾。明天启六年(1626),为了取得对东方贸易的优势,西班牙人占领鸡笼(基隆)。当时此地除少数平埔族人结社居住外,罕有汉人足迹。明崇祯二年(1629),西班牙人占领淡水,即修建圣多明哥(Sandomingo)城(即今"红毛城"),作为西班牙人传教化民和贸易的根据地。但仅到明崇祯十五年(1642),荷兰人就打败了西班牙人。此后,明永历二十一年(1667),郑成功把荷兰人逐出淡水。清咸丰八年(1858)、十年(1860),咸丰皇帝又与英国先后签订了《天津条约》《北京条约》,把淡水、安平、打狗(高雄)和鸡笼(基隆)开放为通商港。英国旋即把领事馆从台南迁移到淡水港。清光绪二十一年(1895),《马关条约》又把台湾割让给日本五十年,淡水的历史再次被改写。① 屈辱的国族历史昭昭铭刻在淡水的历史遗迹上。红毛城从兴建到废弃再到修复、借用、侵占,直到 1980 年才被收复。台湾被奴役的历史在在证明,乡土时代的淡水河沿岸有着更加曲折隐微的历史记忆和感觉结构,均有待文学的召唤和更深邃的历史审视。

---

① 参见刘还月:《台湾乡土志》,台北:常民文化事业股份有限公司 1997 年版,第 88—89 页。

随殖民战争而来的是经济侵略和信仰争夺。西班牙人占领淡水后,即沿着淡水河进入台北盆地,一方面教导当时的平埔族人读圣经,另一方面以少数的物品换走数量庞大的樟脑和鹿皮。① 英国领事馆迁移到淡水后,便输出大量的茶、糖、樟脑、硫磺等本土资源,却输入贻害无穷的鸦片!连横《台湾通史》曰:"咸丰十年,诏开安平、淡水,准与英人互市。景教随之以入,民教之间,辄反目。"② 清同治十一年(1872)二十八岁的马偕到淡水开始传教。光绪六年,马偕开始兴建"理学院大学堂"即"牛津学堂"。这座既非西方教堂又非汉人寺庙的三合院,屋顶上竟然有六个小佛塔,目的是为了防止汉人烧教堂。由此可见外族入侵以来台北民间信仰的驳杂形态。

异族的经济侵略客观上也促进了淡水河口沿岸的经贸发展和族群之间的理解与沟通。淡水的通商记录记载,早在万历十年,西班牙船长法兰西斯·古利的航海日记,就记录其与台湾原住民在海岸用鹿皮交换盐、布、铜、铁等物品。汉人第一代移民进入淡水河口,大多选择到八里坌落脚,主因是那里便于巨大的木帆船泊靠;而沪尾彼时充斥着西洋传教士、东印度公司的洋行买办和基督教会以及早期西班牙、荷兰人所构筑的圣多明哥(San Domingo)城堡(今之红毛城),汉族移民对此多有疑惧。种植和渔猎是移民们在八里坌主要的生存方式。淡水河口两岸频繁往来的舟楫往来显示出旺盛的商业贸易活力。逐渐地,汉族移民对沪尾那些蓝眼、金发、高鼻的西洋人减低了疑惧,教会也技巧性地侵入他们的生活。有人开始信教,并且渡河迁居沪尾。③ 到清乾隆五十七年(1792),淡水河南岸的八里坌因港口水深而被倚重。但在嘉庆元年,巨大而凶猛的潮水高涨,淡水河口浪涛翻滚,原

---

① 刘还月:《台湾乡土志》,台北:常民文化事业股份有限公司1997年版,第99页。
② 连横:《台湾通史》,广西人民出版社2005年版,第206页。连横记述的民教反目典型案例有:"同治元年,有西班牙人至凤山力力社,设天主教堂,以社番为同宗,而勾引之,无赖之徒又为疏附,于是力力、赤山、加匏朗三社入教者二百余人",但因此地非通商口岸,被逐出。同治四年,英国长老会派马雅谷牧师来台。"雅谷精刀圭术,以药医人,而传其教,设教堂于府治看西街,从者颇多。仇教者肆为蜚语以排挤之",雅谷别设教堂于凤治,聚徒传播,但最终还是爆发凤山教案。雅谷除传教外,亦传授医术,"又以上海翻译西籍,颁之会中。教徒渐知天下大势,或派子弟肄业于福州、香港,攻英文,习西学,以造人才",可谓开民智。然连横批评道:"所学仅为景教之学,尚无益于人群也,教徒之中又多拘圄。"参见连横:《台湾通史》,广西人民出版社2005年版,第306页。
③ 林文义:《河口渡轮》,《母亲的河:淡水河纪事》,台北:台原出版社1994年版,第33页。

始十三个洋行盘踞、被视为台湾最好的深水港的八里坌,一夕之间,屋毁人亡,惊慌失措的洋行买办和汉族移民纷纷渡河到沪尾。① 历史史料和文学书写均表明,频繁的商业贸易、西医与西学的传播以及基督教之流布,在历史进程中是彼此混杂绾结的,其兴衰利弊难以以一简单的民族主义加以道德评判。

令人叹息的是,异族的殖民侵略固然在淡水河、基隆河沿岸留下难以磨灭的痕迹,而汉人对原住民的伤害同样不可低估。林文义曾不无悲愤地写道:"台湾开拓史上,我们的祖先是有罪的。"② 以台北而言,汉人的垦拓沿着淡水河和基隆河深入盆地,这也意味着平埔族人的家园被渐渐蚕食。清康熙四十八年(1709),由戴天枢、陈宪伯、赖永和、陈逢春、陈天章等人所组成的陈赖章垦号,请准开垦台北盆地,著名的《大佳腊垦荒告示》就清楚地说明了垦境:"……上淡水大佳腊地方,有荒埔一所,东至雷厘、秀朗,西至八里分、甘脰外,南至兴直山脚内,北至大浪泵沟,四至并无妨碍民番地界……"这个最早见诸文献的大规模垦拓行动,涵盖的范围北起大龙峒的基隆河畔,南至板桥南边的丘陵地带,东抵永和秀朗一带,西达八里、关渡,正是淡水河流域最精华、最肥沃的地段。③ 从史料上看,汉人初垦台北盆地,由于"荒土初辟,农多余亩,争垦番地,尚未并进,故番无仇视外人之心,而行旅无害";但随着垦拓地域愈广,"侵耕番地者,所在皆有,番无可呼诉",加上官府征税繁重,屡酿番变。如雍正五年,淡水同知王汧就曾以"番地日被侵垦,或以贱价售人,番无得食,日就穷困,致起争杀",上书御史奏定社田。④ 然而官府虽屡有禁令,汉人越界开垦,甚至杀番之事仍屡禁不止,最后导致台湾原住民族日渐凋零。正如刘还月所言:"汉人沿着长长的河岸,构筑起长长的梦想,正是一步步侵夺而来。历史不会为弱势者讲话,平原的主人只得退出盆地,终至不知所终。"⑤

---

① 林文义:《八里坌》,《母亲的河:淡水河纪事》,台北:台原出版社1994年版,第37页。
② 同上。
③ 刘还月:《你问,淡水河有多长?》,载林锡嘉编《八十二年散文选》,台北:九歌出版社1994年版,第164页。
④ 连横:《台湾通史》,广西人民出版社2005年版,第220页。
⑤ 刘还月:《你问,淡水河有多长?》,载林锡嘉编《八十二年散文选》,台北:九歌出版社1994年版,第164页。

当然，我们也不可否认汉人的开垦同样也有益于族群间经贸往来，客观上也促进了族群融合和文化交流。林文义坦然写道："三百年前的凯达格兰族人划着轻巧的独木舟，来到陈赖章带领的漳、泉两地移民初垦的大佳腊堡交易，以蕃藷交换汉人的布匹与日用品，群舟聚集于淡水河岸，凯达格兰族人称之为独木舟为 Man-Kah 遂成为我们今日通称的'艋舺'。"① 物品的交换、语言的交流，无疑说明贸易与侵夺、共处与争斗在晚近三四百年的历史时段中交杂存在。陈怡真凭借"中研院"考古队在八里十三行遗址的考古发掘，更清晰地展示了凯达格兰族群变迁史："他们在距今二千年前的时候，出现于淡水河口一带；在一千六百到一千年前，约相当中国魏晋南北朝至北京时期最为繁盛；然后逐渐衰退，到了距今七八百年前的12世纪，突然发生大规模的迁移，举族在这块土地上消失。很久很久之后，考古学者在对岸的淡水曾发现与他们类似的遗物，推测，可能因战争或其他原因迫使得这群人向北海岸方面移动。这片土地遂空了四五百年，直到17世纪才出现汉人移民的足迹。"② 陈怡真还大胆还原了凯达格兰族与汉族的交往史：根据挖掘出来的瓷器碎片判断，凯达格兰族用瓷器，瓷器全是和汉人交换来的。多数是处州瓷，也有青花瓷。凯达格兰族人极可能与广东、福建甚至越南北部的百越族都有往来。墓葬中出土不少铜钱，年代最早的是一枚汉代的五铢钱，唐朝的开元通宝很多，北宋的太平通宝、熙宁通宝也不少。凯达格兰族人拿铜钱当陪葬品。③ 由此可见，生活于淡水河口的凯达格兰族人与汉族的交往由来已久，近代以来的族群悲情史固然让人扼腕，但历史河流中的族群交往史也让人怀想。

其实，非但原住民遭遇过一次次绝境，汉人的命运也如淡水河流一般，波涛起伏，兴衰难测。历史永远会翻转出令人意想不到的画面。几百年间，汉人一直把短短二三十公里的淡水河精华地段当做主要舞台。清乾隆中叶，旧称武劳湾的新庄便在这舞台上独领风骚一甲子，"巨舟辐辏，商贾聚集，商况之盛，号称北部一大街市，被列为当时淡厅八大街之一，一度曾为台北盆地内

---

① 林文义：《雁鸭与独木舟》，《母亲的河：淡水河纪事》，台北：台原出版社1994年版，第118页。
② 陈怡真：《八里十三行》，载林锡嘉编《八十年散文选》，台北：九歌出版社1992年版，第151页。
③ 同上书，第147页。

的中心都市"①。然而清嘉庆以降,新庄也因河道摆动及泥沙浅淤而衰颓下去。此后是艋舺的兴盛,"一府二鹿三艋舺"便是充分写照。但"繁华往往也最容易引起灾祸,咸丰三年(1853),顶、下郊人为了商业的利益兵戎相向,惠安、南安和晋江出身的顶郊人,顺利逐走下郊的同安人,没想到也把商机驱逐到大稻埕"②。大稻埕同样难以摆脱盛极而衰的命运。可堪怀想的是:"茶叶在这个河港,扮演过重要的角色,相传至今,亭仔脚捡茶的妇人图像,仍继续诉说茶和大稻埕密不可分的关系。当初随着同安人逃到这片荒埔之地的霞海城隍,成了乡土民谣念唱的主角:'也有弄龙也有弄狮……啊!北部最出名的台北迎城隍。'"③族群争斗史和地方商业史已经时移世易,难为常人所认知。停留在人们记忆深处的还是民谣,还是与日常生活紧密相关的生产劳作图像和历史遗迹。

如今,淡水河、基隆河沿岸的历史图景已经难辨面目,但借助史料和文学书写,那些国族历史、暴行和苦难以及更加隐微不彰的民间信仰依旧会被召唤出来,进而重构出两河流域的历史现场和风云变幻的族群史。然而,我们亦发现,刘还月、林文义对两河流域国族史的书写更多地停留在史料的叙述上。他们秉持人道主义立场尊重不同族群的生存吁求,批判殖民侵略和族群掠夺,这固然让我们看到纷然杂呈的族群图像,但由于缺乏更精微的个体记忆和心灵世界的开掘,刘还月与林文义所还原出来的历史图像也仅仅是宏观性的,其感觉结构也仅代表书写者个体对族群的同情,他们还无法深入到族群内部、世代内部、个体心灵世界内部建构出更为立体、更为丰富的感觉结构。这恰如雷蒙德·威廉斯所说:"特定的文化有着对现实的特定描述,拥有不同规则的文化创造了它们自己的世界,即其传承人平时所经验的那个世界,在此意义上说,对现实的描述也就是创造。"④当活的见证人归于沉默时,没有什么东西比文献性文化(从诗歌到建筑和时装)比它更清晰地将那

---

① 洪敏麟:《台湾旧地名之沿革》,转引自刘还月《你问,淡水河有多长?》,载林锡嘉编《八十二年散文选》,台北:九歌出版社1994年版,第164页。
② 刘还月:《你问,淡水河有多长?》,载林锡嘉编《八十二年散文选》,台北:九歌出版社1994年版,第165页。
③ 同上。
④ [英]雷蒙德·威廉斯:《漫长的革命》,倪伟译,上海人民出版社2013年版,第28页。

种生活直接呈现在我们面前。当某一时期的文化不再有生命力而只是残存在记录中,它可以被极其细致地研究,直到它的文化产品、社会性格、活动和价值的一般模式以及感觉结构的组成部分被相当清晰的了解。但这种残余物不受它所在的那个时期支配,而是受新的时期支配,这样就逐渐形成了传统。① 与林文义此前融合个体记忆和身体感知的河流书写相比,林文义、刘还月等人有关淡水河国族史的书写显然有些大而化之。但这同时也验证了这样一个问题:感觉结构一方面需要依赖特定时代个体(心灵)—族群(历史)的当下文字加以锚定,以备后人考索,另一方面也需要书写者的想象性还原和文化重构。如此,方能更真切地展示斑驳历史中的感觉结构形态。尽管我们无法完整准确地了解它,但我们可以无限地接近它,甚至比处于具体历史情境中的人了解得更深刻、更完整。但我们也不得不承认,后世之人只能凭借前人的"对现实的描述"加以体认、予以想象性重构,这一过程便是后世之人新的感觉结构的塑造过程,这也是传统的延续和创造过程。

二、河流的死亡:城市边界及其现代性感觉结构

(一)被异化的河流

随着台北都市化、工业化进程的推进,乡土生活空间日益瓦解、分裂,形成分散的、孤立的、遗留式的生活空间,它们再也无法形成同质性的共同体世界,培养着融贯"民间社会"共同的情感、观念、信仰与价值。在这个瓦解与分裂过程中,作为母亲河的淡水河与周遭的田园世界也被切割、侵占,原本繁荣和谐的三市街(艋舺、大稻埕、城内)在都市化的冲击下变得面目全非。"随着人口与活动不断增加,台北市区沿着新筑的道路,由带状蔓延而成片开发,迅速侵吞了田野,台北县城乡移民群集的贩厝,也一下子铺展开来,两岸夹击,剥除了淡水河的田园护卫,水泥森林直逼河岸,没有缓冲。狂乱的发展步调,丢失了城市与水细心相处,互相协调同生共荣的机会。粗暴的压制代替了循循善诱的驯服,高大的河堤和围墙将水阻隔开来,表明了城市已然弃

---

① [英]雷蒙德·威廉斯:《漫长的革命》,倪伟译,上海人民出版社2013年版,第58页。

绝这条贯穿都会中心的水脉。河流因此丧失自然的生命,成为文明的排水沟;城市因此失去活泼流转的血脉,干枯无趣。"① 王志弘动情的表述来自于对台北城和淡水河之殇的切肤之痛。战后台北重要堤防兴建的相关数据可稍作一佐证:

河域	堤防名称	兴建年代
淡水河	大龙峒堤防	1964 年
	渡头堤防	1965 年
	社子防潮堤	1974 年
新店溪	景美、水源、双圆堤防	1962 年
景美溪	中港路挡水墙	1973 年
	景美溪右岸堤防	1978 年
	政大堤防	1978 年
基隆河	圆山堤防	1964 年
	社子、士林堤防	1965 年
	民族、民权东路、抚远街挡水墙	1970 年
	浮洲子、洲美、关渡防潮堤	1974 年
	松山堤防	1977 年
	中洲里防潮堤	1978 年
	玉成、大直堤防	1981 年
双溪	双溪堤防	1965 年
	双溪右岸堤防	1981 年

资料来源:陈美铃(1987:34)②

原本,从光复到 1961 年,台北市几无新建的防洪设施,1962 年起才有少许新设施。但在洪灾的威胁之下,台北市企图通过筑堤防洪以征服河流。

---

① 王志弘:《城市与河流》(原载《联合文学》1994 年第 115 期),《减速慢行》,台北:田园城市文化事业有限公司 1999 年版,第 43 页。
② 转引自曾旭正:《战后台北的都市过程与都市意识形构之研究》,台湾大学土木工程学研究所 1994 年博士学位论文。

1968年台北市拥有30公里长的堤防,到80年代晚期,台北市竟被将近一百公里长的堤防包围。在近二十年的都市发展中,台北市却忽略了下水道的建设,使得淡水河整治投入了近五百亿台币,后续预算总计将超过千亿台币,却仍然换不回一条能与都市生活结合的清净河流。①

另一方面,工业化和城市化按照功利主义原则进行扩张。为了追求工业效率和利润的最大化,大城市演变成极为混乱而肮脏的"焦炭城"。②而作为城市文明发源地的河流也遭到异化,它们变成"最便宜也是最方便的倾倒所有污水和污物的场所"③。

20世纪后半叶,台北乃至台湾也是按照功利主义的工业化逻辑发展的。到了80年代,淡水河已然变成黑浊之河,濒临死亡并遭到隔离。重返淡水河时,林文义看到的是一条泛着浓烈恶臭的黑浊之河。这种景象已无昔日洁净与丰沛的景象了。

> 那是一条即将废弃的河道,带着肺结核般的病颜。
> 我看到它的颜色是黑浊而极端不洁的,许多布袋莲吞噬了大半的河面,有一艘破旧,被人弃置很久的舢板静静的泊在野草蔓生的岸边,舱里积了一层镜面般的死水,许多蚊蚋,以及一种恶臭,好像那条濒临垂死的河道。
> ……
> 几条毛色乌黑的野狗,在河堤外的垃圾堆里,翻找着食物,那些腐臭的垃圾占据着大片原是草叶遍生的河岸。有一具腐烂、浮肿的动物尸体,搁浅在垃圾与河水的交接之处,载沉载浮的,静默的宣告着一种生命的不值。
> ……
> 布袋莲相互拥挤的擦摩着它们污秽的身子,然后犹如动物体内,那

---

① 黄丽玲:《消失的城市——羊皮纸上的复写》,载黄孙权主编《隐逸的城市灵魂》,台北市文化局2005年版,第53页。
② 参见[美]刘易斯·芒福德:《城市发展史——起源、演变和前景》,宋俊岭、倪文彦译,中国建筑工业出版社2005年版,第461—487页。在"19世纪工业技术的天堂:焦炭城"这一章中,芒福德以冷峻的笔触描述并论证了19世纪工业城市那令人震惊的恶劣的城市生活环境。
③ 同上书,第472页。

种鬼魅、丑陋的毒菌,将河道一寸一寸的吞噬着……我无法找到一艘泛着河上的舢板,黑浊的河水,恐怕连细小的鱼族都无法生存。因为我瞥见,不远处的岸边,许多巨大的工厂,将它大量充满毒质、化学泡沫的废水,日夜不歇的排泄在这条河道,并且将河水污染着。①

夜暗真的可以掩盖掉一切,包括所有人间的阴谋、丑恶、诡谲、陷害……自然,在无边的夜暗里,淡水河黑浊的面貌也被夜暗深深的收藏。收藏不了的,就让它继续腐败,恶臭……站在桥边,我闻到淡水河的臭味。那种臭味是集合这个北岛首善大城许多的秽物、动物腐烂生蛆的尸首,工业排出的,含有大量毒性的废水等等。②

垃圾弃置之地,死亡和腐烂的场所……淡水河从生活世界的中心地带、人与自然的和谐地景变成现代生活的边缘与异域。淡水河不再是台北的方位基准了。追求利润最大化和高速化的现代化逻辑,让河流变成一座城市的边界、一座城墙、一个异域。"桥梁是新的城门,是出入的孔道,淡水河只是出入往返时一段过渡的空白。城墙是一道边界,水流的方向不再重要,在与之垂直的方向跨越水流边界,才是关切的要点,至此河流成了一道令人不快的阻碍(对于城墙内的居民而言,它或许是维护既有利益和宣示文化优越性的保障)。可是,每次跨越边界时,也同时认可和强化了边界的存在,跨越的欲望与水的存在互相抵抗,桥梁不断增建和扩建,但水还是必得存在,因为它是城市的血脉。"③ 作为边界的淡水河已失去了缝合人与自然和谐关系的空间功能。虽然它仍残留着最原始的交通功能,但与田园风格的城市血脉相比,被异化的淡水河早已变成排泄垃圾污水的脏污"血脉"。要将之净化、更生成真正的"血脉",需要人类用理智驾驭暧昧难明的欲望之河。

然而人类似乎永远摆脱不了贪婪而又愚蠢的唯利是图本性。自然山川,凡是能为人类所用的资源,定然会被榨取而后枯竭,而后被弃置如废墟。也只有到了自然灾害陷人类于绝境之时,人们才会幡然悔悟,重思人与自然的

---

① 林文义:《废弃的河道》,《蝴蝶纹身》,台北:业强出版社 1991 年版,第 50—52 页。
② 林文义:《黑浊之河》,《从淡水河出发》,台北:光复书局 1988 年版,第 108 页。
③ 王志弘:《城市与河流》(原载《联合文学》1994 年第 115 期),《减速慢行》,台北:田园城市文化事业有限公司 1999 年版,第 44—45 页。

和谐关系。处在工业化、城市化序列中的国家、地区,无不像一头头盲目狂奔的野牛,重蹈着历史的覆辙。在功利主义的追求中,东西方的历史竟是如此相似。早在1862年,休·米勒(Hugh Miller)就在《古老的红沙岩》如此描述流经工业化城市曼彻斯特的厄威尔河:

> 没有别的东西似乎能像厄威尔河(Irwell)那样最能代表这个制造业大城市,它流经这个地方。
>
> 这条倒霉的河流在几英里以外的上游依然是很美丽的,两岸绿树成荫,河水灌木丛生,但当它流经工厂和染坊时就完全丧失了原来的风光。无数的脏东西都在河里洗,整车整车从染坊和漂白工场里出来的有毒物质都往这条河里倒,蒸汽锅炉把沸腾的废水,连同它们发臭的杂质,全部排放到河里,让它们自由流去,东闯西撞,有时流经又黑又脏的河岸,有时流经红沙岩的悬崖峭壁之下,简直不是一条河,而是一条污水明沟。①

19世纪的工业城市把河流改造成污水阴沟,制造商们将大量的炉渣、烟灰、废铁、废料甚至垃圾倾倒在河里,造成河道变成臭不可闻的异域和垃圾场。这种怵目惊心的场景同样在20世纪下半叶的台北上演。

与淡水河相同命运的还有基隆河:

> 河水在瑞芳折而西转,进入基隆。自八堵以下,沿岸工厂的数量急遽增加,那些未经过适当处理的工业废水,辛辣恶臭中往往带着含有剧毒的重金属离子,如铅、镉、汞等等,这些将慢慢地置基隆河于万劫不复的死地。
>
> ……
>
> 河水再西,经汐止进入台北市。在南港附近,河道与高速公路间耸立着一座巍峨壮观的"人造山",那就是臭名暄腾、启用至今已十二年的内湖垃圾堆积场。每天台北市两百三十万人丢弃的垃圾全数运来这儿,山顶上川流不息的垃圾车蠕蠕而动,如腐尸上突突窜窜的蛆虫;山顶

---

① 转引自〔美〕刘易斯·芒福德:《城市发展史——起源、演变和前景》,宋俊岭、倪文彦译,中国建筑工业出版社2005年版,第473页。

山腰山脚下,沼气自燃自灭,惹得烟焰处处;当风而立,空气中弥漫着一股令人忍无可忍的恶臭,说它如魔窟鬼域,正不为过。大雨一来,雨水自山顶直泻基隆河,只见河中黄黄褐褐,真是集一切污秽肮脏之大成。此时此地,基隆河尽管水波微微荡漾,水草迎风招展,但看来浑不似含情的细语,活脱是无言的呜咽。①

恶臭的河水静止,岸边漂浮着一只肿胀如球的猪尸。举目,高速公路巨大狭长的桥孔,新生北路高架桥横贯穿梭过去,近十一时,无以数计的车辆塞满桥上。②

备受污染而渐进死亡的基隆河已成城市异域,它不仅被高高的堤岸、高速公路隔离,还成为垃圾弃置地。郭鹤鸣对"人造山"的描写怵目惊心,而这一切都被隔离在都市人的日常生活之外,它成为城市的排泄地。如果城市是一个有机体的话,那么垃圾山就是城市的粪堆,而河流是城市的尿道。这是多么令人难堪的比喻。相比之下,乡土时代的河流,它是乡土世界的血液动脉,是生命诞生和死亡的场所,兼具神性和人性;而如今,高度工业化的城市河流却成为最污秽最卑贱的地方。这是人性之恶,这也必定是人类之厄。

不无讽刺的是:一方面,河流污浊的形态象征着现代都市流泻的黑色欲望;另一方面,被异化的河流却重新成为城市底层的生产—生活空间。被重度污染之后,河流中的河虾鱼蟹等物种销声匿迹,而作为中重度污染指标的红虫却得以繁衍。曾经在基隆河"三脚渡"一带捕鱼的老渔人遥想20世纪五六十年代的基隆河,那时工厂废水、盆地住民对于河流仍未造成太大的伤害:"每天捞不完的河蛤、鲫鱼,甚至驶船到关渡、社子口,连乌鱼都可以抓到;我们那时每天挑着河蛤肉,走过明治桥(今之中山桥)沿着中山北路叫卖,最远还走到六张犁、松山……"③但到了六七十年代,由于基隆河中游的煤矿开采,许多煤渍流到河中,基隆河上出现了许多在河上捞黑煤的人们,他们以

---

① 郭鹤鸣:《幽幽基隆河》(原载《联合报副刊》1984年9月19日),萧萧编《七十三年散文选》,台北:九歌出版社1986年第6版,第162—163页。
② 林文义:《"三脚渡"故事》,《母亲的河:淡水河纪事》,台北:台原出版社1994年版,第65页。
③ 同上书,第67—68页。

此维持生计①。再后来,越来越多的工业废水和家庭污水严重污染了基隆河,使之水流渐趋缓慢。有机固形物的长年淤积,生长在败坏河水中的红虫大量出现。又由于养鳗业的需求,基隆河上扒红虫的行业热门起来。"他们所捞捕藉以营生的红虫,从浸泡的水中逐渐脱离烂泥,犹如肉红色的发丝,他们卖给贩子,红虫极受养殖业欢迎。"②"早年在垃圾山附近的基隆河上,常会看到一些小舢板,在河上迂回航行,后来垃圾山虽然被美化了,扒红虫的人,都集中到三角渡去了,这是承德桥下的一个小小渡口,也是淡水河系中,几乎可算是专业以扒红虫维生的渡口,而他们主要的依靠,就是基隆河的水浊臭依旧,只要河水继续恶臭,红虫就愈多。只不过,如果基隆河再继续污染下去,恐怕连红虫都会无法生存呢!"③三脚渡的老渔人只能以捕捉红虫来维系生活,维系他们对这片河水劳动和生活的感觉和习惯。在乡土田园时代,河水是生活场景的重要组成部分,渔民们每日在其间穿梭劳作,自然孕育出乡土感觉结构,但被异化的河道,它不仅是城市空间上的边界,也是城市人心理的边界,唯有终身劳作其中的老渔人才能将这片异域继续当作生活空间维系下去。那是一种与个体生命休戚与共的不舍和眷念。

淡水河和基隆河形象及功能的演变,逐渐侵入世代居民的感觉结构之中。两条河流昔日的风华已经荡然无存。作为污浊之河,它们呈现出都市化过程中乡土世界的瓦解与感觉结构的断裂和变异。生于都市的新人类,已无法感受到人与自然血脉相连的亲缘关系。只有经历了台北由乡土社会向都市社会转型的中间世代,因为自小游荡于田园风光之中、濡染乡土生活惯习与观念,又见证了乡土社会的瓦解和都市社会的兴起,见证着人与自然关系的失调,才不得不痛苦地面对乡土感觉结构的瓦解与都市感觉经验的冲击,发出愤懑之言;然而,面对强大、无形的现代化进程,个体抗争充满了无奈、感伤和愤怒。

何以,我们这些不肖的后代子孙会将昔日曾是洁净的淡水河污染成

---

① 刘还月编著:《淡水河系人文地景完全阅读》,台北:常民文化事业股份有限公司 2001 年版,第 64 页。
② 林文义:《"三脚渡"故事》,《母亲的河:淡水河纪事》,台北:台原出版社 1994 年版,第 67 页。
③ 刘还月编著:《淡水河系人文地景完全阅读》,台北:常民文化事业股份有限公司 2001 年版,第 125 页。

这种样子？黑浊、恶臭的淡水河,曾经是台湾岛先民灿烂文化的重要一页,如今被两岸巨大的堤防隔离并且弃置着,两岸冒着污染天空的废气的工厂,也同时将它们的工业废水排泄到已经污染河中鱼族绝灭甚久的淡水河里;还有两岸居民,淡水河也是一个最好的垃圾弃置所,大家一起抛掷垃圾吧！塑料袋、死狗、鸡鸭、病死的猪仔都在淡水河。①

这黑浊之河,流淌的是工业化生产与都市日常生活、消费的废弃物。淡水河承载着都市人无尽的欲望,是都市感觉结构的象征。淡水河被隔离在城墙之外,"水色深沉,流动迟缓凝滞,发出逼人薰臭,因为现在水流充满了欲望的渣滓。满足口腹之欲后的厨余或排泄的残渣,激昂快感过后的精液与体液,商品消费之后拆毁的包装与遗迹,在欲望飘然入空之后,带着浊重的骨骸流入水道。投水自杀者的浮尸也因此形同被城市生活抛弃的垃圾,而非激起灿灿水花、阵阵涟漪的悲壮句点"②。人们在横跨淡水河的台北桥上点亮水银路灯,制造着妩媚与浪漫的气息;然而,这有意的隔离与点缀,却正是都市欲望的鬼蜮伎俩,既要让私欲、都市声色大行其道又要使它潜移默化、冠冕堂皇。淡水河变成黑浊之河是台北都市化、工业化酿成的苦果。更确切地说,淡水河的变化与台北各个阶段感觉结构相应,20世纪80年代的"黑浊之河",是都市台北声色欲望的象征空间。

淡水河和基隆河的死亡是乡土台北生活空间瓦解的标志。在整个都市化过程中,乡土台北生活空间已被肢解、移植、改建,正如有着两百多年历史的林安泰古厝在市长的命令下被拆解,"据说每一块斗拱,每一根横梁都编了号,说是要重建在民俗村里（民俗村在哪里）。据说,古厝被予以肢解的躯体,被放置在一个仓库里,任其生虫、朽蚀;还据说,有些雕花的斗拱流落在光华商场的古董铺里去了……"③ 以一连串的"据说"质问,林文义的愤懑与反讽之意溢于言表。这也说明乡土生活空间与建筑形式在都市中已遭无情摧毁,它们只能随着现代化的步伐隐退到传说、历史与想象之中。

---

① 林文义:《黑浊之河》,《从淡水河出发》,台北:光复书局1988年版,第109页。
② 王志弘:《城市与河流》（原载《联合文学》1994年第115期）,《减速慢行》,台北:田园城市文化事业有限公司1999年版,第45页。
③ 林文义:《城楼寂寥》,《从淡水河出发》,台北:光复书局1988年版,第111—112页。

（二）作为城市边界的河流：空间与信仰的双重异化

作为边界的河流,存在着一种"不存在的空间"。在这种空间中滋长、孕育着莽荒得诡异的精神—心理空间。

1984年6月30日,靠近芦洲、五股滨河的洲后村,有着两百年历史的村落被强行拆除,村民被架离,二重疏洪道将通过这片原本瓜果丰沛的冲积扇土地。一座古老村庄就这样消失于都市建设的洪流中。然而,当林文义在一个秋晚探访曾经的洲后村时,迷路的茫然中他"竟被疏洪道一片在黑暗的荒野上乍见的灯火夜市所震吓,仿佛不属于这寻常红尘"①,林文义见到的是："一座粗劣的玻璃纤维塑成的神像,香火鼎盛地被安置在随意搭起的棚架里,很多贪婪的眼睛注视着插满香枝的沙盘",玩"大家乐"的信众们等待着"明牌";这片近乎诡异的灯火夜市中还有半裸的卖壮阳药的女孩与看客、与顾客用骰子厮杀的小贩、奶着婴儿的卖录音带的妇人……这片原本物产丰美、生活有序的乡土世界沦落为荒野的异地,那里流淌着原始的人性欲望和赌徒的信仰。无独有偶,社子岛也在都市化的改造中成为"被遗忘的地方"：日夜作业的抽砂场、地下工厂、弹子房错杂期间,人们所能记取的是"在夏季台风侵袭我们的岛屿之时,台北盆地淹水、受害最深的地方一定少不了芦洲与社子"②。

还有"三脚渡"③。新生北路高架桥横贯而过,紧邻百龄桥和河滨公园的那一段凹进来的河湾,由于被堤岸阻挡在外而成为"被弃置的荒芜"之地。这种荒芜之地竟然葆有着都市中最令人匪夷所思的信仰空间。夜晚中的三脚渡唯一的灯光来自那座以帆布车棚暂充的落难神庙。"线香依然点红,空气中微微的檀香味,两盏红色莲花灯,罗列着三四十尊大小不一的木刻神像;

---

① 林文义：《两河流域》，《母亲的河：淡水河纪事》，台北：台原出版社1994年版，第56页。
② 同上书，第58页。
③ 宽阔的淡水河系,大大小小的每一段溪,都拥有过许多的渡口,淡水河口的沪尾渡、关渡、社子岛与狮子头间的三角（脚）渡,基隆河上的剑潭渡、塔塔悠渡、锡口渡、樟树湾渡,淡水河上的大稻埕渡、艋舺渡,新店溪上的碧潭渡、湾潭渡……这些渡口随着桥梁的普遍兴建而渐渐消失。20世纪70年代以降,继续肩负渡河功能的,尚有沪尾渡、三角渡、樟树湾渡、碧潭渡、湾潭渡以及涂潭渡等少数几个,随着交通的进步,这些渡虽然依旧扮演者维系河流两岸交通的重要角色,但也只有少数在地居民利用,社会大众几乎全忘了它们的存在。参见刘还月编著：《淡水河系人文地景完全阅读》，台北：常民文化事业股份有限公司2001年版，第49页。

供桌织棉布围,绣着'天德宫'三字,……"①原来,众神皆已落难,"大家乐狂热之时,贪婪忘情的信徒祈神庇佑以求'明牌',若未能如其所愿,遂将神像破坏,抛入河中……从'三脚渡'出航捞捕的老渔人们,多年来,从淡水、基隆两河救起这些神像,供奉于此"②。民间俗信由单纯的人世祈福变成异常功利化的赌博装置,神变成了获取暴利的机关和天意。此时,普度众生的神性和人们对神的敬畏感消失,利欲熏心的人们肆意亵渎着神灵,毫无愧疚之心。落河的神像流离失所,它们只能被心存善念的老渔人收容,暂且拥挤于"落难神庙"之中。然而,即便如此苟且求存,众神也未能如愿以偿。由于河滨公园的开发,那片被遗忘的荒芜之地也难逃被现代化规训的命运。连落难神庙最终也难逃一劫。"拆除队用怪手把那座铝制的临时庙屋打坏,四十多尊神像只好暂时用帆布车棚容纳了。"无奈之中,老渔人只能打算给落难神庙装上四个轮子,将众神推走。被异化的信仰和扭曲的神性空间,最后会被彻底抹去。然而,都市化的规训力量,既凭借着现代化巨手随时异化出荒芜的空间和扭曲的精神—心理世界,同时也在不断扑杀四处暗生的荒芜之地和诡异心理。这种方生方死的状态,恰恰表明都市化自身存在着难以克服的内在矛盾。原来,现代化和荒原化是都市化的一体两面,它们相生相克,缠斗不休。而这一切无不指向理性与非理性同体共生的人性。显然,处于边界地带,这种暧昧难明的空间和心理表现最为突出;但同时我们也不得不注意到,只要人性流淌的地方,边界无处不在。

三、城镇式乡愁:基隆河的人文地景流变

林文义五岁开始,祖母就带着他溯基隆河而上,从松山、南港、汐止直上八堵右转暖暖、四脚亭。那里是祖母的故乡。林文义清晰地记得祖母指着窗外经过的景色,像唱儿歌哄孙子般地说:"锡口、南港很多砖仔窑,汐止古早叫做水返脚,阿嬷少年时在瑞芳洗煤炭……"锡口指的是松山,在林文义的记

---

① 林文义:《"三脚渡"故事》,《母亲的河:淡水河纪事》,台北:台原出版社1994年版,第66页。
② 同上书,第66页。

忆中,那铁道沿线一座接着一座的砖窑,瘦长的烟囱终日冒着浓烟,窑外一块块的砖胚等着阴干,远远看去,像切开的长方形豆腐块。到了七八十年代,松山、南港的田园犹如被巨兽猛噬。一大片一大片的公寓、汽车保养厂、电子公司像积木一样堆满,壅塞,好像一夕之间,砖窑都像被巫术幻化消失。时过境迁之后,当林文义重访这一带,他只在松山、南港交界的基隆河岸找到一座斑驳废弃的旧砖窑,好像上古史传说中的城堡废墟。"烟囱伸长在多云欲雨的灰霾天空,竟然在顶端长出一蓬灰白的菅芒,整座砖窑从圆长形的门里繁延着一串串紫色牵牛花,那般充满生命力的开放,而砖窑早已死亡。"① 在林文义的描述中,台湾经济的发展、产业的更替,不仅快速变换着基隆河沿岸的空间形态,也悄然改变着沿岸居民的生产—生活方式和感觉经验。由于空间的快速更替,曾经确凿无疑的儿时记忆和感觉经验几乎在瞬间变得支离破碎,甚至荡然无存。可以说,林文义已经找不到可以召唤儿时记忆、确证家族足迹的基隆河了,基隆河的历史随着屡经变换的空间而变得面目不清。同时,我们亦可发现,林文义念兹在兹的基隆河及其沿岸,已经进入了工业化、城镇化高速发展的轨道中。他所怀念的不再是单纯的田园景致,而是在工业化进程中城镇空间的一个短暂片段。这个片段化的城镇空间孕育了林文义的童年体验和记忆。随着工业化空间的快速流转,片段化的城镇空间和并不长的记忆变成了乡愁,这是属于城镇化的乡愁,与田园乡愁有别,它是短暂的、流动的、也是碎片化的。无怪乎,林文义如此钟情于砖窑那牢固的意象及其维系历史的支撑性意义:"曾经日夜燃烧着熊熊烈火,一块块赤红的砖或者瓦片,可以构筑成一大片聚落,让三、四百年来,移民得以落地生根。砖窑成为历史的旧页,至少在基隆河岸已稀微难见。"②

正如砖窑厂的消失一样,在城镇化的进程中,一切都是流动不居的。林文义曾试图沿着基隆河追寻祖母的足迹,还原童年的记忆,但是基隆河沿岸快速流动的空间场景让他怅然若失,城镇化的乡愁油然而生。台北城经济形态的快速变迁和基隆河流域空间场景的快速切换,使一切失去了牢固的根基,也使人的记忆变得零散,空间变得难以捉摸。"二十年前,列车正方形窗

---

① 林文义:《砖窑爬满牵牛花》,《母亲的河:淡水河纪事》,台北:台原出版社1994年版,第79页。
② 同上。

子仿如电影,两岸的农舍、田野开始消失,一具具金属箱子开始从五堵堆积到八堵……台湾岛屿的海洋贸易缤繁如织,好像恍惚之间,……七○年代以后,许多旅行的箱子都让巨大的货柜轮带到基隆港来,好像一只无形的手,将这些不同国籍、颜色的箱子像积木一样的堆起,等待验关或者转运,……继续箱子们五湖四海的旅行。"① 显然,国际化的贸易既使基隆河辐辏着国际空间的诸多元素,又使它失去了地方特性。于是,林文义溯基隆河而上,追寻着童年记忆中祖母身影,试图将基隆河变得一个想象的凝固的地方。

暖暖是林文义祖母的故乡,但暖暖也已经不是祖母生活时代的样子了。在台湾垦拓史上,最早溯基隆河而上的船,可以开到暖暖。但是就是这个颇有历史渊源的小镇,诸多古迹或荡然无存或面目全非。林文义看到,建于清同治十二年(1873),被视为最能代表北台湾开拓印证的古厝"泰丰居",因为市地重划二期工程被拆毁;比泰丰居还早盖七年的"安德宫"庙宇,也因为历经大修而失去古时朴拙气质。随着历史古迹的消失与变形,有关久远年代的梦与记忆也随之飘零。曾经的暖暖已非林文义所能认知。

与暖暖、瑞芳一带紧密相关的就是曾将繁盛一时的煤矿业。年轻时候的祖母曾经在其间洗煤,并结识了身为采煤人的祖父。于是乎,煤矿似乎成为林文义可以锚定记忆的地方。然而正如郭鹤鸣所言:"瑞芳,这个台湾北端最著名的矿业聚落,眼见它矿业鼎盛,灯火通宵;眼见它矿源枯竭,人去楼空。"② 一切似乎随着时光流逝,再一次进入了迷蒙历史之中。

资料显示,煤是北台湾蕴藏最丰的矿产,基隆河流域产量最多,瑞芳镇更是盛产煤矿。清末,北台湾煤炭开采从基隆河暖暖附近往上游瑞芳、顶双溪及下游的七堵、汐止、南港等地拓展。日据时期,基隆河流域的煤矿被大量开采,瑞芳、平溪一带成为台湾矿业最发达的地方。平溪乡被称为"煤矿之乡"。最盛时期,有菁桐、五坑、三坑、新平溪等九个煤矿,每天入坑工作采矿的矿工高达一千多人。当时的主力"台阳矿业",还斥资沿基隆河上游河谷兴建了三貂岭经十分寮、岭脚寮、平溪和菁桐坑的轻便铁路,以运载煤矿并便

---

① 林文义:《箱子旅行家》,《母亲的河:淡水河纪事》,台北:台原出版社1994年版,第83页。
② 郭鹤鸣:《幽幽基隆河》(原载《联合报副刊》1984年9月19日),载萧萧编《七十三年散文选》,台北:九歌出版社1986年第6版,第161页。

利劳工交通问题。后因煤的需求量减少,又不断发生矿场崩塌事件而停止开采。到了20世纪末,规模最大的利丰煤矿停业,只剩下小小规模的裕丰煤矿,为这个古老的产业,做最后的历史告白。① 历经一个世纪多的采煤工业势必彻底改变基隆河沿岸的人文地景。

郭鹤鸣曾在1984年描述了煤矿开采和沿岸居民对基隆河的污染:

> 坐落河旁的煤矿厂,取上游清新鲜洁的河水来洗煤,而报之以污秽浑浊。排放的污水,在河中翻滚成一条条黑黑褐褐的毒龙。而河床上矿渣山积,垃圾成堆。岸上有成排成列的鸡笼,笼边散落一簇簇的鸡毛、鸡粪以及零零碎碎的内脏,在呛人的生煤烟味里特别腥臭扑鼻,中人欲呕。伸出河堤的一根一根管子,家家户户的污水由此排出,河中破雨伞、塑胶袋载浮载沉,河水所经,那大大小小的石头上不是苍绿如茵的藓苔,竟是油滑垢腻,如一头头面貌狰狞、正待攫人而噬的水怪。②

基隆河是被毒死的,洗煤后的废水和生活垃圾共同谋杀了基隆河。显然,基隆河不是被瞬间污染而变得污秽不堪的,它是在一个世纪多的采煤工业中被慢慢扼杀的。基隆河及其沿岸日趋恶劣的生态环境,也深刻改变着沿岸居民的生产—生活方式和感觉体验。

清代中叶开始,基隆河流域便开始采煤。早期采煤,为便于运煤,不少煤矿坑口就设在基隆河沿岸。河道两岸也往往被煤矿业者辟为堆放煤炭的炭埕。因此,采煤、运煤或暂时堆放,都有可能让煤炭掉落河中;遇上台风暴雨,更是防不胜防。日积月累,掉落河中的煤就颇为可观。到了五六十年代,煤矿产量萎缩,人们开始觊觎基隆河中的煤炭,于是有了洗黑煤的行当。洗煤的人多是渔民。由于基隆河污染严重,鱼虾多已绝迹。渔民只得转行洗煤。"于是原本捕鱼的'蚋仔船',成了捞黑煤的小船,原本的渔网换成了筛子,用长柄的铁铲把堆积在河床上的煤炭铲起后,倒入筛子中,在水面上一手

---

① 刘还月编著:《淡水河系人文地景完全阅读》,台北:常民文化事业股份有限公司2001年版,第122—123页。
② 郭鹤鸣:《幽幽基隆河》(原载《联合报副刊》1984年9月19日),载萧萧编《七十三年散文选》,台北:九歌出版社1986年第6版,第160页。

摇动着筛子,一手在煤炭上往来搅动,直到把煤炭中的泥沙清洗光了以后,再倒入船舱中,就这样,洗黑煤成了瑞芳、暖暖、汐止、南港等地渔人们全新的营生方式,而且,还一洗就是二十几年光景,直到一九八零年代初期,才完全消失。"① 在污浊的基隆河中洗黑煤是渔民的无奈之举,其中艰辛唯有参与其事的人才能体悟。然而,时过境迁之后,当洗黑煤这个行当逐渐消失,那一代的渔人纷纷凋零,留给后代的该是无限感慨。而感慨之中的怀念恰恰说明了城镇式乡愁这一现代性感觉结构的独特形态。

林文义在《黄金与煤的源头》一文中深情地回忆道:"基隆河在离开九份几里外的山下幽幽流着,年轻时候的祖母,静静的以河水洗着乌亮的煤块,采煤的轻便车哗然的碰撞,慢慢停止。"② 林文义在怀念祖母,就连祖母的劳作场景也光影声响浮动,形象毕现,宁静中不乏诗意和美感。比照洗黑煤的史料记述,林文义的描写使原本污浊不堪而又艰辛的劳作具有了乡愁的诗性,而且基隆河沿岸的景致似乎凝固了。可见,短短二十几年片段化的城镇生产—生活方式一旦与童年、与怀想的人相关联,便具有了乡愁式的永恒属性。只不过,这种乡愁是城镇化过程中的乡愁,它是现代性感觉结构的一种形态。也即城镇化的空间片段,更多依赖经济生产和消费形态而暂时定格;一旦经济生产方式转型、消费风尚变换,城镇形态也随之变易,而儿时有关城镇化的体验和记忆就变成了诗化的乡愁;这种乡愁也因为失去了稳定的经济生产—生活的根基,而变得虚幻而漂浮。就连城镇化过程中的污染、生活的艰辛乃至苦难也会被有意无意地过滤,而只留下温馨的回忆和诗意的画面。或许我们可以说,正是当一切牢固的东西都烟消云散之后,现代性的城镇化—都市化乡愁才会氤氲生成。

---

① 刘还月编著:《淡水河系人文地景完全阅读》,台北:常民文化事业股份有限公司2001年版,第124—125页。
② 林文义:《黄金与煤的源头》,《母亲的河:淡水河纪事》,台北:台原出版社1994年版,第89页。

第二节 铁路：边界意象与工业乡愁式感觉结构

一、中华路铁路：边界及其空间缝合

1949年中，大陆来台民众渐增，街上摊贩明显增多，台北市为减少路上摊贩，委托台北市警民协会在中华路铁路东侧兴建两列用竹篾搭建每个约四公尺见方、没有墙壁的摊棚，全长约六百五十公尺，收容摊贩并由警民协会管理。1949年年底，国民党败退来台，大陆来台民众激增造成严重的居住问题，原来摊棚遂被加筑墙壁并向前后扩大作为居所。同时又在中华路铁路西侧增建第三列临时建筑，各列又向南延展，总长度达一千两百公尺。这些临时建筑都不是规则的、临时以木板和竹料陆续添搭的，区域内横巷交错，呈现十分强烈的暂时蜗居的性质，它们围着铁道兴建，为50年代搭火车进城的旅客建构了独特的意象。在短时间内繁衍起来的中华路棚屋成为台北都市中以货物低廉著称的地方，各类日用品至古董书画都有，而最著名的则是它的各省饭馆。中华路的吃食、逛店购物和西门町看电影，成了当时城市居民日常生活中最主要的消遣。①

---

① 参见曾旭正：《战后台北的都市过程与都市意识形构之研究》，台湾大学土木工程学研究所1994年博士学位论文。

曾旭正的宏观描述为我们提供了 50 年代台北的都市状况，而作家的书写则表达出私人的记忆和体验。只有二者的参证，方能更立体而生动地还原特定时代与地方的感觉结构和空间形态。丘秀芷在《三线路》一文中就详细还原了中华路铁路及两旁摊棚的空间演变和个体体验。在她的童年记忆中，光复时期西门町没有中华路，也没有中华商场，只有三线路，其原因大概是中间铁路线，两旁大马路，正好三线。起初，由于日本人大多被遣返，城中区空房子到处都是，谁先住进去，谁就有居住权，那时物资匮乏，一只鹅可以换一间房子的房契。慢慢地，空房子没了，"三线路上铁道旁开始有人搭棚子住。竹子架子，上头搭些木板、铁皮、油纸、水泥纸，像办家家酒，十分'有趣'似的"；继而，铁道旁的竹棚屋愈来愈往小南门延伸，丘秀芷看到棚屋中"很多人家烧煤球、焦炭、生火很难，就把炉子端出屋外生。但下雨天又不能在屋外，只好又放在屋门口。我上学上得早，正好看他们家家户户在生火做饭，这些人好像没我妈妈那么会生火，常熏得一脸乌七抹黑的"[1]。由于时局不稳，绝望情绪弥漫，中华路铁道上惨剧不断："日子不好过，有人熬不下去，干脆卧轨自杀，自杀有传染性，民国四十年前后，中华路铁道上常有这种事。夜里有班车，都在半夜自杀。我初搬到万华还很调皮，和姊姊一道走路上学，很喜欢走铁轨，比赛谁走得久，不会摔下来，但是，一两次，碰到那东一条腿，西一个头支离破碎的尸体之后，吓死了！"[2] 丘秀芷以孩童的眼光来看光复初年中华路铁道的众生相，其中既有童趣的细致观察，也有突然直面死亡的恐怖。这些都展现了动荡时局中颠簸流徙的底层民众与台北空间的内在关联。台湾光复至 50 年代，中华路两旁的错杂棚户既是当局的权宜之计，也是底层百姓暂时性的居所和谋生之地。这种临时性、错杂的空间特征表征出底层民众的苟且偷安、焦虑乃至绝望情绪。这是那个动荡时代底层百姓的感觉结构。有此亦可见，空间形态和感觉结构本身形成双向的建构、衍生关系。

除了临时性的空间特征外，中华路铁道在当时实际上具有很强的通道与

---

[1] 丘秀芷：《三线路》，载人间副刊策划主编《回到中山堂——延平南路 98 号和周遭生活圈的故事》，台北市文化局 2002 年版，第 128—130 页。

[2] 同上书，第 131 页。

边界功能。它是连接台北与中南部市镇的主要通道。中华路沿途的棚屋成为人们搭火车进台北城见到的主要城市意象。对于初次抵达台北的乘客而言,这种视觉景观给人留下深刻的印象。

> 我小的时候,来趟台北是件大事,坐在火车上,看到莺歌石,过了淡水河,再看大到一片违章建筑,夹着西门町的铁路拖曳而来,台北就到了!
>
> 那时还没建起商场,一片杂乱,一排排竹篱笆贴着铁道,家家烧着煤球,熟悉的煤烟味,混着蒸汽火车的煤烟味飘进窗来,后院晒得衣服似伸手都够得着,火车简直就是擦身而过。①

雷骧也在多篇文章中清晰记述了自己第一次从高雄北上台北的印象:

> 列车平行沿着中华路开进市区,两旁是做生意的商场棚屋,桂林路、武昌街、汉口街与铁路直交的地方,叮叮叮的放下栅栏,挡住停在路当中的公车、行人和跷起一只脚跨坐自行车上的人们,他们眼光空茫,表情凝冻,好像忽然被切断了行进中的生活,专等我们的火车开过去,生命才又连续下去。这幅图景的印象深刻,心想:我将在这样一个杂沓的、常要被切断的都市里生活吗?②

中华路上的铁轨连接着城里与城外,沟通着乡土与城市。这既是城乡之间通路的连接,也意味着空间的区隔。尽管中华路沿线的摊棚显得错乱逼仄,但这也意味着城市所特有的繁忙杂乱景象。以外来者、闯入者的身份进入台北,雷骧虽不无犹疑和焦虑,但他已敏锐地捕捉到属于台北城的"杂沓"节奏了。

城市空间的边界也意味着空间上的某种连接。"50年代崛起的中华路摊棚以一种临时建筑的空间形式收纳了大量的外省政治移民,并发展成为都

---

① 郭冠英:《消失的起跑线》,载人间副刊策划主编《回到中山堂——延平南路98号和周遭生活圈的故事》,台北市文化局2002年版,第122页。

② 雷骧:《献给台北——2003年3月31日于中山堂颁奖典礼上致词》,《捷运观测》,台北:二鱼文化事业有限公司2003年版,第181页。相同的描述片段也见雷骧:《初进台北》,《爱染五叶》,台北:麦田出版社1999年版,第118页。

市中新兴的带状商业区,在空间区位上,它以一带状空间如拉链般将西门町与城中区接合起来,形成更具中心性的商业街区。"① 在此后的发展过程中,中华路的这种缝合作用更加明显。

由于中华路两旁的违建越建越长,为了整顿市容,台北市拟定中华商场整建计划,于 1960 年春,将铁路两侧的棚屋全部拆除,在东侧建造全长 1171 公尺的钢筋水泥三层店铺八栋,自北向南以八德——忠、孝、仁、爱、信、义、和、平命名,计有 1644 个铺面,中华商场成为台湾最大的百货总汇商场。②1969 年,中华商场各栋二楼以陆桥相连,1971 年更与武昌、汉口和开封等街道的陆桥相连。从衡阳路至汉口街三栋的商场二楼已成为西门町游客必经之道,由是,西门町与城内中央行政区紧密连结在一起。"中华商场具体地连接城中与西门町而成为中心。"③ 可以说,中华商场的运营,也开启了西门町黄金时代。郭冠英便见证了作为台北新地标的中华商场。"过了衡阳路,面对以前新生戏院及中山堂的那段中华商场才是年轻人聚集的精华所在,那时台北那有什么东区、西区,隔着中华路两边就是东区与西区。东区的中山堂和新生报门口,就是年轻人约会的地方,中华商场就是逛街的所在。"④ 在延平南路武昌街口守过两年书店的逯耀东也记录下中华商场兴的繁华景象:"中山堂后向中华路,中华路自中华商场建妥以后,八幢大楼一字排开,从北门到小南门,台北市又出现了一道发光的城墙,各种不同的小百货商店向这里辐辏,各种不同地方风味的餐厅向这里集中,尤其在新生大楼扩建后,楼下的新生大戏院开幕,入夜之后,这一带地方灯火辉煌,人声与过往火车声交织在一起,成为当时台北市最嘈杂也是最有活力的地方,逛罢衡阳街到中华路吃饭,成了台北或外地人到台北休闲的例牌。"⑤ "当时没有大饭

---

① 曾旭正:《战后台北的都市过程与都市意识形构之研究》,台湾大学土木工程学研究所 1994 年博士学位论文。
② 同上。
③ 同上。
④ 郭冠英:《消失的起跑线》,载人间副刊策划主编《回到中山堂——延平南路 98 号和周遭生活圈的故事》,台北市文化局 2002 年版,第 123 页。
⑤ 逯耀东:《守着书店的日子》,载人间副刊策划主编《回到中山堂——延平南路 98 号和周遭生活圈的故事》,台北市文化局 2002 年版,第 64 页。

店,除了车站左侧的状元楼,台北最体面的访客的地方就是中华商场。"① 原本杂乱无章的摊棚变成颇具现代商业形态的百货商场,这无疑是当局立足台湾发展经济的一部分计划,同时也表明日益稳定的两岸时局让一度处于不安、焦虑乃至绝望的底层民众重新建构起稳定的庶民日常生活世界。当时的中华商场甚至成为流行文化的集散地,"喇叭裤、AB裤、迷你裙、鸡窝头,都在这条走廊流动着,美国的嬉皮文化也随着唱片海报与电影流行过来";新生戏院外的巨幅电影广告看板,就是绘画艺术,"从中华商场这边看过去,那个戏院就是现代文明的最高殿堂,那时的戏院好大,看电影是种文化仪式"②。来自美国的流行文化随着资本流动渗透进中华路的商业形态,无形中塑造了年轻世代追求时尚同时反抗威权的感觉结构。③

当然,在亲历者眼中,中华商场并非都是一味的繁华景象;在繁华之下还隐藏着庶民的愤懑与忧思。每一位见证者的记述都将还原出中华商场驳杂光谱。比如,忠栋就不是热闹的地方。中华商场的前后两端"只是些做证章字画的,都是给老人家用的,尤其是国军文艺中心对面那几栋,好像都是些与大陆家乡有关的小生意在那摆着",而且中华商场的住户很多都是与国防部有关的低阶官佐。④丘秀芷震惊于中华商场摇身变成"高贵商区"之时,竟然根本不敢到中华商场逛街,因为商场内无论是吃的、用的,都是漫天要价。

中华商场的繁华并没维持多久,到1972年,丘秀芷再到台北时,中华商场又再度与1951年时违建棚屋的感觉极为相似。而年轻的王盛弘及其马来西亚同学初次抵达台北看到的也是"几栋烂房子"的中华商场:"长长一列方块建筑宛如火柴盒排列,斑驳、杂乱,不是想象中的光鲜亮丽。"⑤王盛弘见证了中华商场最后的四年时光:"一栋连着一栋踏着低低高高的阶梯逛去,集邮社、古玩社,公厕终年弥漫尿骚腥臭、地板永远泛潮,旧衣店、成衣店,点

---

① 丘秀芷:《三线路》,载人间副刊策划主编《回到中山堂——延平南路98号和周遭生活圈的故事》,台北市文化局2002年版,第132页。
② 郭冠英:《消失的起跑线》,载人间副刊策划主编《回到中山堂——延平南路98号和周遭生活圈的故事》,台北市文化局2002年版,第124页。
③ 参见本书有关西门町空间形态及其感觉结构的论述。
④ 郭冠英:《消失的起跑线》,载人间副刊策划主编《回到中山堂——延平南路98号和周遭生活圈的故事》,台北市文化局2002年版,第123页。
⑤ 王盛弘:《十三座城市》,龙门书局2011年版,第112页。

心世界旧桌椅上阳光斜斜射来,把锅贴、酸辣汤刚送上桌那一霎映显得云蒸霞蔚,唱片行、电器行,商场后方当当当铁路道口栅栏放下,火车硿咙硿咙驶过,建筑物好似也有了一阵轻颤。"① 当郭冠英重访中华商场时,忠栋已被拆得只剩一片瓦砾。郭冠英顺着"和"字栋商场一路逛上来,"每家都在打包,各种证章、奖杯、旗杆、竹片、木板,堆得到处都是,奖杯就是大减价也没人要,走过文艺中心那一区,以前都是各种家乡味的小吃,现在只剩'点心世界'还在那里,坚持做生意到最后几天"②。垂死之际,中华商场一楼生意竟然比以前还好,"尤其在它将要拆迁的前夕,挤满了抢着做最后拍卖的摊位,主要仍是衣服、皮鞋、皮包,又是人潮汹涌,好一幅回光返照的景象"③。残破、凋敝以及被拆除前最后的畸形繁华,在在宣告中华商场死亡的命运。出人意料的是,似乎只有当中华商场被彻底拆毁,人们才会重新记起它,甚至才会重新认识它的前世今生:"我才知道它原来是清代的台北城墙,日本人敲去建了铁路,所以两边才那么宽。"④ 郭冠英的记述生动还原出处于商圈中的建筑物的生与死,王盛弘也抓住了中华商场消失前氤氲而出的怀旧氛围。这种文献式记录必将比已然消失于无形的钢筋水泥式建筑要活得更长久,也更能召唤出20世纪50—70年代台北市民隐微而繁复的感觉结构。甚至于,随着建筑物的死亡,早已湮没不闻的历史也会随着建筑物倒塌的声音尾随而至,隐隐约约勾画着空间、权力和意识形态绾结、更迭的身世。

中华商场终至被拆以后,丘秀芷、郭冠英等人均感觉到那是一个时代的结束。中华商场兴衰演变史,在见证者的记述中,既是空间的公共历史,也是个人的私密史。从三线道到中华路铁路沿线的摊棚,再到中华商场,直至中华商场的被拆除,个人的感知体验在空间中被塑造,也参与进空间历史演变进程中。世代的感知体验汇聚成特定时空中的感觉结构,表征着那个时代的精神结构和空间结构。在时间的长河中,在城与人的磨合建构中,城与人最终涵融成空间—生命共同体。因此,当雷骧回首过往,他自然而然意识到:

---

① 王盛弘:《十三座城市》,龙门书局2011年版,第113页。
② 郭冠英:《消失的起跑线》,载人间副刊策划主编《回到中山堂——延平南路98号和周遭生活圈的故事》,台北市文化局2002年版,第123页。
③ 同上书,第124—126页。
④ 同上书,第123页。

"台北的变化很大:中华路棚屋商场早已不在,平交道栅栏当然也不存在,火车已经钻进地底,而那些行人依旧熙攘往来,我变成他们中间的一员,我成了台北的一部分——而台北却是我生命的全部。"①

如果说,中华路铁轨、中华商场曾经作为城乡的通路、边界和地标,起到区隔和缝合的作用,那么当纵贯线铁道地下化后,作为边界的城市意象已经不存在了。随着城市空间结构的变化,中华路不再是城市地标,它成了城市空间的文化象征。

二、北淡线:梦想通道及失落的乡土世界

日据时期第二十年,年方十岁的郭雪湖跟随母亲,离开大稻埕家居,首次的沪尾旅行,搭乘筑好不久的北淡线铁道,从双连驿上车,烧炭的机关车头,喘气、雄浑的前往河口的小镇沪尾。郭雪湖的母亲在前往沪尾的列车上,提及那淡水河口的小镇,特别会说到"大船"及"蛤蜊",前者包括日本殖民者的铁壳右炮艇以及来自"唐山"厦门、福州的大帆船。后者则是全岛知名的沪尾海产,北岛人惯于称之"粉蛤"。而淡水古名"沪尾",意思是"残雨"。② 如果说,在郭雪湖的童年世界中,北淡线还充满了国族迷思和乡土眷念;那么,时移世易之后,新生代作家的感觉结构中更多楔入个体的梦想和青春感知。林文义对北淡线的钟情怀想便表达出个体对童年梦想、异国情调以及未来的诗意追想。

记忆倏忽回到二十年前——北淡线上,蓝色的车厢,绿色胶皮的座椅,稀疏的乘客,列车长从前面的车厢缓步走来,平板却质朴的声音:"先生,您的票。"有时还轻轻的拍醒睡眠中的乘客。穿过短暂的黑暗,是关渡隧道的迂回,随即是迎面而来明亮的天光,淡水河辽阔的摊开,波涛滚

---

① 雷骧:《献给台北——2003年3月31日于中山堂颁奖典礼上致词》,《捷运观测》,台北:二鱼文化事业有限公司2003年版,第182页。
② 林文义:《三彩船之梦》,《母亲的河:淡水河纪事》,台北:台原出版社1994年版,第30—31页。

滚,向河口壮丽的流泻出海。①

充满温馨的童年记忆在时间的磨洗中慢慢散发出乡愁般的温暖。一直居住在北淡线铁道旁,北淡线几乎成为林文义生命中不可磨灭的牢固记忆。通过民权西路的平交道,开向淡水,"竟然也感受到一种无由的温暖与幸福"②。童年时,林文义常常从民权西路平交道进去,顺着长长的、在阳光下微微泛着褐青色光亮的铁道向前踩着枕木,一条枕木,两条枕木……数呀数,可以抵达基隆河岸的圆山站。走铁路的日子延续好几年,不知铁道通向何处,大人说铁道的终点是淡水,出产蛤蜊、鲂仔鱼,但对童年林文义而言,那只是一个遥不可及的陌生名词,几乎是另一个遥远的世界。十五岁时,林文义用零用钱买了去淡水的火车票,想象着一场梦幻般的、属于少年的初旅。站在狭窄的月台上,等待从台北后站发出来的北淡线列车,林文义的心情竟然异样悸动,无以停歇。

> 淡水很美,去的时候适逢向晚,淡水河口潮涨,许多鱼状的舢板在漫漫的潮水间奋力摇摆,晚霞在逐渐幽暗下来的远天,许多人等着渡轮过河,他们要回到对岸显得荒瘠的八里乡。……十五岁,开始拥有一个永远不渝的恋人,美丽而充满异国之美的淡水镇。一直到现在,这个年过卅的男子依然没有变节。③

到远方的铁路与青少年的梦想相连,淡水镇的异国情调恰恰具备梦幻的颜色。这让林文义产生近乎偏执的眷念和温暖的慰藉。由北淡线勾连起的现实和梦幻空间,竟包含林文义的两种生存姿态:一种是对冷酷现实的抗争与逃离,另一种则是对理想与温情的向往和坚守。因此,虽经过重重的世事变迁,林文义仍时时省思和追溯:"从十五岁到三十岁,荒谬、纯情、痛楚、伤感都已不再有任何的意义;至少,北淡线永远伴随着我期待黎明,黎明里有一个滨

---

① 林文义:《竹园远眺》,《母亲的河:淡水河纪事》,台北:台原出版社1994年版,第46—47页。
② 林文义:《北淡线铁道》(原载《联副》1984年3月23日),《寂静的航道》,台北:九歌出版社1985年版,第23页。
③ 同上书,第25页。

海的小镇,是我不渝的眷爱。"① 其实,不只是北淡线,向远方的铁道永远给人无限的遐思,那是迈向梦想的通道,理想的未来将在铁道的远方展开。正如雷骧在少年时期返回台北时的那种感觉:"火车从苗栗以后,好像永远的行驶在山谷间了,时间一个钟头、一个钟头的过去(那时的火车极慢,我怀疑这个北上旅程的终点,是否真的会出现传说中的那个占地平广、人文荟萃的大都市?)……"② 作为梦想的大都市台北,同样在铁道的终点处让少年雷骧产生无限遐想,而彼时火车的缓慢和铁道的漫长均构成对梦想的煎熬。

然而,在工业化城市的日常生活中,北淡线的功能意象似乎更为鲜明。作为交通运输线路,北淡线及其各站剥离了梦幻的色彩,大多数时候呈现为百无聊赖的都市交通节点和人群集散地。雷骧如此描述捷运通车前尚在运行的北淡线:

> 北淡线一串六节的火车厢,在过平交道的转弯处缓慢下来,车列向离心的外角倾斜,然后煞停。人群从车门如倾倒出来一般,纷纷落在铁轨和碴石上。这是数十年来北投小站王家庙(现在捷运称"唭哩岸站")的固定风景,把每日沿中央南路两侧厂家的职工们,运送到此。③

显然,日常生活世界中的北淡线缺乏诗意和梦想。被都市生产束缚的人们在日复一日的往返中早已失去了梦想的能力。唯有游离在都市生产节奏之外的文人、孩童以及游客才会对日常生活中的铁道寄予奇幻感。或者说,在工业化生产秩序之中,作为交通运输线路的铁道在人们的感觉结构中已经死亡。而在信息化社会中,当工业时代的铁道遭遇被淘汰的命运时,濒临死亡的节奏却让它们在感觉结构中回光返照。雷骧对旧时铁路的观测、摹画便意在召唤那旧时的氛围和感觉。

> 夕阳晒着小站铁道,褐色石碴和旧枕木,显出一副谐和的调子。温

---

① 林文义:《北淡线铁道》(原载《联副》1984 年 3 月 23 日),《寂静的航道》,台北:九歌出版社 1985 年版,第 26—27 页。
② 雷骧:《献给台北——2003 年 3 月 31 日于中山堂颁奖典礼上致词》,《捷运观测》,台北:二鱼文化事业有限公司 2003 年版,第 180—181 页。
③ 雷骧:《故景北投》,《捷运观测》,台北:二鱼文化事业有限公司 2003 年版,第 51 页。

暖的光线斜进短短独立一节的藏青色的柴油车厢,一个个高背椅子。前排位子的地上,摆着空鱼篓,那个斜倚扁担,穿了胶鞋的十分疲累的贩子打起盹。——虽然这趟车只有一站,为了从新北投到北投,转车北淡线的乘客而开。

车厢里整齐的窗格投影,描出人形的立体,印在褪色的绿皮靠背上。许多时候,我们会为重温久远前熟识的景物,而出发旅行。现在,面对这些与"旅"相关的物景,的确给予我异样的笔触和心情。①

铁道沿途的景致、熟识的绿皮车厢和车厢中的鱼贩子,都在怀旧的氛围中沾染上了乡土的气息。于是乎,雷骧对旧站的书写与其说是对工业时代柴油火车的怀旧,毋宁说是对乡土文明独具的宁静、和谐、温情以及诸氛围的伤悼和召唤。不仅如此,曾经因为火车行驶的缓慢而残存于铁道旁的乡野景致,也唤醒了人们对乡土社会的无限想象和留恋。在雷骧的观测中,北淡线的铁轨旁,在一块不及五码的砾石土地上,曾有一位从澎湖来的老人开垦种植天人菊。"银发平头的老人,再度把长勺里不知从何弄来黑浊的水泼洒出去,犹如身处良田阡陌之间。至于身周阵阵逼来的市声,好像一点儿也进不了他耳膜的。"② 因为对泥土的不舍和对乡野生活的眷念,不为生计所困的老人固执地置身在想象的田野中。这位老人颇可作为城市中最后一名农夫的缩影。

毫无悬念,当1999年淡水线被废弛,那残存的花圃和老人也必然消失在高速运转、毫无人格特征的捷运系统中。"那套新的网路系统,正是要重叠在原来铁道线上的,那种植在窄窄的铁道腹地的天人菊消失了,整个被捷运工程局的钢片围篱包裹起来。照拂它们的那个老人,此刻也许就在对街某一幢公寓的窗口,遥望这些蓝色钢皮。为此,他失去了劳动的愉悦而怔忡罢。"③ 早在90年代初,北淡线老站一律要被拆除时,雷骧就一回又一回地守在那儿,试着描绘老站里的空气和气氛。雷骧无奈地看到:"在都会捷运系统的计划里,支线铁道成了重复和多余。事实上,除开列车到站的前后几分钟之外,

---

① 雷骧:《新北投旧站》,《捷运观测》,台北:二鱼文化事业有限公司2003年版,第58页。
② 雷骧:《故景北投》,《捷运观测》,台北:二鱼文化事业有限公司2003年版,第53页。
③ 同上。

北投站早就想撤离废置也似,空寂已成为正常情状。"① 乡土世界的气息已经远去,失去功能的北淡线以及旧站最终变成荒芜之地,有待被捷运系统改造。更令人不堪的是,那些失去土地的农民有的竟然变成城市的流浪汉和拾荒者,他们流连于即将被拆除的旧车站里,丝丝缕缕地赓续着只有乡土社会中才会自然流露的温情。雷骧曾在空荡荡的候车室里观察到:"一个头戴斗笠的赤脚大汉,浓黑的眉目,四肢粗长。那样貌,理应在田间忙于农事,但他的褴褛说明了异地的流落,神色也显示与体貌不配称的失绪——正躬身拣拾刚刚离站而去的人抛落在地的烟头儿"②;此时,另外一名拾荒老人竟然慷慨赠烟,这让雷骧莫名感动。拾荒者和流浪汉之间惺惺相惜,正如涸辙之鲋,这是一个世代凋零的悲情。这也恰恰意味着,捷运系统的空间变革,必将催生新的世代及其感觉结构。

① 雷骧:《北投旧站》,《捷运观测》,台北:二鱼文化事业有限公司2003年版,第56页。
② 同上书,第57页。

第三节　捷运系统：消费社会的都市奇观和心理时空

台北快速都市化，必然促使城市交通更加便捷化和网络化。捷运系统的出现呼应了台北城市国际化的节奏。台北人不得不经历捷运兴建过程中城市交通的堵塞，也受惠于捷运系统完善后生活的便利。而对于作家而言，日常交通的便利化、立体化、高速化，并不仅仅停留在实用层面，他们更在意捷运系统所引发的一系列生活变迁，比如由捷运线串联起来的商圈经济、辐辏的人流、多元文化群落及其内在的关系。他们更在意书写捷运车厢内外、商圈场所中人的感觉方式、行为方式乃至文化模式的嬗变。于是乎，敏锐如雷骧、张维中等便开始对捷运系统及其沿线的社会观察。他们穿梭于台北城的地下和地上，用文字和图画勾勒一个世代的社会风景和时代精神，或者更深入到书写者——旅者的心灵境地。正如雷骧所言："捷运系统终尔（几乎不得不的）如曙光般出现——我即打算自都市肌肤表面流动的捷运线漫步中，试身探索一些征象，写出自己对台北捷运的'文字与绘画的观看'。"①

其实，不光是捷运系统，任何一种社会系统（诸如政治、经济、文化系统及其子系统）的更迭，甚至仅仅是短暂的群体或个体行为，都会或多或少地改变社会风貌和都市文化风格。因此，记录一座城市的前世今生需要更自觉的理

---

① 雷骧：《引言·散步往捷运》，《捷运观测》，台北：二鱼文化事业有限公司2003年版，第3—4页。

论方法、多元的视角和素材。对此,雷骧的捷运观测及其书写行为就具有较清醒的自觉意识。他说:曾看过一部西方的图绘本,"画家用了社会学和历史学的方法,把一座德国城市,从二百年前一个人口稀疏的农业村聚,一步步形成都市的流变过程,写实的呈现出来——以固定的一个角度,同一个空间视野,描画它在不同时代下的样貌。读者从村集形式到目前的都市商业街之间,比较出时代演替的意义"①。也许是受此影响,雷骧"仿佛肩负这一类市街演化论的图鉴使命,我踟蹰游走,以一己的图录方法描记它们"。他要描述的是沿捷运线市街空间形态的变化与市民生活方式、精神状态乃至文化模式的变迁。

一、自动化、非人格化与新技术奇观:
捷运系统景观特质

捷运成为台北市内交通的主要工具,这不仅意味着台北市内交通系统和交通景观体系的更新换代,也意味着市民在行走过程中感知内容和感知方式发生巨大变化。此前的铁路——比如北淡线,虽然是工业时代的产物,但它毕竟还具备鲜明的人的特质——诸如开火车的人、列车乘务员以及较慢的行驶速度;而到了捷运系统"上天入地",电气化、信息化时代无声而至,除了将此前的铁轨拆除另建高架铁轨、开掘地下轨道之外,也将人的因素消除于无形。铁轨设备的改朝换代必然引发都市人产生新的乡愁,即对工业时代遗迹的怀想和叹息,里面自然融进乡愁者年轻时代的生命感悟;而电气化时代高科技的全面盘踞、人的因素被抹除无痕,也必然产生新的疏离感和荒原感。此二者均在雷骧的观测中被精准捕捉。

  街衢两边如峡,远处露出短短一截高架路轨,落在大屯山群淡紫的形廓下头,穿行楼厦之间,银色之梭疾驰,车厢连串的方窗格闪闪反照。这一条捷运路轨将底下的平行道路切剖为二,左右平面各成一条单行道。原即台北—淡水支线铁道的路基,我犹记支线废驶之后尚未拆除时,钢轨红锈厚结,灰绿色的劲草瞬间即从碴石缝中攀上钢轨,或有力的

---

① 雷骧:《故景北投》,《捷运观测》,台北:二鱼文化事业有限公司2003年版,第48页。

伸向四方,这一种停驶即变成废迹的景象,予人强烈毁朽的印象。

此时远远观看,庞巨的混凝土柱在原址擎起捷运轨基,一列长长的金黄色瓦顶覆盖,侧边如同中式屋脊厚厚的马背,底下搭客们的黑小影子伫立月台,仿佛一张口向来处翘望。不过三、五分钟,哗啦,哗啦的,长条银梭般的列车驶来煞停,旋即驶离,像似什么兽类,快速的舔吸一过,月台便空无人迹。①

工业时代的铁轨一遭荒弃便如遗迹,令人叹息之余也让人震惊:从工业文明进入到后工业文明似乎只在朝夕之间,人类社会发展如此迅速,既让人对曾经熟知的过往顷刻间变为历史陈迹感到无奈而恍然若失,也使人对未来因茫然无知而心生惶恐。北淡线曾经是林文义通向未来、异域的梦想之旅,如今难觅踪影,这也意味着对工业时代的乡愁只有在物象和感知的双重消亡之时才会被召唤出来;而信息化社会的感觉结构也由之生根发芽。可见,感知形式、感知内容的内在更迭,恰如生命形态的此起彼伏,代代相传以及变异,在不断怀想、遗忘乃至排除中生成、演绎出新的感觉结构。那倏忽即来倏忽即去的捷运以及空荡荡的月台,便是高度信息化后捷运的新景观、新感知。

捷运木栅线是台北市最早通车的一条线。这条线势必给刚开始体验捷运线的乘客带来新鲜感和刺激感;与此同时,由于无人驾驶和无人导乘的缘故,早已熟悉有人驾驶的乘客乘坐捷运时会产生心理阴影。

本线每节车厢短小,造型与色调与其余诸线中运量列车有所不同,设计甚美。沿线各站台、棚架等等审美都很一致性,予人轻快明朗的好感。另一特点是站与站之间的距离甚短——典型的都市内部交通工具。许多站台可以直线相望,浅蓝白色与透明板材,构成当代视觉印象。

列车行止一切靠中央遥控的关系,一旦遇上小故障(像通车开始那一年频繁发生的那样),会带给旅客们格外的慌张——人们发现必须遵从警示灯、播音或文字标示去行动,以挽回危机的时候——列车里没有一个专业人员生死与共!老觉得不习惯。②

---

① 雷骧:《引言·散步往捷运》,《捷运观测》,台北:二鱼文化事业有限公司2003年版,第4—5页。
② 雷骧:《轻运量》,《捷运观测》,台北:二鱼文化事业有限公司2003年版,第16页。

高度统一的空间美学设计,构成捷运新的交通景观体系,这必然会慢慢渗透进世代居民的感觉结构,并最终演变成市民穿越城市时无形的审美评价标准和身体—空间融合无间的存在感。可以推想,当新的社会形态、新技术的出现,捷运系统有如工业时代的火车将变成历史遗迹,捷运系统孕育的审美心态和存在感也将演变成新时代的乡愁,让人追怀不迭。在雷骧的描述中,捷运系统空间规制及审美标准的同质性,产生新的陌生化、荒原化体验。这与林文义笔下充满温馨的童年记忆、充满理想化幻梦感的铁道旅行体验,有着明显差异。信息化时代高科技的物质文明已然实质性地楔入世代居民的日常生活之中,并孕育着新型感觉结构。历史经验表明,新形态物质文明的出现在引起陌生感乃至恐惧感之时也将带来新鲜感和奇幻感;特别是进入现代—后现代文明之后,这种视觉—心理上的奇幻感尤为明显。

> 本线设计转弯行驶的路线十分离奇,自"科技大楼站"往前,几乎是一个九十度的大转弯,(车速此时"自动"降到5k/h),接着在"六张犁"停靠,起步后又是一个相反四十五度大转弯,然后等到直道时,又几近"飞驰"的速度轰然钻进往"辛亥站"的长长隧道里。以上所举的这一些行驶上的刺激,仿佛专为寻求身心的冒险之旅!如果有他地来访的好奇亲友,带他们乘一趟木栅线捷运,全线高架在都会楼厦之上大转弯和急驰的搭乘之乐,大约可消解对无人驾驶的"云霄飞车"的渴望。①

速度的骤然变化、路线的大幅度转折以及高度的巨大落差,给初乘者的视觉和身心构成极大挑战。捷运木栅线在信息技术的控制之下展现出新时代的交通奇观。而当诸种交通奇观变成人们日常出行司空见惯的审美景致时,这些奇观便逐渐失去了新鲜感和刺激感。毋庸置疑,新技术文明又会制造新鲜的奇观。高科技的快速更新,意味着世代居民感觉结构的更替也将越来越快,个体承受视觉—心理奇幻挑战的限度也将不断增强。换句话说,只有在不断地极限挑战中,人们才会有短暂的震惊感和奇幻感。似乎,唯有这种视觉—心理上的震撼才能让人短暂地体味到自我的存在。这是进入工业化—后工业化进程之后人类体验的困境。

---

① 雷骧:《轻运量》,《捷运观测》,台北:二鱼文化事业有限公司2003年版,第18页。

对于作为物理空间的捷运系统,我们已然发现,随之而生的是一套新的美学原则。在不断的书写和涂抹中,作家、画家以及其他文化工作者无形中成为这套美学原则的建构者和阐释者。新的美学原则的树立与崛起,新的感觉结构类型的确立,不仅表现在捷运系统愈来愈深地楔入市民的日常生活中,也表现在文学艺术乃至商业文化(如广告、影视等)、通俗文化对它们的不断塑造。或者说,捷运系统只是后工业社会的通道形式,与之紧密相连的消费空间(大型商场百货、酒店、展览会等)、网络空间等早已让消费社会的感觉结构粉墨登场了。就捷运系统而言,非人格化的美学特质在新的感觉结构中表现得尤为突显。雷骧在捷运月台上观察到的景致便充分证明了这一点。

> 高擎起的铁轨仿佛几条柔滑流利的平行线,起伏着从脚下站台指向尽头——那闪烁眨眼的深蓝星空。右手的市街建筑物也高高低低的形成直角起伏,明丽的牌招为霓虹及聚光灯照亮,构成一大半暗调的散点之光,延伸到丘陵上去,衬映出视象的深度。
>
> 我此刻伫立的月台地方,恰切为上行车及下行车各自铁轨的曲弯分裂之处。支撑的高大水泥柱地下,两个路过的行人也被我涂画进去了。①

人的消失或渺小化、星空和天际线的凸显以及高架铁轨流畅的线条,均起因于捷运月台被高大水泥柱高高擎起的缘故。这也意味着从高处观看到的世界,少了些人情味,多了些冷漠。"远远近近十分美丽"的捷运月台夜景最显著的特质就是无人化和非人化。毫无疑问,雷骧的文字和绘画在捷运系统感觉结构的塑造过程中起到重要作用。

另外,捷运以及高度发达的都市工程也彻底改变了地方的景观与风格。比如,士林一带曾是雷骧年轻时熟悉的地方。那时因为几位友人居住于此,朋辈经常出入此间寻求精神慰藉。

> 彼时的士林仍乃独立镇街性格,土木建成的闽式二楼连排的铺面和民居,由东、南、西、北几条主街构成,市集和庙宇皆成配套,组成类似大陆闽南内地的一种村镇。昔时中山北路五段以外,剑潭一带即呈郊野,

---

① 雷骧:《夜光景》,《捷运观测》,台北:二鱼文化事业有限公司2003年版,第62页。

与台北市精华路段之间有所隔离。

> 而今光景全已改换，士林一地因有某大学所在，而趋向年轻人的消费休闲，密集发展开来。现在站立所见乃闹街之背，倘使走在正面，逛街的人们摩肩接踵相互推搡，几到行走不自主的盛况。①

显而易见，在都市规划、资本运作等诸种机制的合谋中，士林市街发生了翻天覆地的变化，而捷运系统的开通与连接，在人潮、物资的输送和消费时尚信息交流方面无疑也起到不可低估的作用；反之，捷运系统本身即由资本流动和土地开发生产出来的。如今闻名遐迩的士林夜市，已然成一消费奇观，也更加突显都市中人与人之间因快速流动而产生的不确定性和疏离感。

除此之外，一些原来显现本真性的景观，也有被假象化取代的趋势。比如，像龙山寺这样的信仰中心，都有可能在一夕之间被假象化，而丝毫引不起人群的注意：

> 现今龙山寺正殿仍在大修（这应是民间信仰中心昌盛的一种常态），巧妙的用了一幅等身大的正殿照相作屏，代替传统施工时的鹰架帷幕，一切工程中的琐碎杂沓，掩在"大殿"画屏之后，远看达到了一种离奇的实体感。人众从山门来，徘徊前殿各处，照常礼拜，如不仔细，当不致觉察"正殿"系一布景。②

景观改造的假象化处理固然将改造工程的琐碎杂沓遮蔽掉，但膜拜对象实体的消失，也使所有的信仰行为变得荒谬而可笑。这种假象化的处理，充分体现景观社会的诡计。实际上，假象化和虚拟化的现实早已堂而皇之地取代了真实的场景，甚至连信仰世界也不例外。可见，我们的精神结构也已经中了景观社会的毒——真假难辨，一切以虚拟的景观为从。龙山寺的离奇景观要不是被雷骧戳破，我们实难窥探景观社会对人的奴役的广度和深度。当然，我们不能说龙山寺是因为捷运系统而假象化，而是说后现代都市景观已经全面占领台北的物质和精神空间；而捷运系统扮演了一个更快捷高效的价值统

---

① 雷骧：《夜光景》，《捷运观测》，台北：二鱼文化事业有限公司2003年版，第63页。
② 同上书，第26页。

一者和利益分配者的角色:人们可以非常便捷地搭上"捷运板南线至龙山寺下车",观瞻龙山寺的假象奇观,顶礼膜拜。隐藏在捷运系统的都市秘密,早已被论者点破:台北捷运从一开始就不是作为交通工具,而是作为现代城市证明与房产建筑工程业之需要孕育而生的。台北捷运强调的是干净而非便利,是增值而非平均。台北的房价顺着捷运线重新分配,捷运线和捷运站点成为都市地皮点金术的新宠。甚至连那些美轮美奂耗费巨资的捷运车站,市民付出的也不是交通成本,而是帮旁边的房地产商缴头期款。因此,捷运系统是台北都市空间的再中心化,它是房产考量而非交通考量。台北的捷运与高级社区是台北的代表,也是台北所呈现的价值与边界。①

二、流动性、拼贴与分裂:捷运系统的心理时空

高速化的捷运系统将台北各商圈以及中途各站网络化,人们只要用比以往坐公交车甚至小车更短的时间就能到达城市各个角落。便捷化、高速化的捷运系统一方面固然拉近了市民之间的空间距离;但另一方面,对于日常乘坐捷运的人而言,空间障碍被消除之后,城市景观变成片段化或者点状化,捷运线路沿途的景观印象日益模糊不清或者支离破碎;更具意味的是,人潮加速流动后,人与人的关系愈加流动不居,人人变成孤岛,人群变成非人格化和类型化,个体心理深度逐渐消失或者愈加碎片化在快速运转的捷运线路和无数个相同形制的车厢分身中。以此来看雷骧的《捷运观测》,我们不无惊讶地发现,由捷运带出来的城市景观和人物,多呈现出印象式的浮世绘,不仅人物个体心理深度消失或者碎片化,城市空间统一性的景深也消失了;流动性、临时性、碎片化、平面化乃至假象化变成雷骧笔下意象(人物、空间、景观)的主要特征;雷骧书写和摹画的策略也有意无意地表现为拼贴和蒙太奇。这不能不说是后现代都市风格审美特质的具体展现。

在《捷运观测》中,举凡盛极而衰的面线摊、带着重度灼伤面具假借"爱心艺人"名义的乞讨者、剪艺者、贩售泡泡枪的少年摊贩……都在雷骧的

---

① 黄孙权:《如何测量台北的边界?——border, boundary, frontier and in-between》,载黄孙权主编《隐逸的城市灵魂》,台北市文化局2005年版,第29—30页。

行旅书写和摹画中被快速勾勒。他们没有前世今生,有的只是暂时性地辐辏与展示。处在捷运车站里,我们随时可见这般场景:

> 人们四面八方汇集,却又朝四面八方疾奔而去,这交会予人摩肩接踵的纷乱感,尤其是上下转乘层面多的月台,人潮乱流。
> 然而像似被电扶梯的开口所吸纳般的,人们腹背贴靠着保持静态,在履带上鱼贯运输……①

人潮短暂的汇聚与流散,自然说明了都市中人与人关系的流动性、不稳定性和陌生化,而这种都市关系和情感状况无疑是建立在诸如捷运系统之类的都市基础设施之上。追求更快速、更高效的都市工程必然改变都市人的生活方式和感觉结构。另一方面,流动着的都市人潮和在车厢中暂时定格的人群,面目也变得类型化而非人格化。当雷骧在捷运车站观察候车的人群时,他不是近距离地读出候车人的脸部表情,而是从整体上描摹候车人大体相同的肢体动作,并把他们诠释为"候车人们"或"群体的孤独",这种整体观察的眼光正如"我们从不分辨此一批蚁,与若干年所见的另一批蚁有何不同;这一群雀,与别一群雀有何不同,总以等一距离观看而无从感触'身受'的体察"②。冷漠化或神性的观察视角恰恰说明偶然聚集的人群类型化和非人格化特征。

在现代—后现代都市中,人已成为一座座漂浮的孤岛,他们彼此之间似无连接,心理深度或者分裂状态似乎也消失在人潮汹涌的现实水平面之下。因此,雷骧用浮世绘的方法成功地捕捉到了台北人的精神—心理肖像。在诸如《穿越时空》《足印》《浮世》等诸篇中,雷骧勾绘出了捷运车厢内外并置而不无矛盾分歧的时空、荒诞的都市情境和分裂的心理时空与颠倒的精神世界……凡此种种,与林文义、雷骧笔下那曾经温情脉脉的北淡线人情世界相比,都指向了后现代都市感觉结构的典型特征。显然,后者以一种逆向的单线时间统一了北淡线的乡土特性和情感空间,而前者,则采取多元并置、共时、分裂、颠倒的方式呈现出后现代都市的感觉结构。

在《穿越时空》一文中,雷骧观察并临摹了一张海报:"画面看到两巨列

---

① 雷骧:《不惊台湾人》,《捷运观测》,台北:二鱼文化事业有限公司2003年版,第102页。
② 雷骧:《同情》,《捷运观测》,台北:二鱼文化事业有限公司2003年版,第104页。

公众交通工具:蒸汽火车在左、捷运电联车在右,同时从背景的古城门洞穿前而来。"因要突显的主题是"穿越时间100年",故而海报将"百年前刘铭传时代购入的蒸汽火车,与前几年购入的捷运电车行驶,同一时从更古老的公共建物前贯穿"。同为画家的雷骧马上意识到这张海报是由三张来源不一的图片——北门城、老火车、捷运列车——经由电脑绘图合而为一;但他也发现并置空间的奇幻效果:"熟悉此古城门洞的台北人,在此质疑门洞的宽度能否容纳两列车身同时并行而不擦撞?"① 从上述的文字描述中,我们不难发现,时间的穿越、空间的并置、电脑科技的拼贴诸种元素被整合进一张海报中,整张海报以不无违悖社会现实(蒸汽火车早已淘汰)和空间规制(北门城无法容纳捷运电车更遑论同时容纳电车和蒸汽机车)的奇幻方式被呈现出来。仅仅就这张普通的海报(甚至无需考虑它的经典性意义),我们就已把握住后现代状况下已然无处不在的都市拼贴审美特质。

正如捷运系统已经将台北城网络化一样,后现代状况已经悄然改变每一个都市人的心灵世界。在《足印》中,雷骧以近乎小说虚构的笔法描绘了这般场景:一位女子深夜在空荡荡的地下捷运月台候车,月台上的黄色警戒线以及警戒线内那一对用油漆涂画出来的小小足印子引起她的联想,她"总觉得那双小足印像某些凶案留下的血迹——尤其与那隔离效果的黄色带状在一起的时候,仿佛尸体倾间才被移去……"② 由此,女子想起若干年前自己写给某男子的信:"我现在最想做的事是杀死你!然后再杀死我自己。"这是出于彼时为恋情所苦无法自拔的绝望手笔。然而,时过境迁之后,那酷烈的心态竟显得有些荒谬。此时,"从遥远的黑洞里射出列车头的强烈光柱两条,接着轰隆的声音将她略有不悦的联想,彻底的掩盖过去",门启处,正对着那双小小的血足印。雷骧对女子内心世界的想象一反此前浮世绘的无心理深度的肖像描摹与勾画。他通过深度的内心展示,勾连出女子内心深处存在过的杀人念头。杀人念头,只不过是一种象征化的表达,它代表深藏在每个人内心深处最疯狂的想法和心理状态。在日常生活世界中,诸种疯狂念头虽然不断生成,但总会在倏忽之间被压抑到无意识深处直至被永久禁锢。因此,

---

① 雷骧:《穿越时空》,《捷运观测》,台北:二鱼文化事业有限公司2003年版,第96—97页。
② 雷骧:《足印》,《捷运观测》,台北:二鱼文化事业有限公司2003年版,第98页。

当捷运列车从黑暗中射出光柱奔腾而至且门启处正是那双血足印时,这就意味着那是一辆开往无意识深处内心罪证的列车,每个人皆可以对号入座。捷运月台上女子的浮想联翩,实际上是其内心世界分裂状态的展示,这种分裂普遍存在于都市中每一位乘客的心灵中。只不过,随着呼啸来去的捷运列车,这种不断被勾连起来、又不断被驱散或压抑下去的想法正是每个人日常生活中的常态。

在《浮世》中,雷骧更是在捷运月台中揭示出颇具象征性意味的感觉结构类型。当雷骧站在电扶梯顶端勾头下望,他看见"逐级静立的男女老少的头顶,在画面的远近法中上升、变大";由此,雷骧想象天堂司阍者与之近似的日常所见:"纯净质轻而羽化的形体,在人间获得歇息之后,灵魂浮升上来,它,正接待着哩。"① 死亡之后,灵魂脱离形体飞升到天堂,竟然与电扶梯不断向上输送人体的过程有些相似,这不能不让我们感叹雷骧不无奇诡的想象力。而更令人震惊的是,雷骧由此想起自己曾从相反的角度描摹过医院电扶梯的场景:

> 一所巨型医院的门厅,宽阔的电扶梯分作并行的两行,把前来就诊的歪倒人形,缓缓提升到极高的顶端;而另外一列,则是毫无希望的、沉重的人们,又慢慢滑坠下来。这些抱病者的身形是欲望累积的罪躯,在死亡之门前,在浩大的医院门厅,构画出人间的"地狱变图"。②

对医院电扶梯自下而上的观望与想象,勾画出的是欲望累积的病罪之躯坠落地狱的图景,这无疑是对捷运月台电扶梯天堂想象的颠覆;但这两种图景确然构成对电扶梯想象的两极。或者说,日常生活中,我们时刻都在两极的路途中上升或者坠落,只不过无法如雷骧般警觉而已。电扶梯隐藏着天堂—人世—地狱的两极世界,这是人类生活状态—精神状态的结构性描画。可以说,凭借着捷运月台上自动化的电扶梯这一物质构件,雷骧成功揭示了人类感觉结构的两极及其过程,即下坠与超升以及循环往复。

---

① 雷骧:《浮世》,《捷运观测》,台北:二鱼文化事业有限公司2003年版,第100页。
② 同上。

第六章
台湾当代散文创作思潮与空间诗学

第一节　台湾当代散文家都市空间理论评介

随着台湾经济的快速增长、社会体制的转型和文化的多元化，80年代中后期，台湾在政治、经济、军事、社会和日常生活中的衣、食、住、行、娱乐、医药各方面，都发生了后现代状况。① 在文学、艺术、理论知识界，80年代中后期台湾一系列的文化实践标志着后现代文化思潮正式登陆台湾（台北）。②

---

① 罗青:《台湾地区后现代状况》，《什么是后现代主义》，台北：五四书店1989年版，第315—316页。文中，罗青具体列举的台湾后现代状况：就信息与知识的生产、复制与传播而言，台湾电视公司成立（1962），意味着知识传播方式由声音广播转化为声音、图像、文字、彩色影片等多种资讯符号的并时演出，并使台湾在资讯复制与传播上，开始与世界同步；影印机的普遍流行（1975），使知识控制、禁书政策遭到拆解，也使西方新的知识能够更快更大范围地传播；录影机与录影带开始普遍流行（1985），使一元化的电视广播遭到解构，人们在视听资讯上逐渐迈入多元化时代。其他诸如九年国民义务教育开始实施（1968）、学术界发展出二千四百字的中文电脑、"仓颉输入法"的开创（1972）、当局将"资讯"列为科技研究最高指导原则（1979），数位电视开始上市（1987）等，都意味着信息和知识逐渐成为台湾社会的主要结构特征。此外，在衣食住行、文化艺术诸方面，台湾后现代文化状况日趋明显。

② 1986年5月，罗青翻译了S. H. Madoff的《绘画中的后现代主义观念》，刊于当期的《雄狮美术》；之后整理《台湾后现代主义年表》，又替陈克华、赫胥氏、柯顺隆和林燿德四人合辑《日出金色》写序，宣告"后现代状况出现了"。同年，《中国时报·人间副刊》经过半年的策划，推出了大型的《后现代主义》系列，刊载王文兴、宗恒、蔡源煌、王甹极、齐隆壬、张家铭等人的文章，分别就"哲学、绘画、电影、文学、音乐、舞蹈、建筑、社会学等不同的角度，探讨介绍后现代的现象与观念"。编者指出：在台湾，"解构批评，后设小说和后现代主义的观念，从两三年前开始，已经常见诸较学院性的杂志和学术专著上面。年轻一辈的学者和学生论及思想、文学、艺术时，也不时夹杂有'后现代'有关的字眼"；"三月中旬，台北更出现了一个叫'脱·现代主义的出发'的后现代室内摄影展"。1987年夏，后现代理论大师詹明信（F. Jameson）到台讲学，《当代》自六月号起分章刊出他在北京大学讲座内容，之后结集为《后现代主义与文化理论》；《文星》七月号更以他为封面人物；《中国时报·人间副刊》亦于七月十六、十七日刊出钟德明译自Anters Stephanson对詹明信的访问。此后两年内，台湾陆续出版了数本有关后现代的著作，如蔡源煌《从浪漫主义到后现代主义》（台北：雅典，1987）、罗青《诗人之灯》（台北：光复，1988）和《什么是后现代主义》（台北：五四，1989）、孟樊《后现代并发症》（台北：桂冠，1989）、钟明德《在后现代主义的杂音中》（台北：书林1989）等。

从日常生活到文学艺术,台湾社会后现代文化已经日渐深刻地改变了人们的生活方式、时空观念和思想文化。随着后现代性体验的发生,文学艺术的时空意识和时空结构也必将发生裂变与转型。对于台湾散文而言,以林燿德为首的都市散文家已经深切体悟到这一点,他们的理论创新和散文书写深刻地体现出后现代时空体验特征,并表达出都市散文在思想与文体上的后现代风格。作为一种新的散文范式,台湾都市散文的成就已经取得学界共识,但是具体到都市散文的空间理论谱系,还缺乏系统深入地研究。

一、林燿德的"都市"与"都市文学"概念

在林燿德的观念中,都市的概念直接与后工业社会息息相关,它象征着资讯网络覆盖下的生活情境。在林燿德看来,"古时的城市以城墙为界,墙内为城,墙外为邻,一目了然。现在的城市概念不但延伸到'城'外的卫星市镇,甚至,在大众传播家的眼睛里,凡是现代科技、现代资讯网络笼罩的地方,都是都市的范围,这么说来,所谓现代城市也应该包括乡村在内"[①]。实际上,林燿德赋予"都市"一个"非常武断"的定义,即"流动不居的变迁社会"[②]。由此来看,林燿德的都市概念并非地理空间的界定,而是对一种社会情境及其过程的观念界定。林燿德在《城市·迷宫·沉默》一文中说道,在他的观念和创作中,"'都市'是一种精神产物而不是一个物理的地点"[③]。这也正如郑明娳所敏锐指出的:都市"并不是指具体可见的地点,更不是高楼大厦堆叠组合而成的布景,而是'无地点的地点'。'都市'其实是社会发展中,因各种不同力量的冲激而不停的处于变迁状态的情境"[④]。这种抽象化的空间界定,正是后现代作家在后现代社会情境中空间感觉结构发生的一次巨变,这也正是与现实主义、现代主义作家在空间感觉结构上产

---

① 瘂弦:《在城市中成长——林燿德散文作品印象》,载林燿德《一座城市的身世》,台北:时报文化出版企业有限公司1987年版,第14页。
② 林燿德:《八〇年代台湾都市文学》,《重组的星空》,台北:业强出版社1991年版,第208页。
③ 林燿德:《城市·迷宫·沉默》,《钢铁蝴蝶》,台北:联合文学出版社2006年版,第290页。
④ 郑明娳:《八〇年代台湾散文现象》,载林燿德、孟樊合编《世纪末偏航——八〇年代台湾文学论》,台北:时报文化出版企业有限公司1990年版,第72页。

生的重大区别。

在流动不居的社会情境中,都市空间是流动的,开放的,它"是一个变幻、流动的基地(其中又有无数叠复的小基地),没有什么东西可以永远驻足不移,也不可能将它永远填满充实"①。都市空间本身是一种不断被书写、阅读和改写的正文,"只是它并非以文字的符征书写下来,而是以各种具体的物象作为书写的单元",各种物象在被书写中组构成都市正文,而这些"具象的符征"又"指向各个时代变异、迁徙中的权力结构和生产方式,同时也透过空间模式延展,规模出当代人类的知觉形态和心灵结构"。②罗兰·巴特在《符号学与都市》一文中就论述道:"城市即书写,在城市中活动的人,例如城市的使用者(我们都是),乃是一种读者,随着他的义务与移动,取用了发言的片段,以便秘密地将之实现。"③在农业社会空间结构中,符征(signifier)—符旨(signified)是一一对应的;而在后现代都市空间中,"都市正文的特征就在于——任何的符征都因为被阅读的角度不同,而出现了多元符旨,或者,根本失去了语言学上的意义"④。充满符征的都市空间,呈现为并时的、多重编码的空间特征。都市意象在多重空间中再现、变形、隐匿、互相结合或者互相撞击,呈现出权力结构和意识形态的多元存在。福柯就指出,"我们身处同时性的时代(epoch of simultaneity)中,处在一个并置的年代",我们的经验世界更多地是由不同点与点之间的混乱网络所形成。⑤而

---

① 林燿德:《空间剪贴簿——漫游晚近台湾都市小说的建筑空间》,载郑明娳主编《当代台湾都市文学论》,台北.时报文化出版企业有限公司 1995 年版,第 291 页。
② 林燿德:《八〇年代台湾都市文学》,《重组的星空》,台北:业强出版社 1991 年版,第 222 页。
③ 罗兰·巴特:《符号学与都市》,夏铸九译,载夏铸九、王志弘编译《空间的文化形式与社会理论读本》,台北:明文书局 1993 年版,第 536 页。
④ 林燿德:《空间剪贴簿——漫游晚近台湾都市小说的建筑空间》,载郑明娳主编《当代台湾都市文学论》,台北:时报文化出版企业有限公司 1995 年版,第 291 页。林燿德关于都市空间符征呈现多元符旨,甚至失去表意作用的观念,深受后结构主义者罗兰·巴特的启发。罗兰·巴特在《符号学与都市》一文中指出,符征与符旨之间有规律的对应关系已经遭到拆解和攻击;他用"象征"一词来指称意义的组织,指组合段的(syntagmatic)和/或置换段的(paradigmatic)组织,而不再指涉语义。根据罗兰·巴特的说法,都市意象的符旨非常模糊,在某个时候,它总是会成为其他东西的符征,而符旨瞬间消失,符征则保留下来。见罗兰·巴特:《符号学与都市》,夏铸九译,载夏铸九、王志弘编译《空间的文化形式与社会理论读本》,台北:明文书局 1993 年版,第 534—535 页。
⑤ 米歇尔·福柯:《不同空间的正文与上下文》,陈志梧译,收入包亚明主编《后现代性与地理学的政治》,上海教育出版社 2001 年版,第 18 页。

列斐伏尔则进一步强调:"社会空间并非众多事物中的一种,亦非众多产品中的一种……它是连续的和一系列操作的结果,因而不能降格成为某种简单的物体……它本身是过去行为的结果,社会空间允许某些行为发生,暗示另一些行为,但同时禁止其他一些行为。"① 在林燿德的观念中,抽象化、流动性、开放性、多元化与多重性是都市空间的突出特点。这也体现了西方后结构主义哲学家空间观念对他的影响。孟樊就指出,林燿德的空间正文观,不但受到后结构主义者罗兰·巴特(R. Barthes)和福柯(M. Foucault)的影响;而且受到意大利小说家卡尔维诺《看不见的城市》的影响;只不过林燿德在论述时并未点明观念源流罢了。②

在这种都市空间观念之下,林燿德关于"都市文学"的界定就呈现出鲜明的后现代特征。林燿德认为,"新都市文学"主要是"表现人类在'广义都市'下的生活情态,表现现代人文明化、都市化以后的思考方式、行为模式;它的多元性、复杂性,以及多变性"③。基于广义的都市概念,都市文学就不一定发生在都市,它可能发生在海上,发生在荒野之中;这也就意味着"不一定写摩天大楼、地下道、股票中心、大工厂才是都市文学,凡是描绘资讯结构、资讯网络控制下生活的文学,都是都市文学"④。林燿德进一步辨明说,"如果'都市文学'只是把农业社会的布景抽调为80年代的都市景观,以东

---

① Henri Levebvre, *The Production of Space*, Blackwell, 1991, p.73, p.85. 译文见包亚明:《后现代性与地理学的政治·序》,收入包亚明主编《后现代性与地理学的政治》,上海教育出版社2001年版,第9—10页。

② 孟樊对林燿德论文《空间剪贴簿——漫游晚近台湾都市小说的建筑空间》的讲评意见,见郑明娳主编:《当代台湾都市文学论》,台北:时报文化出版企业公司1995年版,第324—326页。有关城市即正文的关系,罗兰·巴特在论述城市表意作用时,高度评价了雨果在《巴黎圣母院》中"这个将会杀死那个"这一章。他写道:"这个"指书,而"那个"指纪念物;雨果证明了自己具有一种相当现代化的感受纪念物和城市的方式,即视城市为真正的正文,是人类在空间中的铭刻;雨果展示了两种书写模式的对抗,亦即石头上的书写与纸页上的书写。他在本文中还写道:"城市是个论述,而这个论述确实是一种语言;城市对它的居民说话,而我们仅仅藉由住在城市里,在其中漫步、观览,就是在谈论自己的城市,谈论我们身处的城市。"参见罗兰·巴特:《符号学与都市》,夏铸九译,收入夏铸九、王志弘编译《空间的文化形式与社会理论读本》,台北:明文书局1993年版,第531、533页。

③ 痖弦:《在城市中成长——林燿德散文作品印象》,载林燿德《一座城市的身世》,台北:时报文化出版企业公司1987年版,第14页。

④ 同上。

区街衢上的高楼霓彩遮住苍翠的田园和阴郁的渔村,以汽车旅店里的电动床置换了小木屋中的旧藤椅,那么'都市文学'不过是毫无意义的一枚标签"①。都市文学并非是一种题材为特定地域所隔绝的次文类;它"和田园模式下所誊写的现代主义或乡土派写实文学之间,所存在的区别并非由素材、主题、情结所设定的不同'地点'背景之间的'对立',而是世界观和文体的'差异'"②。因此,都市文学的重要特征表现在新世代作家对二元对立模式的质疑和颠覆,"他们质疑国家神话、质疑资讯媒体所中介的资讯内容、质疑因袭苟且的文类模式,甚至意图颠覆语言本身",都市文学是"在旧价值体系崩溃下所形成的解构潮流"③。对于都市文学家而言,他们非仅止于对都市外观进行表面的描述和报道,而是要"诠释整个社会发展中的冲突与矛盾的层面,甚至瓦解都市意象而释放出隐埋其深层的、沉默的集体潜意识"④。都市文学家必须"对都市正文的诠释进入微观的层次,从结构转向解构、从贯时的时间思维转向并时的空间思维,甚至质疑了文学语言本身的可靠性与有效度"⑤。都市文学是都市正文的文学实践,创作活动本身形成了都市的社会实践,而创作者同时兼具都市正文的阅读者和创造者的双重身份。⑥ 在情感态度上,都市文学家对都市的情感不是简单的两级化而是多元的,他们"有憎恨有歌颂,有排拒也有拥抱,不受既定前提的牵制,也不受意识形态的左右,在一种完全自由的情况下进行文学的表现"⑦。

此外,林燿德在论述都市小说时的观念也可用以诠释都市空间与都市文学的内在关系。他认为:

---

① 林燿德:《都市:文学变迁中的新坐标》,《重组的星空》,台北:业强出版社1991年版,第200页。
② 林燿德:《八〇年代台湾都市文学》,《重组的星空》,台北:业强出版社1991年版,第223页。
③ 同上书,第214—215页。
④ 林燿德:《都市:文学变迁中的新坐标》,《重组的星空》,台北:业强出版社1991年版,第200页。
⑤ 林燿德:《都市:文学变迁中的新坐标》,《重组的星空》,台北:业强出版社1991年版,第199页。
⑥ 同上书,第200页。
⑦ 痖弦:《在城市中成长——林燿德散文作品印象》,载林燿德《一座城市的身世》,台北:时报文化出版企业有限公司1987年版,第15页。

当代都市小说的特质,除了制造幻觉之外,在于如何辨识、分类、解析、演绎都市空间。都市小说的主角不仅是人,空间的位置也自背景挪移至前景,制约了小说人物的行动,甚至吸收了一切。都市与都市小说互为正文,都市小说中的空间与人也互为正文。

我们可以自都市小说的正文中发掘空间如何被重新组织,在对抗或者联立的关系里,都市的意义被重新生产出来。这些正文在未曾被读者阅读之前,已经事先阅读了空间与空间、空间与空间中的人类以及空间中的人类彼此之间的多重系统关系。一方面,语言本身重塑了这些复杂的多重关系;另一方面,透过语言的游戏,都市小说正文进行了空间设计的实践。因此,小说中的角色,在阅读他们处身的空间的同一时刻,他们的观点也正在实践建筑的艺术,使用他们肉体和心灵的感受去把握都市正文的特殊形式。①

文学语言书写并创造多重空间,并给读者提供多重空间交谈的可能,这种文学文本的空间结构性特征与功能远超都市小说、都市文学的理论界限,或可作为文学空间诗学的一般原则。

二、杜十三的都市时空理论与散文观

在台湾都市散文理论系谱中,杜十三的都市时空理论和他的散文观也是独树一帜、自成体系的。

杜十三将人类生活史分为原野(部落)生活、乡村生活、都市生活以及新都市生活四个阶段,并认为在不同的生活阶段里人类所倚恃的价值取向、环境要素、能力要求、人文情况以及心理状态等生活条件,会因环境的变化而有明显的差别。②

在原野生活阶段里,人类生活的价值追求"只是基本的本能(i、d)

---

① 林燿德:《空间剪贴簿——漫游晚近台湾都市小说的建筑空间》,载郑明娳主编《当代台湾都市文学论》,台北:时报文化出版企业有限公司1995年版,第290页。
② 杜十三:《新都市生活论——从"体性生活"到"智性生活"》,《鸡鸣·人语·马嘶——杜十三◎和生命闲谈的三种方式》,台北:业强出版社1992年版,第37页。

满足,讲求的生活条件则是体能,所依持的人文及心理要旨则为神鬼与图腾……",杜十三将之命名为"'点状文明'的'体性生活'时代"。①

在乡村生活阶段里,由于典章制度粗具,人类生活的价值取向"转向仍有愚民倾向的泛道德式'超我'(super-ego)满足",其所倚恃的人文及心理要旨,延续了原野生活阶段的特性,"只是从神鬼、图腾等制约转向较为开放的命运、出身、权威等宿命观",而所依附的生活条件则从体能转向劳力,杜十三名之为"'线性文明'的'感性生活'时代"。②

而当人类进入都市生活阶段,乡村生活阶段的禁忌都逐一被击破,人类的"自我"(ego)从"本我"和"超我"的夹缝中解放出来,"人本"的价值获得首肯;于是,"以文艺复兴为起点,民主、法制的新人文环境出现了,加上平等、自由的心理要求,使得'智力、努力'成为生活条件的要旨"然而,在杜十三看来,这也只不过是一个"'平面文明'的'理性生活'时代"③。

到了70年代以后,多样化的电波媒介粉碎了传统依序渐进、循时推移的时空观,使人类迈向"新都市生活"或"后都市生活阶段"。在这个阶段,"传统作息所依附的固定空间,却变成了生活的'零件'可以任凭重组使用";"象征实体的影像、符号系统,却变成了实体本身",不同时代、不同地点可以在瞬间被转换和展示。在这个阶段中,"自我价值"的追求几成生活的重心,多元化、民主化已是一种常识,生活能力也从智力、努力的较劲中升级为创作力与资讯运作能力的较量。这都说明"'新都市生活'乃是一个讲求主动、速度、创意、果断、经济与开放的'立体文明'的'智慧生活'时代,而不只是基本的'体性',或是单元的感性与平面的理性生活而已了"④。

杜十三还指出,身处在新都市生活中,如果只是被动地走向声光电化新都市生活资讯时代,而心态却是满怀权威和禁忌,遇事求神问卦,遇人论出

---

① 杜十三:《新都市生活论——从"体性生活"到"智性生活"》,《鸡鸣·人语·马嘶——杜十三◎和生命闲谈的三种方式》,台北:业强出版社1992年版,第37页。
② 同上书,第37—38页。
③ 同上书,第38页。
④ 同上书,第38—39页。

身、血统,那么他仍旧生活在原野生活阶段或者乡村生活阶段,断难走向新都市生活的核心地带,而最终沦为现代生活的"边际人"。杜十三认为,就当时(笔者按:指80年代末)台湾整体社会的生活形态而言,除少数精英了解"新都市生活"的真谛外,大部分的人仍只停留在"都市生活"阶段的中期或后期。因此,在面临国际化、自由化的巨浪洗礼之下,只有主动地调适"生活"观念,从"心理与精神上依循新立的指标",迈向"新都市生活"大街,才不会被新都市生活所抛弃。①

80年代的台湾(台北)已处于或即将进入所谓的"新都市生活资讯时代"中,社会生活形态的整体转型必将使人类的时空观念和文学艺术形态产生巨大影响。继飞机、电话之后,在短短的几十年间,电视、电脑、传真机、镭射等电子产品将地球变成了地球村,而电子世界则成了庞大的宇宙。电子媒介深刻改变了人类的时空感知方式和时空观念。在过去的社会形态中,时空因素是可以被明确把握的。人类对空间的感知大致是依循三度空间的特质;由于过去和未来的时间维度很难被清楚地再现和感知,"现在"的世界几乎就是一切。但在资讯社会中,资讯网络覆盖全球,电子媒介可以将人类的历史压缩、呈现,而"现代"成了虚无缥缈的"宇宙的现在"。人类已然活在"一个包含所有人类呼吸,以及古人喷嚏和来人胎动的历史社会里,是四度的,而不是三度的空间里了"②。在后工业社会中,家里可能仍然摆着祖先牌位,却又供着电脑设备,早上在东京看朋友,晚上却在家里看杨贵妃,杯子用来喝水,也可摆在客厅当雕刻……在这种"时无定时"、"象无定象"的生活方式里,一切既定的现象都可以用被解构、被重新组合,时间和空间可以当成"生命的零件"被前后左右运用;因此,我们所面临的,是"一种没有秩序的新秩序,一种没有规则的新规则"。③ 任何艺术形态以及主义都是人类心灵面对当下时空特质的产物。因此,资讯社会中的艺术家,经过多元的时空洗礼之后,面对一切概念都有可能被解构成电波一样纯粹、中性的符号时,

---

① 杜十三:《新都市生活论——从"体性生活"到"智性生活"》,《鸡鸣·人语·马嘶——杜十三◎和生命闲谈的三种方式》,台北:业强出版社1992年版,第39页。
② 杜十三:《四度空间的历史社会观——浅谈资讯时代的艺术形态》,《鸡鸣·人语·马嘶——杜十三◎和生命闲谈的三种方式》,台北:业强出版社1992年版,第202页。
③ 同上。

"艺术家们所面临的已经不是传统的三度空间的'再现'问题,而是如何超越物理时空的限制,而以人类历史的时间和宇宙地球的空间为新坐标,重新架构、多元再现的课题了,换句话说,现代的艺术家所需要的,乃是一种更为宽广的、四度空间的'历史社会'观,而不再只是一个惯有的、现实性的地球社会的三度空间观"①。

资讯社会中,电子媒介改变着人类的时空观念,也改变着人类观看事物的方式。"在种种改变过往时空的速度、节奏与本质的'运转方式'中,影响现代人的行为最大的,要数人类'看的本质'的改变——人类的'看'已经从过去'面对面'或'面对现场'的'看',渗入了大量'透过摄影机的"看"'了——而在这些有如走马灯,大异于人眼'平常看'的'电波传真的看'法之外,多的却是经过'选择',经过'剪接',经过'编辑',甚至经过'蒙太奇'之后的'看'——我们只能用'传统的看'看到我们周围有限的现象,却必须通过上述革命性的新'看'法,才能'看'到社会、'看'到人类、'看'到世界以及'看'到地球。"②时空观念和"看"的方式、机制与内容的改变,已经深刻改变了资讯社会生活形态和人类的感觉结构。而作为散文家,如何运用四度空间观、掌握"看"的本质,"通过'新的看'法演绎出更有创意的'叙述'方式",从而真正创造出反映时代特质的新的散文艺术呢？杜十三是个极富理论创新和勇于艺术实践的艺术家、散文家。他的散文作品真正实践并且丰富了他的理论体系。他的散文集《爱情笔记》,就成功实践了他的理论假设:"大胆的尝试现代映像中各种'看'法的'蒙太奇'叙述方式,运用文字将现代人间的万象'拍摄'成冷峻、客观、无我的'场景',再充分的运作摇、推、拉、溶入、淡出、全景、特写……等唯我的'映像导演'手法取代一般文字的主观描摹叙述方式,进而用心的将自己的'文字表现'合成带有'诗质'的'胶卷',用新的'文学'拍出具有鲜明意象与戏剧张力的现代人生'场景'"③。

---

① 杜十三:《四度空间的历史社会观——浅谈资讯时代的艺术形态》,《鸡鸣·人语·马嘶——杜十三◎和生命闲谈的三种方式》,台北:业强出版社1992年版,第202—203页。
② 同上书,第219页。
③ 杜十三:《散文艺术的思考》,《鸡鸣·人语·马嘶——杜十三◎和生命闲谈的三种方式》,台北:业强出版社1992年版,第219—220页。

三、郑明娳的都市散文理论

郑明娳把台湾80年代出现的纯知性散文称为都市散文,并给予了高度评价。她认为都市散文虽然没有形成具体的文学运动,但在中国散文史上具有革命性的意义。与现代小说、现代诗的现代化变革相比,现代散文一直是墨守成规的;直到都市散文才产生精神和文体上的重大变革,而且这种变革"与其视之为传统文学的割裂,不如视为传统的丰富化"[①]。对于都市散文兴起的原因,郑明娳认为"不仅是社会急骤变迁造成旧社会及旧观念解体的结果。同时也因过去社会从来不曾有过时空以外四度空间的变革,资讯社会带给新世代崭新的角度来重新认知世界。所以,都市散文之异于以往散文者,实是作者观物角度有了大调整"[②]。郑明娳将"广义的都市文学"分为两个层次,即以城市生活为描写题材的市民文学和掌握社会变迁并运用新的思考方式创作的狭义的都市文学。市民文学是"因应工商业社会发展、城市兴起而导致文学题材的转变,它主要反映城市化的社会变貌";它不仅在内容题材上反映社会现象,在体裁写法上也顺应社会大众口味。[③] 而都市散文的"都市"二字象征意义较大。与林燿德对"都市"的界定相同,郑明娳也认为"都市"并不是具体可见的地点,而是"无地点的地点";"都市"是在社会发展中因各种力量的冲激而"不停的处于变迁状态的情境"。[④]

通过详细的文本解读和理论总结,郑明娳将都市散文的特色概括为以下几点:

其一,思考方式立体化:作者不再耽溺于以抒情为主流的叙述模式,改以知性的角度观察人生,发掘潜藏的多重形而上意义。区别于感性散文注重主

---

① 郑明娳:《台湾现代散文现象观测》,《现代散文现象论》,台北:大安出版社1992年版,第59—60页。
② 同上书,第60页。
③ 同上。
④ 同上书,第61页。

题教示意义,都市散文则出入于超然哲理的思维。传统散文一般在三度空间中观物,都市散文则在四度空间中穿梭,前者是平面的,后者是立体的。在叙述观点的调度上,都市散文突破抒情散文第一人称的主体中心,驱除创作主体自传性叙述,使得正文能够出入虚实不同的时空。这种叙述方式更近于当代小说,一方面,作者隐藏了自己的身世,读者不能再在散文中寻找真实作者的形象与感情世界;另一方面,作者又展布了独特的心象宇宙,呈现出"抽除了自我的自我"、抽象性的世界观和对变迁社会的批判。①

其二,巨视的世界观:都市散文几乎不处理作者个人或少数人物的情境,它关心人类整体的处境。②

其三,人类本质的探讨。

其四,辐射式的主题投射:相对于传统散文单一的主题,都市散文往往隐藏着层叠的意义。③

其五,叙述者与作者的关系:早期散文绝大部分的叙述者与书写的作者相等,读散文几近读自传;而都市散文的叙述者与书写者往往是分离的,文章完成后,真正透露文章主旨的是隐藏作者,而非创作者。某些都市散文的叙述者甚至萎缩为一架摄影机进行零度叙述。④

单就散文时空意识和时空结构的现代/后现代变革问题,郑明娳指出,早期散文时空结构大多是平面的,而都市散文的时空是立体的、多次元的,而且几乎每个散文家的时空层叠转换模式都有其殊异之处。在《现代散文构成论》一书中,郑明娳依据散文描写风格区分出四种类型,即写实式描写、印象式描写、魔幻写实式描写和超现实式描写。她指出,写实式描写、印象式描写出自现实主义,超现实式描源于现代主义中的超现实主义,而魔幻写实式描写则与心理写实主义与魔幻写实主义密切相关,这些流派分别反映不同的心理结构,不仅仅是单纯文学风格的表现,也是当代中国散文作者接受不同

---

① 郑明娳:《台湾现代散文现象观测》,《现代散文现象论》,台北:大安出版社1992年版,第61—62页。

② 同上书,第64页。

③ 同上书,第69页。

④ 同上。

时空观念撞击而衍生的文化风格。① 写真式描写是用细针密线的笔调,把描写客体的形象完整的"再现"出来,印象式描写则是努力再现作者心中对描写客体的直接印象,以物理现实为主,掺入心理现实。② 二者基本上都无法摆脱线性的、平面化的时空格局。而魔幻写实式描写,往往在现实生活描写中插入神奇、荒诞的元素,构成现实和超现实交杂并呈、梦幻感与真实感交相渗透的时空结构,使文本主题复杂化、多元化。林彧的《保险柜里的人》,在写实文字中插入幻觉,使平面空间多元化,也使幻觉具象化;林燿德的《幻戏记》,人物、场景和情节描写都具写实性,但又与古希腊神话忒修斯的迷宫重叠暗合,意义互相指涉,幻觉和现实空间的穿插,造成文本多义且浑圆的象征世界,从而超越了三次元的时空,引领读者走向真实与虚幻的心灵时空等。③ 超现实描写则以心理主义为主体思维轴线,否定外在客观世界在文学中的积极作用,肯定潜意识或深层的心理意识、梦境反映人的灵魂与世界的积极意义④,因而其文本时空多为高度的象征结构。总体而言,郑明娳的散文时空观念更多聚焦在文本层面,而缺乏更具深度和体系的散文时空理论建构。

  作为台湾后现代文学的旗手,林燿德把"都市"界定为"流动不居的变迁社会"、一个"无地点的地点";并深入阐释"都市"的流动性、开放性,辨明都市即正文的哲学内涵,论述都市空间多重编码的空间特征及其意识形态属性。在此理论基础上,他将都市文学界定为描绘资讯结构、资讯网络控制下生活的文学,并指出都市文学与现代主义/写实主义文学的区别在于世界观和文体的差异,阐释都市文学的解构性特征以及都市散文家的解构性格,进而深入论述了都市空间与文学空间的复杂关系。林燿德的"都市"与"都市文学"理论体现了后现代理论的巨大阐释力量,这也是都市散文空间理论突破传统写实散文空间理论的突破口。而杜十三对人类社会发展四个阶段和资讯社会四度空间观的深入研究,为资讯社会中人类的感觉结构模式做出了典范性的阐释。资讯社会中,人类"看"的方式、机制与内容的变

---

① 郑明娳:《现代散文构成论》,台北:大安出版社1991年版,第159页。
② 同上书,第160—165页。
③ 同上书,第167—169页。
④ 同上书,第169—172页。

化必然引发世界观和文学艺术形式的新变。立足于此,杜十三对都市散文文体的理论创新和艺术实践极具启示意义。郑明娳对都市散文的界定以及散文空间观的探讨立足于散文文本实绩,她总结了都市散文的五个重要特征,并划分出散文空间结构类型,奠实了散文基础理论。总体而言,林燿德、杜十三、郑明娳等人从资讯社会后现代视角来界定都市文学、都市散文,阐释都市空间与文学空间的内在关系,并进行都市散文空间理论创新和文学实践,取得了丰硕的成果。他们的理论成果是对现代散文理论的丰富化,是一笔必须深入挖掘的宝藏。

第二节 台湾当代散文中的超现实时空形式及其意义结构研究

一、资讯社会与台湾都市散文

20世纪后半叶,继飞机、电话之后,电视、电脑、传真机、镭射等电子产品在短短的几十年间将地球变成了地球村,而电子世界则成了庞大的宇宙。电子媒介深刻改变了人类的时空观念及其感知方式。在过去的社会形态中,时空因素是可以被明确把握的。人类对空间的感知大致是依循三度空间的特质;由于过去和未来的时间维度很难被清楚地再现和感知,"现在"的世界几乎就是一切。但在资讯社会中,资讯网络覆盖全球,电子媒介可以将人类的历史压缩、呈现,而"现代"成了虚无缥缈的"宇宙的现在"。人类已然活在"一个包含所有人类呼吸,以及古人喷嚏和来人胎动的历史社会里,是四度的,而不是三度的空间里了"①。在后工业社会中,一切既定的现象都可以被解构、被重新组合,时间和空间可以当成"生命的零件"被前后左右运用;我们所面临的,是"一种没有秩序的新秩序,一种没有规则的新规则"②。资

---

① 杜十三:《四度空间的历史社会观——浅谈资讯时代的艺术形态》,《鸡鸣·人语·马嘶——杜十三◎和生命闲谈的三种方式》,台北:业强出版社1992年版,第202页。
② 同上。

讯社会中的"艺术家们所面临的已经不是传统的三度空间的'再现'问题,而是如何超越物理时空的限制,而以人类历史的时间和宇宙地球的空间为新坐标,重新架构、多元再现的课题了,换句话说,现代的艺术家所需要的,乃是一种更为宽广的、四度空间的'历史社会'观,而不再只是一个惯有的、现实性的地球社会的三度空间观"①。20世纪80年代,台湾也逐渐进入资讯社会阶段。杜十三的"四度空间的'历史社会'观"便是对资讯社会时空观念的全新阐释。

台湾都市散文也是在资讯社会生活情境中产生的,其文学观念和文体形态与资讯社会生活情境和思想状态息息相关。郑明娳指出,台湾都市散文的兴起,"不仅是社会急骤变迁造成旧社会及旧观念解体的结果。同时也因过去社会从来不曾有过时空以外四度空间的变革,资讯社会带给新世代崭新的角度来重新认知世界。所以,都市散文之异于以往散文者,实是作者观物角度有了大调整"②。林燿德更深刻地指出,都市是一个"流动不居的变迁社会"③,"新都市文学"主要是"表现人类在'广义都市'下的生活情态,表现现代人文明化、都市化以后的思考方式、行为模式;它的多元性、复杂性,以及多变性"④。都市文学家要"诠释整个社会发展中的冲突与矛盾的层面,甚至瓦解都市意象而释放出隐埋其深层的、沉默的集体潜意识"⑤。

资讯社会生活情境的整体转型和四度时空观念的发生,使得杜十三、林燿德、张启疆等台湾当代散文家们能够用新的文学观念和创作方法去突破传统写实散文套路,掀起都市散文的创作潮流。在都市散文的诸多类型中,超现实散文通过蒙太奇的时空拼接和多重象征空间表现,呈现出写实与虚构、真实与梦幻混淆、互涉的多重意义世界,在散文观念与体式上开拓出新境界,值得学界深入分析其诗学形态与价值。

---

① 杜十三:《四度空间的历史社会观——浅谈资讯时代的艺术形态》,《鸡鸣·人语·马嘶——杜十三◎和生命闲谈的三种方式》,台北:业强出版社1992年版,第202—203页。
② 郑明娳:《台湾现代散文现象观测》,《现代散文现象论》,台北:大安出版社1992年版,第60页。
③ 林燿德:《八○年代台湾都市文学》,《重组的星空》,台北:业强出版社1991年版,第208页。
④ 痖弦:《在城市中成长——林燿德散文作品印象》,载林燿德《一座城市的身世》,台北:时报文化出版企业有限公司1987年版,第14页。
⑤ 林燿德:《都市:文学变迁中的新坐标》,《重组的星空》,台北:业强出版社1991年版,第200页。

二、"蒙太奇"与折扇形超现实时空结构

资讯社会中,电子媒介改变着人类的时空观念,也改变着人类观看事物的方式。"在种种改变过往时空的速度、节奏与本质的'运转方式'中,影响现代人的行为最大的,要数人类'看的本质'的改变——人类的'看'已经从过去'面对面'或'面对现场'的'看',渗入了大量'透过摄影机的"看"'了——而在这些有如走马灯,大异于人眼'平常看'的'电波传真的看'法之外,多的却是经过'选择'、经过'剪接'、经过'编辑',甚至经过'蒙太奇'之后的'看'——我们只能用'传统的看'看到我们周围有限的现象,却必须通过上述革命性的新'看'法,才能'看'到社会、'看'到人类、'看'到世界以及'看'到地球。"① 时空观念和"看"的方式、机制与内容的改变,已经深刻改变了资讯社会生活形态和人类的感觉结构。而作为散文家,如何运用四度空间观、掌握"看"的本质,"通过'新的看'法演绎出更有创意的'叙述'方式",从而真正创造出反映时代特质的新的散文艺术呢?

在台湾当代散文作家中,杜十三便成功运用了蒙太奇手法进行散文艺术探险:"大胆的尝试现代映像中各种'看'法的'蒙太奇'叙述方式,运用文字将现代人间的万象'拍摄'成冷峻、客观、无我的'场景',再充分的运作摇、推、拉、溶入、淡出、全景、特写……等唯我的'映像导演'手法取代一般文字的主观描摹叙述方式,进而用心的将自己的'文字表现'合成带有'诗质'的'胶卷',用新的'文学'拍出具有鲜明意象与戏剧张力的现代人生'场景'。"② 通过蒙太奇"看"的方式变革,杜十三创造出散文的四度时空结构;其中,超现实时空形式最为典型,它有力穿刺了日常生活空间中的意识形态。就此,林燿德评论道,杜十三的物趣小品大量运用镜头的切割转换,采取全知观点,挑拣片段印象,以冷静笔触串织成篇,借此将主观的思维透过客观

---

① 杜十三:《散文艺术的思考》,《鸡鸣·人语·马嘶——杜十三◎和生命闲谈的三种方式》,台北:业强出版社1992年版,第219页。
② 同上书,第219—220页。

素描呈现,或者将形体的意义释放出来,提供了一种专属创造者的崭新的世界观。①

在散文《海》中,杜十三便充分运用了摄影机镜头对空间的切割、拼贴与组合,创造出一个违反肉眼视觉逻辑的超现实空间。散文开篇是远景,女郎躺在沙滩上,与远方海平面上一艘轮船构成一幅宁静的风景。

> 摄影机推进,海洋的面积跟着逐渐缩小,直到女体的上部曲线和海平面吻合,轮船正好从她妩媚的脸孔驶向她高耸的胸部。
>
> 轮船缓缓的驶向她的乳房,几秒钟之后,才从女人的腹部上方出现,向一只拱起的,修长而匀称的大腿前进。
>
> 镜头继续向前推进,由中景转成特写,让那只迷人的大腿放大,占满整个画面。
>
> 一只白色的海鸥飞过,悠远的汽笛声中,轮船从迷人的大腿下方驶离,然后,女人站了起来,消失在镜头之外。②

蒙太奇的镜头语言颠覆了现实生活中的物理空间,使远与近、大与小的物象同时收纳在一个平面之中,并以反视觉逻辑的形式构成一个超现实空间。这种近乎滑稽的空间显然是一个性与欲望的隐喻。在受到多位评论家赏识的散文《火》中,杜十三同样通过蒙太奇的时空组接,将流浪汉用斗笠扇火的动作与周遭的环境变幻对接,似乎扇火行为促成河水沸滚、灯火通明、晚霞飞聚等一系列场景的变化,而最终整条河水也突然点起了彩色的火。霓虹灯、星星和月亮,随着一齐升上天空里闪烁,流浪汉则"用煮过的水沏了一壶茶,坐到河堤上,静静的欣赏一幅烧好的夜色"③……蒙太奇的时空组接,渲染了流浪汉扇火动作的神奇魔力,使各自独立的空间建立起某种神秘的因果逻辑联系,形成多重时空组合的超现实效果。洛夫指出,作者运用超现实的手法重建了一个非理性的"现实世界",这使一种新的美从原有的自然界中凸显

---

① 林燿德:《杜十三的冷笔热心》,载杜十三《爱情笔记——杜十三散文选》,中国友谊出版公司1994年版,第7—8页。
② 杜十三:《海》,《爱情笔记——杜十三散文选》,中国友谊出版社1994年版,第82页。
③ 杜十三:《火》,《爱情笔记——杜十三散文选》,中国友谊出版社1994年版,第64页。

出来;流浪汉沏茶欣赏夜色,正是弥补流浪汉现实世界之不足。①

如果说《海》与《火》还处在对现实生活时空的剪切与拼贴阶段,那么在散文《铜》中,杜十三则自由往返于历史、现实和未来,出入于古战场、女体和现实战场,将物象"铜"背后的人间本质予以精妙的揭示。一块在两千年前古战场找到的铜被熔化、切割成子宫环,安装于女体内,"在那条出生入死的时间隧道之中,恪尽职守的封锁住通往人间的交通,把前仆后继的生命之潮,在女人的呻吟声中推向天堂,或者地狱"②。经过多场生死战役后,那块铜离开朽败的女体回到人间,却被冶炼进枪炮,"在越南、伊朗、伊拉克、土耳其……等地的战场上陆续发挥威力,在女人的哭泣声中,歼灭了无数雄兵,并且全部推向地狱"③。从古战场到子宫再到世界战场,多重空间从历时的散布状态变成共时并置;而铜在上下几千年的时空变幻中不停地穿梭,参与到人类的生死较量,这使原本意义相对独立的时空形式在并置中共同产生意义场,亦即"人体外的战争,是人体内战争的延长"④。因此,超现实的时空并置能够让读者在非常态的时空形式与逻辑中看到物象背后的本质存在和人类的幽暗心理。

杜十三散文中的超现实时空组合有着内在的美学律则。杜十三认为,"人间存在的所有静默物象,似乎也都具备了人性之中存有的爱、欲、憎、妒,以及,颠簸、坎坷之后的种种感应和灵动"⑤;因此,他观物就要穿透人间种种虚幻的具象,用一颗真诚而冷静的"心"看到现象的本质,以达到"心物合一"的理想境地。杜十三凭借着蒙太奇的时空调度去除虚幻的表象,进而直达事物的本质。这种超现实时空组合首先颠覆了现实世界的物理时空,也打碎了隐藏在物理时空形式背后的意义网络;在散文创造的全新的超现实时空系统中,一条条更深邃的意义链条向读者自动敞开。其次,在看似随意的蒙

---

① 洛夫:《映像与诗的婚媾——论杜十三的散文艺术》,载杜十三《爱情笔记——杜十三散文选》,中国友谊出版社1994年版,第4页。
② 杜十三:《火》,《爱情笔记——杜十三散文选》,中国友谊出版社1994年版,第60页。
③ 同上。
④ 同上。
⑤ 杜十三:《人间感想——人间的抽象与艺术的具象(后记)》,《人间笔记》,台北:时报文化出版企业有限公司1984年版,第172页。

太奇时空组合与意义链的生产过程中,杜十三遵循着一种"美的戏剧性"原则,即:"人生是追求和谐的,伦理、健康、美貌,和一切的幸福,其实都是'美'的化身;而'戏剧性'则是人间各种物象(包括'人')的递变原则。'美的戏剧性'即是'人间经验的精华',是我们面对伟大的艺术最能体验而能牵引生命深处的,一种真确而深刻的感受。"① "美的戏剧性"原则使杜十三散文中的超现实空间形式及其意义有内在的规律可循。

散文《蝴蝶》就典型地体现了"美的戏剧性"这一原则。文中,蝴蝶是以一组分割罗列的镜头形象出现,每个时间段的一组镜头都描写了蝴蝶具体的生命形态。"10 点钟,一只蝴蝶鼓动双翼,从女人酣睡妩媚的笑容中破茧而出";11 点,蝴蝶在室内徘徊,"从花蕊的纹理和色彩了解风向和阳光的轨迹";12 点,在"一帧男人的照片上,从男人复杂的表情推测人世间的喜怒和哀乐";1 点,在扑朔的人生景象中"发现了人间的对称和矛盾","读到人心的险恶和爱情的虚幻";2 点,"把地球的时间和季节匆匆学习一遍";到了 4 点钟,经历了人生的险恶,蝴蝶"在情欲的风景中挣扎翻腾,穿过险峻的山水和崎岖的道路,途经一座座荒芜的花园,终于悔悟";直至 6 点钟,"黎明。蝴蝶疲倦的回航,在一张布满白发,形容哀凄的面孔上,沿着皱纹缓缓的降落"②。蝴蝶每一个时间段的生命形态都是人生相应阶段的隐喻。超现实的时空组合和跳接略去了生活时空的繁复与模糊,形成了从初生到衰亡的回环时空结构。叙述者以情境逆转的方式突显生命的衰老,并与开篇形成对比,反映出空幻的人生景象,这就是"美的戏剧性"。再如《计程车》,"我"以计程车为记忆之筏冷眼回望人生的诸般场景,有幼时的玩伴在桥墩底下玩泥巴、小学的老师在校门口闯红绿灯、大学时代的女友挽着陌生人在撒娇、以前的同事在奖券行买奖券……更有一辆新娘的礼车高高兴兴地跑过去、一列送葬的车队哀哀凄凄地跑过来。最后,"我看到轮胎长满了皱纹。下车的地点,是我原来上车的十字路口"③。人生场景的快速跳转、组接,形成带有

---

① 杜十三:《人间感想——人间的抽象与艺术的具象(后记)》,《人间笔记》,台北:时报文化出版企业有限公司 1984 年版,第 174 页。

② 杜十三:《蝴蝶》,《爱情笔记——杜十三散文选》,中国友谊出版社 1994 年版,第 134 页。

③ 杜十三:《计程车》,《爱情笔记——杜十三散文选》,中国友谊出版社 1994 年版,第 160—161 页。

荒诞感的超现实画面,而经过生老病死的人生幻景之后,回到了现实的生命更显沉重与虚幻,这亦是"美的戏剧性"。在杜十三的其他散文中,如《手表》《口袋》《梅》《荷》《刺》等,都有着相似的超现实时空形式与意义生产程式,笔者将这种超现实时空形式喻为"折扇形时空结构"。在蒙太奇的时空调度中,时间可以在镜头的跳转中飞速流动,往返折叠;空间也随之突破物理局限,在任何时间和任何地点瞬间跳转,在文本中形成共时的空间结构;而超现实的时空组接大致遵循着"美的戏剧性",即从生命的某一时空点开始,多重场景顺次展开,在生命衰败时戛然而止,形成一个回环时空,让读者饱览人生幻景之后陷入沉思之境。这正如一把折叠纸扇,可以顺次展开,又能反复折叠。随着扇面图画的展开,可以依次看到图画的精美局部,正如人生的诸般幻景;而当全景映入眼帘,观赏者便会惊愕于整幅画面的空幻之美;当纸扇倏忽合上,留给人的便是繁华落尽的空幻感。可以说,读者的每一次阅读都是重新开启纸扇的过程,都将重新体验着时空的瞬息万变和生命的空幻虚无。

综观杜十三的超现实散文,他以"美的戏剧性"为美学原则,运用蒙太奇的时空调度手法,形成折扇形的超现实时空结构。这是作者在四度空间观中对变动不居都市情境的艺术表现。

三、幻觉与虚构:超现实时空的变形与象征

在杜十三的超现实散文中,主体始终站在折叠往返的文本时空之外,以静观的姿态、蒙太奇的运镜方式观照世间万物与人间百态,超现实的时空结构在"美的戏剧性"原则下表现为外部时空的超现实并置与拼贴,这种时空形式打破了日常生活时空逻辑及其意义链条,通过诸般幻象的聚合建构空幻的人生哲学。因此,统一的沉思主体与外部时空的超现实并置形成杜十三散文的鲜明印迹。而在张启疆、林燿德等人的超现实散文中,主体陷入了日常生活空间牢笼之中并日趋分裂,分裂的主体无法理性地调度外部时空重建意义系统。此时,面目不清的主体首先要面对的是日常生活空间的意识形态统制,以反理性、非理性的方式摧毁日常生活空间及其理性建制,以达到解放和

重建主体的目的。因此,张启疆、林燿德等人散文中的超现实时空形式已由外部的时空并置转为幻觉与心理时空的多重虚构,从而揭示非理性、潜意识的精神结构。

在消费社会的日常生活中,物象与空间以潜在的理性逻辑、秩序排列组合,无时无刻不在建构一个理性的自我和意识形态系统。而非理性、潜意识则被压抑在意识底层。一旦日常生活中的物与空间以特定的方式组合呈现,那么看似严丝合缝的物与空间秩序及其意义系统就会产生裂缝,而非理性、潜意识就会凭借各种形式喷涌而出,展示本我的多重形象,甚至摧毁物与空间的秩序和自我。

幻觉便是作家们对日常生活中物与空间理性建制的一种反叛。在日常生活中,镜子原本是日常生活中文明、理性和自我的参照物和校正装置,它遵循着工具理性原则,映射出有关于世界和自我的拟真图像。在日常生活中,人们已然将镜子制造的虚相当成了真相,借此校正自我的形象与行为。镜子是理性空间的有效建制。而张启疆的《镜の颜》一文却是对镜子这一理性装置的反动。

> 这天,左右一瞥之后,他满意地点点头,仰视电梯上方的指示灯,眼角余光却发现左边镜里的那只眼角好像眨闪了一下,他好奇地转头,看见一整排惊瞪的眼睛,嵌镶在一张张酷似而又不尽雷同的脸上——同样是惊愕的表情,前一张脸微张着嘴,后一张脸却闭紧了唇,有些脸颊上的肌肉剧烈地抽跳,有些紧绷得像一面旗,有一张兀自翻剥变色,极远处的某对瞳子射来诧异的冷光……他吓出一头冷汗,再转身,望向右侧的镜墙,这才发现,其实他只能看见一张脸,第一张脸后面的每一个自己都巧妙藏在前一个自己背后,变成无数个隐藏的面容,镜墙映照不到的脸。他根本看不见其他的自己。①

单个镜面只呈现出自我的单一形象;而在多重的镜像世界中,"我"则被折射出多重影像。在这多重镜像中,"我"被扭曲、割裂,甚至让人产生幻觉,

---

① 张启疆:《镜の颜》,《被租界的梦》,台北:华城图书出版股份有限公司2003年版,第184页。

那拥有各自怪诞表情与动作的镜像"我"是脱离现实我而存在的。镜像"我"构成对现实"我"的嘲讽与挑衅,他们共同构成众声喧哗的多重人格结构。显然,镜像中的"我"们正好折射出隐藏在理性自我之下的多重形象,亦即非理性、潜意识中的本我形象。引发主体的多重分裂是主体的幻觉,但幻觉是在镜子的多重映射中产生的,且幻觉进一步强化了镜像世界的幻象感。《镜の颜》中充满幻觉的镜像空间突围了日常生活中物与空间的理性钳制,摧毁了自我的理性形象,呈现出非理性的潜意识世界。

对日常生活空间形式及其理性建制的变形、反动与爆破,是台湾当代超现实散文书写的重要内容。在日常生活中,房间是家庭、社会关系最基本的理性空间建制,是意识形态和权力结构对人最基本的控制和渗透基点;它也是人的感觉结构、心理和精神最初的形塑空间和来源之地。房间的理性建制必然会构成理性压制与非理性反动、意识控制与潜意识躁动的冲突;而房间会凭借强大的理性统制力压抑非理性和欲望的骚动,以维护理性空间的基本建制。被压抑的非理性与潜意识则沉积下来,但当它达到极限后会伺机冲破理性空间,爆发出非理性、潜意识的野性力量。林燿德的《房间》便建构了一个超现实的反理性房间。这个"房间""没有人发现它的存在;没有窗也没有门,没有房间通向它,它也不通向任何房间":

> 这个永远不曾启用的房间,既不曾存在,也就谈不上被人遗忘;但是它却成为一个无意识的窃听者。整栋大厦的每一个房间、每一个房间中的对话,都沿着墙基奔流到它的四壁,静静沉淀,在无尽的黑暗中被悄悄积蓄在那充满回音的腹部。
>
> 或许这个秘密的房间就在你房间的隔壁。有一天它终于承受不了那些充满压力的语言,突然就爆炸了,整栋大厦在瞬间崩溃,扬起浪涛般的尘埃,向四面八方的街道滚滚流动,所有的声音随着尘埃的洪流毫不害臊地浮沉在太阳之下。①

"不存在的房间"隐喻了潜意识、非理性心理空间,它潜藏在理性空间的深

---

① 林燿德:《房间》,《迷宫零件》,台北:联合文学出版社1993年版,第13—14页。

处,搜集并储存非理性的声音与心理碎片。它以爆炸方式摧毁理性统制的房间和大厦,从而暴露出理性空间统制下被压抑的非理性空间。

从镜像空间的变形和幻觉的制造到"不存在的空间"的虚构和非理性的爆炸,这两种超现实空间形式都有明确的意义指向,且意义的生产都遵循着二元对立的逻辑,即理性与非理性,意识与潜意识的二元结构。超现实空间突破了日常生活中理性空间单向度的意义生产,展现了非理性、潜意识的空间形式与意义结构。

而在《未知次元的门》中,林燿德进一步打破了理性空间与非理性空间二元结构,他以幻觉结构全文,在多重空间的穿梭变幻中,使超现实的空间意象象征化,也使意义多元化与模糊化。文中,一道独立的门在路上破空出现,通过这道门,"我"由都市现实空间瞬间进入未知的沙漠地带,"门启处,迎面射来耀眼的强光和灼热,伴随刺痛的沙岚,我仆倒、全身竟如贴在烈火烤过的玻璃屑上,而门已消失……终于我认清了环境,是一处无边无际,天空垂着金色火球的沙漠。撒哈拉?戈壁?还是喀拉哈利?我一苦笑。飞卷而来的沙粒马上填塞我的口腔,我的头发也缠入无数沙粒。我此生已陷入传说中的结局了,我致力于找寻回来的门,但是每次都得到一个新,而且更为冷酷的世界。"① 多重的荒漠化时空情境,既是都市时空流动性的隐喻,也是都市心灵日益荒漠化的象征。这里,幻觉空间已经超越了日常生活理性空间与非理性空间的二元形式与意义结构,而呈现出整体的、多元的都市空间情境与精神结构。这种超现实的空间形式与意义结构在林燿德的散文《幻戏记》也很典型。正如郑明娳所分析的,文章表面上写实,但巷弄的迷宫却和希腊神话中忒修斯的迷宫意象互涉,使"古今二者暗暗吻合,影射意义互相扣连。并运用多种角度的叙述、幻想,幻觉与现实空间的穿插,造成全文多义且浑圆的象征世界"②,这使它成为典型的超现实散文。幻觉空间形式与意义的多重性和不确定性,瓦解了写实散文中空间形式与意义的单一指称关系。

---

① 林燿德:《未知次元的门》,《一座城市的身世》,台北:时报文化出版企业有限公司1987年版,第55—56页。

② 郑明娳:《现代散文构成论》,台北:大安出版社1991年版,第168页。有关《幻戏记》中空间的三重象征体系分析,参见笔者:《台湾后现代散文差异空间美学研究》,《台湾研究集刊》2011年第2期。

散文的超现实空间形式与意义的多重关系并非只是散文家的凭空虚构，而是有着深刻社会文化内涵。罗兰·巴特曾在《符号学与都市》一文中就指出：都市意象的能指与所指一一对应的关系已经破裂；都市意象的所指非常模糊，在某个时候，它总是会成为其他东西的能指，而所指瞬间消失，能指则保留下来。[①] 深受罗兰·巴特影响的林燿德也指出，"都市正文的特征就在于——任何的符征都因为被阅读的角度不同，而出现了多元符旨，或者，根本失去了语言学上的意义"[②]。充满符征的都市空间，呈现为并时的、多重编码的空间特征。都市意象在多重空间中再现、变形、隐匿、互相结合或者互相撞击，呈现出理性与非理性、意识与潜意识以及意识形态多元共存的状态。因此，散文中超现实空间形式与意义结构的多重化不只是散文技巧的演化，它是都市空间形式与意义结构转型的表现，是都市文化风格的表征，也是作家世界观、文学观根本性转变的必然产物。

台湾当代超现实散文的时空书写改变了传统写实散文中单一平面的时空写实，不仅呈现出杜十三在"四度空间的社会历史观"之下的蒙太奇时空形式，亦即"折扇形超现实时空"，也表现出张启疆、林燿德在幻觉与虚构中创作出的变形和象征空间。更重要的是，传统写实散文的时空形式大都存在着单一的意义指称，而在超现实散文中，多元的超现实时空形式逐渐走向意义的多元化与象征化。诸多散文的超现实时空在对日常生活时空的理性建制反叛过程中呈现出理性与非理性、意识与潜意识二元对立的意义结构，更有林燿德的超现实散文象征着都市荒漠化的整体生存情境。这是台湾进入资讯社会以后，变动不居的都市情境让散文家的世界观和散文观发生根本性变革的结果。

---

① 罗兰·巴特：《符号学与都市》，夏铸九译，载夏铸九、王志弘编译《空间的文化形式与社会理论读本》，台北：明文书局1993年版，第534—535页。

② 林燿德：《空间剪贴簿——漫游晚近台湾都市小说的建筑空间》，载郑明娳主编《当代台湾都市文学论》，台北：时报文化出版企业有限公司1995年版，第291页。

第三节 台湾后现代散文差异空间美学研究

在《台湾地区后现代状况》一文中,罗青曾宣称:80年代中后期,举凡台湾的政治、经济、军事、社会和日常生活中的衣、食、住、行、娱乐、医药各方面都发生了后现代状况。①孟樊也在《后现代主义在台湾的反思》一文中精要地谱写出台北社会各个层面的后现代文化状况。②从日常生活到文学艺术,台湾社会后现代文化日渐深刻地改变了人们的生活方式和思想文化观念,这意味着80年代以后台湾社会的感觉结构发生了相应的裂变与转型。日常生活结构的整体裂变与转型,也意味着文学艺术时空体验和时空结构的裂变与转型。以林燿德为首的都市散文家深切体悟到,后现代时空体验转型给散文思想与文体带来巨大的冲击力。他们的开创之功已经取得大家的共识。但是,作为一种新的散文范式,后现代散文文体特征与创作系谱,还缺乏系统深入的研究;因此,本节就台湾后现代散文差异空间的美学形态展开进一步分析。③

---

① 罗青:《台湾地区后现代状况》,《什么是后现代主义》,台北:五四书店1989年版,第315—316页。
② 孟樊:《后现代主义在台湾的反思》,《后现代并发症——当代台湾社会文化批判》,台北:桂冠图书股份有限公司1989年版,第145—146页。
③ 有关林燿德对巷弄空间多重象征的后现代书写问题,已在本书第一章中有较详尽的讨论,此处不赘。

都市散文家对差异空间的书写体现出多元的情感价值。他们并不是一味地厌恶都市,也不是全然地拥抱都市,而是进入都市时空内部,解构二元对立的思维模式和价值姿态,瓦解单一的意识形态,呈现出多元的都市空间以及隐藏其后的权力结构与意识形态。正如林燿德所言:都市本身呈现出并时的、多重编码的空间结构,一切事物都在这多重空间中再现、变形、隐匿、结合或者撞击;不仅作家自身及其作品成为都市自动书写的一部分,作家在正文中也面对着物理空间和心理空间交错的建筑、路牌、铜像、广场、公园以及梭织其隙的各种意识形态,更重要的是这些造型背后所隐藏的世界。[①] 缘于这种空间哲学,林燿德对都市空间的审美观照迥异于现代散文单向度的空间写实;而是同时展开多重空间,让各自的空间意象、历史和隐藏其后的意识形态、集体潜意识、权力结构,彼此隐显、对抗,呈现出差异性、多元性、对话性和开放性的特征,并在真实和虚幻中表达着都市人精神世界。

在林燿德的《工地》《震来虩虩》诸文中,都市空间同时呈现出现代文明与"古代—未来"遗迹、现代建筑与"前"现代废墟并立的形象。一方面,"我"惊叹于都市文明和现代建筑的美丽与强大、纪律和秩序;另一方面,"我"却犹如置身在古代文明的荒原和现代文明的废墟之中。多重影像,承载着真实与梦幻交织的空间体验。而多重性和差异性的空间书写,超越了单向度的空间写实,凸显了四度空间中古代—现代—未来的空间转换,体现了后现代散文多重性、差异性的空间美学特征。

如果说写实空间立足于现实,把握住的是生命的真实存在,具有理性主义的色彩;那么都市的差异空间,则在多重时空中换影,真实与虚幻彼此纠缠、互相转化,使霸权性的理性和真理消解于无形,它所呈现的是一个交杂着想象和真实的地景,让人看见的是解构了的心理和意识形态的时空。这种想象的、解构的、非理性主义的空间形态与理性主义的现实空间存在质的区别。

张惠菁在《不存在的地景》一文中就道尽了"工地"作为城市差异空间的美学特征。工地是一个过程形态,它朝着设计图的理想空间形态而存在。工地既是通往未来的通道,也是否定过去的影子;但它并不存在于现在,

---

① 林燿德:《八〇年代台湾都市文学》,《重组的星空》,台北:业强出版社1991年版,第222页。

它是"不存在的地景"。① 由于工地中粗鄙的工人与千疮百孔的场景在都市中显得无比突兀,工地是对都市秩序的严重威胁。人们期待的是建筑物的完工,这也意味着城市对工地的最终驯化:"开放的、翻覆的、成形中的、具有变异可能性的工地,在最后一块瓷砖贴上后便完完全全地驯服,成为无数同类城市建物中的一座。"② 完工意味着工地向城市缴械,工地消失了;它不存在于完工之后,也不存在都市人的记忆中,它是"不存在的地景"。然而,工地总是如骨刺般梗在城市的中心,它的突兀最无可逃避、无法忽视。作为异质风景,人们只能用黄色的或绿色的围墙将它包裹起来。围墙扮演一个微妙的角色:"围墙内没有现在,围墙外只有现在。围墙内是城市不愿面对的异质风景,围墙外是城市日复一日稳定的秩序。站在内外的交界,围墙必须美化墙内令人不安的粗糙丑陋,及对城市可能造成的干扰,让生活在墙外的人们受到了冲击减少,并感到安全。"③ 有些工地的围墙用彩色壁画装饰点缀,有些则干脆出卖空间做广告,"工地从被隔离的危险地景,转变为被装饰掩盖的异物;围墙从单纯的隔离功能,到被围墙外的世界攻占下来做宣传、做点缀,甚至贡献给城市的商业活动"④。工地依然是被隔离,成为"不存在的地景";而围墙只有现在,但过路的人大多匆匆而过,并不关注它的存在。作为都市的异质空间,工地的时态指向过去和未来,它没有"现在",在城市的建制中它是不存在的,它永远处于等待被规训的状态。由此产生的围墙空间意象,游走在存在与不存在、秩序与无序的边界,展示出异质空间边界美学形态。作为"不存在的地景",工地和围墙充分暴露出城市的规训系统和意识形态运作机制。张惠菁对差异空间意识的层层剥离,既解构了城市空间意识形态系统,也呈现出差异空间作为不存在的、未完成空间的美学内涵。

差异空间处在都市日常生活之外,它们以其独特的时空形态与解构式的空间内涵瓦解着单一的、封闭的都市空间及其意识形态霸权。在林燿德、蔡诗萍、张启疆散文中,这种流动的、开放的与未完成的差异空间意象还表现在

---

① 张惠菁:《不存在的地景》,《流浪在海绵城市》,台北:新新闻文化事业股份有限公司1998年版,第81—82页。
② 同上书,第83页。
③ 同上书,第85页。
④ 同上书,第86页。

HOTEL、酒吧、KTV 等消费空间。在林燿德《HOTEL》一文中,有别于家、办公大楼等都市日常生活空间,主要作为性交易场所的 HOTEL 一旦侵入住宅区、巷弄和大楼,整个生活/办公空间就开始异化、变质。住宅区或大楼中人与人之间的信任感、和谐感消失,猜忌、嫌恶的气氛开始弥漫。就空间形态而言,家是稳定的、完成了的生活空间,它的情感维系和人际关系是牢靠,甚至是封闭的;而 HOTEL 则永远"是流动的空间的集合体。它们只是一个个过程,一个个永远不能彻底完成的过程"①。

> HOTEL 的每一个房间都是不完整、不平衡的,当任何一个房间空下来的时候,即刻就回复到未完成的蓝图阶段;……
>
> 任何一个进入 HOTEL 的人,他们在进入房间以后,房间就被完成了。一对男女(我们不否认其他组合的存在)在那个空间中的每样举动都导致一种新的安排、新的平衡。甚至我们要相信进入 HOTEL 里面的游客只是无机空间转化为有机空间的配件而已。②

HOTEL 那永不被完成的空间所隐匿与释放的是性爱的隐私和有关欲望的集体潜意识。相对于家中卧房的稳固而独裁式的婚姻生活,HOTEL 更显民主和开放。正是永远未完成的 HOTEL 在家、办公大楼这类近乎封闭的空间之外提供流动的、开放的空间,它能够提供宣泄情欲的场所,也为人与人关系的重塑和流动创造了无限可能。更值得深思的是,人际之间的选择与被选择,空间的填充与被填充,无论是流动的、开放的还是稳固的、封闭的,都可以被 HOTEL 的哲学所包含。因为 HOTEL 是未完成的差异空间,它既是完型的、牢固的都市日常生活空间的未完成式,也是永远处于流动的、不断被填充的、可以开启无限可能的差异空间;所以,林燿德才写道:"一切都是填充题的格局,人与人互相填充,人与 HOTEL 互相填充。一切都是 HOTEL 的哲学。"③这既是对"城市即正文"哲学意涵的延伸,也对差异空间美学内涵的普遍性延伸。要言之,后现代散文家将差异空间哲学思维推广到对日常生活空间意

---

① 林燿德:《HOTEL》,《迷宫零件》,台北:联合文学出版社 1993 年版,第 23 页。
② 同上书,第 23—24 页。
③ 同上书,第 26 页。

象的诗学创造,从而在散文思想和文体上引发革命性变革,这正表明差异空间哲学是后现代散文的美学核心。

在后现代散文家的视野中,都市的差异空间几乎无处不在。它存在于高楼与地下的差异之中,存在于日夜流转与空间轮替之中。差异空间和差异思维既是都市生活的常态,也是都市散文家所极力营构后现代空间诗学的重点。林燿德的《九百万只老鼠》,将都市的下水道系统描述成沟鼠们的"地下都市",甚至将它象征为"人类所有黑暗的思想和性情"地底投影。人类的黑暗思想和性情会"像数以百万计的丑恶鼠群继续潜伏在都市的底层";更有甚者,"思想和疯狂带来的瘟疫,又比生物带来的灾难要可怕多少倍,几场导源于狭隘形态和地域扩张理念的战祸,曾经成功地渡过鼠疫所无法穿越的山岳和海洋,摧毁无数善良的都市以及爱"①。林燿德对"地下都市"的差异想象,与加斯东·巴什拉对地窖和阁楼的空间诗学分析极为相似。巴什拉认为,阁楼与屋顶是理性与光明的隐喻,而地窖则是家宅中的阴暗之所,它是深层非理性的所在,也是令人产生恐惧和疯狂的地方。②差异空间对人类潜意识、非理性的深度解构,颠覆了都市文明的理性主义神话。

在蔡诗萍散文中,差异空间存在于都市的日夜轮转中。在蔡诗萍看来,都市时间已不再是周而复始、绵延不息的自然时间,而是被切割成白昼与夜晚两个价值悖反的时间系统;而都市空间,无论是公共抑或私密,也已不再是固定的、同一的、具有归属感的"地方",而是并时的、差异的、疏离的多重空间。断裂的、差异的都市时空重构着都市人的日常生活和时空观念。

白昼与黑夜的断裂和轮替,不仅呈现出都市多重的空间结构,也翻转出都市人迥异的理性世界和感官世界。蔡诗萍观察到夜间城市是白昼城市规律的翻转。白昼城市展现的是办公大厦、金融街区,是追逐高位、利益的理性价值;而夜间城市显形的则是休闲街区、夜市,是放纵感官的非理性。而且,白昼能积累出人间城市的高度成就;而暗夜则只是放纵,无需堆砌。在理性

---

① 林燿德:《九百万只老鼠》,《一座城市的身世》,台北:时报文化出版企业有限公司1987年版,第174页。
② [法]加斯东·巴什拉:《空间的诗学》,张逸婧译,上海译文出版社2009年版,第17—20页。

化的都市白昼中,高楼大厦代表现代文明,但也象征造梦工厂,都市男女在高楼大厦中不断向上攀爬,追逐梦想、满足欲望。然而,在无止境地攀爬中,人也变得越来越残酷和冷漠。而在感官的都市夜晚中,卡拉 OK、舞池、酒吧,是另一套梦的系统。都市人虽一改白昼的理性、冷漠与疏离,通过释放身体官能拉近彼此的距离;但即使是近在咫尺的舞池人生中,人们依然"彼此凝望,相互等待,这里没有真实,只有感觉,舞榭楼台搭架起的另一种人间"[①],舞池同样是一片荒原景象。都市的造梦白昼与梦幻夜晚都是"梦的系统神话",而都市梦则是资本主义消费文明孕育出的集体幻象。蔡诗萍所表现的差异时空是都市化的必然产物,也是拆解都市理性文明和造梦系统的基点。可以说,后现代散文家极力营造的差异空间是对资本主义文化的深刻批判。

　　后现代的空间想象,虽然可以让都市散文家自由穿梭于多重空间,但这也正说明他们已经陷入巨大的认同危机之中。这是因为都市不再是一个具体的稳定的空间存在,而是由严密的抽象概念、无形机制组成的一套独立运转精神系统。它将人从真实空间中抽离,用消费、时尚、欲望诸种意识形态控制、渗透都市人的身体和精神。由此,漂泊和追逐成了都市人基本的生存状态,抽离了主体性的人只是"都市流动的文身","就像是驮载着螺壳的蜗牛,在长满了符号、象征、暗示、密码和图腾的草原上,拉开一道继继绳绳的蜗篆,缠错成一幅以虚无感为笔触的抽象画面"[②]。因此,都市散文家所想象的诸多差异空间,虽然具有开放性、多元性价值,但它们都无法真正摆脱意识形态的渗透和操控,差异空间至多只能为被囚禁的心灵提供临时性的栖居之所和释放空间。可以说,流动不居的都市空间更类似一座无法破解的迷宫,都市散文家的每一次空间想象,都在寻找迷宫的出口,并经历着死亡与复活的诸多可能。

---

① 蔡诗萍:《舞池人生》,《不夜城市手记》,台北:联合文学出版社 1990 年版,第 44 页。
② 林燿德:《幻》,《一座城市的身世》,台北:时报文化出版企业有限公司 1987 年版,第 116 页。

结 语

时至21世纪初,《共产党宣言》的这段话依然准确地概括出现代性城市的生产—社会关系和感觉结构:"生产的不断变革,一切社会关系不停的动荡,永远的不安定和变动,这就是资产阶级不同于过去一切时代的地方。一切固定的古老关系以及与之相适应的素被尊崇的观念和见解都被消除了,一切新形式等不到固定下来就陈旧了。一切固定的东西都烟消云散了,一切圣神的东西都被亵渎了。"[①] 本书中,我们从这个历史判断出发,用台湾当代散文文本和相关城市文本、历史文本考察了近六十年来台北城市形象史,并尝试阐释台北城市意象结构,分析城市意识形态意涵,梳理台湾光复后台北世代居民感觉结构变迁的历史脉络和类型特征。尽管一切坚固的东西都烟消云散了,但凭借散文文本的召唤,我们努力为东亚华文城市之一——台北的文化风格确立其典范性和特殊性;我们也试图为几代不同命运遭际的知识分子梳理出一条条清晰可见的心灵史脉络;当然,我们更在意于为那些早已湮没于台北城波谲云诡历史烟海中的芸芸众生修复历史现场,还原他们的悲苦、绝望、愤懑、反抗、悠游与希冀,构筑不同历史时段中不同群体的感觉结构图谱。

也许,一切的文本书写和研究考掘都介于历史现实和想象之间。我们

---

① 马克思、恩格斯:《共产党宣言》,《马克思恩格斯选集》第一卷,人民出版社1972年版,第254页。

关于台北城市意象结构的几个关键词研究，诸如道路、高楼、场所、区域、边界等，多赖于散文文本的建构与支撑，也得益于笔者以陌生人和闯入者的身份实地踩访，从而能够相对摆脱在地人的先见和成见，以相对客观的心态和视角观察、勾稽历史演变中的台北城市意象结构及其意识形态。从乡土市镇到工业城市再到消费社会，台北城的华丽转身，既给世代居民留下温情脉脉的乡土感觉结构和文化乡愁，也为处于剧烈城市转型语境中的台北人带来更多现代—后现代性都市意识和都市经验，比如都市批判意识、梦幻感、荒芜感与悠闲感等。每一类型的作家或者每一阶层的世代居民会根据自身遭际采取不同的城市书写和日常生活实践策略，比如怀旧式想象、现实性批判和反抗、现代主义抒情、后现代式解构以及悠游记录等。尽管我们无法完整描绘出台北市及其周边的地理与文化地图，但把握住共时性的城市意象结构和历时性的感觉结构类型与脉络，我们依然能够准确且清晰地建构出台北城的空间形象史和个体心灵史。这也正是我们运用感觉结构概念的用意所在。当人物与城市建筑在历史风云中灰飞烟灭之后，唯有当时的文字记录才能还原鲜活的历史场景和感觉经验。后代人的每一次阅读都会从不同路径无限接近历史现场，并以当代人的感觉结构介入对旧感觉结构的还原、重塑进程。凭依此，后世之人才能真正理解并创造自己所在城市的历史。

尽管本书以《台湾当代散文空间诗学》为题，但主要论述对象只集中在台北城。我们尝试以城市意象结构化研究开拓当代散文乃至文学的空间诗学研究路径，我们也试着以一座城市的精细化研究确立东亚华文城市研究的路径。由于笔者研究能力和资料的限制，这本书可能未达到预期的研究水平和目的，但我们也希望以此浅陋之作贡献于学界同好，共同推进东亚华文城市文学—文化的研究进程，并确立空间诗学研究的话语体系。

参考文献

报纸：

1. 台湾《联合报·文学副刊》。
2. 台湾《中国时报·人间副刊》。
3. 台湾《中央日报·副刊》。
4. 台湾《自立晚报·本土副刊》。

杂志：

1. 台湾《联合文学》。
2. 台湾《中外文学》。
3. 台湾《文讯》。

著作：

A

1. 阿盛主编：《春秋台北——作家的都市风情画》，台北：书评书目出版社1987年版。
2. 阿盛：《民权路回头》，台北：尔雅出版社2004年版。
3. 阿盛：《绿袖红尘》，台北：未来书城2002年版。

B

4. ［法］让·波德里亚:《消费社会》,刘成富、全志钢译,南京大学出版社 2000 年版。

5. 包亚明主编:《后现代性与地理学的政治》,上海教育出版社 2001 年版。

C

6. 陈芳明:《后殖民台湾:文学史论及其外围》,台北:麦田出版社 2002 年版。

7. 陈大为:《亚洲中文现代诗的都市书写（1980—1999）》,台北:万卷楼图书有限公司 2001 年版。

8. 陈大为:《亚洲阅读——都市文学与都市文化（1950—2004）》,台北:万卷楼图书有限公司 2004 年版。

9. 程国君:《从乡愁言说到性别抗争:台湾当代女性散文创作论》,中国社会科学出版社 2006 年版。

10. 陈丽芬:《现代文学与文化想象——从台湾到香港》,台北:书林出版社 2000 年版。

11. 陈平原、王德威编:《北京:都市想象与文化记忆》,北京大学出版社 2005 年版。

12. 蔡诗萍:《不夜城市手记》,台北:联合文学出版社 1990 年版。

13. 陈义芝主编:《台湾文学二十年集 1978—1998:散文二十家》,台北:九歌出版社 1998 年版。

14. 陈学明、吴松等编:《让日常生活成为艺术品——列菲伏尔、赫勒论日常生活》,云南人民出版社 1998 年版。

D

15. 东海大学中国文学系编:《六〇、七〇年代台湾文学与社会》,台北:文津出版社 2007 年版。

16. 丹尼尔·贝尔:《后工业社会的来临——对社会预测的一项探索》,高铦等译,新华出版社 1997 年版。

17. 杜十三:《人间笔记》,台北:时报文化出版企业有限公司1984年版。

18. 杜十三:《爱情笔记》,台北:时报文化出版企业有限公司1990年版。

19. 杜十三:《爱情笔记——杜十三散文选》,中国友谊出版公司1994年版。

20. 杜十三:《鸡鸣·人语·马嘶——杜十三◎和生命闲谈的三种方式》,台北:业强出版社1992年版。

21. ［美］大卫·哈维:《巴黎城记:现代性之都的诞生》,黄煜文译,广西师范大学出版社2010年版。

22. ［美］戴维·哈维:《后现代的状况——对文化变迁之缘起的探究》,阎嘉译,商务印书馆2013年版。

23. 段义孚:《经验透视中的空间与地方》,台湾编译馆1998年版。

F

24. 封德屏主编:《2007台湾作家作品目录》,台南:台湾文学馆2008年版。

25. 范培松:《中国现代散文史》,江苏教育出版社1993年版。

26. 范培松:《中国散文史》,江苏教育出版社2008年版。

27. 范培松:《中国散文批评史》,江苏教育出版社2000年版。

G

28. ［德］盖奥尔格·西美尔:《社会学——关于社会化形式的研究》,林荣远译,华夏出版社2002年版。

29. 郭懿雯编:《时代与世代:台湾现代散文学术研讨会论文集》,台北:东吴大学中国文学系2003年版。

H

30. 洪伯温:《台北地志新探》,台北:龙文出版社股份有限公司1993年版。

31. 黄凡、林燿德主编:《新世代小说大系·都市卷》,台北:希代出版有限公司1989年版。

32. 侯吉谅:《河道上的虹影》,台北:大有国际文化事业股份有限公司

2000 年版。

33. 何寄澎:《当代台湾文学评论大系·散文批评》,台北:正中书局 1993 年版。

34. [法]亨利·勒菲弗:《空间与政治》,李春译,上海人民出版社 2008 年版。

J

35. 江春慧总编:《恋恋台北》,台北市新闻处 2005 年版。

36. [英]加斯东·巴什拉:《空间的诗学》,上海译文出版社 2009 年版。

37. 焦桐:《台湾文学的街头运动》,台北:时报文化出版企业有限公司 1998 年版。

38. 蒋勋等:《到绿光咖啡屋,听巴哈,读余秋雨》,台北:尔雅出版社 1993 年版。

39. 鲸向海等:《作家的城市地图》,台北:木马文化事业有限公司 2004 年版。

40. [法]居伊·德波:《景观社会》,王昭凤译,南京大学出版社 2007 年第 2 版。

41. 简媜:《胭脂盆地》,台北:洪范图书有限公司 1994 年版。

42. 简媜:《红婴仔》,大众文艺出版社 1999 年版。

43. 简媜:《私房书》,九洲图书出版社 2000 年版。

44. 简媜:《女儿红》,九洲图书出版社 2000 年版。

45. 简媜:《好一座浮岛》,台北:洪范书店有限公司 2004 年版。

K

46. [美]凯文·林奇:《城市意象》,台北:台隆书店 1975 年版。

47. [美]凯文·林奇:《城市意象》,方益萍、何晓军译,华夏出版社 2001 年版。

48. 柯裕棻:《恍惚的慢板》,台北:大块文化出版股份有限公司 2004 年版。

49. 柯裕棻:《青春无法归类》,台北:大块文化出版股份有限公司 2003 年版。

L

50. 廖炳惠:《另类现代情》,台北:允晨文化实业股份有限公司2001年版。

51. [美]理查德·利罕:《文学中的城市:知识与文化的历史》,上海人民出版社2009年版。

52. [美]理查德·桑内特:《肉体与石头——西方文明中的身体与城市》,黄煜文译,上海译文出版社2016年版。

53. 刘登翰、庄明萱主编:《台湾文学史》,现代教育出版社2007年版。

54. 林芳怡主编:《台北大街风情》,台北:创新出版社1996年版。

55. 刘进:《文学与"文化革命":雷蒙德·威廉斯的文学批评研究》,巴蜀书社2007年版。

56. 罗兰:《岁月沉沙》(三部曲),海天出版社1998年版。

57. [法]罗兰·巴尔特:《埃菲尔铁塔》,李幼蒸译,中国人民大学出版社2008年版。

58. [英国]雷蒙德·威廉斯:《文化与社会》,吴松江、张文定译,北京大学出版社1991年版。

59. [英国]雷蒙德·威廉斯:《马克思主义与文学》,王尔勃、周莉译,河南大学出版社2008年版。

60. [英]雷蒙·威廉斯:《乡村与城市》,韩子满、刘戈、徐珊珊译,商务印书馆2013年版。

61. [英]雷蒙德·威廉斯:《漫长的革命》,倪伟译,上海人民出版社2013年版。

62. 李欧梵:《都市漫游者》,广西师范大学出版社2003年版。

63. 李欧梵:《寻回香港文化》,广西师范大学出版社2003年版。

64. 李欧梵:《上海摩登——一种都市文化在中国1930—1945》,毛尖译,北京大学出版社2001年版。

65. 罗青:《什么是后现代主义》,台北:五四书店1989年版。

66. 李清志:《都市侦探学》,台北:创兴出版社有限公司1997年版。

67. 林水福编:《林燿德与新世代作家文学论》,台北:"文建会"1997年版。

68. 林双不:《散文运动场》,台北:兰亭书店1983年版。

69. 林文义:《寂静的航道》,台北:九歌出版社1985年版。

70. 林文义:《抚琴人》,台北:九歌出版社1987年版。

71. 林文义:《从淡水河出发》,台北:光复书局1988年版。

72. 林文义:《母亲的河:淡水河纪事》,台北:台原出版社1993年版。

73. 林文义:《萧索与华丽——林文义散文1980—1990》,台北:九歌出版社2000年版。

74. 雷骧《黑暗中的风景》,台北:尔雅出版社1996年版。

75. 廖咸浩:《迷蝶》,台北:INK印刻出版有限公司2003年版。

76. 黎湘萍:《文学台湾》,人民文学出版社2003年版。

77. 林彧:《爱草》,台北:华成图书2002年版。

78. 林燿德:《一座城市的身世》,台北:时报文化出版企业有限公司1987年版。

79. 林燿德:《重组的星空》,台北:业强出版社1991年版。

80. 林燿德:《迷宫零件》,台北:联合文学出版社1993年版。

81. 林燿德:《钢铁蝴蝶》,台北:联合文学出版社1997年版。

82. 林燿德主编:《浪迹都市——台湾都市散文选》,台北:业强出版社1990年版。

83. 林燿德:《重组的星空》,台北:业强出版社1991年版。

84. [美]刘易斯·芒福德:《城市发展史——起源、演变和前景》,宋俊岭、倪文彦译,中国建筑工业出版社2005年版。

85. 吕正惠、赵遐秋主编:《台湾新文学思潮史纲》,昆仑出版社2002年版。

M

86. 孟樊:《后现代并发症——当代台湾社会文化批判》,台北:桂冠图书股份有限公司1989年版。

87. 孟樊:《台湾文学轻批评》,台北:扬智文化事业股份有限公司1994年版。

88. 孟樊、林燿德编:《世纪末偏航——八〇年代台湾文学论》,台北:时报文化出版企业有限公司 1990 年版。

89. ［英］迈克·克朗：《文化地理学》，杨淑华等译，南京大学出版社 2003 年版。

90. ［美］马歇尔·伯曼：《一切坚固的东西都烟消云散了》，徐大建、张辑译，商务印书馆 2003 年版。

91. ［法］米歇尔·德·塞托：《日常生活实践 1. 实践的艺术》，方琳琳、黄春柳译，南京大学出版社 2015 年第 2 版。

N

92. ［挪威］诺伯舒兹：《场所精神——迈向建筑现象学》，施植明译，华中科技大学出版社 2010 年版。

T

93. Tim Cresswell：《地方：记忆、想象与认同》，徐苔玲、王志弘译，台北：群学出版有限公司 2006 年版。

R

94. ［法］让·波德里亚：《消费社会》，刘成富、全志钢译，南京大学出版社 2000 年版。

95. 人间副刊策划主编：《回到中山堂——延平南路 98 号和周遭生活圈的故事》，台北市文化局 2002 年版。

96. ［美］R. E. 帕克、E. N. 伯吉斯、R. D. 麦肯齐：《城市社会学——芝加哥学派城市研究》，宋俊岭、郑也夫译，商务印书馆 2012 年版。

W

97. 王聪威：《中山北路行七摆》，台北：INK 印刻出版有限公司 2005 年版。

98. ［德］瓦尔特·本雅明：《发达资本主义时代的抒情诗人》，赵旭东、魏文生译，三联书店 2007 年版。

99. 吴秋美总编辑：《台北记忆》，台北市新闻处 1997 年版。

100. 吴三连口述:《吴三连回忆录》,吴丰三撰记,台北:自立晚报社文化出版部 1991 年版。

101. 汪文顶:《无声的河流:现代散文论集》,上海远东出版社 2003 年版。

102. 王志弘:《减速慢行》,台北:田园城市文化事业有限公司 1999 年版。

X

103. 谢里法:《日据时代台湾美术运动史》,台北:艺术家出版社 1992 年版。

104. 徐学:《台湾当代散文纵论》,海峡文艺出版社 1994 年版。

105. 许允斌总策划:《台北 2002》,台北市新闻处 2002 年版。

106. 夏铸九、王志弘编:《空间的文化形式与社会理论读本》,许坤荣译,台北:明文书局 1994 年版。

Y

107. 殷宝宁:《情欲·国族·后殖民——谁的中山北路?》,台北:左岸文化事业有限公司 2006 年版。

108. 隐地:《荡着秋千喝咖啡》,台北:尔雅出版社 1998 年版。

109. 隐地:《爱喝咖啡的人》,台北:尔雅出版社 1992 年版。

110. 隐地:《涨潮日》,台北:尔雅出版社 2000 年版。

111. 隐地:《草的天堂——隐地四十年散文选》,台北:尔雅出版社 2005 年版。

112. 余光中:《余光中集》(九卷),百花文艺出版社 2004 年版。

113. 杨匡汉主编:《中国文化中的台湾文学》,长江文艺出版社 2002 年版。

114. 叶龙彦:《红楼寻星梦——西门町的故事》,台北:博扬文化事业公司 1999 年版。

115. 叶石涛:《走向台湾文学》,台北:自立晚报文化出版部 1990 年版。

116. 叶石涛:《台湾文学史纲》,台北:文学界杂志社 1987 年版。

117. 叶维廉:《一个中国的海》,台北:东大图书股份有限公司 1987 年版。

118. 俞元桂主编:《中国现代散文史》,山东文艺出版社 1997 年版。

119. 袁勇麟:《当代汉语散文流变论》,上海三联书店 2002 年版。

120. 杨泽编:《七〇年代:忏情录》,台北:时报文化出版企业有限公司 1994 年版。

121. 杨泽编:《七〇年代——理想继续燃烧》,台北:时报文化出版企业有限公司 1994 年版。

122. 杨泽主编:《狂飙八〇——记录一个集体发声的年代》,台北:时报文化出版企业有限公司 1999 年版。

123. 杨照:《迷路的诗》,台北:联合文学出版社 1996 年版。

124. 杨宗翰主编:《林燿德佚文选》(5 册),台北:华文网股份有限公司 2001 年版。

Z

125. 赵国新:《新左派的文化政治:雷蒙·威廉斯的文化理论》,外语教学与研究出版社 2009 年版。

126. 张惠菁:《流浪在海绵城市》,台北:新新闻文化事业股份有限公司 1998 年版。

127. 张鸿声:《文学总的上海想象》,人民出版社 2011 年版。

128. 詹宏志:《城市人——城市空间的感觉、符号和解释》,台北:天下文化出版股份有限公司 1989 年版。

129. 朱立立:《身份认同与华文文学研究》,上海三联书店 2008 年版。

130. 郑明娳:《现代散文纵横论》,台北:大安出版社 1986 年版。

131. 郑明娳:《现代散文类型论》,台北:大安出版社 1987 年版。

132. 郑明娳:《现代散文构成论》,台北:大安出版社 1989 年版。

133. 郑明娳:《现代散文现象论》,台北:大安出版社 1992 年版。

134. 郑明娳主编:《当代台湾都市文学论》,台北:时报文化出版企业有限公司 1995 年版。

135. 张瑞芬:《胡兰成、朱天文与"三三"——台湾当代文学论集》,台北:秀威信息科技股份有限公司 2007 年版。

136. 张瑞芬:《五十年来台湾女性散文·评论篇》,台北:麦田出版社 2006 年版。

137. 朱双一:《台湾文学思潮与渊源》,台北:海峡学术出版社 2005 年版。

138. 朱双一:《近二十年台湾文学流脉》,厦门大学出版社 1999 年版。

139. 朱双一:《战后台湾新世代文学论》,台北:扬智文化事业股份有限公司 2002 年版。

140. 朱天文:《淡江记》,台北:INK 印刻出版有限公司 2008 年版。

141. 朱天文:《黄金盟誓之书》,台北:INK 印刻出版有限公司 2008 年版。

142. 朱天文:《有所思,乃在大海南》,台北:INK 印刻出版有限公司 2008 年版。

143. 钟文音:《少女老样子》,台北:大田出版有限公司 2008 年版。

144. 张晓风:《这杯咖啡的温度刚好》,台北:九歌出版社 1996 年版。

145. 张维中:《飞导游——六年级生与台北城的时空对话》,台北:麦田出版社 2003 年版。

146. 祝勇主编:《一条名叫时光的河》,中国书籍出版社 1998 版。

147. 庄永明:《台北老街》,台北:时报文化出版企业有限公司 1991 年版。

148. 钟怡雯:《垂钓睡眠》,四川文艺出版社 2001 年版。

149. 钟怡雯:《我和我豢养的宇宙》,台北:联合文学出版社 2002 年版。

150. 钟怡雯:《亚洲华文散文的中国图像(1949—1999)》,台北:万卷楼图书有限公司 2001 年版。

151. 周英雄编:《书写台湾——文学史、后殖民与后现代》,台北:麦田出版社 2000 年版。

英文书目:

1. Williams, Raymond, *The Long Revolution*, Greenwood Press, 1975.

2. Williams, Raymond, *Marxism and Literature*, Oxford:Oxford University Press,1977.

论文：

1. 艾兰·普瑞德：《结构历程和地方——地方感和感觉结构的形成过程》，许坤荣译，载夏铸九、王志弘编《空间的文化形式与社会理论读本》，台北：明文书局1994年版。

2. 蔡采秀：《从日据到战后的台北（1895—1985）——一个都市性质转变的历史过程分析》，《台湾史研究》1996年第2卷第3期。

3. 陈芳明：《台湾新文学史第十七章——女性诗人与散文家的现代转折》，《联合文学》2003年第220期。

4. 蔡江珍：《在恒常中追寻新的可能——关于简媜散文》，《当代作家评论》1996年第2期。

5. 蔡诗萍：《八〇年代后都市散文的新世代性格》，载林水福编《林燿德与新世代作家文学论》，台北："文建会"1997年版。

6. 付德根：《感觉结构概说——雷蒙德·威廉斯的文化唯物主义的一个概念》，《马克思主义美学研究》（第9辑），中央编译出版社2006年版。

7. 顾敏耀：《在依旧闪耀的昔日光辉下——万华区、大同区的族群与文学》，《文讯》2006年第252期。

8. 何寄澎：《江山代有才人出——管窥散文新锐、蠡测散文新趋》，《文讯》1994年第100期。

9. 黄锦树：《文之余？》，《中外文学》2003年32卷第7期。

10. 林淇瀁（向阳）：《台湾现代文学（4）——被忽视者的重返：小论知性散文的时代意义》，《国文天地》1997年第13卷第2期。

11. 林燿德：《传统之轴与前卫之轮——半世纪的台湾散文面目》，《联合文学》1995年第11卷第12期。

12. 林燿德：《80年代的都市文学》，载孟樊、林燿德编《世纪末偏航》，台北：时报文化出版企业有限公司1990年版。

13. 林燿德：《文学新人类与新人类文学》，《台港文学选刊》1995年第5期。

14. 林央敏：《散文出位》，《文讯》1984年第14期。

15. 林以青:《文学经验中的都会情境——以七〇年代的台北为例》,载郑明娳主编《当代台湾都市文学论》,台北:时报文化出版企业有限公司1995年版。

16. 楼肇明:《穿越台湾散文五十年》(上、下),《海南师范学院学报》2004年第5、6期。

17. 刘纪蕙:《林燿德与台湾文学的后现代转向》,《孤儿·女神·负面书写》,台北:立绪文化事业有限公司2000年版。

18. 廖玉蕙:《虚构与真实——谈散文创作与阅读的吊诡》,《人文社会学报》2000年第2期。

19. 刘正忠:《现代散文三题:本色、破体、出位》,《东吴中文学报》2003年第9期。

20. 倪金华:《简媜散文的生命言说》,《台港及海外华文文学研究》1998年第1期。

21. 陆扬:《空间理论与文学空间》,《外国文学研究》2004年第4期。

22. 彭小妍:《"解严"与文学的历史重建》,《"解严"以来台湾文学国际学术研讨会论文集》,台北:万卷楼图书股份有限公司2000年版。

23. 杨宗颖:《不安的颤抖——林燿德散文中的"焦虑书写"》,《国文天地》2002年第18卷第5期。

24. 杨宗翰:《黑暗抽长,火光不安——与林燿德、容格的三角对话》,《台湾诗学季刊》1997年第19期。

25. 杨宗翰:《在人群之中——波特莱尔、林燿德与台湾现代主义文学》,《智慧的天堂:第一届全国大专学生文学奖得奖专集》,台北:"文建会"1998年版。

26. 痖弦:《在城市里成长——林燿德散文作品印象》,载林燿德,《一座城市的身世》,台北:时报文化出版企业有限公司1987年版。

27. 王润华:《从沈从文的"都市文明"到林燿德的"终端机"文化》,《当代台湾都市文学论》,台北:"文建会"1997年版。

28. 王浩威:《重组的星空!重组的星空?》,载林水福编《林燿德与新世代作家文学论》,台北:"文建会"1997年版。

29. 王浩威:《伟大的兽——林燿德文学理论的建构》,《联合文学》1996 年第 12 卷第 5 期。

30. 吴潜诚:《游走在后现代城市的想象迷宫——重读林燿德的散文创作》,《联合文学》1996 年第 12 卷第 5 期。

31. 王文仁:《林燿德与"新世代"理论的建构》,《第八届南区五校中国文学研究生论文研讨会论文集》,嘉义:中正大学中文系,2000 年 4 月。

32. 王文仁:《迷宫顽童——林燿德都市散文初探》,《第六届南区五校中国文学研究生论文研讨会论文集》,台南:成功大学中文系,2000 年 4 月。

33. 王文仁:《林燿德与文学史重探》,《乾坤》2001 年第 20 期。

34. 辛金顺:《多重的变奏——论林燿德的都市散文》,《中国现代文学理论季刊》1998 年第 10 期。

35. 徐学:《八十年代台湾文学批评与文学消费》,《台湾研究集刊》1991 年第 1 期。

36. 徐学:《八十年代台湾散文状况与趋势》,《安徽教育学院学报》1992 年第 3 期。

37. 徐学:《承传与超越——台湾作家散文观综论之一》,《台湾研究集刊》1989 年第 2 期。

38. 徐学:《从古典到现代——台湾作家散文观综论之二》,《台湾研究集刊》1991 年第 3 期。

39. 赵国新:《情感结构》,《外国文学》2002 年第 5 期。

40. 朱孟庭:《论台湾八〇年代都市散文的书写策略——以林燿德、林彧、杜十三为例》,载郭懿雯编《时代与世代:台湾现代散文学术研讨会论文集》,台北:东吴大学中国文学系,2003 年。

41. 郑明娳:《横向宽、纵向深的文学典范——评林燿德〈新世代星空〉》,《中华日报》2001 年 12 月 4 日。

42. 郑明娳:《搜集林燿德》,《文讯》2001 年第 188 期。

43. 郑明娳:《知性与立体的铺陈——关于"都市散文"》,《自由青年》1989 年第 82 卷第 3 期。

44. 郑明娳:《80 年代台湾散文现象》,载孟樊、林燿德编《世纪末偏航》,

台北:时报文化出版企业有限公司 1990 年版。

45. 郑明娳:《林燿德散文论》,载何寄澎主编《当代台湾文学评论大系·散文批评》,台北:正中书局 1993 年版。

46. 张启疆:《暴走的龙——谈〈林燿德佚文选·创作卷〉》,《中央日报》2001 年 11 月 26 日。

47. 张启疆:《"我"的世代——林燿德散文小论》,《中华日报》1997 年 5 月 16—20 日。

48. 张瑞芬:《现代主义与台湾六〇年代女性散文——以赵云、张菱舲、李蓝为主》,载徐国能编《海峡两岸现当代文学论集》,台北:学生书局 2004 年版。

49. 张诵圣:《"文学体制"与现、当代中国／台湾文学》,载周英雄编《书写台湾——文学史、后殖民与后现代》,台北:麦田出版社 2000 年版。

50. 张堂锜:《台湾现代文学（3）——现代散文的新趋向》,《国文天地》1997 年第 13 卷第 1 期。

51. 张堂锜:《跨越边界——现代散文的裂变与演化》,《文讯》1999 年第 167 期。

52. 张琬琳:《城南旧事——台北南区的族群变迁与文学书写》,《文讯》2006 年第 252 期。

硕博论文:

1. 陈伯轩:《台湾当代散文的空间意识及其书写型态》,政治大学中国文学系 2007 年硕士学位论文。

2. 陈大为:《亚洲中文现代诗的都市书写（1980——1999）》,台湾师范大学 1999 年博士学位论文。

3. 迟恒昌:《从殖民城市到"哈日之城":台北西门町的消费地景》,台湾大学 2001 年硕士学位论文。

4. 陈明柔:《典范的更替／消解与台湾八〇年代小说的感觉结构》,东海大学中文系 1999 年博士学位论文。

5. 邓宗德:《八〇年代台北市支配性都市地景形成之研究》,台湾大学

1991年硕士学位论文。

6. 李建民:《八〇年代台湾小说中的都市意象——以台北为例》,台北市立师范学院2000年硕士学位论文。

7. 林秀姿:《重读1970以后的台北:文学再现与台北东区》,台湾大学建筑与城乡研究所2002年博士学位论文。

8. 刘伟彦:《台北东区之空间文化形式——一个初步的社会分析》,台湾大学1988年硕士学位论文。

9. 林以青:《文学经验中的都市情境转化之探讨——以五〇至七〇年代的台北市为例》,东海大学建筑研究所1993年硕士学位论文。

10. 李兆前:《范式转换:雷蒙德·威廉斯的文学研究》,首都师范大学文艺学2006年博士学位论文。

11. 沈孟颖:《台北咖啡馆:一个(文艺)公共领域之崛起、发展与转化(1930—1970)》,中原大学室内设计学系2002年硕士学位论文。

12. 吴美枝:《台北咖啡馆之研究——以台北文人活动为中心的探讨》,"中央大学"历史研究所2004年硕士学位论文。

13. 殷宝宁:《"中山北路":地景变迁历程中之情欲主体与国族认同建构》,台湾大学1999年博士学位论文。

14. 郑恒惠:《家庭·城市·旅行——台湾新世代女性散文主题研究》,中央大学2008年硕士学位论文。

15. 章妮:《三城文学"都市乡土"的空间想象》,山东大学2006年博士学位论文。

16. 曾旭正:《战后台北的都市过程与都市意识形构之研究》,台湾大学土木工程学研究所1994年博士学位论文。

后 记

经过六七年断断续续的修改,这本结胎于博士学位论文的著作终于要出版了。可以说,这既是对此前学术研究的一次总结和告别,也是对新的学术追求的一种鼓励、一次再出发。这里,我首先要感谢的便是我的博士论文指导老师南京大学文学院沈卫威教授。时至今日,我一直是个心性不定、兴趣多变的人,这种性情直接影响到我对学术方向的选择,博士论文的贸然选题也是此种心性造下的因缘。对此,沈师的宽容和信任,让我铭感于心也使我颇为惭愧。我只能以不断的前行报答恩师宽厚的仁德与甘霖般的智慧点拨。南京大学文学院的丁帆教授、王彬彬教授、吴俊教授、刘俊教授、黄发有教授,南京师范大学文学院的杨洪承教授,江苏省社科院的吴功正研究员,均对我的博士论文提出诸多中肯性意见。他们独到的眼光和尖锐的批评,既令我汗颜不已,又使我豁然开朗。如果说这篇论文稍微有点创新和开拓的话,都应归功于诸位老师的批评和指点,在此致以学生万分的感谢。

2009 年,我到政治大学中文系交流学习。幸赖政大中文系张堂锜、郑文惠两位教授的指点和帮助,我才能在短短两个月时间内搜集到大量的资料,并在那举目无亲的台北城中食宿无忧并收获前所未有的人间温暖。如今,虽时过境迁,我依然能清晰地想起,张堂锜教授每次请我吃饭后师生二人共同吃冰激凌神聊的场景;我依然能够动情地忆及,那年中秋月圆夜郑文惠教授带我到丁敏教授家吃月饼K歌的画面。我还要特别感谢政大中文系蔡明顺老师。没有他在我赴台手续上的事必躬亲,没有他对我访学期间生活上的关怀备至,我根本不可能开启那一趟奇妙的台北之旅。同时,我要向蔡老师致以十分的歉意。由于我的粗疏和鲁莽,给他造成不小的困扰,请蔡老师原谅当年少不更事的朋友、接受这份来自远方的多年未表达出来的歉意。

2010年,我从南京大学中国现代文学研究中心毕业,顺利回到母校福建师范大学文学院任教。这里,首先应该感谢汪文顶副校长、郑家建副校长和吕若涵教授。没有他们从我本科伊始的学术引导、硕士阶段的学术训练、博士期间的学术规划以及博士毕业后的引进,就不会有我现在如此安定的工作生活环境。汪校长的长者风范、郑校长的学者气质和吕老师的无私提携,都已成为我为人为师治学的标杆。我只有不断地努力才能不辜负几位恩师的栽培。同时,我也要感谢福建师大文学院李小荣院长、李建华书记、葛桂录副院长、林志强副院长、余岱宗主席以及现当代文学教研室诸位同仁。这几年,我从诸位老师的著作、课堂和工作交流中获益良多。此外,这两年我一人先后独占文艺学教研室、现当代文学教研室读书写作,对诸位老师的教学多有影响,在此一并致歉并致谢。

需要特别说明的是,本书部分章节曾以单篇论文的形式发表于《台湾研究集刊》《香港文学》《华文文学》《学术界》《扬子江评论》《福建师范大学学报》《福州大学学报》《重庆师范大学学报》《中国文学批评》等。感谢那些素未谋面却热心提携后进的编辑老师。尤其要感谢人民出版社詹素娟老师,没有她与葛副院长的精心策划,本书的出版也不会如此顺利。

博士毕业至今,已历六年。这六年中,我结婚生女却也痛失慈母。人事的悲欢离合都只能默默承受。我知道,人世本也如过眼云烟,但我希望自己和家人都能好好过完这不可测的人生。我确信母亲在宇宙的某一空间等我们;但这一世的相聚已经永远不可能。我只能选择过好这一世。倘如有来世,我相信我们一家必将团圆,永不分离。

林强记于文科楼现当代文学教研室
2016年9月5日

责任编辑:詹素娟
封面设计:彭世兴

图书在版编目(CIP)数据

台湾当代散文空间诗学研究:以台北为中心/林强 著.—北京:人民出版社,
    2017.3
ISBN 978-7-01-017469-3

Ⅰ.①台… Ⅱ.①林… Ⅲ.①散文-文学研究-台湾-当代 Ⅳ.①I207.67

中国版本图书馆 CIP 数据核字(2017)第 052572 号

台湾当代散文空间诗学研究
TAIWAN DANGDAI SANWEN KONGJIAN SHIXUE YANJIU
——以台北为中心

林 强 著

人民出版社 出版发行
(100706 北京市东城区隆福寺街99号)

北京中科印刷有限公司印刷 新华书店经销

2017年3月第1版 2017年3月北京第1次印刷
开本:710毫米×1000毫米 1/16 印张:18.5
字数:350千字

ISBN 978-7-01-017469-3 定价:60.00元

邮购地址 100706 北京市东城区隆福寺街99号
人民东方图书销售中心 电话 (010)65250042 65289539

版权所有·侵权必究
凡购买本社图书,如有印制质量问题,我社负责调换。
服务电话:(010)65250042